梁七少 著

终极战兵

血|岛|之|战

II

三辰影库音像出版社

图书在版编目（CIP）数据

血岛之战：终极战兵．2／梁七少著．－－北京：三辰影库电子音像出版社，2017.12
　ISBN 978-7-83000-301-2
　Ⅰ．①血… Ⅱ．①梁… Ⅲ．①长篇小说－中国－当代 Ⅳ．①I247.5

中国版本图书馆CIP数据核字（2017）第283994号

书　　名：血岛之战：终极战兵．2
作　　者：梁七少　著
出版发行：三辰影库音像出版社
地　　址：北京市朝阳区北苑路媒体村天畅园2号楼
出 版 人：王六一
印　　制：北京紫瑞利印刷有限公司
开　　本：700毫米×990毫米　1／16
印　　张：24
版　　次：2018年1月第1版
印　　次：2018年1月第1次印刷
印　　数：1-5000
书　　号：ISBN 978-7-83000-301-2
定　　价：48.00元

版权所有　翻版必究

凡购买本社图书，如有缺页、倒页、脱页，由发行公司负责退换

目录

- 01 黑袍武士 / 001
- 02 谁是魔王 / 008
- 03 死亡之花 / 043
- 04 情报女王 / 075
- 05 大战在即 / 092
- 06 血岛之战 / 119
- 07 绝地反击 / 167
- 08 魔军兄弟 / 200
- 09 古兰斯特公主 / 226
- 10 踏上征途 / 257
- 11 一网打尽 / 280
- 12 武道大会 / 331
- 13 宝刀未老 / 350
- 14 代父而战 / 362

01 黑袍武士

异国佳人

在江海市，青龙会被警方铲除后引起轩然大波。时隔不久，人心惶惶的铁狼帮与江山会就产生了矛盾，内讧过后两大帮派分崩离析，渐渐地销声匿迹。

此刻萧云龙坐在夜色酒吧的吧台前，这是位于江海市市中心的一家酒吧，他记不清自己已经多久没像这样放松过了，不得不说三大帮派的瓦解让他这段时间紧绷的神经一下子松弛了下来。

夜色渐深，夜色酒吧中的客人也逐渐多了起来。

这时，一道妙曼的身影走进夜色酒吧，她有着一头灰棕色的头发，一张脸白皙胜雪，极为美丽，碧色的双眸宛如一汪海水，荡漾着点点波光，娇艳的红唇宛若盛开的玫瑰，彰显出一种冶艳无比的姿色，走动之间她那丰腴性感的身段更是波涛起伏，蔚为壮观。

毫无疑问，这是一个极为美丽与性感的西方女郎，她穿着一袭抹胸裙，那片雪白的高耸的胸如冰山一角般的显露而出，无端的让人生出许多的遐想。

如若她的裙口再往下低一些，那将会看到她胸上的文身——死亡之花曼陀罗！

走进夜色酒吧的这个女人正是曼陀罗，死亡神殿中一个极为特别的存在，即便是死亡神殿之主死神对她也有三分敬意。

此刻，这个女人竟然出现在了江海市，这说明死亡神殿的人只怕已经潜入江海市了。

如此一个绝色性感并且有着浓浓的异域风情的女人走进酒吧，自然是引起了无数人的目光注视，夜色酒吧中不少男人的目光盯住了曼陀罗，这些目光无一例外地盯着她那张天使面孔，但当目光落在她那性感至极的身段上的时候，他们都忍不住咽了咽口水，体内的荷尔蒙急速分泌。

虽说酒吧内一个个男人目光炙热，却也没有一个人鼓起勇气都上去跟曼陀罗搭讪。

主要的原因在于曼陀罗是一个西方美女，别的姑且不说，首先语言方面就是一种障碍，谁知道这个美女会不会说华语。

萧云龙并未察觉到这个西方美女，他独自一人喝着酒，回想着往昔之事，他的脸上染上了一层淡淡的忧伤。

正想着，萧云龙皱了皱眉，他忽而抬起头，竟看到一道性感妙曼的身影站在了他的面前，他的目光自下而上地往上看着，掠过她那平坦的小腹、高耸的胸，最后定格在了一张冶艳的玉脸上。

"一个人喝酒岂非很无趣？不请我喝一杯吗？"

曼陀罗看着眼前的萧云龙，她朱唇微启，说的却是法语。

"我没有请陌生人喝酒的习惯，虽说你是一个美女。"萧云龙语气淡然地用法语回应道。

"那我请你好了。"曼陀罗边说边在萧云龙对面的座位上坐了下来。

萧云龙看着眼前的曼陀罗，他见识过各色各样的西方美女，也与不少西方美女有过一夜情缘，可如若要以他曾经历过的西方美女与眼前的曼陀罗相比较，仍是显得逊色一筹。

他好奇的是曼陀罗的举动，夜色酒吧这么大，她为何偏偏过来找自己？

萧云龙从来不否认自己帅，更不否认自己很有男人的那股阳刚魅力，但他不会自恋到认为眼前这个西方美女会看上自己。

事实上如此一个美女，从她的举止风度来看，她的身份只怕非比寻常，如此一个女人岂会随随便便的看上一个男人？

"法国人？"萧云龙开口问着。

"对，在塞纳河畔长大。你应该去过法国吧？你法语很不错。"曼陀罗笑着。

萧云龙自然是去过法国，对法国这个国家他并不陌生，因此他试探性地问了一些法国的风土人情、饮食文化等，曼陀罗都能够对答如流，有些方面甚至比萧云龙都要熟悉。

"鹅肝、黑松露、鱼子酱被称为法国的三大美食。如若能够喝上一杯拉菲酒庄的红酒，配上一份鹅肝，还有鱼子酱涂抹的黑松露，那的确是莫大的味觉盛宴。"萧云龙淡然一笑，开口说道。

"看来你对法国真的是很了解呢。不过我觉得华国这个神秘的东方国度也有着许多同样吸引人的地方。只是我刚刚来到这个国度，很多东西都还不了解，如果你能带我领略一番那就再好不过了。"曼陀罗笑着说道。

萧云龙忽而眯起了眼，他盯着曼陀罗，说道："你不远千里来到华国仅仅是为了要领略这里的风土人情？"

"当然。如果还能够邂逅一位帅哥，那就更好不过了。"曼陀罗一笑，一双碧色如海的美眸轻轻一眨，当中似有丝丝媚意柔情在流转，足以夺人心神。

萧云龙神色不变，说起来法国可是一个浪漫的国度，法国的男人与女人都带有浓厚的浪漫气息，他们喜欢追求浪漫的邂逅。

因此，曼陀罗这番话倒也没有让他感到意外。

"好了，酒也喝了，聊也聊过了。你现在是不是可以告诉我，为何要接近我？"萧云龙眼中的目光忽而一沉，恍如利剑出鞘般，紧紧地盯住了曼陀罗。

曼陀罗轻盈地笑着，随着她的笑，她全身上下的风情尽情地渲染而出，她媚眼如丝，眸若深海，让人看一眼就无法自拔，她伸出了右手，手指纤细白皙，指甲上黑色的指甲油勾勒出了一朵朵曼陀罗花。

萧云龙看着这只手，看着她指甲上勾勒而出的那一朵朵曼陀罗花，他眼中有一丝精芒闪过，但旋即脸色就变得释然。

"如果，我说我看上你了，你会有什么反应？"

曼陀罗伸出右手五指轻轻地托住了萧云龙的下颌，她开口问道。

"我会当成一个笑话——虽然一点都不好笑。"萧云龙脸色平静地说道。

"我说的可不是笑话。"曼陀罗忽而站起身，她身体稍稍前倾，她冶艳的面孔靠近了萧云龙，说话间从她檀口中呵出来的缕缕温热芬芳的气息扑面而来，诱惑人心。

随着她的身体前倾，她那妙曼的性感曲线尽显无遗，这是一具极具肉感的性感娇躯，充满着西方女人的那种丰腴火辣之感，可以想象得出如此的娇躯倘若在床上，必然能够让人为之流连忘返，迷醉其间。

萧云龙却是淡然一笑，他伸手将曼陀罗托住他下颌的纤纤玉手拿开，站起身说道："我得要走了，非常感谢你今晚请我喝酒——你坐下来之前说过你要请客的，不是吗？"

说着，萧云龙走了出去，头也不回地离开了夜色酒吧。

曼陀罗脸色一怔，她像是没有回过神来一般，仍是站在原地。

半响过后，曼陀罗回过神来，她莞尔一笑，碧色如海的眼眸中有着点点异样的波光在流转，她樱唇微启，轻轻地说了声："魔王，你果然很特别！"

曼陀罗自然知道萧云龙就是魔王，她方才接近萧云龙也是有意的。

但让她颇感意外的是，萧云龙对她像是一点兴趣都没有一样。

在她的印象中，这世上能够做到对她熟视无睹不感兴趣的男人并不多，除非对方是太监或者同性恋。

可方才萧云龙对她流露而出的那股淡然与随意之态，很显然是并未将她放在心上，这让她突然间有些失落感，更多的却是激发出了她那股强烈的征服欲望。

"就算你是魔王，我也要让你臣服！"曼陀罗冷冷自语，她站起身，准备前往希尔顿大酒店。

希尔顿大酒店，一间豪华的总统套房内，一个女人穿着一身黑色的长裙，裙口上有着暗金色的纹路勾勒而成的花边，繁奥交织而成的暗金色花边条纹上方则是刺绣着一朵死亡之花曼陀罗，她美丽无边，气质高贵雍容，却又透出一丝丝的魅惑撩人之态，特别是那双碧色如海的美眸，顾盼之间风情万种，让人沉醉。

在她面前，毕恭毕敬地站着五名黑袍武士，他们身披黑袍，眼中的目光淡漠无情，从他们的身上隐隐有着一股森然无比的死亡气息在散发。

他们正是死亡神殿中让人闻风丧胆的黑袍武士，他们代表残忍、嗜杀与死亡！

但凡他们出现之地，必然会掀起一场腥风血雨，他们身手强大，悍不畏死，身上那股常年累积而下的死亡气息让人心惊胆战，可以说他们比起当初青龙会陈青手底下的血卫王都要恐怖、强大得多。

"曼陀罗女王，我们已经掌握到了魔王的一切信息，特来征询此次的行动计划。"一个黑袍武士对眼前坐着的女人开口说道。

曼陀罗纤细白皙的手指夹起一串葡萄,她挑了一颗放入口中,说道:"卡洛斯,你们的行动不必征询我的意见。我这次过来只是看看而已,必要的时候我或许会亲自出手,但具体的行动你们来执行。我想,凭你们的能力也能执行好这一次任务。"

那名黑袍武士卡洛斯旋即说道:"是。我们准备今晚开始行动,一切都已经准备妥当。"

"不妨说说你的计划。"曼陀罗显得漫不经心地说道。

"根据我们得到的资料,魔王的未婚妻名为秦明月,她是秦氏集团的总裁。主人说要激怒魔王,那最好的办法莫过于控制秦氏集团。如若将魔王的未婚妻杀了,必然会让魔王为之狂怒。"卡洛斯说道。

"秦明月?魔王的未婚妻?"曼陀罗碧色美眸似有丝丝异样的神采闪动,她想起了昨晚在夜色酒吧遇到的萧云龙,当时她刻意流露出魅惑之态,却也未能让萧云龙心动半分。

这让她心想着莫非是萧云龙有了未婚妻所以才对她无动于衷?她突然间想要看看萧云龙这个未婚妻的真实面貌,看看是何等的惊为天人的美丽。

"就这些而已吗?"曼陀罗问道。

"不,我还打算控制江海市几栋大厦,安装定时炸弹,逼迫魔王现身。倘若这座城市中无数人因为魔王而死,我想魔王他也无颜留在这个城市。他在怒火之下,必将会失去理智,只要他主动寻找主人,主人就能将他擒获。"卡洛斯说道。

"好吧,我知道了。你们去准备吧。"曼陀罗挥了挥手。

卡洛斯他们纷纷点头,依次退出了曼陀罗所在的这间总统套房。

黑袍武士

另一边,秦氏集团到了下班的时间点,员工开始收拾东西准备下班。

三楼的训练室内,高云他们也结束了今天的训练,如今他们已经不需要萧云龙过多的指导,他们只需要按照萧云龙此前的教导,不断地磨合他们之间团队配合拼杀的技巧就足够了。

"兄弟们,今天练得很不错,虽说萧教官不在场,可我们都没有丝毫的松懈偷懒。大家休息一下，该巡逻的去巡逻。其他没有今晚加班任务的，可以回去了。"高云开口说道。

方侯、龙飞、张伟、王博等保安部成员纷纷点头。

几乎同一时刻，秦氏集团大厦外面，一辆辆黑色的别克越野车呼啸飞驰而至，一共有三辆。

"吱！"

三辆越野车停了下来，车门打开，里面立即走出来十几名男子，他们目光森寒，脸色沉着，行动之间更是显得训练有素，下车之后立即冲进了秦氏集团。

最后，一个身披黑袍的男子走下车，这是一个金发碧眼的西方男子，脸色阴沉、目光阴冷，身上隐隐有股浓烈的死亡气息在散发而出，他看了眼秦氏集团，嘴角扬起一丝残忍的笑意，举步朝秦氏集团走了进去。

秦氏集团大厅的门口处有两名保安在站岗，他们这个时段正在值班，没有参与训练，他们一眼就看到了这伙人朝秦氏集团冲了进来。

"队长，队长，有一伙人正朝公司冲了进来，有紧急情况发生，有紧急情况发生！"

一个保安立即通过对讲机将这个情况汇报给了高云。

高云正跟其他一起训练的保安走出训练室，冷不防地接到了这个消息。

高云眼中目光一沉，他不慌不乱，沉声说道："刘风，你们两人不要轻举妄动，静观其变。如果对方是怀着恶意而来，你们两人是抵挡不住他们的，先不要引起他们的警惕，等我们过去跟你们汇合。"

说着，高云看向方侯，说道："猴子，立即给萧教官打电话。老陈，你立即跑去二楼的保安部拉响警报。龙飞你带着三个人立即前往秦总的办公室，不管发生任何事，务必要保护好秦总！其余人，随我立即下楼。"

高云临危不乱，做出了应对之策。

其他人在高云的吩咐之下立即分头行动，这一刻终于体现出了萧云龙训练他们的价值，他们不再惊慌，也不再不知所措，而是沉着应对突发的危急情况。

此刻，十几个穿着一身黑色劲装，胸口处的衣服上印着一柄滴血镰刀图案的男子冲入了秦氏集团的一楼大堂，门口站着的那两个保安看向他们，稍稍地挡在前面。

01　黑袍武士

滴血镰刀的图案正是死亡神殿的图腾标记！

"滚开！"

一个男子冷冷开口道，说的是英文，他伸出一只手将一个保安的衣领揪了起来，那名保安没有反抗，而是按照高云所说的先示弱。

"呼！"

这个死亡神殿的男子将这名保安朝前扔了出去，与此同时，另一个保安也被对方一个人员给一脚踢飞。

毫无疑问，这些都是死亡神殿的人手，他们看着那两名保安穿着保安制服，却是如此的不堪一击，他们下意识的不将这些保安放在眼里。

也就在这时，整个秦氏集团响起了警报声，突如其来的警报声让秦氏集团的所有员工的脸色都为之一怔，不知道发生了什么事。

但警报声响起，说明肯定有危急的情况发生。

十几名死亡神殿的人手已经全都冲进了秦氏集团的大堂，一个男子掏出一把微型冲锋枪，枪口朝地面连续开枪，他目光一冷，用一口蹩脚的华语说道："全都给我趴下，不许动，否则一律枪杀！"

一楼的大堂没有多少人，除了方才那两个保安之外，还有前台处的前台咨询小姐，她们看到这一幕后惊慌而起，本能地想要逃窜。

"都蹲下来，不要动！"

先前那名被扔飞出去的保安见状后连忙喊了声，这段时间经过萧云龙的训练他们已经知道如何面对这种危急的情况，首先就是冷静，绝不能跟对方起正面冲突，特别是对方手持枪械等武器的时候。

一旦起了正面冲突，或者是违抗凶徒的命令，迎来的将会是一场枪杀。

所以，这名保安才喝声让那些惊慌失措想要逃窜的前台小姐蹲下身来，只要她们蹲下身那就不会死，一旦逃跑则会立即丧命。

那几个前台小姐听到这名保安的喝声后，稳住身形，面对死亡神殿那些人手嗜血无情的目光，她们被吓得花容失色，唯有立即蹲了下来，她们不敢再妄动，却是忍不住地开始抽泣。

这些死亡神殿之人手持武器，他们很快就控制了一楼大堂的情况。

这时，那名身披黑袍的男子信步走了进来，他目光冷冽，脸色更是淡漠无情，从他的身上有股浓烈的死亡之气弥漫而出，惊骇人心。

他正是死亡神殿中的黑袍武士，名为奥格雷亚。

02　谁是魔王

铁血反击

奥格雷亚走了进来,他眼中目光一转,环视当场。

奥格雷亚看着大堂内的情况被控制,他显得很满意,他将场中的十二名死亡神殿的人手分成三组,其中一组留守在一楼,另外两组各自冲上二楼与三楼,控制二楼跟三楼的局面。

奥格雷亚的目标很明确,那就是控制住秦氏集团的一到三楼,如此一来就控制了整个秦氏集团。

至于三楼以上的不需要控制,因为三楼以上的人员想逃也逃不掉,除非直接跳楼,但即便是从四楼跳下不死也会残废,自然不会有人选择跳楼逃生的方式。

奥格雷亚做出这些部署之后他朝一个蹲在地上脸色惊慌的前台小姐走了过去,他脸上带着笑意,但那笑意看着就像是魔鬼的微笑,带着一种难言的血腥与残忍之感。

"你们董事长的办公室在哪里?我想你一定知道,对吗?带我去,我饶你不死!"奥格雷亚拉起一个前台小姐,用英文问道。

这些前台小姐的英文水平都很高,毕竟秦氏集团可是一家大型企业。

这个前台小姐名为李曼,在奥格雷亚那股凌厉无比的死亡气息的笼罩之下,她颤抖地说道:"你、你要找董事长有什么事?"

"自然是要拜访一下你们的美女董事长。"

奥格雷亚笑着,他将李曼拎起,径直走进了电梯。

而一楼的出口都被封死,电梯门口也被这些死亡神殿的人守着,留在

02 谁是魔王

一楼的死亡神殿之人一共有四个人,他们全都手持武器,一个个更是经过了残酷严格的训练,他们没少参加过类似这样的行动,心知如何能够控制一栋大楼。

这时,萧云龙的手机骤然响起,他一看电话,是方侯打过来的。

萧云龙接了电话,说道:"喂,猴子,怎么了?"

"萧教官,不好了,公司有一伙人冲了进来,对方手持武器,分明是来者不善。"电话中,方侯语气急促地说道。

萧云龙闻言后立即站了起来,他脸色阴沉,说道:"你们尽量稳住局面,派人护住秦总。我这就过去。"

说着,萧云龙挂了电话,急匆匆地跑了出去。

秦氏集团,奥格雷亚分成的两组人手正朝二楼三楼冲去。

其中一组人手已经冲上了二楼,他们冲上二楼之后迅速地控制了二楼的扶梯口跟电梯等几个通道,他们手持武器,目光冷漠无情,绝对是杀人如麻的狠角色,只要这一楼层之人胆敢妄动他们将会毫不犹豫地开枪射杀。

二楼设有秦氏集团的保安部,保安部部长刘正已经知道有危急情况发生,陈德胜之前匆忙地跑过来跟刘正说明情况,并且拉响了秦氏集团的警报器。

刘正得知这个消息后便第一时间报警了。

这会儿刘正与陈德胜刚走出保安部办公室,一个手持武器的男子骤然出现在他们面前,那黑黝黝的枪口指着他们,让他们来到二楼的一处空旷地面上双手抱头蹲下。

二楼整个楼层的人员都被控制在了这个地方,主要是秦氏集团的一些后勤人员还有保洁人员,大约有二十多名男男女女全都被控制在此地。

刘正与陈德胜也不敢妄动,被迫着服从这些死亡神殿分子的胁迫,都蹲在地上,双手抱头。

第三组死亡神殿的四个人冲上了三楼,不过这四个人冲上来之后却是意外地看到这一楼层空无一人。

秦氏集团的三楼本身就是娱乐场所的楼层,这里有健身房、室内羽毛球场等。

冲上来的这四个人彼此交换了一个眼神,他们分别朝这个楼层的扶梯口跟电梯等几个方位走去，他们的任务就是控制三楼整个楼层。

三楼南边的一个扶梯口上，一名死亡神殿的男子走了过来，他目光森冷，警惕地看着四周，确认无人之后他守在了这个楼梯口前。

这名男子转身面对向楼梯口，也就是在这一刹那间——

"嗖嗖嗖！"

三道身影从右侧一间房间的拐角处冲了出来，速度极快，朝着这名男子疾冲而上。

这名死亡神殿的男子听到身后骤然传来风声，他脸色一沉，猛地转身，然而这时一击重拳朝他的脸面轰杀而至。

"砰！"

这名男子的脸面被这一拳狠狠地击中，冲过来的一道身影几乎是同一时刻扣押住了这名男子持枪的手腕，竟是施展出了反关节技，黑影拧着这名男子的手腕，将他手中拿着的一支手枪夺取下来。

细看之下，这名夺下手枪的男子不是别人，正是高云。

高云身边另外两名保安施展出了平时训练中的搏杀术，疯狂地朝这名男子出拳攻杀。

这名死亡神殿的男子奋力抵抗，凌厉无比地横扫出腿，轰在了这两名保安的身上。

这时，高云抓住一个机会，右手一肘狠狠地击打在了这名男子的脖侧之上。

"砰"的一声，这名死亡神殿的男子闷哼了声，晕厥倒地。

"把他捆起来。"高云说道。

那两名保安点头，拿出准备好的绳索将这个死亡神殿的男子结结实实地捆绑成了一个人肉粽子。

三楼的电梯口处，一个死亡神殿的男子走了过来，他刚走到，从电梯的右侧突然间蹿出了一道灵巧的身影，正是方侯。

方侯迅速地蹿了上来，双手直接抱住了这名男子持枪的右臂，这名男子脸色一沉，他的右腿膝盖狠狠地朝上撞击，顶在了方侯的胸膛上。方侯口中闷哼，嘴角隐有一丝血流淌而出，但他没有丝毫松手的迹象，仍旧是紧紧地抱着这名男子持枪的右臂。

"呼！呼！"

02 谁是魔王

这名男子的身后响起了锐利无比的拳腿破空之声，两个保安现身而出，他们动用最为简单的拳脚搏杀之术攻击向了这名男子的身后要害之处。

"砰！砰！砰！"

一声声沉闷的拳腿之声响起，有一记重拳轰击在了这名男子的太阳穴上，这名男子抵挡不住这一轮疯狂的攻击，他嘴角流血，被击晕了过去。

至此，方侯这才松开手，将对方手中握着的枪收了起来，也将这个男子用绳索捆绑起来。

东面的廊道上，这条廊道往前就是三楼的训练室。

一名死亡神殿的男子正顺着这条廊道往前走，他看着这里面各式各样的运动场所，不过里面空无一人，他要彻底排查这里面是否有人员存在。

前方一个角落位置，静静地潜伏着三个人，他们是张伟、王博跟陈杰三个保安，他们一动也不动，屏住呼吸，听着那渐渐走近的脚步声，他们还真是有些紧张，不过更多的是一股同仇敌忾的气势。

张伟朝身边的两名同伴做出了一个手势，这个手势代表的是萧云龙教给他们的三角合围的攻击方式。

王博与陈杰心领神会，他们点了点头。

张伟他们当即继续潜伏着，渐渐那脚步声越加临近，他们看到一道身影正朝前走来。

张伟不再迟疑，他右手一挥，而后猛地从角落蹿出，直接扑向了这名男子。

张伟一扑而上，锁住了这名男子的咽喉，几乎同一时刻王博与陈杰也冲出来，王博扣住了这名男子持枪的手腕，陈杰重拳出击，狠狠地轰击在了这名男子的胸腹上。

张伟扣住这名男子的咽喉，用力地拧着，丝毫不放松，这名死亡神殿的男子剧烈挣扎，大约一分钟过后，这名男子手脚伸直，已经无法再动弹半分。

直至此刻，张伟这才松开手，探手一试之下，赫然发觉这名男子已经窒息身亡。

他们三人顾不上那么多，将那把枪捡起，迅速朝着另外的敌人潜行而上。

三楼上还有一名死亡神殿的男子，他听到一些打斗的动静，皱了皱眉，举步朝南面扶梯口方向走去。

这名男子刚走过去，猛地看到前面有一道身影闪过，他脸色一沉，旋即暴喝了声追了上去。

"呼！"

这名男子刚追出几步，右侧一间休息室内猛地有一道身影冲了出来，他身形滑地，而后右腿横扫而出，朝这名男子的双腿横扫过去。

"砰！"

这名男子猝不及防地被这一腿扫上，"扑通"一声倒在了地上。

这名男子倒地的瞬间，一道道身影从四周潜藏的角落中冲了出来，或出拳，或出腿，狂风暴雨般地攻击在了这名男子的身上。

"砰！砰！砰！"

一连串的重拳扫腿的攻势之下，这名男子口鼻出血，被硬生生地打晕了过去。

如此一来，三楼上的四名死亡神殿的人手全都被制服，其中一人更是被勒住咽喉窒息而亡。

毫无疑问，这一次高云他们的行动取得了全面的胜利，他们九人分成三组，通过彼此间的配合战术，依次将这四名死亡神殿的对手给击倒了。

可以说，高云他们没有辜负萧云龙对他们的期待。

"队长，接下来怎么办？一楼跟二楼还有敌人。"方侯轻声问道。

"必须将这些敌人全都解决掉。兄弟们，萧教官不在，现在是靠我们的时候了，也是我们应该站出来的时候了。萧教官这段时间不辞辛苦地教导、训练我们，为的就是这一天！如今公司有大危机，我们身为保安人员，我们必须要挺身而出。不过我事先声明，接下来的行动会存在危险，你们害怕吗？有害怕的，可以退出！"高云沉声说道。

方侯、张伟、王博、陈杰等人摇了摇头，他们目光坚定，脸色沉着，要誓死战斗到底。

高云点了点头，说道："那我们分成两组，猴子、王博、张伟、陈杰你们为一组，其他人跟我一组。我们从南北两个扶梯口潜行下去，伺机而动，二楼有老陈在，他可以作为接应。"

当即，高云他们立即分成两组行动，朝着二楼潜行而下。

四名死亡神殿的男子把守着二楼的四个方位，其中南北两个扶梯口站着的男子隐约听到楼上传来一些动静，他们皱了皱眉，脸色有些不解。

南边的扶梯口上，一个死亡神殿的男子脸上露出一丝疑惑之色，这时他隐约听到通往三楼的楼梯上似乎有一些轻微的动静，他的目光当即一沉，右手持枪靠了过去。

他顺着楼梯走了上去，准备去三楼看看情况。

与此同时，楼梯的拐角处有着数道屏住呼吸潜伏着的身影，为首的正是高云。

高云朝着他这一队的保安动了个手势，这些保安立即心领神会，他们潜伏着一动不动，聆听着那渐渐走近过来的脚步声。

"一、二、三……"

高云在心中默数着，忽然他目光一沉，脸上闪过一股坚决之色。他猛地从地上飞蹿而出，恰好这个时候那名死亡神殿的男子刚好走了上来，这名男子还未反应过来，高云扑身而至，双手扣住了他持枪的手腕。

"呼！呼！"

另外潜伏着的四名保安也在同一时刻出动，他们按照一定的战术配合，一人挥拳攻向这名死亡神殿男子的脸面，一人横腿扫向了这名男子的下盘，一人攻杀中路，一人攻其腰侧。

即便是这名死亡神殿男子拥有远胜于高云他们的实力，但他双拳难敌四掌，根本无法对抗这么多人的攻杀。

最终，高云一肘横击在了这名男子的脖侧之上，这名男子闷哼了声，晕倒在了地上。

另一边的扶梯口处也发生了突如其来的战斗。

一名死亡神殿的男子正站在这个扶梯口前，潜行而来的方侯、张伟、王博、李杰他们四人出其不意地强攻出击，毕竟留给他们的时间不多了，他们唯有采取强攻的方式来对付这些闯入秦氏集团的恐怖分子。

方侯身子灵巧，他悄无声息地顺着楼梯口潜行而下，而后趁这名死亡神殿的男子转身之际，他飞蹿而出，极为迅速。

这名死亡神殿的男子察觉到身后有劲风呼啸而至，他目光一沉，骤然转身之际却看到方侯冲了过来，双手环住了这名男子的脖子，施展出了擒拿手法拖着他一起倒在了地上。

张伟、王博、李杰他们也是几乎同一时刻冲杀而至。

"呼！"

张伟冲过来后一脚踢向了这名男子持枪的手腕，一脚横踢之下将这名男子手中的枪踢飞而出，王博与李杰则是扑杀而至，朝这名男子疯狂地出拳。

"什么人？"

这么大的动静自然是惊动到了这一楼层的另外两名死亡神殿的男子，正在看守人质的一名男子目光一寒，循声看去。

"嗖！"

那一刻，原本抱头蹲在地上的陈德胜一跃而起，他双手抱住了这名男子持枪的右臂，这名男子左手一肘横击在了陈德胜的身上，陈德胜咬紧牙关，忍耐那股刺疼之感，他抱着这名男子的右臂，死死不肯松开。

电梯口处还守着一名男子，这名男子听到声响，他身形一动，正欲朝着方侯他们那边冲过去，就在这时，南面的扶梯口处的高云他们五人瞬间冲了过来。

这名男子蓦地转身，手中的枪朝前一指。

高云发出一声低沉的喝声，他迅速地闪身而至，扣住这名男子持枪的手臂，朝上方托起。

"砰！"

枪声响起，不过这一枪落空了，射向了上方的天花板。

其余的保安拳脚施展，疯狂地朝这名死亡神殿的男子攻杀而去。

仅仅是一个照面，这名男子就被击晕了过去。

而后，高云他们冲向与陈德胜纠缠在一起的那名死亡神殿的男子。

陈德胜不顾个人安危，死死地抓住那名男子的右臂，使得对方根本无法开枪射杀，随着高云他们冲杀而至，这名男子的命运可想而知，也是于一瞬间被击倒在地。

与此同时，另一边的方侯、王博、张伟、陈杰他们四人也将最后一名死亡神殿的男子制服，连续的重拳之下将对方打晕，又用绳索将其捆绑了起来。

"刘部长，你带着这些人立即找个角落先躲起来，同时让公司内各个楼层的人员都留在原地，不要妄动，等着警方到来。一楼还有恐怖分子，方才的打斗已经惊动到了他们。他们手持武器，很是危险，公司内的人员绝不能惊慌逃窜，否则会引起不必要的伤亡。"高云对着刘正沉声说道。

刘正点头，他看着高云，说道："那你们呢？"

"一楼还有恐怖分子劫持着公司的人质，我们必须将他们制服。"高云开口，他将方侯他们召集过来，迅速制订了一个作战方针。

从楼上传来的枪声跟极为明显的打斗声的确是引起了这四名死亡神殿分子的注意，有两名男子控制着一楼的人质，另外两名男子则看守电梯跟扶梯的出口。

"你们去看看发生了什么事。"一名控制场中人质的男子开口说道。

看守电梯口跟扶梯口的那两名男子立即朝楼梯口走去，他们目光冷冽，身上开始散发出一股凌厉的杀机。

一楼被控制的人质中，有两个保安，一个是刘风，一个是蒋凯，他们双手抱头蹲在地上，就在那名死亡神殿的男子开口说话的时候，他们暗中对视了眼，他们心知高云他们采取行动了。

且说那两名死亡神殿的男子走到扶梯口，正欲上楼看看上面的情况，突然间，一道身影从楼梯口上直接滚了下来。

这两名男子眼中目光一沉，他们立即持枪朝这道身影指了过去，但他们定眼一看，这道身影穿着的是他们死亡神殿的衣服，他们脸色一怔，以为是自己人，正欲扶起对方。

就在这时，这道从楼梯上滚下来的身影猛地一个翻身，他右手持着一把手枪，接连开了两枪。

"砰！砰！"

两发子弹分别射入了这两名男子的胸膛，溅起朵朵血花，这两名死亡神殿的男子应声而倒。

这道从楼梯上滚落而下的身影正是高云，他换上了二楼一名死亡神殿男子的衣服，乔装之下从楼梯上滚下来，对方看着一名穿着死亡神殿衣服的身影滚下来，那一瞬间会误认为是己方的人。

高云就是要抓住这一瞬间的机会开枪射杀，他曾在部队服役过，是一个真正的军人，自然会使用枪械。

"行动！"

几乎就是在高云开枪的那一刻，原本抱头蹲地的刘风与蒋凯两人一跃而出，分别向看守人质的那两名死亡神殿的男子直接撞了上去。

刘风与蒋凯这使用了浑身力量的一撞，力道不可谓不大，那两名男子一瞬间被撞倒在地上。

还未等这两名男子回过神来，便看到高云、方侯、张伟、王博等一窝蜂地冲了上来，他们就像是在叠人肉堆一样，一个个直接扑向了这两名死亡神殿的男子。

在高云等人的合力之下，最后这两名死亡神殿的男子被制服，他们嘴角溢血，身体内更是多处骨折。

最终他们被捆绑得严严实实，扔在了一旁。

"队长，还有一个披着黑袍的恐怖分子，他劫持公司一个前台小姐要去找秦总。现在不知秦总那边是什么情况。"刘风急声说道。

"龙飞他们已经过去保护秦总了，我现在带人去支援龙飞他们。老陈你带着五个弟兄立即去找刘部长，疏散公司内各个楼层的员工。其余人随我去秦总所在的楼层，对方很显然是针对秦总而来，我们绝不能让秦总有任何危险。速度行动！"

高云开口，他没有丝毫的时间来休息半分，解决完一到三楼死亡神殿的人之后，他便迅速带人前往秦明月所在的办公楼层。

永不退后

当秦氏集团的警报钟响起的那一刻，正在二十八层办公的秦明月猛地站起身。

公司内拉响警报说明有紧急情况发生，她身为秦氏集团的董事长，无论发生什么情况她都要必须第一时间了解清楚。

"小雪，发生了什么事？"秦明月问道。

"秦总，我也不知道。我也是听到警报声后就跑了出来。"苏雪说道。

"给保安部的刘部长打电话，问问到底是什么情况。"秦明月沉声说道。

苏雪点头，正欲去联系保安部的部长刘正。

就在这时——

"叮！"

电梯门打开，龙飞与另外两名保安走出电梯，急忙地朝秦明月这边

02 谁是魔王

走来。

"秦总,快,立刻去顶楼,然后将顶楼的铁门锁上。公司里面闯进来了一批恐怖分子,对方手持武器。我担心他们是冲着秦总您来的。"龙飞急声说道。

"什么?有恐怖分子闯入秦氏集团?"秦明月闻言后心中大吃一惊,她无论如何也想不到,公司里发生的紧急情况竟然是有恐怖分子闯入了公司。

"云龙呢?云龙在公司吗?"秦明月问道。

"萧教官下午没有在公司,不过已经有人打电话通知萧教官了。秦总,苏秘书,快点上去顶楼。这样能够拖延一定的时间,等待萧教官还有警方人员的到来。"龙飞急声说道。

"叮!"

然而,不等秦明月做出任何回应,猛然间一声电梯门打开的声音响起,另一部电梯的门也打开了,一个身上披着黑袍的西方男子走了出来,他右手钳着前台小姐的脖颈,走出了电梯。

走出电梯的正是奥格雷亚,死亡神殿的一名黑袍武士,他手中控制着的正是秦氏集团的一名前台小姐李曼。

奥格雷亚目光一抬,顺着廊道朝前看去,看到了龙飞他们三名保安,还有后面站着的秦明月跟苏雪。

死亡神殿这一次针对秦氏集团出手,最主要的目的就是要劫持秦明月,因为他们从得到的资料中知道,秦明月是萧云龙的未婚妻。

萧云龙就是魔王,想要激怒魔王,最好的办法就是劫持他的未婚妻,倘若还能让他看着自己的未婚妻在他面前惨死,那效果无疑更佳。

奥格雷亚一眼就认出来龙飞他们后面站着的那个气质高贵、绝美无瑕,穿着一身浅灰色职业装的女人就是秦明月。

"想必这位美丽的女士就是秦明月女士了吧?"奥格雷亚看着秦明月,用英文说道。

"你是谁?放开我公司的员工!"秦明月在国外留学多年,对于英文自然是娴熟无比,她开口问道。

"既然找到了你,那她在我手中也无用。"奥格雷亚开口,他将擒拿在手的李曼扔到了一旁。

接着,奥格雷亚朝秦明月径直走了过来。

"秦总，你们退后！"

龙飞开口，他挡在了秦明月与苏雪的身后。

另外两名保安脸色也毫无惧意，他们随龙飞站在了一起，目光警惕地看向奥格雷亚。

奥格雷亚见状后皱了皱眉，他看龙飞他们穿着保安制服，心知他们是秦氏集团的保安，不过是一个公司雇用的保安罢了，也想要挡住自己？就算是三个最为顶尖的特种兵站在自己面前，也无法抵挡吧？

到底是谁给他们这么大的勇气？居然胆敢站出来挡在自己的面前！

"不想死就给我让开！"奥格雷亚冷冷说着，语气透出一股森寒冷意。

龙飞他们三人不过是保安，自然听不懂奥格雷亚说的英文，但他们却是能够从奥格雷亚那轻蔑的语气跟不屑的目光中猜测出他的意思。

"誓死保护秦总！萧教官教了我们这么多，就是为了让我们更好地保护公司，现在该是我们站出来的时候了！做好战斗的准备！"龙飞喝声说道。

"战！"

另外两名保安也沉声大喝，他们一张张年轻的脸上闪动着一股坚决之意，他们不曾后退，明知道眼前这个黑袍男子极为恐怖，但他们仍旧是无所畏惧。

"找死！"

奥格雷亚冷冷说道，身为黑袍武士的他嗜杀成性，龙飞他们的举动无疑是激起了他自身那股浓烈的杀机。

"嗖！"

奥格雷亚身形一闪，他的速度太快了，只见眼前一道黑影闪过，便冲了过来。

"吼！"

龙飞怒吼，他应战而上，他无法捕捉到奥格雷亚的身影，只能施展出萧云龙教给他们的搏杀之术朝前攻杀而出。

"轰！"

龙飞一拳而出，这是后手直拳，也是直拳中威力最大的一招，犹如一枚出膛的炮弹般朝前挥拳而去。

与此同时，另外两名保安朝着两侧进行包抄接应，他们在一起训练这么久，早就熟悉了彼此的战术配合，他们心知论个人他们绝非奥格雷亚的对手，唯有通过战术配合的攻杀来与对方交战。

奥格雷亚一冲而至，冷不防看着龙飞一式后手直拳攻杀而来，他眼中目光一沉，脸上有一丝颇为意外之感。

这后手直拳虽说极为简单，但却是隐隐带着一丝杀人之道的拳势，使得他被迫稳住了身形，他的右臂横挡而出，横击在了龙飞的拳头之上，那股巨力震荡得龙飞的身体一阵摇晃。

"呼！呼！"

几乎同一时刻，另外两名保安的攻势随之而至，右路那名保安重拳直取奥格雷亚的腰侧，左路那名保安一腿横扫奥格雷亚的下盘。

这是萧云龙教给他们的一种战术配合，一人正面攻杀，其余两人攻杀对手的中下路，这样的战术配合往往能够击杀对手一个手忙脚乱。

果然，奥格雷亚右臂横挡将龙飞的拳势震退，他正欲攻杀向龙飞，却看到他左右两侧有劲风呼啸袭来，那两名保安的攻势已经攻杀而至。

"你们这是在找死！"

奥格雷亚冷冷出口，他胸腔内升腾起一股怒火，他右拳迎着右路那名保安的拳势轰杀而出，他自身那股恐怖的力量悉数爆发，拳势破空之声锐利无比，呼啸生风。同时他的左腿也在瞬息间横扫，攻杀左路的那名保安。

"砰！"

奥格雷亚这一拳与右路那名保安的拳势对轰在了一起，那名保安根本无法抵挡这一拳之威，他自身的力量与奥格雷亚相比起来真的是差得太多了，在这一拳之下这名保安被震得手臂扭曲，身形也倒飞而出。

"轰！"

与此同时，奥格雷亚横扫而出的左腿破杀了左路那名保安的腿势，这一腿之势狠狠地碾压在了那名保安的身躯之上。

左路那名保安当即口中咳血，脸色瞬间苍白了下来。

"杀！"

龙飞暴喝，他朝奥格雷亚冲了上去，一记高鞭腿朝着奥格雷亚的脸面横扫而去。

奥格雷亚逼退了那两名保安，还没缓过劲来，龙飞的腿势已经杀了过来。

奥格雷亚脸上露出一丝狰狞之意，他没有闪避，而是跨步而上，他双手朝前一身，待到龙飞的高鞭腿横扫而至的时候他双手反旋握住了龙飞这一记势大力沉的腿势，从中也能看得出来奥格雷亚一身的力量绝对是骇人无比。

龙飞的右腿也被奥格雷双手握住，他没有惊慌，脸色一狠，他以被握住的右腿作为借力点，身形腾空而起，左腿再度朝奥格雷亚的脸面横扫而去。

"给我去死！"

奥格雷亚张口怒吼，他身形猛地朝前冲撞而去，同时他双手松开，右臂一横，挡住了龙飞横扫而来的左腿，他冲撞过去的身体以右肩狠狠地冲撞在了龙飞的身体上。

"砰！"

一声极为沉闷的声音响起，龙飞身形朝前飞了出去，半空中的他口中接连吐血，倒在了后方秦明月与苏雪的面前。

秦明月连忙过去扶住龙飞，语气急切地说道："你没事吧？你们不是他的对手，这样下去你们会没命的。"

"秦总，你们退后。萧教官说过，男儿有所为，有所不为。既然我们是公司的保安，那就要尽自己的职责。我们绝不会退，誓死不退！"龙飞吐出口中一股血水，他挣扎着站起身来。

"嗖！嗖！"

同时，那两名原本被震飞而出的保安再度朝奥格雷亚冲了上去，虽然他们受伤了，但他们并没有慌乱，并非是盲目的出拳攻击，仍旧是坚守着他们之间的战术配合。

"誓死不退，杀！"

龙飞暴喝，他目光坚决，饶是他受伤不轻，可他仍是朝着奥格雷亚冲了上去。

奥格雷亚眼中有着怒火在燃烧，在他眼中龙飞他们三人可以说是不堪一击，但他们那股誓死不退的韧性，还有那即便是受伤了也丝毫没有慌乱的战术配合，还真的给他造成了一定的麻烦。

不过在他看来这个麻烦很快就要被解决掉了，他眼中杀机盛烈，准备采取雷霆手段一举击杀龙飞他们三人。

02　谁是魔王

"砰！砰！砰！"

龙飞跟另外两名保安一次次地冲上来，又一次次地被奥格雷亚轰飞而出，到最后他们都要坚持不下了，浑身伤痕累累，口中咳血。

其中有一名保安的右臂被奥格雷亚踢断，他捂着折断的手臂，那种刺痛之感让他浑身都冒冷汗，但他仍旧是不退，目光依旧坚定而又执着。

"你们的勇气跟韧性真是让我大开眼界，但这改变不了你们死亡的事实！"

奥格雷亚开口说道，他右拳轰杀而出，破杀了前方龙飞攻击而来的拳势，这一拳轰在了龙飞的身上，隐有阵阵咔嚓的骨折声传来，龙飞体内多处胸骨被奥格雷亚这一拳打断。

"你给我住手！"

秦明月怒斥了声，她脸色因为过度的愤怒而变得铁青，她双拳紧握，浑身颤抖不已。

"秦、秦总，不、不要过去。"龙飞口中淌血，他断断续续地说道。

秦明月仍是朝前走，她盯着奥格雷亚，说道："你放过他们，你要找的人是我。不要杀人，不要流血。虽然我不知道你找我究竟是为了什么，但不要伤害我公司的员工，不要伤害其他无辜的人！"

"秦小姐，你真是一个很好的老板。"奥格雷亚笑着，随着龙飞他们倒下，他可以说控制住了场面，因此眼前的秦明月已经成为他的猎物，他看着秦明月那张美丽的面孔，说道，"我找你是为了魔王。"

"魔王？"

秦明月听到这个回答后显得有些意外，因为她不知道这是什么意思。

"叮！"

就在这时，电梯门打开了。

奥格雷亚听到这声音，他猛地回头看去——他带来的人手已经控制了电梯口，还有谁能够乘坐电梯上来？

电梯门打开的一瞬间，里面有一道道身影冲了出来，为首的正是高云，身后则是方侯、王博、张伟等保安。

冲出来的高云抬眼看去，就看到了场中的情况，他大喝一声："保护秦总！"

说着，高云脸色一沉，眼中有着战意在燃烧，他朝奥格雷亚冲了过去。

这一刻，奥格雷亚产生短暂的错愕——怎么又有保安冲上来？自己带来的人手不是控制了一至三楼的局面了吗？难道自己带来的人手都被击倒了？这怎么可能，这些人不过是保安而已！

奥格雷亚意识到高云这些人能够冲上来护住秦明月，那只能说明一个问题，那就是他所带来的人手都被击倒了。

"保护秦总！"

方侯等人也大喊着，他们一共七个人朝着奥格雷亚冲了上来，身上带着一股浓烈的战意，他们无所畏惧，心中有股坚定的信念，那就是护住秦氏集团，护住秦明月。

"轰！"

高云转眼间冲到了奥格雷亚的面前，他重拳出击，一拳朝奥格雷亚的脸面攻杀而去。

奥格雷亚回过神来，他目光一寒，右手一拳轰杀而出，迎上了高云的拳势。

"砰！"

奥格雷亚一拳之下将高云的拳势悉数挡下，并且他自身的那股力量更是震得高云朝后倒退了数步。

"今日我要杀光你们！"奥格雷冷冷说道，他身上开始散发出一股浓烈的死亡气息，一股骇人无比的杀意迸发而出，他彻底被激怒，他要施展出自身最强的实力来解决这场战斗。

"嗖！嗖！"

高云刚被震退，方侯、张伟、李杰他们三人立即从三个方位朝着奥格雷亚冲杀而来，他们或出拳，或出腿，或是使用擒拿手法控制奥格雷亚的手臂。总之他们按照着一定的战术配合来攻杀，而不是盲目的一个个上去送死。

"给我滚开！"

奥格雷亚暴怒出口，他施展出了骇人无比的杀伐之术，右腿轮转而起，犹如一柄轮动的巨斧般朝围攻上来的方侯他们横扫而出，这一腿之势狂暴绝伦，携带着一股不可力敌的威势，拦腰横扫向了方侯等人。

"轰！"

在奥格雷亚施展全力之下，饶是方侯他们三人联手，他们的攻势仍旧是被奥格雷亚这一腿破杀,他们三人在那股骇人无比的力量之下更是被横扫而出。

但方侯他们被击退的瞬间,又有三名保安扑杀而至,一人突袭向了奥格雷亚的身后,其余两人攻杀向了奥格雷亚的两侧。

"吼!"

高云一声怒吼,他稳住身形之后一个箭步朝奥格雷亚冲了上去,他右拳出击,简单而又粗暴,这就是萧云龙教给他们的搏杀之术。

如此一来,奥格雷亚四面环敌人,他脸色仍旧很平静,身为死亡神殿的黑袍武士,他自身的实力绝对是强大无比。

"呼!"

奥格雷亚右肘朝身后横扫而出,那名正从身后突袭而来的保安轰杀而出的拳势被奥格雷亚的手肘横挡而出,同时奥格雷亚左臂青筋毕露,一股澎湃绝伦的力量席卷而出,朝着左路一名保安轰了过去。

"砰!"

奥格雷亚这一拳破杀了左路那名保安的攻势,并且这一拳还狠狠地轰击在了这名保安的胸腹之上。

这名保安身形倒飞而出,口中咳血。

奥格雷亚无暇去顾及右路另外一名保安横扫而来的腿势,只因前面高云杀气腾腾的攻杀而至。

面对高云这一拳,奥格雷亚的右腿横扫而起,携带着一股锐利无边的腿风碾压向了高云。

"砰!"

奥格雷亚这蕴含着恐怖力量的右腿迎上了高云攻杀而来的拳势,一腿之下将高云的右臂震飞,那股力量更是冲击得高云体内气血翻腾。

就在这时——

"砰!"

右路那名保安一腿横扫在了奥格雷亚的腰侧上。

不过这一腿非但没有给奥格雷亚造成重创,反而激起了他心中那股嗜血的杀机。奥格雷亚忽而反手扣住了右路那名保安的咽喉,接着他眼中迸发出一股杀机,准备一举将这名保安的咽喉给拧断。

"小心!"

方侯大喝了声，一个纵身扑了上来，双手抱住了奥格雷亚的右臂。

刘风与张伟两名保安也扑了上来，一个扣住奥格雷亚的手腕，一个合身撞向了奥格雷亚。

奥格雷亚扣住那名保安的手臂根本使不上劲，方侯与刘风都死死地按住了他的右臂，同时张伟也向他冲撞而来。

瞬息间，高云又调整好了自身的身形，他眼中有着浓烈的战意在升腾，他暴喝出口，朝奥格雷亚再度冲了上去，他骤然冲杀而至，一记侧踢朝着奥格雷亚的咽喉踢了过去。

此外，其余原先被逼退的保安也全都咬着牙冲了上来，他们战意高涨，没有一个人畏惧身退，他们形成一个团体，以团队配合作战的方式朝奥格雷亚攻杀而来。

奥格雷亚心中冒起了腾腾怒火，他的右臂根本发不上力，自然就不能一如所愿的拧断那名保安的咽喉，再加上高云等人全都不顾性命的攻杀而来，他再继续僵持下去只怕要负伤。

他唯有顺势将这名保安扔了出去，撞在了右侧的墙壁上。

"给我滚开！"

奥格雷亚接着怒吼出口，他的右臂一震。猛地将死死地抱住他右臂的方侯与刘风两人震飞而出。

"呼！"

同时，奥格雷亚的右腿抬起，朝上横扫而出，恰好迎上了高云直踢过来的侧踢。

"砰！"

两人的腿势交接在了一起，爆发出沉闷的声响，奥格雷亚这充满恐怖力量的一腿完全将高云的腿势格挡了下来，高云身形一阵摇晃，朝后接连倒退。

"轰！"

奥格雷亚眼中杀机一闪，他朝着高云疾冲而上，一拳而出，直取向了高云的脸面。

他看得出来高云实力最强，只要将高云击倒，就能够有效地降低高云他们团队作战的威力。

可以说，高云他们此刻的团队战术配合中，他是轴心，是最为主要的攻击点,一旦高云这个点被击倒,那将会形成多米诺骨牌效应那般逐个倒下。

高云看着对方一拳直取而来,他深吸口气,施展出了格挡术中的横挡之势,挡向了这一拳。

轰的一声,奥格雷亚这一拳的力道太强,竟是将高云横挡而来的右臂震飞,这一拳带着余力轰在了高云的胸口上。

"哇……"

高云一张口,一股鲜血喷吐而出。

同一时刻,方侯、张伟、王博、刘风这些保安继续朝着奥格雷亚攻杀而上,他们不畏惧、不言退,挺身而出,悍不畏死,杀向了奥格雷亚。

奥格雷亚充分体现出了他那精湛的战斗经验,出拳、扫腿、挥肘,将不断地攻杀上来的方侯他们一个个击退,他迈着坚定的步伐杀向高云,铁了心要将高云击杀。

高云眼中战意浓烈,他咬紧牙关,冲向奥格雷亚,与方侯他们一起作战。

到最后,高云、方侯、张伟他们全都身负伤势,嘴角有着鲜血流淌,有的自身多处骨折,有的口鼻出血,但他们没有退却半分,体现出了一股极为强大的韧性。

奥格雷亚也受伤了,毕竟方侯他们接连不断的攻杀上来,有些拳腿之势击打在了他身上。

可以说,这是一场血战,死也不退的血战。

魔王降临

秦氏集团大厦外面不断地跑出被疏散的公司员工,他们一个个心有余悸,脸色惊怕不已。

"轰!"

这时,一声轰鸣的机车引擎声远远传来,前方,一辆造型彪悍的机车呼啸飞来,车上坐着一道气势雄浑如山般的身影,远远地都能够感受得到从他身上散发而出的那股暴怒的威压与恐怖的气息。

震耳欲聋的机车声呼啸而至,造型彪悍的怪兽呼啸而来,"吱"的一声停在了秦氏集团的门口，萧云龙阴沉着脸走了下来，他一个箭步朝秦氏集团冲了过去。

"萧教官……"

正在跟刘正等人一起疏散公司员工的陈德胜看到了萧云龙，他欣喜万分地喊了起来。

"刘部长，老陈，情况如何了？"萧云龙冲过来，急声问道。

"我们击倒了对方一些人手，不过对方一个头领要去对秦总不利。高队长他们已经去护住秦总，我们正在疏散公司的员工。"陈德胜开口说道。

"嗖！"

陈德胜话刚落音，萧云龙身形一动，朝秦氏集团冲了进去。

就在萧云龙刚朝秦氏集团冲进去的瞬间，前面传来了警笛声，一辆辆警车呼啸而至，警方人员这时候终于赶来了。

萧云龙冲进秦氏集团的大堂，看到运行的电梯仍是在十几层楼，要等电梯下来再乘坐电梯而上，时间将会浪费得更多。

萧云龙眼中目光一沉，他顺着安全扶梯朝楼上冲。

一层楼，萧云龙在四五个起跃跳动之间就跑上去了，真要论起来如此速度丝毫不比电梯慢半分，甚至还要比电梯快。

一楼、二楼、三楼……萧云龙全力奔跑，整个人看着就像是一头豹子，他自身那股澎湃绝伦的力量爆发而出，双足一蹬，跳跃而起，足尖落地之后再一个起跳，没有丝毫的停顿，速度之快犹如在平地奔跑一般。

平常人一口气能够跑上六七楼就已经累得不行了，但萧云龙仍旧是以在平地奔跑般的速度不断地朝楼上冲去，他的目标是要冲上二十八楼。他不知道楼上的情况到底如何了，他唯有祈祷秦明月能够平安无事，希望高云他们还能撑得住。

十八楼……二十楼……二十五楼！

萧云龙一口气跑上来，面不改色，其速度看着竟是没有丝毫减缓的迹象，这让人极为的震惊。

即便是一个经过严格训练的特种兵，一口气跑上二十楼，也会累得气喘，而且速度必然会减慢许多。

可萧云龙没有丝毫减缓速度的迹象，他浑身仿佛有着用不完的力量，仿佛不知疲累，带着一股怒杀之意冲了上去。

02 谁是魔王

萧云龙没有停下来松口气，因为时间上根本不允许他这样做，顶楼上他的未婚妻正置身于危险之中，他的学员高云等人更是身处险境，他岂能浪费哪怕是一秒的时间？

二十六、二十七、二十八楼！

"嗖！"

萧云龙终于冲上了二十八楼，冲上这一层楼的瞬间，他就感受到了一股骇人无比的死亡之气在弥漫，同时有着浓郁的血腥味道也在散发着。

前面的廊道上，奥格雷亚双拳攻杀，横扫出腿，冲上来的方侯、王博、刘风他们被轰杀而飞，他们浑身是血，看着都无法支撑下去了，但他们仍旧是在咬紧牙关地战斗着。

高云倒在了前方的地面上，他受了重伤，挣扎着想要站起来，可一动之下全身刺疼，嘴角不断地淌着血，可他眼中的目光仍旧是无比坚定，并没有丝毫的惧怕之感。

"你可以去死了！"

奥格雷亚暴喝，他冲了上来，一拳朝地面上倒着的高云轰了过去。

"高队长！"

方侯等人暴喝，他们全都被奥格雷亚击飞而出，只能眼睁睁地看着奥格雷亚杀向高云。

"不要杀人，你找的人是我！"秦明月大喊道，甚至不顾一切地朝奥格雷亚冲上去。

也就在这一刻，萧云龙冲了上来。

萧云龙低沉冷喝，他双足猛地一蹬地面，整个人犹如一枚出膛炮弹般朝前冲了过去。

"轰！"

奥格雷亚一拳朝着高云连忙轰了下来，在那股锐利刚猛的拳风之下，高云双眼不由得眨了眨，重伤的他真的是无法动弹半分了。

"砰！"

电光火石间，一声沉闷的声音传来，震耳欲聋，让人的耳膜阵阵生疼。

高云脸色一怔，他竟是没有感到那一拳落在他的脸上，他猛地睁开眼，赫然看到一道气势雄浑的身影挡在了他的面前，对方伸出的右臂将奥格雷亚那一拳给完完全全的托住了。

"萧、萧教官!"

高云认出了这道身影,他一瞬间惊喜交加,忍不住呢喃出口。

奥格雷亚心中大惊,他出拳的那一刻就已经感觉到一股恐怖如渊般的气息席卷而至,接着他攻杀向高云的这一拳竟是被挡下了。

奥格雷亚抬眼朝前一看,看到了萧云龙那张充满了怒杀之意的脸。

"是你!"

奥格雷亚认出了萧云龙,跟他们所掌握的魔王的相片一模一样。

"呼!"

奥格雷亚震惊过后,他左手一拳立即朝萧云龙的脸面轰杀而来,这一拳有着他自身的强大力量,更是迅速无比,杀伐之意十足。

萧云龙面沉如水,在奥格雷亚出拳的刹那,他右手一拳已经轰杀而出。

"轰!"

拳势如炮弹,沿着一条笔直的直线迎向了奥格雷亚的这一拳。

这是杀人之道的拳势,内蕴着无尽的杀伐气势,简单而又粗暴,怀着一股怒杀之意的萧云龙更是爆发出了他自身那股骇人至极的极限力量,使得这一拳充满了暴力美学之感。

"咔嚓!"

一拳对轰之下,奥格雷亚指关节传来阵阵骨折之声,在那股骇人无比的极限力量的碾压之下,奥格雷亚的身形更是朝后倒退。

萧云龙如影随形般地跟上,他的右腿横扫而出,横扫向了奥格雷亚的脸面!

奥格雷亚心中惊骇无比,指关节折断的刺痛之感传遍他全身,面对萧云龙横扫而来的腿势,他只有抬起右臂格挡。

"砰!"

奥格雷亚横臂抵挡之下,他的身形更是剧烈的震动,可还未等他反应过来,就赫然看到萧云龙的腿势飞至而来,接连两腿横扫向了他的腰侧与下盘的双腿。

三连杀!

这是萧云龙腿势中的三连杀!

奥格雷亚脸色惊恐而起,他忍不住怪叫了声,避无可避的他唯有奋力抵抗。

02 谁是魔王

"砰！砰！"

仓促之间奥格雷亚抵挡住了萧云龙的第二腿，但第三腿的腿势如奔雷般轰杀而至，横扫在了他的下盘双腿之上。

奥格雷亚口中立即发出了一声闷声，他身形倒飞而出，重重地撞在了右侧的墙面之上，发出了极为沉闷的砰然之声。

"嗖！"

萧云龙身形一动，待到奥格雷亚的身体从墙面上反弹而回的时候，他右手朝前一伸，钳住了奥格雷亚的咽喉。

萧云龙淡漠无比地看着奥格雷亚，那平静的目光没有丝毫的波澜，可就是这样的目光让奥格雷亚心胆俱裂，他分明是感受到了从萧云龙身上散发而出的那股恐怖如渊般的气息，滚滚魔威碾压而至，恍如一尊大魔王在俯视着猎物。

奥格雷亚喉结蠕动，想要开口说什么，可他的话还未来得及说出来，萧云龙就钳住他的咽喉将他整个人抡起，猛地朝地面一砸。

"砰！"

奥格雷亚浑身震动，眼冒金星，头晕眼花，这一砸之力让他浑身的骨头都要散架了般，倒在地上起不来。

萧云龙站起身，他忽而抬起右腿，朝着奥格雷亚心脏的位置重重地踩了下去。

这一脚之力蕴含着萧云龙自身那股雄浑至极的力量，奥格雷亚的胸腔内立即传来阵阵"咔嚓"的骨折声，并且那股恐怖的力量碾压向了他的心脏，体内传来极为沉闷的"嘭"的一声，心脏被压爆了。

至此，萧云龙身上那股暴戾而又深沉如狱般的恐怖气息在逐渐收敛，他转头看向一旁怔怔出神的秦明月，眼中闪过一丝歉然之色，他走过去柔声说道："明月，抱歉，我来晚了。"

秦明月回过神来，她快步走上来，摇着头说道："云龙，我没事。你快看看高云他们怎么样了。"

萧云龙点了点头，他走过去查看高云、龙飞、方侯、张伟、李杰、刘风、王博等人的伤势，他们一个个都受到了重伤，有两人的臂骨折断了，而龙飞、高云等人更是多处肋骨折断，他们浑身是血，嘴角兀自还有鲜血在冒出。

军礼致敬

"我来晚了,让你们都受了伤。"萧云龙说道。

高云挣扎着站了起来,笑着说道:"萧教官,我们都没事,你看我们不都是还好好的吗?只要公司没有人员伤亡,秦总没事,那我们所做的一切都是值得的。"

萧云龙深吸口气,他看着眼前的高云等人,说道:"还能站着吗?"

"能!"高云他们大声说道。

"给我列队站好!"萧云龙说道。

高云、方侯、龙飞、王博等一个个保安站着,他们扶着彼此,站在萧云龙的面前。

萧云龙立正,脸色庄重而又肃穆,他看向高云他们,猛地敬了一个军礼,他逐一从高云等人看过去,一个个地向他们以军礼致敬。

高云、龙飞、方侯他们等人脸色先是一怔,而后一股难以言喻的感觉弥漫心头,接着他们的眼角湿润了,眼中忍不住浮现泪花了。

方才他们在不顾生死的对战时,重伤倒地直面死亡时,也不曾落泪半分。

但现在,他们一个个热血男儿的眼眶却忍不住湿润起来,那是因为——

"当有一天,我以军礼向你们致敬的时候,就表示你们得到了我的认同,就表示你们真正的学有所成!"

这是萧云龙对他们说过的一句话,他们一直都铭记在心。

此刻,萧云龙脸色肃穆而又郑重地向他们敬军礼,让他们一个个七尺男儿泪水盈眶。

高云他们看着萧云龙此刻的军礼,只觉得所受的伤,所流的血都是值得的。

高云他们在危机时刻挺身而出,凭着他们的机智勇敢以及训练有素的战术配合将一楼二楼三楼一共十二名死亡神殿的人手给制服,又前来顶楼对战奥格雷亚,阻止奥格雷亚对秦明月不利。

秦明月这时候对萧云龙似乎又有了全新的认识,当初萧云龙要当保安部的教官,她也没多想,自然也不会想着萧云龙能够做出些什么成果。但今天这起事件中高云所率领的保安部成员体现出来的作用当真是让她感到震惊而又欣慰。

直至此刻,秦明月才意识到萧云龙已经将高云他们打造成为了一支铁血之军,他们有能力守护秦氏集团,只有在公司遇到突发事件的危急关头,才体现出了萧云龙训练高云他们的作用。

"我代表公司向你们致谢。这些人到底是什么人?为什么要袭击秦氏集团?"秦明月说道。

萧云龙走过去查看已经气绝身亡的奥格雷亚,但当看到奥格雷亚身上披着的黑袍前印着那柄滴血镰刀的图案时,他眼中的瞳孔骤然冷缩,两道森寒如刀般的目光迸发而出。

"死亡神殿!"

萧云龙诧异地自语了声,他身上隐隐有股嗜血的杀意在弥漫。

萧云龙自然是知道死亡神殿,他当年仍在魔王佣兵团的时候也曾与死亡神殿打过交道,他只是不明白为何死亡神殿的人会出现在江海市,前来袭击秦氏集团。

"叮!"

这时,电梯门打开,一个个警察蜂拥而出,为首的正是叶曼语。

警方接到报警之后叶曼语就率领着刑警队的人以最快的速度赶来秦氏集团,但她没有想到赶过来的时候战斗已经结束了,这让她感到吃惊与意外。

"叶警官,你们来了。高云他们都受伤了,还望你组织人手,立即送他们前往医院。"萧云龙说道。

"救护车也来了,就在楼下。"叶曼语说着立即指挥跟随上来的警察,将受伤的高云、方侯、王博等人都护送下楼。

"明月,我们也下去吧。这里先让警方来处理。"萧云龙说道。

秦明月点了点头,她拉着一旁的苏雪跟着萧云龙下楼了。

秦氏集团外面的广场上站满了被疏散出来的公司员工,当他们看到高云、方侯、王博等保安走出来的时候,他们全都自发地鼓掌,场中响起了热烈的掌声。

秦氏集团的员工已经了解到,在危机发生的时候,是高云他们这些保安挺身而出，制服了这些手中持枪的恐怖分子，若非如此秦氏集团内上千名员工此刻只怕还在这些恐怖分子的控制中。

因此，此刻响起的热烈掌声全都是秦氏集团的员工出自真心的，他们感谢高云所带领的保安人员所做的这一切。

高云他们听到这些掌声，一个个会心一笑，这时候他们真的是有种自豪的感觉。

高云他们被警方人员护送出来之后，救护车上的医护人员也走了下来，帮助高云等人坐上救护车。

"高云，你们先去医院好好养伤，接下来的事情你们不用操心。我会处理好。"萧云龙叮嘱道。

高云他们闻言后纷纷点头。

与此同时，高云他们之前制服住的那些死亡神殿的人手都已经被警方控制，他们携带过来的枪械都被警方收缴。

叶曼语一番忙碌之后走到了萧云龙面前，问道："你知道这些人是什么人吗？他们都是西方人，很明显是境外的势力分子。他们为何会袭击秦氏集团？"

萧云龙深吸口气，缓缓说道："他们的确是境外的势力分子，他们的组织名字叫死亡神殿。"

"死亡神殿？"叶曼语皱了皱眉，她对于黑暗世界的势力一无所知，自然也没有听说过这股势力。

"既然是境外势力，他们这次潜入江海市，还袭击秦氏集团，到底是为了什么？"叶曼语不解地问道。

萧云龙沉默不语，眼底深处却有着一股凌厉无比的杀机在闪动——如果他猜得不错，这一次死亡神殿出现在江海市，并且针对秦氏集团出手，恐怕是因为他的缘故！

否则他想不出来江海市有什么值得死亡神殿冒着一定的风险潜入进来，并且还针对秦氏集团出手。

可是自己已经离开魔王佣兵团多年，这几年也没有与死亡神殿之人有过任何的冲突，他们此举到底是何意？为何要来对付自己？他们又是如何知道自己在江海市？如何知道自己的身份？

萧云龙脑海中有着层层谜团，不过他也没有去深究，既然对方找上门

02 谁是魔王

来，他决心要让死亡神殿的人有来无回！

同时萧云龙也意识到，死亡神殿的行动绝不会到此为止，他们必然还有更为强大的强者还未现身。

"呼！"

这时，一辆黑色轿车呼啸而至，车子在秦氏集团广场前停下，车门打开之后便看到局长韩锋着急地下了车。

事发之时韩锋正在参加一个会议，会议结束之后他得知秦氏集团发生恐怖袭击事件，便立即乘车而来。

"韩局。"萧云龙看到韩锋后喊了声。

"事态如何了？是否有人员伤亡？"韩锋迫不及待地问道。

叶曼语说道："韩局，在我带队前来的时候那些恐怖分子都已经被制服了。"

韩锋闻言后稍微松口气，他看向萧云龙，说道："云龙，只怕又是你的功劳吧？"

"韩局，这次最大的功劳还真的不是我。"萧云龙笑着说道，语气中带着一种自豪之感。

"哦？"韩锋听到这话后有些疑惑不解。

"是秦氏集团的保安，他们挺身而出，制服了这些恐怖分子。这些恐怖分子手持武器，打算控制秦氏集团的一至三楼，是保安们联合行动，将他们制服了。"叶曼语说道。

韩锋为之惊诧，他难以置信地说道："竟然是秦氏集团的保安制服了这些恐怖分子？这真是让人不敢相信，莫非秦氏集团的保安都是退伍的特种兵？"

"哈哈，他们不是特种兵，不过我相信他们的作战能力，特别是团队配合方面不会比特种兵差太多。"萧云龙笑着说道。

韩锋当真是感到无比意外，他正想询问萧云龙个中细节，这时秦明月拿着电话过来找萧云龙，她说道："云龙，我爷爷跟父母他们知道秦氏集团出事了，他们给我打了电话，爷爷要跟你说话。"

萧云龙点了点头，他接过电话，说道："喂，老爷子，是我。"

"云龙，我听到消息说秦氏集团有恐怖分子袭击，真的已经没事了吗？"电话中，秦老爷子语气担心地问道。

"老爷子，那些恐怖分子已经被制服了。现在已经没事了，您老别担心了，我跟明月还有秦氏集团的所有员工都很好。"萧云龙说道。

"好，好，我现在正跟你秦叔叔他们去江海市。到了再说。"秦老爷子说道。

萧云龙应了声，挂了电话。

萧云龙将手机还给秦明月，一转眼便看到一辆黑色的迈腾轿车飞驰而来，他脸色一怔，他认得出来那是自己家里面的车子，那开车前来的肯定就是自己的父亲了。

果然，这辆迈腾停下来后萧万军紧张地走了过来。

萧云龙与秦明月迎了上去，向萧万军简单地说着秦氏集团发生的事情经过。

危机再临

此时已经是傍晚七点，华灯初上，万家灯火。

与秦氏集团大厦相隔一条街的一栋大厦的顶楼之上，赫然静静地站立着一道极为性感妙曼的身影，她一身黑色的紧身长裙，勾勒而出的身段凹凸有致，性感诱人。

其高耸的胸脯裙口上，有着暗金纹路勾勒而出的一朵曼陀罗花，冶艳唯美，却又代表着的是死亡之意。

夜风徐徐吹来，扬起了她额前的发丝，昏暗不定的街灯映衬着她那张冶艳的脸，她一双碧色如海的眼眸凝望向了秦氏集团的方向，性感的红唇微微扬起一丝弧度，自语道："魔王，这仅仅是开始，别让我失望！"

萧云龙原本正在跟自己的父亲萧万军说着秦氏集团事情发生的经过，冷不防的，他像是感应到了什么，他猛地抬起头朝右边的一个方位看去，顺着方才的感应看向了隔着一条街道上的一栋大厦，目光仰望着，看向了这座大厦的顶楼。

但当萧云龙看过去的时候，这栋大厦的顶楼已经是空无一人。

萧云龙走到韩锋的面前，说道："韩局，我怀疑这些恐怖分子绝不会就此罢休。"

02 谁是魔王

"云龙你这是什么意思？这些恐怖分子还有余党？"韩锋问道。

萧云龙眼中精芒闪动，说道："这些恐怖分子是境外一股势力名为死亡神殿的人，他们潜入江海市，想来绝不会仅仅是针对秦氏集团这一次行动这么简单。他们肯定还会有所行动。"

"你的意思是要将这些境外潜入的恐怖分子一网打尽？可现如今如何得知这些恐怖分子余党的下落？"韩锋问道。

"纠集警方人员，以秦氏集团为中心，向四周搜查。对方如果还有行动，肯定会选择公共场所，特别是人流量密集的地方。"萧云龙推测说道。

韩锋沉声说道："我现在就出动警力，形成一个个小组，在江海市的繁华地带巡逻。同时通知机场、火车站、汽车总站的警务人员，做好严防的工作。另外，这些恐怖分子有些已经落网，我让人连夜审问他们，查出他们团伙的下落。"

"只怕从他们的口中是问不出什么的。"萧云龙说道。

他很了解死亡神殿，心知死亡神殿之人一个个全都悍不畏死，他们都已经被洗脑，忠诚于死神，绝不会背叛死亡神殿。或许还不等警方审问他们，他们醒来之后第一件事就是自尽而亡。

"韩局，如果可以，你让警方的人员都做好准备，今晚可能还会有状况发生。"萧云龙语气凝重地说道。

韩锋看着萧云龙认真的神情，心知他绝对不是在开玩笑，他点头说道："好，我这就去做相关部署。"

萧云龙拿出手机给乔四爷拨打了电话："喂，四爷，是我。有点事需要你来帮把手。"

"哦？什么事？萧老弟，你我之间无须客气，有什么事尽管说。"

"有一股境外的恐怖势力潜入了江海市，袭击秦氏集团。不过现在袭击秦氏集团的恐怖分子都已经被制服。我怀疑这股恐怖势力绝不会就此罢休，他们还会有后续的行动，因此想让你过来帮忙。一旦今晚对方还有举动，那我们可以分头行动，将对方一网打尽！"

"竟然有境外势力前来江海市？萧老弟你现在在哪里？正好张傲在我这里，我带着他还有金刚过去找你。"

"我在秦氏集团这边，韩局长也在这里。"

"知道了，你等着，我马上过去！"

电话中，乔四爷沉声说道。

已经是傍晚，秦明月让疏散出来的公司员工回去休息，今日发生之事对他们而言可谓是有惊无险，秦氏集团的员工纷纷离散。

过了一会，一辆黑色的奥迪A6呼啸而来，秦明月看到这辆轿车后迎了上去，这正是她父亲开的车子。

奥迪轿车缓缓停下，车门打开后看到秦远博夫妇扶着秦老爷子走了下来。

"爷爷，爸妈。"秦明月喊了声。

"明月，已经没事了吗？怎么会有人袭击秦氏集团？"秦老爷子问道。

"爷爷，现在已经没事了，那些袭击秦氏集团的恐怖分子都已经被制服。公司没有人遇害，受伤的人也送去医院接受治疗了。"秦明月说道。

萧万军与萧云龙也走了过来，萧云龙向秦老爷子他们简单地交代了一下事情发生的经过。

"能够有惊无险，那是再好不过了。"秦远博说着，他轻吁口气。刚接到秦氏集团发生危机情况的消息时，他们极为担心，一颗心都提上了嗓子眼，这会儿得知已经没什么事，倒也是让他们放下心来。

"父亲，接下来你带着秦老爷子还有秦叔他们去萧家武馆吧。我怀疑这股恐怖分子的团伙不会就此罢休，他们还会有行动。我留下来与警方人员一起，打击这股恐怖势力。"萧云龙开口说道。

萧云龙猜得出来，死亡神殿出现在江海市，多半与他有关。

事情既然因他而起，他就不能坐视不管，他需要站出来面对死亡神殿的人手。

"秦老爷，世博兄，我们走吧，随我去武馆。"萧万军当即说道。

"爷爷，爸妈，你们跟着萧叔叔走吧。我不走，我要留下来跟云龙在一起。"秦明月忽而说道。

萧云龙脸色一怔，他急忙说道："明月，你怎么能留下来？一旦那些恐怖势力仍有行动，你留下来岂不是会很危险？"

"这里有这么多警察，能有什么危险？我不管，我就是要留下来，我、我要看着你……"秦明月一咬牙，她语气坚定地说道。

萧云龙看着秦明月那坚定的神情，他也不再劝说什么，说道："行，你留下来可以，但你要听我的话。"

秦明月一喜，她点了点头。

而后，萧万军带着秦老爷子、秦远博夫妇离开。

"韩局……"叶曼语走了过来，她脸色显得有些凝重，她沉声说道，"局里面传来消息，那些被带回去的恐怖分子已经醒来，但他们极为暴戾，就算是手脚给铐着，他们也要奋力对审问人员动武。他们丝毫不配合警方的审问，我刚接到通知，他们中已经有人咬舌自尽。"

"什么？看来这些境外的恐怖分子是抱着必死之心。"韩锋开口说道，"我立即联系飞龙特战队，请求他们的支援。"

韩锋说着开始着手去联系飞龙特战部队，让飞龙队的特战兵前来江海市共同对付这股境外的恐怖组织势力。

就在这时，叶曼语的手机再度响起，她接起电话："叶队，警方接到一个陌生男子来电，说要找局长。"

"对方是什么人？为何要找韩局？"

"不知道，对方声称已经控制了四栋大厦，并且安置了液晶炸弹，对方还说任何一个液晶炸弹一旦引爆，足以炸毁一栋大厦。"

"什么！"

叶曼语心中大惊，她深吸口气，喷声说道："把这个电话转到我这边的通信车上来，快！"

"是！"电话中，那名警务人员开口说道。

警方开来了一辆通信车，警局的电话已经转了过来，叶曼语走上了通信车，她深吸一口气，对着电话说道："我是警方的刑警队队长，你是谁？"

"刑警队队长？你还没资格跟我通话，我要找你们的局长。"电话中，传来一声略显生硬的华语，听着那口语就能猜得出来对方并非是华国人。

"你找我们局长有什么事？"叶曼语问道，同时她暗示通信车上的通信人员，锁定对方打电话的声波，从而确定对方所处的位置。

"如果你不希望成百上千的无辜平民死去，那最好答应我的条件。我的人手已经在江海市的四栋大厦高楼上安置了液晶炸弹，难道你想试一试一颗液晶炸弹爆炸之后所产生的威力？"

"凭什么我要相信你的话？"

"你们警方抓了我的人，他们忠诚于伟大的死亡神殿，他们会以死来表明他们的忠心。不过，我倘若不为他们报仇，又岂能体现死亡神殿的伟大?"

叶曼语脸色惊变,看来萧云龙没有说错,这股境外势力真的就是死亡神殿的人。

这时,韩锋与萧云龙走了过来,韩锋刚跟飞龙特战队的人取得了联系,他们正在迅速赶来。

叶曼语放下耳机说道:"韩局,这股势力的人员电话过来,说要找你。他们声称已经在市区内的四栋大厦中秘密安置了液晶炸弹,随时都可以引爆!"

"什么?"韩锋脸色震惊而起,说道,"让我来接电话。"

韩锋说着立即将连接通信设备的耳机拿起,他沉声说道:"我就是公安局局长韩锋,你到底是谁?你们有什么要求可以跟我提!"

萧云龙也站在一旁,他的目光冷缩而起,身上隐隐有股魔王般的威势在弥漫。

"局长先生,你好。请允许我自我介绍一番,我叫卡洛斯,来自于死亡神殿。不得不说,江海市的确是一个让人来了就不想离开的城市,这里繁华而又美丽,临近海边,四季如春,真是一个美好的地方。"

韩锋从通信耳机中听到了那名自称为卡洛斯男子说着生硬的华语。

"死亡神殿?你们是境外的恐怖组织势力?"

"NO!NO!死亡神殿并非是恐怖组织,而是一个伟大的死神国度。在不久的将来,伟大的死神将会率领死亡神殿统领整个世界,实现真正意义上的地球村。"

"真是痴人说梦!我不管你们到底是什么人,这里是华国,绝不会允许你们胡来!我奉劝你们还是缴械投降,否则江海市必然容不得你们存在!"

"局长先生,既然我们来到了江海市,就没有打算活着离开。只是,在我们死之前,有着成千上万的无辜百姓与我们陪葬,不知局长先生会有何感想呢?"

"你这是在威胁我?"

"威胁?实不相瞒,江海市四栋大厦已经被我们安置了液晶炸弹,只要我手中的遥控按钮轻轻地一按,四栋大厦将会在顷刻间化为乌有。那时候将会有多少人伤亡呢?"

"你……你这个疯子!我想知道你们到底有什么目的?有什么企图?"

02 谁是魔王

韩锋震怒，对方要是在四栋大厦中安置了炸弹，这可非同小可，一旦引爆将会有无数的平民百姓受到伤害，这必然会轰动整个社会，也会震动整个世界。

"锁定对方的位置了吗？"叶曼语询问通信车上的人员。

一个负责通信的技术人员摇了摇头，他说道："对方打过来的电话经过了加密，我们正在破解对方的加密密码，这还需要一定的时间。"

"我们已经没有时间了，这可怎么办？"叶曼语急了起来。

一旁的萧云龙灵机一动，他想起了一个人，当即他拿出手机拨打了一个电话：

"喂，小果吗？是我，你在哪里？你现在以最快的速度过来秦氏集团一趟。"

"啊？云龙哥有什么事这么着急啊？"

"我需要你过来破解一个加密电话，从而锁定对方的具体位置。快！"萧云龙急声说道。

"这样啊，那我现在过去，如烟姐跟我在一起呢，我跟她一起过去。"电话中唐果说道。

萧云龙挂了电话，走到韩锋跟前，示意韩锋继续跟对方保持通话，尽量拖延时间。

韩锋会意，他调整好自己的情绪，说道："能否告诉我，你们来江海市到底有什么目的？我想你们绝不会无缘无故地前来此地，人为地制造恐怖袭击行动吧？"

"我们来到江海市自然是有目的。"

"说出你们的目的，只要没有对无辜人员造成伤亡情况，我们会尽量满足你们的要求。"

"我们在找魔王！"

韩锋戴着的耳机中，传来卡洛斯那阴沉至极的语调。

"魔王？魔王是谁？"韩锋愣住了。

"如果我猜得不错，魔王就在你的身边。"卡洛斯的声音再度响起。

韩锋真是诧异不已，他放下耳机，转头看向了四周。

"局长，对方说什么？"叶曼语问道。

"他说要找魔王，可谁是魔王？"韩锋皱了皱眉。

萧云龙目光一沉，他语气平静地说道："韩局，让我来跟他对话吧。"

韩锋脸色一怔，他还未回过神来的时候，萧云龙已经接过了耳机，戴上耳机，语气淡漠地说道："死亡神殿的人？你是什么身份？八大死亡神使？还是黑袍武士？"

电话那头的卡洛斯稍稍沉默，而后他的声音再度响起："魔王，终于找到你了！"

"呼！"

这时，一辆军绿色的吉普车飞驰而至，车门打开后看到乔四爷、金刚以及张傲走了下来。

乔四爷与金刚都是强者，而张傲是从特种部队退役下来的特种兵，自身的实力肯定也极为强大。

他们都是萧云龙找过来的帮手。

乔四爷走了上来，与韩锋打了个照面，看到萧云龙正在通信车上通话，乔四爷他们没有出声，在旁等候。

不多时，一辆红色的保时捷911跑车也飞驰而至，从车上走下来的是唐果跟柳如烟，场中的秦明月见状后迎了上去。

"秦姐姐，发生了什么事啊？"唐果问道。

"今天六点钟左右，秦氏集团遭遇到一伙恐怖分子的袭击。幸好没有公司的员工遇害。那些恐怖分子也被制服了。不过这些恐怖分子还有余党，其中一名恐怖分子正在跟云龙通话。云龙说你要是来了就帮忙操作，锁定对方的具体方位。"秦明月开口说道。

"居然有恐怖分子袭击秦氏集团？"柳如烟脸色震惊，简直是难以想象。

"云龙哥在哪里？"唐果问道。

"我带你去。"秦明月说着，带领唐果走到警方那辆通信车前。

"韩局，这位是唐果，是云龙找过来帮忙锁定恐怖分子具体方位的电脑高手。"秦明月对着韩锋说道。

韩锋点了点头，立即安排唐果坐上通信车，通信车上的技术人员腾出位置，他们仍无法破解卡洛斯电话的加密密码，只能由唐果来试试。

唐果坐在了连接通信设备的电脑前，这一刻的她恍如换了个人一样，平日里那副古灵精怪的模样不见了，取而代之的则是一脸的认真。

萧云龙深吸了一口气，缓缓说道："你们死亡神殿这一次过来是为了

02　谁是魔王

我？你们找我意欲何为？"

"魔王，死亡神殿这一次过来当然是为了你。也唯有你才值得死神注意，也唯有你才有资格亲自让死神下令让我们前来找你。这可以说是你无上的荣耀。"

"废话少说，你们这一次过来找我到底是为了什么？我已经离开多年，而且没有与你们死亡神殿有任何冲突，你们这是要主动冒犯我吗？"

萧云龙语气一沉，冷冷地说道。

与此同时，唐果的十指在电脑键盘上飞快地敲打着，手速之快直让旁边的技术人员震骇不已，如此手速足足比他们快了一倍。随着唐果十指如飞的在键盘上敲打，一个个程序编码罗列而出，她锁定了那个通信信号，正在入侵破解这个通信信号的加密密码。

随着一串长长的程序编码输入完毕，唐果最后敲了下回车键。

顿时间，电脑屏幕上立即出现了一柄剑的图案，这柄剑是黑色的，不过剑柄上却是有着一个白色的骷髅头，如此一柄奇特的剑占据了整个电脑屏幕，并且电脑屏幕上出现了红色的警告字体。

看到这柄剑的瞬间，唐果脸色一怔，旋即忍不住轻呼出口："圣剑！"

围在旁边的韩锋、叶曼语、秦明月、柳如烟等人都不明白这"圣剑"代表什么意思。

"这是什么意思？"韩锋问道。

一名技术人员口舌干涩，他说道："局长，圣剑是一个防火墙的代号。圣剑的防火墙强度在黑客界内鼎鼎有名，当今世上能够攻破圣剑防火墙的人并不多。"

"真没想到对方居然有圣剑系统作为防火墙，也难怪我们迟迟未能破解。"另一个技术人员轻叹了声。

"小果，你可以攻破圣剑防火墙吗？"秦明月问道。

唐果深吸口气，她眼中闪动着坚决自信之色，说道："我相信我可以。不过圣剑防火墙被攻破的瞬间，对方会有所察觉，将会立即终止通话。那时候就算是锁定他的位置，再过去找他也来不及了。"

"那怎么办？"韩锋皱了皱眉。

"我可以从外围逐步地破解圣剑防火墙，不断地破解过程中，我会初步确定对方信号来源的区域，先确定区域、街道，再具体到一个精准的方位。如果有人先去追赶，我这边不断更新方位，那就能够解决这个问题。"唐果说道。

萧云龙在与卡洛斯通话之余，也听到了唐果的话，他目光一沉，摘下耳机，低沉说道："给我一个跟这个通信设备相连的移动手机，我先骑车去追赶。果儿跟我一直保持联络状态，一旦确定方位你就告诉我。"

"这是跟通信设备相连的移动手机。"一个技术人员将一部手机拿出来，通过信号连接之后用这部手机就能与电话那头的卡洛斯通话。

萧云龙接过手机后朝怪兽走去。

"云龙……"

秦明月与柳如烟忍不住轻轻地叫喊了声，她们显得极为的紧张与担心，因为萧云龙这是要去跟那些穷凶极恶的恐怖分子正面对抗。

她们虽说担心，却并未阻止，这就是她们对萧云龙最大的支持。

03 死亡之花

绝命追踪

萧云龙启动怪兽，唐果这时探头出来说道："云龙哥，往西南方向开车。"

萧云龙点头，怪兽启动之后朝江海市的西南方向呼啸而去，转眼间就消失在了茫茫夜色中。

"魔王，跟你在一起的那些警察是不是想要通过信号锁定我的方位？真是一帮愚蠢的警察，你让他们别白费心机了，短时间内他们破解不了。"

"死神如若想要与我一战，可以让他来找我，为何要制造恐怖袭击？如果我猜得没错，死神他不敢前来江海市吧？"

"伟大的死神又岂会来这里？至于所谓的恐怖袭击……真是遗憾未能劫持你的未婚妻，否则你当面看着你的未婚妻被杀，你的表情一定会很精彩吧？不过也没关系，我的人手已经在这座城市的四栋大厦内安置了液晶炸弹，这座城市中将会有无数人因为你而死，我想到时候魔王你该如何面对这座城市？如何面对这座城市数以百万的民众？"

"你们死亡神殿这是在自寻死路！你们是想逼我大开杀戒吗？"

"你虽身为魔王，但又岂会是伟大的死神阁下的对手？死神阁下主宰人间生死，就算你是魔王也不例外！"

"我倒是听出来了，你们前来江海市就是为了将我激怒？"

萧云龙眼中目光一冷，一字一顿地问道。

"都说魔王一怒，血杀千里，因此我倒想看看魔王你是否如同传说般的恐怖。对了，有件事差点忘了跟你说，你的魔王佣兵团前段时间遭到围杀，死伤惨重啊。"卡洛斯阴冷而又狂妄的声音传来。

萧云龙脸色怔住了，接着他眼中的瞳孔骤然冷缩而起，隐隐笼罩上了一层血色，一股深沉如地狱般的血腥杀气从他的身上弥漫而出，炎炎夏日在这股嗜血骇人的恐怖杀机之下，周围的空气恍如冰冻凝固。

"你说什么？再给我说一遍！"

萧云龙一字一顿地开口说道，他的语气平静得有些骇人，平静的语气中藏着的那股恐怖如渊般的杀机却是浓烈无比，此刻的他才是那即将苏醒的魔王。

"你曾经率领的魔王佣兵团正惨遭围杀，难不成此事你竟然不知道？看来你离开之后，当真是不再关心你往昔的那些弟兄了。我想，用不了多久，魔王佣兵团将会从这个世界上除名！"卡洛斯冷冷地说道。

"你们胆敢对魔王佣兵团出手？胆敢伤害我的弟兄？"萧云龙胸腔内恍如孕育着一座火山，滚滚无尽的怒火汹涌而出，他愤怒到了极致，滚滚魔威席卷而出，那股前所未有的怒杀之意席卷当空。

他总算是知道为何前段时间与穆恩他们通完电话之后他心里会有种不安的感觉了，整个魔王佣兵团就只有何青、孤狼与强子三人没有跟他通话，穆恩说三人喝醉了，萧云龙也就信以为真。

难道当时穆恩他们是刻意骗自己？也就是说，何青他们三人已经遇难？

想到这，萧云龙心中那股暴戾的杀机越加的猛烈。

越是这个时候，萧云龙越是冷静，无论遇到什么样的状况，也不能让自己失去理智。

但平静的表面下，他心中早已经怒意无边、杀意凛然！

心有猛虎，细嗅蔷薇！

"云龙哥，我锁定了你的方位，你顺着现在的金海大道朝前开，开到尽头后右转。我这儿已经逐步地侵入了对方的圣剑防火墙系统，正在确定他的方位。"

这时，萧云龙右耳的耳机内传来了唐果的声音。

萧云龙目光一沉，他猛地一拧油门，怪兽的引擎声呼啸而起，风驰电掣般的朝前飞驰而去。

"胆敢伤害我的兄弟，我会让整个死亡神殿彻底变成一个死亡的场所！"萧云龙语气森冷，对着左手拿着的通信手机说道。

"魔王，我听到了你心中的怒火，只是仅凭你想对付我死亡神殿，简直是自不量力！整个世界将会匍匐在死神阁下的脚下，倘若你能够率领你的魔王佣兵团归顺于死神阁下，那你们还有一条活路。否则等待着你们的将会是死神降临！"

"归顺？等我攻破死亡神殿，将死神踩在脚下的时候，我会跟他好好谈谈归顺的问题！"

"看来魔王你连我饱含善意的建议也拒绝了，那么今晚的游戏也该开始了。我在想，应该先引爆哪一栋大楼呢？"电话中传来了卡洛斯那阴森而又疯狂的笑意。

"呼！"

与此同时，萧云龙已经顺着金海大道冲到尽头，他朝右一转，上了另一条路。

"云龙哥，前面的第二个路口左转，对方的通信信号就是从那一带传来的。"

萧云龙的右耳的耳机里传来了唐果的声音。

萧云龙继续加快车速，怪兽呼啸飞驰，超越道路上的一辆辆车，即便是红灯他在保证不出意外的情况下闯了过去。

"魔王，是时候该让你看看我的杰作了。你不是很强吗？你眼睁睁地看着无数人因你而死，你却未能阻止，我想你心里面一定会很沮丧吧？哈哈哈！"卡洛斯的声音传来，这句话说出口表明他要终止跟萧云龙通话了。

一旦卡洛斯终止通话，信号将会被切断，届时唐果也就不能继续跟踪锁定对方的通信信号。

"我想知道，死神这么做到底是什么用意？他的目的仅仅是将我激怒？这对死亡神殿似乎没有任何好处。"萧云龙开口说道，他要尽量拖延通话时间。

卡洛斯稍稍沉默，而后说道："我不过是在执行死神的命令！伟大的死神到底有什么用意这并不重要，重要的是死亡神殿的勇士会执行死神的命令，至死方休！"

"对一群手无寸铁的平民百姓出手，这就是死亡神殿的作风？这就是你们死亡神殿所谓的强者风格？你们只敢面对普通百姓出手吗？既然前来找我，为何不敢出现在我面前，来一场生死对战！"萧云龙冷冷地说道。

"魔王，我们之间的对决肯定会有的。不过在此之前，先上几道开胃菜岂不是很刺激？"卡洛斯冷笑着说道。

"华国有句古话，叫多行不义必自毙！你此举只会加速让整个死亡神殿覆灭！"萧云龙说道。

"你错了，死亡神殿会永远存在！相反，那些不服从死亡神殿之人才会下地狱！魔王，你我的通话到此为止，今夜你将会听到这座城市的哭嚎声，将会看到这座城市血流成河！"卡洛斯语气森然无比地说道。

"轰！"

与此同时，萧云龙已经骑着怪兽来到了唐果电话中锁定的区域，这里是江海市人流量极为密集的一条商贸街区，繁华热闹，高楼林立，宽阔的步行街上人来人往。

"云龙哥，你已经来到了对方通信信号传来的区域，对方就在这周围。"

萧云龙的耳中又传来唐果的声音。

"魔王，接下来让你看看我伟大死亡神殿的杰作吧，就让这座城市在轰然的爆炸声中颤抖吧！"

卡洛斯开口说了最后一句话，接着挂断了电话。

"喂，喂……"萧云龙喊了几声，可对方已经挂了电话。

萧云龙眼中闪过一丝怒色，被他抓在手中的那个通信手机都要被捏爆了。

与此同时，就在卡洛斯挂断电话的瞬间，唐果那边她十指如飞，一个个破解对方圣剑防火墙的编写程序不断地生成，最后她按了下回车键，屏幕上的圣剑图案崩溃瓦解，立即出现了一个明确的具体方位。

只不过这个方位出现的刹那，随着卡洛斯挂断电话旋即消失。

"云龙哥，对方的讯号来源于一栋摩天大楼，就在这栋摩天大楼的楼顶上传送过来的。"唐果立即对着与萧云龙保持通话的手机说道。

"摩天大楼？"

萧云龙举目四望，看到了他所处区域前方的一栋高楼，这是江海市最高的一栋摩天大楼，高达88层，名为云海摩天大楼。

"这里的确是有一栋摩天大楼，名为云海摩天大楼。小果，你确定对方就是在这栋摩天大楼的楼顶？"萧云龙问道。

"对，绝对错不了，就是在这栋摩天大楼的楼顶！"

"把手机给韩局长。"萧云龙说道。

韩锋那边接过电话，他说道："喂，云龙，我已经派出警力前往云海摩天大楼。"

"韩局，你立即让人联系云海摩天大楼的负责人，我赶过去后需要乘坐最快的电梯直升楼顶！同时，让这栋大楼内的所有人员都撤离！"萧云龙沉声说道。

"警方已经跟云海摩天大楼的一名经理取得联系，你到了后直接找他，这个经理名为林子强。"

"好，我知道了。"

萧云龙开口，话音刚落，他已经骑着怪兽来到了这栋云海摩天大楼的楼前。

萧云龙停下车，一个箭步朝云海摩天大楼冲了进去，他沉声大喊："谁是林子强？林子强在哪里？"

云海摩天大楼内，一个西装革履的中年男子气喘吁吁地跑出来，他体型微胖，一路跑出了摩天大楼的门口，他听到了萧云龙的喊声，立即迎了上来，问道："你、你就是萧云龙先生？"

"是我，你是林子强林经理？"萧云龙迎向这名男子，开口问道。

"对、对。我方才接到市公安局打来的电话，说要全力配合你的工作。"林子强说道。

"你给我听好了，第一，我要上顶楼，用最快的电梯把我送上顶楼。第二，你组织摩天大楼里的工作人员立即疏散这里面的所有人员，不管你用什么办法，请尽快疏散！快！"萧云龙沉声说道。

林子强一听心知肯定是有大事件发生了，他反而是冷静了下来，说道："萧先生，这里有一部观光电梯可以直上顶楼，这部电梯是最快的，不过在晚上并不对外开放，我马上让工作人员开启，你随我来！"

林子强说着便带着萧云龙朝摩天大楼内跑。

摩天大楼的顶层，这里面积很广，足足有上千平米。

这栋摩天大楼的顶楼上还有一个专用的停机坪，此刻，这个停机坪上赫然停着一架小型直升机。

这是江海市最高的一栋摩天大楼，站在这栋摩天大楼的顶层，可以俯瞰整个江海市。

一个身穿黑袍的男子正独自站在这栋顶楼之上，他有着一张典型的西方人的面孔，一双眼睛显得极为阴沉，高挺的鼻梁下那张薄薄的嘴唇隐约扬起了一丝冷笑,有一股浓郁的死亡气息笼罩其身,恍如从那死亡地狱中走出来的魔鬼一般。

他正是死亡神殿中的黑袍武士卡洛斯!

唐果没有说错,她成功地破解了圣剑防火墙,准确地锁定了卡洛斯所处的方位。

"不愧是江海市最高的摩天大楼,位于此地,足以将整个城市尽收眼底!同样的,站在这儿看着一栋栋高楼大厦轰然倒塌,那将会是何等壮观的场景?我已经迫不及待了!"

卡洛斯开口自语道。

在他的前面,有一台笔记本,这台笔记本电脑上连着一部手机,他刚才正是用这部手机与萧云龙通话,这台笔记本电脑上正运行着圣剑防火墙系统,不仅如此,这台电脑上还安装着远程炸弹控制系统。

"魔王,你即便再强大,又岂能阻止这座城市中成百上千人为你而死?当无数无辜之人为你而丧生,到时候你必然没有脸面留在这座城市吧?你的理智将会被怒火燃烧,而这正是死神阁下所要的效果,这也是我此行前来江海市的目的!"

卡洛斯开口,深吸了口气,看着夜色笼罩下的整座江海市,看着灯火璀璨、一派繁华盛景的城市,他嘴角那抹残忍嗜血之意更浓。

卡洛斯当即拿起手机,接连拨打了几个电话:"巴克,通知所有人,做好准备,即刻开展行动!"

"命令已收到,一切都做好准备!"

"好,今晚的好戏开始上演!"

卡洛斯开口说道,他朝前面放置的电脑走去,准备启动相应的远程控制的程序。

"砰!"

这时,一声异常的声音传来,像是电梯门打开的声音。

卡洛斯心有警觉,他猛地转过身来,目光所及是这栋摩天大楼的观光电梯方向。

就在卡洛斯转身回头的瞬间,观光电梯的门打开了,一道身影携着雷霆万钧的气势朝卡洛斯疾冲而来,那速度堪称是达到了人类速度的极限,这身影如风驰电掣般疾冲而至,从他的身上有着滚滚威压深沉如狱的气势

03 死亡之花

席卷而来,吞没了前方的卡洛斯。

卡洛斯怔住了,这道身影太快了,几乎是在眨眼间就冲了过来,而后一记硕大的拳头携带着狂暴至极的力量朝卡洛斯轰杀而至!

"轰!"

这是杀人之道的拳势,简单而又迅速,粗暴而又刚猛,内蕴着一股人类极限的恐怖巨力,碾爆虚空,所生成的那股排山倒海般的气势威压如狂潮巨浪般地席卷而至,轰向了卡洛斯。

卡洛斯喉结蠕动,发出了一声沉闷如野兽咆哮般的干吼声,他来不及避开这一拳,唯有双臂交叉于胸前,横挡这气势雄浑奔袭而至的一拳!

"砰!"

这一拳结结实实地轰在了卡洛斯交叉于胸前的双臂之上,震得卡洛斯口中忍不住闷哼了声,朝后倒退数步,他根本无法完全接下这一拳的那股狂暴力量的威力。

卡洛斯站稳了身形,他抬眼朝前一看,看到一道沉凝如山般的身影站在了他的面前,对方那双深邃平静却又让人感到恐惧的眼睛冷冷地盯着他。

"是你?魔、魔王?不可能,你怎么会出现在这里?"

卡洛斯脸色惊骇,语气更是震惊万分。

萧云龙眼中的目光冷冷地盯着卡洛斯,转眼又看向了一旁的那台笔记本电脑,一眼就看到了这台笔记本电脑上开启的远程炸弹控制装置,他的瞳孔骤然冷缩,一股深沉骇人的怒杀之意从体外弥漫而出。

"你可以下地狱了!"

萧云龙盯着卡洛斯,语气平静地说道。

话刚落音,萧云龙迈步朝卡洛斯走了过去。

卡洛斯又惊又怒,种种谜团笼罩在他的心头,他不知道萧云龙是怎么找到这里的,他与警方的通信电话中不是有圣剑防火墙系统在保护吗?圣剑防火墙系统即便是由当今世上最为顶尖的黑客来破解,都要需要半个小时以上。

问题是一个小小的江海市,怎么会存在这种级别的黑客高手?

"嗖!"

然而,已经容不得卡洛斯细想,萧云龙身形一动,朝卡洛斯冲了上来,恐怖的威压从他的身上散发而出,当中那股尸山血海般的血腥杀气更是弥漫当空，惊骇人心。

"吼！魔王，那就一战吧，让我看看你的实力！"

卡洛斯怒吼出口，事到如今，也唯有一战，他毫无退路。

卡洛斯是此次潜入江海市的黑袍武士之首，他自身的实力自然是最强的，他暴喝之下全身的力量凝聚而起，浑身上下的肌肉瞬间暴起，一拳攻向了萧云龙的脸面。

"呼！"

一声呼啸的拳风响彻当空，萧云龙右拳出击，他动用了自身的那股极限力量，他要速战速决。

刚猛雄浑的力量澎湃万分，沿着他的身躯传递到了他的拳头之上，迎上了卡洛斯的这一拳。

"轰"的一声，两人拳势对轰在了一起，在萧云龙自身那股极限力量的碾压之下，卡洛斯无从抵挡，身形节节后退。

可还未等卡洛斯站稳身形，萧云龙再度冲杀而至，他的右腿横扫而出，腿势一出，立即有股横断山峦、横扫万军的威势在弥漫，这是萧家横连腿的腿势！

萧家横连腿的精髓在于"横连"二字之上，一经施展，连绵不断，更是有着横断山峦的威势。

是以，萧云龙右腿横扫而出之后那腿势狂暴如风，连绵而起，一道道的腿影在虚空中浮现而出，每一腿的腿势都是真的，并非是虚招，连绵不绝的腿势有股澎湃之力笼罩向了卡洛斯全身。

卡洛斯怒吼而起，那吼声中带着一丝惊惧之意，面对着密集横扫而来的腿势，他唯有奋力抵挡，他动用全身的力量，以格挡招架的方式来对抗那碾压而至的腿影。

"砰！砰！砰！"

萧云龙腿势横扫之下，卡洛斯身形震动，他已然没有还手之力，而他的防守之势在萧云龙的腿势碾压之下也出现了破绽。

"四荒破敌杀！"

萧云龙猛地暴喝了声，他施展出了八荒破军拳，一拳而出，当真是有着破杀强敌的气势，那股杀伐之意太过于浓烈了，以奔雷闪电般的速度轰向了卡洛斯的身体。

卡洛斯脸色剧变，他奋力抵抗，拳势随之攻杀而出，妄图要将萧云龙这一拳之势给抵挡下来。

"砰！"

然而，在萧云龙这怒杀一拳之下，卡洛斯攻杀而来的拳势形如虚设般的崩溃瓦解，而萧云龙这一拳更是直取而上，轰在了卡洛斯的胸膛上。

"咔嚓！咔嚓！"

一声声胸骨折断的声音响彻而起，在萧云龙这一拳的轰杀之下，卡洛斯胸骨折断，倒飞而出，重重地倒在了地上，他一仰头，口中喷出了一口血雾。

"嗖！"

萧云龙如影随形般地冲了上来，他一伸手便是钳住了卡洛斯的咽喉。

"我想，很快，死神就会下地狱去陪你！"

萧云龙看着卡洛斯那张惊骇欲绝的脸，他右手五指猛地一用力，将卡洛斯的咽喉直接拧断。

对于死亡神殿的人唯有杀死，活捉他们没有任何意义，他们早已被洗脑，以死神作为自己心中的神祇，要想逼供出信息那简直是痴心妄想，倒不如杀了一了百了。

萧云龙松开气绝身亡的卡洛斯，他站起身，快步朝那台笔记本电脑上走去，他看出这是一个正在运行的远程控制炸弹的系统，一旦开启系统，被死亡神殿暗中放置的炸弹将会引爆，届时引发的后果难以想象。

眼下的问题是如何终止这个炸弹系统？

萧云龙心中暗想着，冷不防，他猛地感应到了什么，身上有股冲天而起的恐怖气息，他猛地回头一看——

一个穿着一袭黑色长裙的女人出现在他身后二十米左右的位置，皎洁的月光洒落在她的身上，映衬出一张绝美的脸。

死亡之花

"是你？"

萧云龙目光渐渐生冷冰寒，身上那股杀机更加的盛烈，尸山血海般的杀气如潮水般地朝这名女人席卷而去，他认出来这个女人正是那天晚上他在夜色酒吧遇到的那个女人。

"帅哥，我们又见面了。"

曼陀罗嫣然一笑，她一双碧色如海的美眸看着萧云龙，眼波流转，种种媚意流转而出，如此风情让人见之难忘。

"死亡之花——血色曼陀罗？"

萧云龙无视曼陀罗此刻展现出的万千风情，他盯住了曼陀罗裙口上那朵刺绣的曼陀罗花，开口问道。

"原来大名鼎鼎的魔王也知道我，真是让我感到兴奋——喏，我是真的兴奋。"曼陀罗开口，她如同那晚在夜色酒吧遇见萧云龙时一样，说的是法语。

萧云龙缓缓地深吸口气，他拳头一握，身上的气息陡然节节攀升，比起方才在对战击杀卡洛斯时的气势更盛、更烈、更强！

"其实，那天晚上我早该猜出来是你！"萧云龙开口说道。

那天晚上曼陀罗只是穿着寻常的裙子，并未穿着代表着她身份的有着这朵曼陀罗花标记的衣服，不过那天晚上萧云龙注意到曼陀罗双手十指的指甲上有着黑色条纹勾勒而出的一朵朵曼陀罗花，当时他眼中就闪过一丝异色，可并未深究。

毕竟，他无论如何也想不到，这个在黑暗世界中声名远扬，让人闻风丧胆的血色曼陀罗真的来到了江海市。

萧云龙此前并未见过曼陀罗，实际上，在萧云龙退出魔王佣兵团之后曼陀罗的名声才开始在黑暗世界中彰显而出。

那时萧云龙已经去西伯利亚地狱训练营了，不过他仍是能够知道黑暗世界的一些消息，也听闻过血色曼陀罗的一些战绩。从他听闻过的血色曼陀罗的战绩中，这个女人绝对是一个恐怖的强者。

"如果那晚你猜出我的身份，你会如何？"曼陀罗仍是笑着，她抬手捋了捋额前的秀发，问道。

"杀！"

萧云龙冷冷地说道。

这个回答让曼陀罗显得有些意外，她像是生气了，瞪了眼萧云龙，说道："魔王，人家跟你无冤无仇，你就如此狠心？"

03　死亡之花

"这一次你们死亡神殿潜入江海市,妄图制造种种事端,还袭击了秦氏集团,仅仅是这个理由,就足够我动手了!"萧云龙开口说道,他语气沉着,脸色沉稳如山,并朝曼陀罗走去,一股强横无匹的战意从他的身上迸发而出。

"如果我要针对你,你认为你能够如此轻易地击杀卡洛斯?你认为现在这座城市还如此的平静?只怕卡洛斯他们安置的炸弹早就启动了。"曼陀罗忽而开口说道。

萧云龙一怔,的确,方才他对战卡洛斯的时候,曼陀罗并未现身。

直至他击杀卡洛斯之后,曼陀罗才现身而出。

这世上当然不会有如此凑巧之事,曼陀罗想必早就在云海摩天大楼的顶层,只是她一直并未现身罢了。

萧云龙心知,凭着曼陀罗以往的战绩,如若她出手,那将会是一场苦战。要想击败曼陀罗,只怕要付出不小的代价。但如此一来,将会给死去的卡洛斯机会,卡洛斯就有机会启动远程控制的炸弹系统。

从这点而言,方才萧云龙对战击杀卡洛斯的时候,曼陀罗没有现身的确就是在帮他,还是帮了大忙。

萧云龙稍稍沉默,说道:"但我还是会对你出手,你是一个极度危险的女人,我不能任由你留在江海市。这里有我的家人,有我的兄弟,有我所爱之人,你的存在对他们威胁太大!"

"都说魔王冷酷无情,看来还真的是不假呢。即便是面对我一个弱女子,也毫无例外。"曼陀罗笑着,碧色如海的眼眸晶莹透彻,她看上去没有丝毫的紧张之感,即便她所面对的是一个黑暗世界中的传奇强者。

"难道你一点都不好奇为何死亡神殿会知道你在江海市的消息?难道你不好奇为何死亡神殿为何会前来找你的原因?"曼陀罗忽而说道。

萧云龙一怔,曼陀罗这句话还真的是问到了他心中最大的疑虑。

他从西伯利亚回来江海市,这本身就是极为私密之事,死亡神殿如何得知?此外,死亡神殿此举又有什么用意?

"我该走了,江海市的警方已经到来。魔王,后会有期。"曼陀罗嫣然一笑,她忽而转身,身形一动裙摆飞扬,宛如一道黑色的魅影般,一闪而过。

眨眼间,曼陀罗冲到了顶楼正南方向的边上。

曼陀罗身形一动的刹那，萧云龙也朝前追了过去，但接下来萧云龙的脸色为之愕然——

他竟然看到曼陀罗抓起顶楼边上提前放置的一根绳子，她纵身一跃，赫然从顶楼跳了下去！

这可是88层楼高的摩天大楼啊，就算是变形金刚从这顶楼摔下去都要被砸得稀巴烂，更何况是一具血肉之躯！

萧云龙快步冲上来，看到一根如同手臂般粗的麻绳结实的系在了一旁的钢柱上，萧云龙赶到的时候这根麻绳嗖嗖作响，随着曼陀罗的身体朝下坠落，这根极长的麻绳也被拉扯而下。

萧云龙俯身往下一看，在他的视线中，一道黑影不断地朝下坠落，忽而间，在半空中的时候这道黑影将抓着的麻绳一扬，这道黑影立即朝着摩天大楼荡了过去，接着她身形一个跃动，竟是"嗖"的一声顺着这栋摩天大楼也不知道多少层楼正开着一个的窗口一跃而入。

"呼！"

萧云龙轻呼口气，不知怎么的，方才他心中竟是生出一种为曼陀罗而担心的情绪。看来曼陀罗对后路已经做好了充分准备。

只是曼陀罗所选择的这种离开方式就连萧云龙也不得不佩服，这需要极为强大的心理素质，并且身手要足够灵巧、柔韧才行，否则稍有不慎将会脱手摔下楼底，那时将会被摔成一摊肉泥。

这种方式，就算是萧云龙自己，不到被逼无路的情况下他也不愿去尝试。

拆弹部队

萧云龙折身返回，他给韩锋打了电话："喂，韩局，云海摩天大楼的情况我已经控制住。这里有一台笔记本电脑，里面装着控制远程炸弹的系统，你带唐果过来，也只有她才能破解这个系统。"

"云龙，我们已经赶过来了。"韩锋在电话中说道。

萧云龙闻言后挂了电话，随后不久，观光电梯门打开，便看到十几个人涌了出来，他们中有韩锋、叶曼语、唐果、秦明月、柳如烟，还有乔四爷、金刚、张傲,而萧家武馆的吴翔、李漠、陈启明、铁牛跟上官天鹏都来了。

"明月,如烟你们怎么也跟着来了?"萧云龙问道。

"她们也是听到云龙你控制了这边的情况才跟着过来的。此外这栋摩天大楼的人员都已经疏散。"韩锋说道。

萧云龙与韩锋打电话的时候并未提及曼陀罗之事,也没有试图让韩锋派出警力拦截曼陀罗,因为他知道凭江海市警方的实力还不足以能够把曼陀罗拦截,反而会被曼陀罗猎杀。

"萧大哥我们也来了,师父他们回去武馆之后我们知道发生了事情,所以就过来看看能不能帮得上忙。"这时,一旁的吴翔说道。

萧云龙当即将唐果拉到那台笔记本电脑前,说道:"小果,这是一个远程控制炸弹系统,你能破解并且关闭吗?"

"要想关闭这个系统,一是需要密码,不过这不可能,那些坏人才不会告诉我们密码;二就是强行攻破这个系统的源代码。我可以试试,但需要一定的时间。"唐果说道。

"好,那就拜托你了。"萧云龙说道。

韩锋走了过来,说道:"云龙,刚接到电话,飞龙特战队赶来了,飞龙特战队的队长陈弘正上来楼顶。"

"陈队长来了?那就太好不过了,接下来还有任务,我们需要分组行动,彻底将这股潜入进来的死亡神殿恐怖分子一网打尽!"萧云龙沉声说道。

"叮!"

观光电梯门再度打开,飞龙特战队队长陈弘走了出来,在他的身后跟着数名特战队员。

"陈队长,你来了。"韩锋迎了上去。

"韩局长。"陈弘点头示意,他一双锐利的鹰目看向萧云龙,说道,"云龙兄弟,又见面了。"

"陈队长,你来得很及时。眼下云海摩天大楼的危机暂时解除,不过云海摩天大楼内被秘密安置了一枚炸弹,这枚炸弹的具体方位还不知道。"萧云龙开口说道。

"什么?这栋摩天大楼内安装了一枚炸弹?"韩锋语气震惊地说道。

"不仅是云海摩天大楼,此外远华大厦、东方大厦、国贸大厦这三栋大厦也分别安置了炸弹。所以我们要分头行动。"萧云龙开口说道,"韩局长麻烦你带着唐果她们离开这里,唐果将那台笔记本电脑带走,去一个安全的地方专心破解这个远程控制系统。此外,立即通知拆弹专家,全面排查这栋摩天大楼,将那枚炸弹给找出来。"

"我们分成三组人手,即刻前往远华、东方、国贸这三栋大厦,将这三栋大厦内潜伏着的恐怖分子制服,化解那边的危机。四爷、金刚、张哥你们为一组,前往远华大厦。李漠你可以跟四爷一组,但记住,不可擅自行动,听从四爷的指挥。陈队长你率领飞龙特战队的战士为一组,前往国贸大厦。飞龙特战队中可以配点人手给四爷他们。"萧云龙开口,他接着说道,"我这边为一组,我前往东方大厦。天鹏、翔子你们跟我一起行动。"

"那我呢?"叶曼语的声音响起,她脸上明显带着怒意,一个箭步走了上来。

萧云龙一怔,说道:"你留下来跟韩局一起处理这边的情况。"

"云海摩天大楼的危机已经解除,只等拆弹专家过来。这里由韩局指挥就行。另外的三个地方仍有危机还未解除,我必须要参与行动中,这是我的职责。"叶曼语语气坚定地说道。

萧云龙的初衷是不愿叶曼语参与行动的,但眼下时间紧迫,他没有时间跟叶曼语纠缠下去,唯有说道:"那你跟我一组。走,我们立即行动。"

"云龙,你可要小心!"秦明月走上来语气担忧地说道。

萧云龙看向秦明月,又看向一旁同样也是担心不已的柳如烟,说道:"放心吧,不会有事的。一会你们随着韩局撤离到安全地带,等我回来。"

说着萧云龙与众人便是迅速地离开了这栋摩天大楼。

萧云龙他们已经在地图上查阅过了,远华大厦、东方大厦与国贸大厦距离云海摩天大楼并不远,这三栋大厦在东西北三个方向上,与云海摩天大楼遥相呼应,看来当时卡洛斯选择这几栋大厦也是经过一番考虑。

东方大厦是一栋综合性大厦,下面几层是购物的,往上有餐厅,还有影院等。

萧云龙骑着怪兽呼啸而至,身后跟着吴翔他们开过来的车子,此外叶曼语也率领着刑警队的人员乘坐警车而至。

上官天鹏、吴翔、陈启明、铁牛他们四人走下车,来到了萧云龙的身边,他们的脸色显得很兴奋,每一次能够随同萧云龙一起行动,都会让他们有种为之兴奋的感觉。那种兴奋感不仅是来自于战斗,还能够从中学习到丰富的战斗经验。

"这栋大厦这么多人,怎么寻找那些潜藏起来的恐怖分子?要不要先把大厦内的人员疏散?"叶曼语走过来开口问道。

萧云龙摇了摇头,说道:"全面疏散已经来不及,在疏散的过程中将会引起死亡神殿人手的注意。所以我们要同时行动,我带人从一楼潜行上去,叶警官你带队从一楼开始疏散人员。我们唯有一起同步行动,才能达到最佳的效果。"

"天鹏,翔子你们跟着我,注意听从我的指挥!"萧云龙沉声说道。

上官天鹏他们四人纷纷点头,然后跟着萧云龙进入东方大厦。同时,叶曼语也带着刑警队的人手冲入东方大厦,准备疏散里面的人员。

然而,意外情况发生了——

待到萧云龙、叶曼语他们冲进大厦后,竟看到大厦一楼的服务员、顾客一个个全都惊慌失措,他们争先恐后地朝外面跑去,甚至还发生了拥挤的现象。

"大家不要挤,发生了什么事?"萧云龙大喝了声。

叶曼语冲上前,大声说道:"大家不要慌乱,我是警察。不要拥挤,不要推搡,有序地走出来。"

说话间,叶曼语看到这栋大厦的数名保安也脸色慌张地跑出来,叶曼语立即拦住一名保安,问道:"到底发生了什么事?"

"从楼上传来消息,说是有劫匪在楼上劫持了人质,他们手中还有武器。有人亲眼目睹了这一幕,逃下来后跟楼下的人说了,大家正疯狂地往外面跑。"那名保安说道。

"具体从几楼传来的消息?"萧云龙眼中目光一沉,开口问道。

"好像是从六楼传来的。"那名保安说道。

"叶警官,你做好疏散工作,避免发生拥挤踩踏事件。天鹏你们跟我走。"萧云龙沉声说着,他立即带领着上官天鹏、吴翔、陈启明跟铁牛四人顺着安全扶梯朝楼上冲去。

"张耀、胡峰你们带四个人维持这里的秩序,做好人员疏散工作,其余人跟我来!"

叶曼语喊了声，她带领六名刑警从另一侧的扶梯也朝楼上冲去，她是打算与萧云龙一起从两边冲上六楼，从而形成一种合围。

六楼设有东方大厦管理层的行政办公室，此时此刻，东方大厦内行政办公室中的值班经理、主管等十几名人员手脚都被捆住，全部被控制在一间行政办公室内。

这些沦为人质的男男女女一个个脸色惊骇，眼中流露出了一股万分恐惧之色，只因在他们的眼前，有着七八名持枪的死亡神殿分子冷冷地盯着他们。

一个身披黑袍的魁梧男子手中拿着手机不断地拨打着一个电话号码，但始终都无法拨通。这让他的脸色变得极度阴沉，他正是前不久还跟卡洛斯通电话的巴克，他也是死亡神殿中的一名黑袍武士。

大约半个小时前，他与卡洛斯通电话，当时电话中卡洛斯让他们做好行动的准备，但如今半个小时过去了，他们安置在这栋大厦内的那颗液晶炸弹还未启动。这让巴克有些疑虑，他当即拨打卡洛斯的电话，却是无法拨通。

这让经验丰富的巴克立即察觉到可能是有变故发生了，他当即命令手下控制六楼，劫持六楼所有行政办公室的人员，并将他们集中在了这间办公室。

"难道卡洛斯那边真的有意外情况发生了？不是有曼陀罗女王助阵吗？真要有什么意外情况，曼陀罗女王一旦出手起码能够延缓一段时间，在这段时间内卡洛斯应该有所行动才是。为何迟迟不见动静？"

巴克口中呢喃自语，他显得烦躁不安，心中有种预感，那是一种不祥的预感，像是有什么危险要来临似的。

"你们两人，留下来看守人质。其余人分成两组，去两侧的楼梯口守着。记住，不管什么人冲上来，都给老子崩了！"巴克冷冷地说道。

场中的那些死亡神殿的人手纷纷点头，他们立即行动起来，两个人持枪看守办公室内的人质，另外六个人分成两组，每组三个人朝两侧的楼梯口走去。

巴克深吸口气，他也走出了这间办公室，他准备去看看那颗被安置在这栋大楼中的液晶炸弹，他想要试试能否不需要系统启动炸弹。

"砰！"

03 死亡之花

突然间,右侧的扶梯口上,一道矫健的身影猛地冲了出来,一个死亡神殿的人手刚走到这个扶梯口处,便被这道骤然间冲出来的人影撞飞而出。仅仅是从那名被撞飞的死亡神殿人手口中咳出的鲜血中就能够想象得出来这一撞之力有多么的刚猛暴烈。

"嗖嗖嗖嗖!"

另外两名死亡神殿的人手还未回过神,又有四道身影迅速地冲了出来,拳脚并施,一瞬间将这些死亡神殿分子手中持有的武器踢飞,而后这四道身影与这些死亡神殿的人手对战在了一起。

这四道身影正是上官天鹏、吴翔、陈启明跟铁牛。

先前最先冲出来撞飞一名死亡神殿的那道身影自然就是萧云龙。

"喝!"

巴克口中低沉地怒喝了声,他眼中的目光朝右侧看来,那一瞬间,他看到了一道散发着无尽魔威的身影朝他迅速地冲了过来,速度之快让他脸色都为之惊变。

战斗一触即发!

江海市顶尖的超甲级写字楼。

这栋写字楼有诸多国内赫赫有名的公司总部或是分部入驻,一旦这栋超甲级写字楼发生恐怖爆炸案件,可想而知将会牵连到多少家公司,所造成的影响将会无比深远,甚至会让江海市陷入一片混乱。

负责这一次行动的卡洛斯选择远华大厦自然也是出于这种考虑,他就是要让整个江海市陷入混乱,陷入到一种恐怖的气氛当中。

乔四爷、金刚、张傲、李漠以及随同而来的六名飞龙特战队的特种兵秘密潜入了这栋大楼。

张傲曾在特种部队服役过,如今已经退役了,但他那一身本领可不会忘记,说起来他是一名老兵了,类似于这样的行动他并不陌生,而是极为的熟悉,也有着丰富的作战经验。

因此这一次的行动中,张傲成为了总指挥。

由于是晚上,远华大厦内的人员不是很多了,除了一些公司留下来加班的人员之外,剩下的就是这栋楼的保安人员。

张傲与乔四爷他们潜入这栋大厦的时候,看到在一楼巡视的一名保安,张傲立即走上前，截住了这名保安，说道："我们代表警方前来办案。今晚这里有没有发生什么异常的情况？"

这个保安看着乔四爷他们这么多人冲进来，还真的是有些惊怕之感，不过看到那六名荷枪实弹的飞龙特战队队员之后，心知他们是警方人员，他稍稍平静了下来，说道："好像这里没什么异常情况发生。"

"真的没有？你再仔细想想。"张傲沉声问道。

这名保安想了想，说道："今晚我们这队保安通话的时候，六楼的保安没有做出回应，我当时想的是他可能去洗手间了。"

"六楼？"

张傲眼中精芒闪动，他对着那名保安说道："你留在原地别动，也不要惊动这栋大楼的其他人员。"

说着，张傲对着乔四爷他们说道："我们分成两组，飞龙特战队你们从右边的扶梯上去，我跟四爷他们从左边的扶梯上去。这些恐怖分子有极大的可能就在六楼。说不定他们手中还有人质。面对他们我们唯有强攻，以迅雷之势强攻击杀他们。跟他们没有任何的条件可以谈，一旦让他们知道我们潜行上来，他们将会枪杀人质。这些恐怖分子悍不畏死，他们临死之前只会拉更多的人陪葬。"

飞龙特战队的战士纷纷点头，他们立即开始行动，朝楼上冲去。

乔四爷、张傲、金刚跟李漠四人也从左边的扶梯迅速地冲上去，张傲凭着他此前多年来积累的丰富经验判断，死亡神殿的人员极有可能就在六楼，并且控制了六楼。

事实上也是如此，六楼，这一层楼原本有三家公司的办公室，不过此刻这一层楼的所有人员，包括保安人员全都被控制住了。

八名死亡神殿的人员现身而出，在一间房间内，这一层楼将近二十名人质被控制。

一名黑袍武士正在打电话，他打了数遍卡洛斯的电话，仍旧是无法接通。

他接着拨打巴克的电话，倒是拨通了，但巴克没有接电话。

方才他与巴克通过电话，电话中巴克说卡洛斯那边可能发生了不可预测的情况，巴克建议他控制一层楼的人员，以备突发情况的发生。于是这名黑袍武士也跟巴克一样，控制了第六层楼的人员。

"该死，难道巴克那边也发生了什么状况？"

这名黑袍武士口中咒骂了声,接着他目光一沉,凶残嗜血的目光迸发而出,他说道:"留下两人看守这些人,其余人随我去各个楼层,将这栋楼的所有人都劫持。要死那就大家一起死!我倒要看看能有什么情况发生。"

说着这名黑袍武士率领五名死亡神殿的人手走了出去,准备前往各个楼层控制这栋楼中的其他人员。

与此同时,六楼两侧的扶梯口上,一道道身影悄无声息地潜行而上,正是乔四爷、张傲以及飞龙特战队的战士,他们冲上了六楼,利用这一层楼的拐角、办公室、隔间等作为掩护,藏匿他们的身形。

恰好这时,那名黑袍武士与五名死亡神殿的人手走了出来。

右侧的角落中,张傲朝六名飞龙特战队的战士做出了一个手势,暗示他们持枪击杀正走出来的黑袍武士等人,而他则与乔四爷冲入黑袍武士他们走出来的那间房间解救人质。

飞龙特战队队员手中持的枪立即瞄准了正走出来的黑袍武士等人。

突然间,正往前走的那名黑袍武士的脚步顿了顿,他有着极为敏锐的感知,对于危险的感应能力更是无比的出众。

此刻,这名黑袍武士的确是感应到了一丝异常的情况,而这名黑袍武士脚步停下了,身后跟着的死亡神殿的人手也纷纷停下脚步。

张傲见状后心知不能迟疑,他立即远远地朝飞龙特战队的战士做出了行动的手势。

"危险!"

这名黑袍武士猛地暴喝了声,他身体猛地朝地面一滚,伸手的那些死亡神殿的人手也纷纷做出了反应。

"砰!砰!"

两记枪声响起,飞龙特战队这边有人开枪了,对方两名还未来得及做出反应的死亡神殿的人手立即被子弹射中,溅起了团团鲜血。

同一时刻,乔四爷、张傲、金刚、李漠也瞬间冲了出来。

那名黑袍武士就地一滚之后刚站起身,冷不防的一道魁梧如山般的身影冲到了他的面前,以右肩为借力点朝他撞了过去。

"砰!"

这名黑袍武士仓促之间唯有双臂横挡,可在这一撞之下,他忍不住朝后倒退，站在他面前的正是金刚。

李漠冲上来之后向另外三名死亡神殿的人手扑杀而去，如此混战之下飞龙特战队的战士舍弃枪械，他们也骤然间冲过来，联合李漠攻杀向那三名死亡神殿之人。

至于乔四爷跟张傲，他们在瞬间就冲到了黑袍武士走出来的那间房间。

那间房间有两名死亡神殿的人看守人质，听到外面传来枪声，他们立即转身朝门外看去，那一刻，两道身影迅若雷电般地冲了进来，朝他们扑杀而去。

国贸商厦是一栋卖日用百货的大商厦，即便是晚上这里仍是有很多人。

但此刻，这栋商厦却有顾客不断地逃窜而出，警察正在井然有序地疏散人群。

这栋商厦内的顾客如此惊慌，正是因为楼上传来了战斗的声音，伴随着枪声响起。

原来陈弘率领飞龙特战队的战士赶到了国贸商厦，他们正朝楼上冲上去的时候，与死亡神殿的人手碰了个正着，打了一场遭遇战。

一番短兵相接之下，死亡神殿中有三名人手当场被击毙，飞龙特战队中有两人中枪，所幸没有击中要害部位，但这两名特战队员也无法参与接下来的战斗。

陈弘率领其他特战队员强攻而上，负责这栋楼的那名黑袍武士现身而出，陈弘朝这名黑袍武士扑杀而至，两人在近身搏杀之下舍弃枪械，施展拳脚之术对战在了一起。

对方还有五名死亡神殿的人手，其余的特战队员蜂拥而至，形成了合围之势，为了提防对手使用枪械伤及这一层楼的其他无辜之人，这些特战队员扑杀而上，第一时间打掉对方手中的武器，与他们近身搏杀在了一起。

英勇牺牲

至此，东方、远华、国贸这三栋大厦的战斗就此打响，可谓是一触即发。

此刻东方大厦六楼，右侧扶梯口的死亡神殿人手被人撞飞，黑袍武士巴克猛地回头，却看到一道身影以雷霆万钧的气势冲到了他的面前，接着

03　死亡之花

一记拳头含着杀人之道的无上威势朝他的脸面攻杀而至。

这一拳太快了，快到让巴克都难以做出任何的反击。

"战！"

巴克口中怒吼了声，他唯有以双臂横挡，招架这一拳。

"砰！"

一拳之下，巴克浑身巨震，身形摇晃而起，更是禁不住地朝后倒退。

"呼！"

可还未等巴克回过神来，一阵锐利的破空声响起，一道腿势携带着难以想象的爆发力朝他碾杀而至。

如此腿势的威力不像是人类肉身之力所能够攻杀而出的，看着就像是一根粗大的钢柱以出膛炮弹般的速度朝巴克横扫轰杀而至，那股力量，那股威势，都要超乎人类的极限能力。

巴克脸色惊骇而起，如此一腿之势他根本无法抵挡。

饶是如此，巴克仍旧是奋力地挡向了这横扫而至的一腿。

"轰！"

一声轰然巨响，在这一腿的横扫之下，巴克犹如断了线的风筝朝前飞了出去，口中不断咳血，他抵挡这一腿的右臂更是被打折，臂骨折断。

至此，萧云龙的身形停了下来，他再次出动，骤然间朝左侧的扶梯口方位冲了过去。

左侧的扶梯口也有三名死亡神殿的人手，而叶曼语正率领着刑警队的人从这一侧的扶梯口冲上来。

战斗发生之际，左侧这个扶梯口上的三名死亡神殿的人手也被惊动了，他们骤然回过身来，手中持有的枪械也随着他们转过身而朝前一指。

"嗖！"

萧云龙瞬息间冲了过来，当先那名死亡神殿的男子刚转过身来，萧云龙的左手伸出，钳住了他的咽喉，接着这名死亡神殿男子的持枪的右手手腕传来一阵刺疼之感，他手中握着的一支手枪立即落入萧云龙的手中。

"砰！砰！"

两记枪声响起，另外两名死亡神殿男子都还没来得及做出反应就被射杀身亡。

至于被萧云龙扣住咽喉的那名死亡神殿的男子，早就被萧云龙左臂迸发而出的那股力量给拧断了咽喉。

"嗖嗖嗖！"

这时，叶曼语率人冲了上来，跟在她身后的是八名刑警队的队员。

叶曼语看到了被萧云龙击杀倒地的三名死亡神殿分子，她目光朝前一看，猛地看到前面的一间行政办公室有死亡神殿分子的身影闪过，她开口说了声："那里有敌人，跟我来。"

说话间，叶曼语率队朝那间行政办公室冲了过去。

萧云龙嘴一张，还没来得及说话，突然跟在叶曼语身后的一名老刑警猛地大喝一声——

"小心！"

这名老刑警喊了一声，猛地伸手将前方的叶曼语狠狠地推了一把。

"砰！"

那一刻，枪声响起。

"嗖！"

枪声响起的刹那间，萧云龙身形一动，朝前冲了过去，前面那间行政办公室的门口有一道身影探头而出。

"砰！"

萧云龙抬手一枪，射杀而出的一发子弹准确无误地击中了那名刚探头出来的死亡神殿男子的额头，对方身体直挺挺地倒地。

这间行政办公室还有一个死亡神殿的人手，他们两人听到外面的枪声之后立即朝门口处冲过来，一个人正好看到叶曼语率人包围而来，他便朝叶曼语果断开枪。

这一枪击杀而出后，闪身而至的萧云龙一枪爆头，将这名死亡神殿分子射杀。

另一名死亡神殿男子心中惊骇之下藏在了这间办公室的门背后，然而这时——

"砰！"

突然，这间行政办公室那扇好端端的门骤然四分五裂，一道魔威滔天的身影破门而入，竟将这扇门撞得四分五裂，这一幕太骇人了，直让这间行政办公室内的那些被劫持的人质全都目瞪口呆，脑海中冒出一个念头——

非人类！

03 死亡之花

　　藏在门口后面的那名死亡神殿男子也被撞飞而出，重重地倒在了地上，当他想要挣扎着要站起身来的时候，死亡的阴影骤然降临，一只手钳住了他的咽喉，接着用力地一拧！

　　"咔嚓！"

　　这名男子的咽喉立即被拧断，就此气绝身亡。

　　萧云龙站起身来，他看着场中的人质，沉声说道："留在原地别动！"

　　说着，萧云龙走了出去，看到右侧扶梯口的那三名死亡神殿的人手在吴翔、上官天鹏、陈启明、铁牛以及叶曼语率领着的刑警队之下全都被制服。

　　萧云龙朝那名黑袍武士巴克走了过去，巴克被萧云龙方才那一腿横扫之下陷入了半昏迷状态，他全身多处骨折，整个人无法动弹，口中不断地冒出鲜血。

　　若非如此，萧云龙也不会在最后时刻才来找巴克。

　　萧云龙走过去蹲下身来，目光淡漠地盯着他。

　　"魔、魔王……是、是你……伟大的死神阁下一定、一定会为我们报仇！"

　　巴克开口，他凶残而又狰狞地盯着萧云龙，说话间他的口中有鲜血流淌而出，可见他被萧云龙那一腿横扫之下受伤不轻。

　　"再说吧，反正你是见不到那一天了！"

　　萧云龙语气淡漠地说道，说话间他手中那握着的那把手枪枪口抵在了巴克的咽喉之上。

　　"砰！"

　　血花四溅，巴克的咽喉上多了一个血洞。

　　"叶队，叶队……老李、老李他快不行了！"

　　这时，一个刑警队的队员忽而大声喊了起来，在右侧的角落边上，两名刑警队员扶着一名受伤的刑警，这名刑警正是那名在危急时刻将叶曼语推开的老刑警。

　　"老李……"

　　叶曼语脸色慌张地跑了过来，看到老李右侧腰部的位置上不断地冒出汩汩鲜血。

　　老李脸色苍白，呼吸困难。

"老李，你不会有事的……你给我撑住，我这就送你去医院。"叶曼语跑过来，看着老李，她的泪水夺眶而出。

方才那名死亡神殿男子持枪朝叶曼语射杀，正是老李推开了叶曼语，而他自己却未能避开那一枪。

萧云龙也走了过来，他查看老李的伤势后，忍不住轻叹了声，说道："子弹贯穿了老李的肺部，来不及抢救了。"

"你胡说！老李绝不会有事的！你们快给我去叫救护车，老李，我背你下去，你不会有事的，绝不会有事的……"叶曼语怒吼了起来，她脸颊满是泪水，她扶着老李就要把他背下去。

"小、小叶……"老李伸手拉住了叶曼语，他口中断断续续地说道，"萧、萧兄弟说的没错，我、我对自己的情况很了解……不要白费力气了……我、我并不怕死，只是以后不能再跟你们一起行、行动了……跟、跟韩局说一声，老李我已经尽、尽责……我、我的妻儿以、以后就托付给你们了。"

"老李，你不要说话，你不会有事的，我要送你去医院。"叶曼语哭出声来。

然而，老李的脸色越加苍白，呼吸也越来越困难，他那颤抖的手朝他的裤兜伸了过去，像是要拿出什么东西。

萧云龙见状后帮忙从他裤兜里将里面之物掏了出来，那是一个钱包，萧云龙打开钱包，里面有着一张照片，照片上是一家三口的合影，老李还有他的妻儿。

老李看着这张照片，他伸手在照片上轻轻地抚摸着，眼中渐渐地有泪水浮现，而后，他的呼吸渐渐微弱，直至停止。

老李牺牲了！

这是一个众人无法接受的事实，但却又不得不接受。

"老李……呜呜呜！"

叶曼语跪在了地上，她哭出声来，任由泪水夺眶而出。

老李将近四十岁，是一名老刑警了，叶曼语初来刑警队的时候没少得到老李的帮忙，老李待她如同自己的亲妹妹一般，带着她慢慢熟悉刑警队的工作，帮助她成长，直至能够独当一面。

如此恩情叶曼语一直铭记在心，而方才若非老李关键时刻推了她一把，那此刻倒在血泊中的人就是她。

场中所有的刑警都走了过来,他们脱下警帽,站在一旁静默不语,这是对老李最好的哀悼。

"叶警官,人死不能复生。先把老李带下去吧。"最终,萧云龙开口说了声。

"不,我不走!我不相信老李死了,我不相信!他是这么好的一个人,为什么会这样?"叶曼语嘶吼道。

"你给我醒醒!任何一次行动都会有不可预测的伤亡情况,我们不是上帝,我们无法控制未知的状况。老子在战场上见过的死人多了去了,我也没少亲手埋下我身边的一个个弟兄。我也曾伤心,也曾落泪,但这些都不能解决任何问题,死了就是死了!你所能做的,就是好好地活下去,负起自己的责任!而你来这里的职责是什么?是要化解这里的危机,解救这里的人质!而现在,你的工作都完成了?你的本职工作还没完成,跪在这里哭哭啼啼,对得起死去的老李吗?对得起你身上这身警服吗?"萧云龙怒吼而起,伸手一把将叶曼语从地面上拉了起来。

叶曼语双拳紧握,她用力地咬着下唇,泪水迷蒙的双眼看着萧云龙,渐渐地,她的唇间有着血丝呈现,那是她咬破了自己的嘴唇,一定很痛吧?

大痛才能大悟,唯有痛才能清醒。

渐渐地,叶曼语紧握着的拳头缓缓松开,她伸手抹去了脸上的泪痕,她转向其他的刑警队员,平静地说道:"将制服的那三名恐怖分子押回警局。小王你们两人带着老李的尸体离开。其余人随我清理现场,并且护送人质离开。"

萧云龙见状后轻吁口气,他最怕的是叶曼语经受不住老李牺牲的打击,从而一蹶不振。

萧云龙立即给韩锋打了电话,说道:"韩局,东方大厦的危机已经解除。我们正在疏散这里的人员。你即刻让拆弹专家进场,排查这里面藏着的那枚炸弹。"

"好!拆弹专家已经在场,我即刻通知他们进入东方大厦找出那枚炸弹,并且安全拆除。"韩锋语气激动地说道。

"韩局,行动中有一名刑警牺牲了。"萧云龙沉声说道。

"谁?"韩锋立即问道。

"老李!"萧云龙说道。

电话中,韩锋那头陷入了长时间的沉默。

全线告捷

另一边,远华大厦的战斗一触即发,正在一间房间内控制人质的两名死亡神殿的男子感应到外面传来的枪声后,警觉而起,几乎是同一时刻,两道身影冲入了这间房间,瞬间扑杀到了他们的跟前。

这两人正是乔四爷跟张傲。

乔四爷身上强横无匹的气劲之力迸发而出,他龙行虎步,身形展动之间已经是冲到了一个死亡神殿男子的身前,那名男子右手握着的枪正欲指过来,乔四爷的形意拳攻杀而出。

"砰!"

拳随意动,意随心动。

乔四爷心意一动间,这一拳结结实实地轰在了这名死亡神殿男子的右臂之上。

这名死亡神殿男子的右臂顿时一阵发麻,乔四爷的右拳立即化为掌刀,一掌狠狠地切在了对方持枪的手腕之上。

砰的一声,这名死亡神殿男子手中的枪立即脱手而出,摔落在地。

同一时刻,张傲也冲到了另一个死亡神殿男子跟前,那名男子反应速度极快,手中的枪朝张傲这边迅速指了过来,张傲右手在间不容发间扣住了对方的持枪手腕,而后朝上一扬——

"砰!"

对方扣动了扳机,一发子弹射向天花板。

"轰!"

那一刻,张傲的右膝抬起,一击膝撞狠狠地顶上了这名男子的胸膛,这名男子口中闷哼了声,被这势大力沉的膝撞顶住,他疼痛之下忍不住弯下腰来。

张傲眼中目光一寒,左手肘部朝下狠狠地一击,重重地轰击在了这名死亡神殿男子弯下腰的背部上。

这名男子立即倒在了地上,他还未死,挣扎着想要起来,右手握着的枪还想举起。

然而,张傲一脚狠狠地踩到对方持枪的五指之上,脚底用力地一碾一压,这名死亡神殿男子的五指立即血肉模糊。

另一边,乔四爷施展而出的形意拳迅猛绝伦,他自身的那股强横无匹的气劲之力悉数爆发而出,一拳朝对方的脸面轰杀而去。

这名男子奋起一拳与乔四爷的拳势对轰在了一起,"砰"的一声,他抵挡不住乔四爷形意拳迸发而出的那股气劲之力,身形接连倒退。只见他还未站稳身形,只觉得眼前一花,乔四爷瞬间冲到了他的面前,一记寸劲之拳直取他的咽喉要害。

"砰!"

这名男子的咽喉要害被乔四爷这寸劲一拳击中,他整个人为之窒息,身体也直挺挺地倒下。

张傲特种兵出身,他对于这些恐怖分子也全无好感,心知不杀他们留着只会是祸害,他当即捏住了被他击倒的那名死亡神殿男子的咽喉,使其窒息而亡。

"吼!"

外面,传来了金刚一声怒吼之声,他正在跟那名黑袍武士对战。

金刚魁梧如山般的身躯上根根肌肉线条贲张而起,蕴含着无穷的力量,他就像是一辆推土机般地朝那名黑袍武士冲了上去,自身那股狂暴的力量席卷而出,气势极为骇人。

那名黑袍武士口中暴喝,他施展出了凌厉的拳势,迎战金刚。

"立地通天炮!"

金刚暴喝,施展出了八极拳中的拳势。

这一拳犹如一枚炮弹朝这名黑袍武士轰杀而出,有着一股压倒性的狂暴力量,充分体现出了八极拳中狂暴刚猛的气势。

黑袍武士轰杀而出的拳势与金刚对轰在了一起,在金刚自身那股力量的镇杀之下,黑袍武士口中闷哼了声,他无法完全接下金刚这一拳,身形朝后退了两步。

"霸王硬折缰!"

金刚再度暴吼，他迈开步子，一脚朝前大步地跨出，浑身的肌肉虬结而起，蕴含着的那股狂暴力量席卷而出，他自身的气势变得暴烈起来，犹如一尊绝世霸王降临人间，一拳而出，向黑袍武士追杀而去。

黑袍武士脸色一沉，他双腿蹬地，身形犹如那离弦之箭冲向了金刚，他齐聚浑身的力量，轰杀出了自身最为刚猛的拳势，与金刚这一式携带着无尽霸烈气势的拳头硬憾在了一起。

"轰！"

一声沉闷无比的拳势交接之声响彻而起，黑袍武士仍旧是抵挡不住金刚自身那股狂暴刚猛的力量，在金刚那一拳的震荡之下，他身形再度朝后退去。

突然间，这名黑袍武士脸色陡然一变，他霍然转身，却看到乔四爷杀了过来，一式形意拳的拳势朝他的身后攻杀而至。

黑袍武士来不及运转自身的力量，他唯有双臂横挡于胸前，招架乔四爷这一式形意拳的攻杀。

"砰！"

乔四爷自身那股强横无比的气劲之力席卷而出，瞬间吞没黑袍武士。

"哇……"

黑袍武士口一张，一股鲜血忍不住吐了出来，他被乔四爷拳头上的那股气劲之力震伤。

"呼！"

就在这时，金刚冲了上来，他的右腿横扫而出，朝黑袍武士的身侧碾压横扫而下。

这一次，黑袍武士再也无法做出任何反应，被金刚这一腿横扫而中，他的腰身看着像是被打断了，整个身体横飞而出，撞在了旁侧的墙体上，倒下来后身体瘫软，再也无法站起来。

另一边的战斗也接近了尾声，其余的死亡神殿的人手在李漠以及另外六名飞龙特战队员的合力攻杀之下，也倒在了地上。

国贸商厦中，飞龙特战队的队长陈弘正在跟那名黑袍武士对战。

这名黑袍武士口中的鲜血溢流而出，显然已经有了一定的伤势，但他战意不减，脸色更是显得无比狰狞，眼中有阵嗜血的杀机在闪动。

"吼！"

03 死亡之花

黑袍武士怒喝了声，他犹如一头猎豹朝陈弘扑杀而上，一记势大力沉的勾拳朝着陈弘的下颌轰了过来。

陈弘的右臂朝下横击而下，抵挡住了黑袍武士这一击，而后他施展出了军队中的擒拿手法，朝黑袍武士的咽喉直取而去。

这名黑袍武士身形朝右侧一闪，避开陈弘这一击，接着他右腿扬起，一阵锐利的腿风呼啸当空，他一腿横扫向了陈弘的脸面。

陈弘抬臂格挡，接着他连消带打的，身形顺势朝黑袍武士撞了上去。

陈弘强壮的身体冲撞而至，砰的一声，将这名黑袍武士撞得身形踉跄后退，骤然间，陈弘的身形闪到了这名黑袍武士的右侧，他的左臂挥肘横击而出——

"砰！"

这一击重重轰在了黑袍武士右侧的脖颈之上，这名黑袍武士口中闷哼了声，眼前一黑，险些晕迷倒地。

陈弘抓住这名黑袍武士的身体，一记过肩摔将他重重地摔在了地上，接着陈弘拔出别在右腿腿侧上的军刀，一刀刺入这名黑袍武士的咽喉。

而后陈弘猛地一跃而起，他朝着右侧方位疾冲而至，正有一名死亡神殿的男子被飞龙特战队的战士震得朝这边倒退着，骤然冲过来的陈弘手中的军刀从对方的后背刺入，贯体而出。

至此，这一楼层内死亡神殿之人全都被陈弘率领的飞龙特战队击杀一空。

萧云龙带着吴翔等人离开了东方大厦，他本想去距离他最近的远华大厦支援乔四爷他们，但这时候他接到了乔四爷打过来的电话，说远华大厦的战斗已经结束，死亡神殿的人手两人被擒，其余人全都被杀。

接着，陈弘那边也传来捷报，国贸商厦的死亡神殿分子全都被格杀一空，不过飞龙特战队有两名队员受伤，已经被送往医院。

可以说，到现在为止，这批潜入死亡神殿的人手全都落网了，不是被杀就是被捕。

但萧云龙心知，还有一个人，那就是血色曼陀罗。

不过凭着血色曼陀罗的能力，想要追杀她谈何容易，加上她有意躲避，要想在茫茫人海中找到她，几乎不可能。

也许，这时候的曼陀罗早已经离开江海市了吧？

东方大厦外围已经拉起了警戒线，大批警察赶到，整栋大厦的人员都已经被安全撤离，接下来是警方善后的时间。

这时，一辆警车呼啸而至，车子停下后，韩锋脸色着急地走了出来。

"韩局。"萧云龙看到了韩锋，开口叫了声。

"云龙，老李他……"韩锋开口说道，说话间，看到两名刑警队的人抱着老李的尸体走了下来。

韩锋快步迎了上去，看着半边身体都被鲜血染红的老李，看着已经永远闭上眼睛的老李，韩锋禁不住眼圈一红，有股难言的悲痛之情言溢于表。

"老李，走好！你是警局所有人的骄傲！"

韩锋轻轻开口说道，伸手从老李的脸上轻轻地抚过。

这时，叶曼语也走了下来，她脸上仍是带着一丝沉痛与愧疚之色，她缓缓走来，看着永远都闭上眼睛的老李，她一言不发，心里面却是如同万箭穿心般的难过，老李是因她而死，她这条命是老李用自己的命换回来的。

在这样的情况下，萧云龙也不知道该说什么好，他唯有轻叹了声。

"翔子，你们先回去武馆，跟我父亲还有秦老爷子他们汇报情况，就说危机已经解除。免得他们担心。"萧云龙对吴翔、陈启明他们说道。

吴翔他们纷纷点头，通过参与这一次的行动，他们隐隐窥见了战争的惨烈，有血更有泪，面对老李的牺牲，他们心中也是沉重无比。

萧云龙朝怪兽走去，准备去医院看望在打斗中受伤的高云他们。

走到怪兽旁，萧云龙目光一瞥竟是看到怪兽车头上不知何时留下了一个信封。

"魔王，当你看到这封信的时候，我已经离开这座美丽的城市，离开这个神奇的东方国度。我此行的目的就是为了看你，看看传说中的魔王是否如传说般的强大，我还在想，既然是魔王那是不是也满脸横肉、狰狞可怖？事实上，是我想错了，你是一个充满了阳刚魅力的男人，我想任何一个女人只怕都难以抵挡你身上的魅力，似乎我也不例外。噢，对了，说到这那不妨告诉你一个小秘密，黑暗世界中，你还是我的偶像呢。可惜的是，我出道的时候你已经退出了魔王佣兵团，害得我想要见你一面都没机会。

我不会忘记那天晚上与你在酒吧中随心所欲的聊天与喝酒，虽说整个过程你表现得一点儿都不绅士，最后还是由我来买单。因此，你欠我一顿酒，对不对？

03 死亡之花

我见过你的未婚妻,她可真是一个美丽的女人,美丽得让我都要嫉妒,我也羡慕她,有你这样的男人。真希望你是一个花心的男人,这样我岂不是还留有一点希望?

魔王,再会了,期待我们的下一次见面!"

这封信的最后没有署名,唯有一朵曼陀罗花,美丽耀眼却又意味着死亡的曼陀罗花。

萧云龙看到最后,知道这是谁留下的信,自然就是血色曼陀罗这个充满了神秘感,却又表现得亦敌亦友的女人。

萧云龙心知这会儿曼陀罗已经离开了江海市,这个女人要想离开,就算是集结整个江海市的警方力量也无法拦截她。

对于曼陀罗这个女人,萧云龙还真是有种复杂的感觉,她显得很神秘,行事风格更是让人捉摸不透,她与死亡神殿之人潜入江海市,按理说应该是敌人、是对手。但这一次曼陀罗在江海市,却没有表现出应有的敌意。

倘若曼陀罗出手,那萧云龙他们要想解除这场危机无疑会很难,只怕早就给卡洛斯机会启动远程武器控制系统,从而制造恐怖爆炸事件了。

因此从这个角度来看,曼陀罗无疑让萧云龙对她产生了感激之情。但曼陀罗毕竟是与死亡神殿的死神站在一起的,从这点而言,她就是敌人。对于敌人,萧云龙从不会心存仁慈,即便她是一个女人。

萧云龙深吸一口气,他立即拿出手机,拨打了一个座机号码,这是魔王佣兵团的总机号码,电话拨通,但并没有人接听。萧云龙连续拨打了五遍,也没人接听。

其实他已经想到这个结果,今晚从死亡神殿的黑袍武士卡洛斯的口中得知魔王佣兵团的弟兄正在遭到死亡神殿的人追杀,不仅是死亡神殿,当中还有暗夜响尾蛇佣兵团跟猎虎佣兵团。

萧云龙也想到,他上次与穆恩他们通电话的时候,魔王佣兵团肯定有事情发生了,只不过穆恩他们有意的在隐瞒他。

他也很清楚为何穆恩他们要瞒着他这个消息,主要在于不想打扰他回归江海市之后的平静生活吧。

而此刻,萧云龙拨打这个总机电话却是没人接听,只能说明一个问题,那就是穆恩他们出征了,率领着魔王佣兵团的弟兄杀向那些仇敌。

魔王佣兵团不畏战、不惧死、不恋生,有恩必答,有仇必报。

既然死亡神殿等各大势力想要除掉魔王佣兵团,那穆恩他们岂会忍气吞声?只会强势地杀伐而上,血债血还。

"我的兄弟们,你们可还安好?"萧云龙放下手机,口中轻轻地默念了声。

下一刻,萧云龙的瞳孔渐渐地冷缩,升腾起了无尽的战火,一股浓烈厚重的杀气从他的身上渐渐地散发而出,都要将这方夜空笼罩在内。

"我的兄弟们,我很快就会来找你们,任何胆敢冒犯魔王佣兵团的敌人,我都要对方死无葬身之地!我的兄弟们,很快,我们就又可以并肩作战,热血杀敌!"

萧云龙开口说道,他深吸口气,骑着怪兽朝市人民医院呼啸飞驰而去。

04　情报女王

离别

萧云龙骑着怪兽来到市人民医院的时候已经很晚了。

萧云龙停下车，朝医院里面走去，高云他们一众保安都被送到了市医院来进行医治，虽说高云他们当中有几人伤势较为严重，但万幸的是并不致命，只需要休养一段时间就能康复。

对于高云他们这一次的表现，萧云龙是极为满意的，若非有着高云他们关键时刻的挺身而出，那秦氏集团会陷入何等危机，真是不敢想象。

萧云龙心中不仅是对高云他们感到满意，他也感到极为的自豪，因为高云他们是经过他一手调教出来的。

萧云龙走进医院后给保安部的部长刘正打了电话，刘正负责高云他们的住院治疗情况。

刘正接到萧云龙电话后走出医院迎接，看到萧云龙他说道："萧教官，你来了。高云、龙飞、方侯他们这些人都已经过手术治疗，治疗的情况非常好，现在已经住进了住院大楼的病房中。"

"那就好。你带我去看看他们。"萧云龙说道。

"好，你跟我来。"刘正说道。

刘正带着萧云龙来到了住院大楼的三楼，走入一间大病房，看到里面一张张病床上正躺着高云、龙飞、方侯、张伟，他们还未休息，看到萧云龙走进来后情绪激动，挣扎着要坐起来。

"都给我躺着！"

萧云龙开口说了声，他看着高云他们，问道："感觉如何？这点伤死不了人吧？"

"嘿嘿，萧教官，你是在说冷笑话吗？这点伤当然死不了人。"方侯笑着说道。

"萧教官，我们都挺好的，你不用担心我们的情况。"高云开口说道。

萧云龙一笑，说道："那就行。我就是过来看看你们的情况。同时我也非常感激你们今天的挺身而出，你们都是好样的，没有让我失望，一个个都是真正的男人！"

"萧教官，我们身为公司的保安，本身就有职责保护公司。所以萧教官千万不要言谢。不过萧教官能够肯定我们的实力，这倒是让我很高兴。"龙飞笑着说道。

"我训练你们的时候，演练过很多次团队作战，但这一次却是真刀实枪的战斗。你们自身的实战经验几乎等于零，可面对死亡神殿的这些人手，你们有这样出色的表现，我真的很欣慰。"萧云龙开口，他接着说道，"接下来你们给我好好养伤，伤势养好了再回公司上班。我会离开江海市一段时间，在这段时间内，你们伤势养好了，就自觉的按照我以前的教导继续训练。"

高云他们闻言后脸色纷纷为之怔住，高云更是忍不住问道："萧教官，你要去哪里？"

"我的一些兄弟遇到点麻烦，我需要赶过去。放心吧，我会回来的。你们一个个可不要趁着我不在的时候偷懒，我回来的时候可是要检测你们自身实力的。倘若你们的实力不进反降，那我可要对你们一个个单独开小灶了。"萧云龙说道。

高云他们一个个表情立即变得坚定起来，纷纷开口说道："萧教官，你放心，我们一定会严格律己，跟以往一样，拿出百倍的毅力来训练，不断地提升实力。"

"好，那我就放心了。"萧云龙笑着点了点头。

萧云龙与他们寒暄了一会儿，看着已经很晚了，他站起身说道："好了，你们各自都好好地休息吧。这段时间安心养伤，别的都无须考虑。我就先走了。"

高云他们纷纷点头，暂时还不能走下病床的他们只能向萧云龙挥手告别。

萧云龙骑着怪兽回到萧家武馆，怪兽那特有的轰鸣引擎声回荡在四周，武馆的大门打开，上官天鹏、吴翔、李漠等人走了出来。

"萧大哥。"

吴翔他们看到萧云龙后纷纷喊了声。

萧云龙走下车后问道："我父亲跟秦老爷子他们还在武馆里面吗？"

"萧大哥，师父跟秦老爷子他们走了。你不是让我们跟秦姐先回来的嘛，回来之后师父他们得知事情已经解决，他们就放下心来。由于武馆这边也没什么可以招待秦老爷子他们的，师父就带着秦老爷子他们先回家了。"吴翔开口，他猛地想起了什么，说道，"对了，师父还嘱咐我们，说你要是过来了就直接回家。"

"好，我知道了。"萧云龙开口，他看着吴翔等人，沉声说道，"明天我会离开江海市一段时间，去处理些事情，处理完了就回来。这段时间，你们好好地训练。该教的我都已经教给你们不少了，接下来就靠你们各自的勤奋跟努力，不断地提升自身的武道实力。"

"萧哥，你要去哪里？"上官天鹏好奇地问道。

"我在海外的弟兄遇到一些状况，我得赶过去。"萧云龙说道。

"带上我吧，我跟你去见识见识外面的世界。"上官天鹏立即激动万分地说道。

萧云龙扫了眼上官天鹏，说道："等你的气劲之力凝聚到六阶的阶段再说吧。现在的你自身的力量还不够强大，力量不强，你的战技也就发挥不出威力。想跟我出去闯荡，没点实力自保，难不成还要我跟敌人厮杀的时候照顾你？"

上官天鹏挠了挠头，笑着说道："我现在气劲之力已经达到三阶了。练到六阶不难，我再努力刻苦一点就是。"

"那就加倍努力的好好训练吧。等你有足够的实力了，想跟我出去外面闯荡，日后机会多得是。"萧云龙伸手拍了拍上官天鹏的肩头，他看向吴翔他们，说道，"你们也是一样，等你们也有足够的实力，我会带着你们去外面见识见识那些站在巅峰之上的强者。"

吴翔、李漠、陈启明、铁牛他们闻言后脸色振奋而起，心情很是激动，能够去见识外面的世界，见识那些顶尖的强者，光是想想就能够让他们为之亢奋与激动。

"好了，你们早点休息吧。我回家一趟。"萧云龙说道。

萧云龙与他们挥手告别，骑着怪兽朝萧家大宅飞驰而去。

萧云龙骑车回到家，他刚走进家门，就听到了里面传来一阵阵的欢声笑语，他走入大厅内，正看到自己的父亲萧万军跟秦老爷子、秦远博他们谈笑风生。

这场危机已经解除，他们当真是松了口气，心情也就显得放松与喜悦起来。

"哟，云龙回来了。"秦远博最先看到萧云龙走进来，他立即笑着说道。

"云龙，来来，过来坐着喝口茶。今晚辛苦你了。"秦老爷子笑着说道。

"老爷子，这没什么可辛苦的。只要是个男人，自个儿的媳妇在公司里遇到危急情况，那豁了命也要赶过去营救。"萧云龙笑着说道。

"哈哈，好，这话说得好，我爱听！"秦老爷子开怀大笑起来。

这可苦了旁边坐着的秦明月，她听到萧云龙正儿八经的这么一说，一张莹白的俏脸立即涨红，眼眸中泛起了点点娇羞之态，她没好气地瞪了眼萧云龙，不过碍于多人在场，她也不好意思说什么。

"云龙，那些恐怖分子都被制服了？"萧万军问道。

萧云龙点了点头，说道："全都被制服了，案件警方仍在处理。我回来的时候也顺便去了趟医院，看望那些受伤的秦氏集团的保安，他们的情况都很好。"

"如此甚好，我正打算明天带着明月一起去医院看看他们。"秦远博说道。

"也不知道这些恐怖分子到底是些什么人，为何会如此针对秦氏集团？真希望这样的事情往后不要再发生了。"秦老爷子说道。

"爷爷，这些恐怖分子也不是针对秦氏集团，他们还妄图在江海市制造恐怖事件，幸亏被制止了。否则后果更是不堪设想。"秦明月说道。

"总而言之，没事了就好，皆大欢喜。"秦老爷子说道。

萧云龙陪着秦老爷子他们闲谈，直至夜色已深，萧云龙便让秦明月带着秦老爷子他们先回明月山庄休息。

萧万军与萧云龙送秦老爷子离去，而后萧云龙对父亲说道："父亲，有件事我想跟你说。"

萧万军看了眼萧云龙，他点头说道："那就去书房谈吧。"

"好!"萧云龙点头说道。

两人来到了书房内,萧万军看向萧云龙,说道:"云龙,有什么事就说吧,你我父子,不必见外。"

"父亲,明天我要离开江海市,前往海外一趟。"萧云龙开门见山地说道。

萧万军的脸色顿时闪过一丝诧异之色,他不解地看向萧云龙,说道:"云龙,你刚回来江海市才没多久,怎么突然间又要重返海外?"

萧云龙面对自己的父亲并没有任何隐瞒,他如实说道:"父亲,不瞒你说,今晚这些恐怖组织是海外的一股势力,名为死亡神殿。他们来到江海市,实际上就是冲着我来的。"

"什么?"

萧万军震惊而起,这个消息的确是让他感到惊讶与意外。

"目前为止,我也不知道死亡神殿的人此番前来冒犯我是出于什么目的,但他们这次的行动是冲着我来的,这点千真万确。"萧云龙开口,他继续说道,"我在海外有一帮生死兄弟,现在他们遭到了包括死亡神殿在内的各方势力的追杀。这则消息是我今晚刚得知的,既然我知道了,就不能坐视不管。"

"所以你就要前往海外支援你的那些兄弟?"萧万军问道。

萧云龙点了点头。

萧万军这一生有过很多敌人与对手,同样的,他也结交了许多朋友与弟兄,年轻时候的他也是将兄弟朋友之间的情义看得比什么都重要,那时候只要任何一个弟兄出现危难,他必然会第一时间赶过去帮忙。

所谓父子同心,在这一点上,萧万军非常理解萧云龙的决定。

正因如此,萧万军并没有劝说萧云龙什么,他沉声说道:"云龙,你此行只怕是危险重重吧?"

"哈哈,危险自然是有的,但父亲不必担心,我不会有事,会完好地回来的。"萧云龙一笑,自信满满地说道。

"为父理解你的决定。想当年,我年轻的时候,我的朋友兄弟们有难,我也是赴汤蹈火在所不惜。"萧万军开口,而后他看着萧云龙,语气凝重地说道,"现我已经老了,只盼望你能够平安无事地生活。你要去,为父绝不拦你,但有一事你务必要答应,那就是无论遇到什么情况,你都要活着回来。这里有我，有你的妹妹，还有明月在等着你。"

"我明白，我答应你。"萧云龙语气坚定地说道。

"那就好。"萧万军一笑，问道，"此事你跟明月说了吗？"

"还没来得及呢，我回头再跟她说。"萧云龙说道。

"好。"萧万军开口，继而说道，"既然你决定了明天就走，那今晚就早点休息吧。养好精神了，才能赶路。"

"父亲，你也早点休息。"

萧云龙说着，他站起身离开了萧家的书房。

他还记得当初刚回江海市，踏入萧家的时候，他对于这个家，对于自己的父亲等一切都感到极为陌生，这种陌生甚至让他产生了一定的抵触心理。

随着他不断地了解往昔的事情，与自己的家人相处，他也逐渐融入萧家，成为了萧家不可缺少的一部分。

这让他明白，亲情是这个世界上最牢不可破的珍贵情感，这里有他敬爱的父亲，有贤惠勤快的刘姨，有乖巧灵动的妹妹……想到即将要离开这里，他心中的确是有着丝丝不舍。

不仅是自己的家人，这座城市还有自己的未婚妻，还有自己的女人，更是有着自己回归之后结识的一帮兄弟。

萧云龙很清楚此行的艰险，他也明白死亡神殿这一次前来江海市冒犯他，目的就是将他激怒，引他重回黑暗世界中。也就是说，对方或许已经布好了一张大网，就等着他往里面跳，其中必然充满了无尽的杀伐与血腥。

即便这样又如何？

萧云龙绝不会眼睁睁地看着魔王佣兵团的兄弟们遇到危难而置之不顾，就算他离开魔王佣兵团已经有数年了，但他仍旧是那支铁血之军心目中的老大，而他也绝不会允许任何势力的人胆敢去针对魔王佣兵团的弟兄。

就算对手是死亡神殿这样的庞大组织也是一样。

黑暗世界，我来了！

在我的怒火下颤抖吧！

告白与告别

清晨的明月山庄一片安宁祥和。

秦明月正准备与秦老爷子、秦远博一起出门，前往市医院。

半个小时左右的车程，秦老爷子他们来到了医院，途中他们买了不少早点，朝高云他们住院的病房走去。

高云、方侯、龙飞他们早早就醒来了，医院的护士给他们挂上了点滴，就在这时，他们看到了秦老爷子、秦远博跟秦明月走了进来。

"秦总……"

高云他们脸色一怔，纷纷挣扎着坐了起来，开口喊道。

"你们有伤在身，都躺着吧。我跟我爷爷还有父亲来看看你们。还给你们带了早餐，一会儿你们都多吃点。"秦明月笑着说道。

"秦老爷子您好，秦老总您好。"高云他们急忙跟秦老爷子和秦远博打招呼。

秦老爷手一扬，笑着说道："都不要客气，不要这样生分，你们一个个可都是公司里的有功之臣。今天我来看望你们，也是要跟你们道声谢。多亏你们在关键时刻挺身而出，勇敢地跟那些歹徒搏斗，这才稳定住了局面，否则公司只怕会有更多无辜的人伤亡。真是太谢谢你们了。"

"秦老爷子，您千万别这么说，真要说感谢，最应该感谢的就是萧教官。倘若没有萧教官的教导和训练，我们根本没有任何机会能够与那些歹徒搏斗。"高云说道。

秦老爷子静静地听着，他心知萧云龙担任秦氏集团保安部的教官，但他没有想到萧云龙居然有这样的能耐，将保安部的高云他们训练成了一支虎狼之师。

这不仅让秦老爷子感到欣慰，更多的是一种自豪，他对萧云龙也有了更多的肯定。

"我知道这里面有萧云龙的功劳，但你们勇敢地挺身而出，捍卫了公司的员工跟财产安全，这份功劳是实实在在的。因此，我代表公司全体员工郑重的感谢你们。你们好好养伤，一切费用公司承担。此外，等你们伤愈出院之后，我会在公司给你们召开表彰大会，到时候会给你们奖励。"秦明月笑着说道。

"谢谢秦总。我们只是尽了应尽的职责，秦总没必要奖励什么，能够得到公司的认同与肯定，这就是给我们最大的荣誉了。"高云说着，顿了顿，他问道，"对了，这会儿萧教官应该离开江海市了吧？"

"啊？萧云龙他要离开江海市？"秦明月闻言后诧异了声。

一旁的秦老爷子与秦远博也是一脸困惑。

"对啊。昨晚萧教官来看望我们，他嘱咐我们好好养伤，还说他要离开江海市一段时间。难道萧教官没跟你说起此事？"高云问道。

"我怎么不知道？"秦明月当真是诧异万分。

就在这时，一道身影走进了病房，竟是萧万军，他看到秦老爷子他们都在场，开口说道："秦老爷子，远博兄，明月，你们都在啊，看来我是来对了。明月，这里有一封云龙给你的信。"

秦明月接过萧万军递过来的信，她没有立即拆开来看，而是问道："萧叔叔，云龙他人呢？"

"云龙已经去机场了，是九点半的飞机，他今天要离开江海市，前往海外。"萧万军说道。

秦明月一看时间，现在是八点四十五分，她立即跑出了病房。

"明月，明月……"秦远博连喊了两声。

秦明月来不及回答，她飞快地跑了出去，坐上她的车后朝机场方向飞驰而去。

秦明月坐上车之后才将这封信拆开，她迅速浏览了一遍，信并不长，只有短短的几行字：

"明月，很抱歉我这次的不辞而别，时间太过于仓促，未能当面跟你告别。我在海外的一些兄弟遇到了一些状况，我需要赶过去支援他们。曾有人说，人这一辈子只有一次最为幸运的机会，我想我最大的幸运就是回来之后得知与你有着指腹为婚的这份婚约。

经过这段时间的相处，虽然时间并不长，可你我也有了一些了解，也许在你心中我永远都是一副不务正业对什么事都满不在乎的样子，但你在我心中绝对是放在第一位的。

心里面装着一个人的感觉，其实很美好，只是我从未说出来罢了。

前面的路还很长，有些话再不说出来也许会变成一种遗憾，因此在这里，请允许我说一声——

明月，我爱你！"

秦明月的眼角有些湿润，她深吸口气，忍不住骂了声："混蛋，你这个混蛋！你不辞而别还想让我原谅你，我才不会！"

秦明月加快了车速，白色的玛莎拉蒂呼啸如飞，上了机场高速，朝着江海市国际机场方向飞驰而去。

她只希望一切都还能来得及，就在萧云龙离开之前还来得及见他一面。

她不知道萧云龙离开江海市是为了什么事，信中他说要去支援他在海外的兄弟，除此之外就没有再详细说了。

秦明月有种直觉，萧云龙此行只怕是危险重重。

这也正是她为何要急忙赶去机场见萧云龙一面的原因。

为此，秦明月在高速路上不惜超速飞驰，当她来到机场的时候已经是九点十分了。

秦明月停下车，跑进机场大厅，径直前往国际航班的安检口处。

"云龙，你在哪里？"

秦明月一路跑了过来，她张口大喊着，语气急促万分。

"云龙，云龙……"

秦明月朝安检口方向跑去，她那急促的喊声不断地在机场大厅内回荡着。

安检口内，一道挺拔的身影刚好通过了安检，就在这时，他隐约听到了回荡在机场大厅中的那一声声大喊，他怔住了，蓦地转身朝后一看，远远地便看到一道倩影匆忙地跑了过来，不是秦明月又是谁？

"明月！"

萧云龙立即大声回应，他快步向前，但通过安检的他已经不能走出去了。

秦明月娇躯微微一颤，她听到了萧云龙的喊声，她循声看来，看到了隔着安检口，在前方站着的萧云龙。

秦明月眼中泛着泪光，此刻却禁不住一笑，她快步走来，却被安保人员拦在了安检口外。

"明月，你怎么来了？"萧云龙问道。

"你这个混蛋，你说来就来，说走就走，也不跟我说一声，你把我当成什么了？"秦明月忍不住恼声说道。

萧云龙脸上露出一丝歉然之色，他深吸一口气，缓缓说道："明月，很抱歉，我来不及告诉你。再说我还会回来的，又不是生离死别。这一次真的是情况紧急，我不在的这段时间，你要好好照顾自己。"

"什么生离死别，我不允许你说这样的话。"秦明月没好气地说道。

萧云龙一笑，说道："真怕我一去不回了啊？"

"你、你不回来才好呢，看到你就生气。"秦明月说道。

萧云龙一怔，说道："我真要不回来了你就找个人嫁了？"

"你、你可恶……你要不回来，我当然找个人嫁了，气死你。"秦明月说道。

"意思是我回来之后咱俩就可以结婚了？"萧云龙笑着说道。

秦明月那张精致唯美的玉脸立即涨红了，这场中有机场的工作人员还有这么多旅客在场，他怎么好意思说这样的话？这脸皮真是太厚了。

"你存心气我是不是？"秦明月说着，眼眸中浮现出的泪花惹人心疼，泪眼迷蒙的她就这么看着萧云龙，似乎想要把他看得更清楚一些。

萧云龙深吸一口气，收起了开玩笑的脸，柔声说道："明月，我会回来的。我会完好无缺的回来，不要担心。日后我会联系你，跟你汇报我的情况，这总可以了吧？"

秦明月一直在克制眼中的泪水，但怎么也克制不住，她问道："你这一次去是不是会有危险？"

萧云龙稍稍沉默，而后他淡然一笑，说道："放心吧，这世上什么样的危险在我这儿都不足以称之为危险。"

"那好，你给我听好了，我会等着你回来，你也一定要回来。"秦明月咬着牙，一字一顿地说道。

萧云龙点了点头，说道："一定会的。你回去吧，我该登机了。"

说着萧云龙深深地看了眼秦明月，他转身朝候机室走去。

"萧云龙，你信里最后那句话是什么？你字迹太潦草，我看不清楚！你能大声告诉我吗？"

秦明月的喊声在他身后响起。

萧云龙一怔，他转身看向秦明月，深吸一口气，大声地喊道："好，我告诉你——明月，我爱你！"

秦明月忍不住笑了，笑得梨花带雨，笑得不可方物，笑着笑着，眼眸中却有泪珠滚落而下,她朝萧云龙挥了挥手。

萧云龙猛地回过头,大步流星地朝前走去。

他真怕自己再多看秦明月一眼,就真的走不开了。

"明月,我很快就会回来的,等我!"

萧云龙在心中说着,快步地朝候机室走去。

秦明月怔怔地看着萧云龙远去的背影,晶莹剔透的泪珠顺着她的脸颊滴滴落下,她或许已经习惯了萧云龙在她的身边,习惯了日常生活中有萧云龙的存在,直至这一天,当她突然得知萧云龙要离开的时候,心中那份不舍牵挂立即翻江倒海般地席卷而出,吞没了她的全身。

看着萧云龙的身影,往昔中与萧云龙在一起的片段浮现眼前,她想起了第一次看到萧云龙时那种紧张与忐忑,想起了在她遇到危机时萧云龙的挺身而出,也想起了那日在丽水湖中两人的第一次亲吻。

也许爱上一个人不需要风花雪月的浪漫,也不需要如烟花绽放般的轰轰烈烈,仅仅是在生活中的点滴积累,将对方的音容笑貌慢慢地刻在心里,这或许是日久生情,没有一见钟情来得浪漫与刺激,但这样的情感岂不是更加恒远与温暖?

"云龙,不管你要去做什么,也不管你要去哪里,既然你答应了我要回来,那就一定要做到。我会等着你,我已经等了你二十五年,我会继续等下去。"

秦明月轻轻自语。

萧云龙已经坐上了飞机,他此行的目的是南美洲的加拉帕群岛。

加拉帕群岛是一座与世隔绝的无人岛,群岛内有众多岛屿相连,其中有一个最为偏远的岛屿在黑暗世界中极为有名,被称为鲜血之岛,血岛。

只因这座小岛经常有黑暗世界中各方强者前来对战,时不时也会有各方势力在这座血岛上厮杀,这座小岛因此而得名。

萧云龙已经联系不上穆恩他们,他也不知道穆恩他们此刻正在去征伐哪一股势力,他所能做的就是将所有的敌人都吸引到他这边来。

死亡神殿之人最主要的目的就是把他引出来,只要他现身,各方敌对魔王佣兵团的势力也就将目光转向他这边,如此一来就缓解了穆恩他们的压力。

这就是围魏救赵的道理。

情报女王

国外某市的国际机场中，一架国际航班缓缓下降，飞机平稳下降朝前滑行一段距离后缓缓地停了下来。

紧接着，机舱门打开，飞机上的旅客逐渐从飞机上走了下来。

这些旅客大都是前来旅游的，飞机上就有好几个旅游团的团队，一个个旅客依次从飞机上走了下来，随后一名身形挺拔的华国男子也夹在人流中走出飞机，他戴着一副墨镜，脸型刚硬，棱角分明，透出一股男性的阳刚霸气之感。

他正是萧云龙。

萧云龙走出了机场，他并非是第一次来到这座城市，机场外有当地的人用英语或者西班牙语介绍旅店，忙着招揽生意。

萧云龙走出来的时候，一个颇有几分姿色的中年妇女迎了上来，她拉住萧云龙的手臂，用英语问道："先生，请问您是日本人还是韩国人？是来这里旅游的吗？我想我可以给你找到非常出色的导游，并且还能给你提供居住的地方——当然，只要你愿意，会有更多的服务。"

萧云龙驻足，他的目光往这名中年妇女身上一扫，说道："抱歉，我是华国人！"

说着，萧云龙继续朝前走去，那名中年妇女脸色微微一怔，回过神来后似乎忘了萧云龙这个人，转而去拉住别的旅客继续推销她的服务。

这座城市分为旧城区跟新城区，旧城区在西南部一带，保存着大量的历史建筑，比方一些古老的街道、房屋和教堂，以及大量的西班牙和印第安建筑风格的建筑。既然是旧城区，可想而知现代化的建筑跟配套设施肯定不足，除非抱着观光旅游的心态，否则很少有人会选择在旧城区居住。

萧云龙打了辆出租车，他用西班牙语说要去卡萨卡德尼亚酒店。

开出租车的师傅诧异于萧云龙那一口流利的西班牙语，他忍不住问道："先生，您似乎对这座城市极为熟悉？"

"谈不上熟悉，但我已经来过好几次。"萧云龙说道。

很快，这辆出租车来到了卡萨卡德尼亚大酒店，这是一家四星级的大酒店，以往萧云龙来这里的时候也会选择在这家酒店入住。

萧云龙付钱后走下车，径直走入了这家大酒店，去前台办理入住手续。

手续办理得很顺利，萧云龙订的房间位于这家大酒店的第十层，1068号房间，这是一间豪华单间。

萧云龙乘电梯而上，拿着房卡走进了这间房间。

房间宽敞干净，里面的味道也极为清新，给人的第一印象就非常不错。

萧云龙走进房间将门关上，他认真地查看着房间内的每一寸角落，确认没有安装任何的隐形监控摄像头，他才放心下来。

萧云龙此行几乎没有携带行李，他手中仅仅是提着一个电脑包，他打开电脑包，将一台笔记本电脑取出来，放在桌面上后连接网络。

萧云龙点开一个网页，迅速地输入一串在他脑海中尘封多年的网址，这个网址是一个私密的网上通信平台，全世界范围内知道这个网络平台的人并不多。

要想登录这个网络平台，需要层层的身份验证，当中任何一个步骤出错，整个电脑将会黑屏，通过身份验证之后才是账号登录。

萧云龙通过了一系列的身份验证，这才进入了内网，他输入个人的登录账号，点击之下进入了这个平台。

这是一个类似于网络交际的平台，萧云龙点开通信录一栏的时候，里面只有一个联系人——奥丽薇亚！

不过此刻奥丽薇亚的头像却是灰色的，显然对方不在线。

"此时她那边应该是清晨，难道这个女人还没睡醒？"

萧云龙皱了皱眉，他点开奥丽薇亚的头像，在下面留了言。

世界的另一端，天色蒙蒙亮，一处位于郊外的高级别墅内。

一个女人刚刚睡醒，她有着一头金色大波浪的秀发，显得性感而又时尚，她那白皙的手背正在揉着惺忪的睡眼，身上穿着的是一套黑色的极为性感的蕾丝睡衣。

女人醒来之后第一件事就是走进她的个人办公室，这是她多年以来养成的习惯。

这是一间起码有五十多平米的房间，里面有着一台一台的电脑，最为醒目的是前面一张长方形的大桌子上摆放着六面超大的电脑液晶显示屏。

女人打开了一台电脑，电脑的启动速度异乎寻常的快，大约十秒钟就开机了。

电脑开机之后传来"叮"的一声，对于这种声音她已经习以为常，这是消息提示的声音，她每一天都会接到成百上千条信息提示。

她点入了一个平台中，平台上各种消息的提示方式是分等级的，有一级、二级、三级不等，那纷至沓来的消息更多的是二三级的消息提示，但这个女人扫视一眼电脑屏幕之后她的表情在瞬间凝固了。

她竟然看到位列于最高级别的特级消息提示上有一个沉寂多年的头像在闪动。

"Oh, my god！"

女人语气颤抖而又激动地自语，回过神来她伸出微微发颤的右手移动鼠标，飞速地点开了这个头像，她看也不看头像下面信息栏上的留言，径直点开了视频通话的选项。

萧云龙在打开的那个网络平台上留言之后准备起身去洗个澡，连续的赶路让他的身体有些疲惫，不过这种疲惫只需要洗个热水澡就能够洗涤一空。

就在他将要站起身的时候，冷不防的，他面前的笔记本屏幕上弹来一个视频对话的窗口，奥丽薇亚那原本灰暗的头像明亮了起来，显然已经上线，并且发来视频通话的请求。

"这女人，这么多年了，性子倒也是一点儿没变。"

萧云龙苦笑了声，想了想，他关闭了这台笔记本电脑的摄像头，随后才接通了对方的视频通话。

视频的窗口立即打开，铺满了整个电脑屏幕，一张艳丽绝伦的玉脸在电脑屏幕上呈现而出，她那双美丽的蓝色大眼睛中闪动着紧张与激动的神色，秀挺的鼻梁下那丰满的红唇让人看着都想要一亲芳泽。

这是一个极为成熟与性感的女人，有着十足的熟女韵味。

"魔、魔王，是你吗？"

女人的声音传来，说的是英文。

"是我！"萧云龙开口，他淡然一笑，说道，"奥丽薇亚，好几年没联系了，谢谢你还没把我给删掉。"

Oh, my god！魔王，真的是你，我没有在做梦，你回来了，你真的回

04 情报女王

来了！"

视频中，奥丽薇亚神情激动，她手舞足蹈，极为兴奋。

萧云龙稍稍沉默，而后他深吸一口气，说道："奥丽薇亚，以前你帮过我很多，这一次我找你，也是需要你的帮忙。"

在黑暗世界中，提起奥丽薇亚的名字或许知道的人并不多，但只要提起情报女王的名头，可谓是无人不知无人不晓。

奥丽薇亚就是黑暗世界中的情报女王。

奥丽薇亚有着极为强大的情报收集能力，但她却又不隶属于任何组织势力，也不受制于任何一个国家部门，说得直白一点，她的情报就只属于她个人所成立的一个情报机构。

黑暗世界中，几乎任何一个强大的势力组织都跟奥丽薇亚打过交道，他们向奥丽薇亚购买最新的消息，包括各种情报信息。

久而久之，奥丽薇亚成为了黑暗世界一个极为特殊的存在。

"好了，魔王，你需要我帮你什么？"

奥丽薇亚那双蓝色的眼眸看向刚刚开启摄像头的萧云龙，开口问道。

萧云龙点上一根烟，深深地吸了一口，沉声说道："我需要你为我做两件事，第一，给黑暗世界各大势力发通告，就说我在血岛，任何想要对付我的人，尽管放马过来。"

奥丽薇亚脸色怔住，眼中更有丝丝着急之意在闪动，她说道："魔王，你疯了吗？当年你得罪的人可不少，你要是公开说你在血岛，你知道这意味着什么吗？将会有大批的强者赶到，将你围杀！"

或许这的确是一个疯狂的举动吧，但为了自己的兄弟，为了魔王佣兵团，就算是疯狂一次又如何？

也许这个办法很笨，但却又是最直接有效的办法，没有之一。

萧云龙唯有在瞬间吸引整个黑暗世界的目光，将那些原本要针对魔王佣兵团的势力全都吸引过来，才能化解穆恩他们的压力，才能化解他们的危机。

萧云龙此刻并不知道穆恩他们在哪里，也许他们正在穿行戈壁沙漠，也许正在奔行于茫茫的原始森林中，但有一点是可以肯定的，那就是他们正在战斗。他要想找到穆恩他们，最起码都要花费好几天的时间，谁知道这几天会发生什么？

"奥丽薇亚,此事我已经决定,你就按照我说的去办。我是有很多强敌,同样的,我也有很多朋友。我无所畏惧。"萧云龙沉声说道。

"魔王,你简直是疯了!就算你再强,可一旦黑暗世界各大势力的强者联合起来击杀你,你一人也无法对抗,你知道吗?你将你的行踪泄露出去,这本身就是很危险的事情。"奥丽薇亚说道。

"那难道我就能置我兄弟的危险于不顾吗?难道我就能看着我的兄弟正在浴血厮杀,而我却是什么都不做吗?难道我就这样眼睁睁地看着死亡神殿这些势力对我的弟兄们追杀剿灭?"萧云龙语气一沉,怒声说道。

奥丽薇亚稍稍沉默,她深吸口气,说道:"你此举是为了魔王佣兵团?我也听到消息了,死亡神殿联合暗夜响尾蛇佣兵团跟猎虎佣兵团针对魔王佣兵团设下险境进行击杀。"

"只怕你这边也不知道现在魔王佣兵团的人在哪里吧?"萧云龙问道。

奥丽薇亚摇了摇头,说道:"我的确是不知道。但你要是给我一点时间,我也许能够打探到。"

"不,我已经没有时间等下去了!等你打探出确凿消息时,也许魔王佣兵团的兄弟已经有人伤亡。这是我不愿看到的,你明白吗?"萧云龙沉声说道。

奥丽薇亚轻叹了声,她心知多说无益,因为她知道萧云龙是一个重情重义的男人,而这一点不也是他身上最为吸引人的魅力之一吗?

"好,我答应你,我会按照你说的去做。"良久,奥丽薇亚说道。

"谢谢!"萧云龙语气郑重地说着,接着他继续说道,"第二件事,你定位我所在的城市,帮我找本地的一个武器贩子头目,给我对方的联系方式。"

"这件事很容易办到,我这就给你查找。"奥丽薇亚开口说道。

说话间,奥丽薇亚已经开启另一台电脑,正在上面查询相关的信息。

很快,奥丽薇亚回话说道:"你所处的城市最大的一个武器贩子头目名字叫文森特,文森特同时也是当地最大的黑手党势力的老大。魔王,此人很危险,经常干黑吃黑的买卖。倘若你想要找他购买武器,需要多加小心。"

萧云龙不以为然,说道:"黑吃黑?我喜欢跟这样的人打交道。给我他的联系方式,还有找他交易的暗语。此外,把你的一个瑞士银行账号发给我。"

奥丽薇亚点了点头，将文森特的联系方式跟交易暗语全都告知了萧云龙，末了她好奇地问道："你要我账号干什么？你也知道，我从不收取你的费用——我都可以把我倒贴给你呢，可惜你不要，哼！"

萧云龙苦笑了声，说道："你给我就是了，如果今晚有一笔钱转入你这个账号，你就把这笔钱转移走。当做是天上掉下来的福利吧。"

"好吧。"奥丽薇亚点了点头，将她的一个银行账号告知了萧云龙。

"我该行动了！"萧云龙苦笑了声，他关了通话视频，退出了那个网络平台。

接着，萧云龙开启这台电脑上的自毁程序，一瞬间，这台电脑的系统、内存立即自毁，就算是世上任何一个顶尖的电脑高手都再也无法从这台电脑中还原出任何蛛丝马迹。

萧云龙站起身，走进浴室冲了个澡，走出来后他穿上衣服，拎起电脑包，离开了酒店的房间。

05　大战在即

皇家赌场

丹尔顿大酒店是一座位于市区郊外的五星级大酒店，这座酒店的顶楼就是一个豪华的赌场，这个赌场是公开的，在当地并不违法。

顶楼的这个赌场金碧辉煌，宛若皇宫大殿般的奢华高贵，加之赌场内桌桌赌注巨大，被当地人称为皇家赌场！夜色笼罩之下，这个赌场热闹非凡，许多富豪商贾都前来试试手气。

一道年轻挺拔的身影走进了赌场，他右手提着一个密码箱。

"先生，您是？"

一个美艳性感的女人迎了上来，她小麦色的肌肤闪动着健康性感的光泽，穿着赌场特制的制服。

这个美女先说的是西班牙语，接着她又补充了一句英语。

"当然是来试试手气的。"萧云龙将脸上的墨镜摘下，他微微笑着，说着一口流利的西班牙语。

"欢迎。"这个美女微笑着说道。

"带我去兑换筹码。"萧云龙说道。

"请。"美女做出了一个极为优雅的手势。

萧云龙随着这个美女走到了赌场的前台，他将手中的密码箱放在前台上，打开之后里面是一叠一叠崭新的美钞。

"请帮我将这100万美元都换成筹码。"萧云龙说道。

那名美女一怔，但她很快平静了下来。皇家赌场时不时都会有携带着成百甚至上千万美元过来赌博的人，一般而言，能够一次性兑换一百万美元以上的顾客，都是大客户。

"我叫黛西，是这里的主管，不知道先生怎么称呼？"那名自称为黛西的美女一笑，开口说道。

"你可以叫我龙。"萧云龙语气淡然地说道。

"龙？好吧，先生是第一次来吧？您兑换的筹码能够办理一张尊贵的VIP会员卡。我这就给您办理一张，您看如何？"黛西问道。

"有什么优惠？"萧云龙问道。

"优惠自然是有的，有了这张尊贵VIP会员卡，您能够享受到这里其他的服务。最重要的是，这里的豪华赌间您也可以进去参与。没有一定的资格是不能进入豪华赌间的，只能在外围进行娱乐。"黛西解释说道。

"那就办一张吧。"萧云龙淡然一笑。

办理这张VIP卡要支付10万美元，萧云龙倒也不在乎，转眼间这张卡已经办好，筹码也兑换完毕。

黛西帮萧云龙拿着筹码，她笑着问道："龙先生，请问您想玩点什么呢？"

"黑杰克吧。"萧云龙说道。

黑杰克也被称为21点，手中的牌面点数累积到21点就是最大，超过21点则会爆掉，也会成为废牌。其中K、Q、J和10牌都算作10点。A牌既可算作1点也可算作11点，由玩家自己决定。

如果开始发牌的时候，玩家拿到的前两张牌是一张A和一张10点牌，就拥有黑杰克，倘若庄家没有黑杰克，那就杀庄家，赢得两倍的赌注。

所以玩黑杰克，讲手气，也讲技巧，自然少不了心理战。

"真是巧，今晚恰好有一间豪华赌间在玩黑杰克，我这就带您过去。"黛西笑着，她走到萧云龙的身边，那高挑性感的身躯有意无意地靠向萧云龙。

这真是一个性感而又热情的女人。

当然，这种热情是建立在金钱上。

黛西领着萧云龙走进了一间单独的赌间，赌间极为的豪华与宽敞，里面烟雾缭绕，一张赌桌上坐着五名男性赌客，加上庄家共有六个人。

除此之外，这五名赌客身边都分别坐着五名同样美艳性感的女人，正在服侍他们，时不时帮他们点烟，或者端茶倒水、剥水果等。

"大家好，加入一位新的客人，希望大家一起玩得愉快。"黛西走进来，她笑着说道。

当庄的是一个白人男子，年纪在三十岁左右，体型偏瘦，脸色却是很沉稳，他的双手十指极为的修长，扑克牌在他的手中翻转如舞，看来是一个玩扑克的高手。

"欢迎。"这名庄家开口说道。

黛西领着萧云龙走到了一个位置上坐了下来，她也坐在萧云龙的身边。

萧云龙右边坐着的是一个大腹便便的中年男子，他已经秃顶，满面红光，在他身前堆着大量的筹码。左边坐着的是一个戴眼镜的男子，看上去像是本地人。

这五个赌客对于萧云龙的到来漠不关心，他们更关心的是如何在接下来的牌局中赢到更多的筹码。

"抽烟吗？"黛西坐下后问萧云龙。

"当然。"萧云龙答道。

黛西拿出一盒高档雪茄，她娴熟地点上，自己先吸了一口，这才将这跟雪茄递到萧云龙的口中。

"你的嘴唇很香。"

萧云龙毫不介意，抽了一口雪茄。

"新一局开始，请先下注。"庄家开口说道。

萧云龙拿起筹码，将一共50万美元的筹码推上前，其他赌客的筹码有大有小，最大的有20万美元，最小的5万美元，都是美元为单位。

如此一来，萧云龙这一局下注的50万美元无疑是最大的。

庄家洗好了牌，按照规矩，会让赌桌上任何一个想洗牌的赌客再洗一次。

最右边的一名赌客重新洗了牌，将扑克牌交回庄家手中。

庄家开始从左到右依次发牌，起初发的是每人一张暗牌，接下来第二张是明牌。

场中包括庄家在内的暗牌都发了一轮之后开始发明牌，发到萧云龙这边的明牌是一张黑桃K。

萧云龙拿起这两张牌，他以明牌遮住暗牌，然后慢慢地看了那张暗牌一角，便将牌面放回桌上。

看过明牌跟暗牌之后，可以选择继续要牌，也可以选择不要。

05 大战在即

左边一个男子继续要牌，但要到了一张红桃10，而他的明牌已经是方块8，明着的牌面已经是18点，只要他的暗牌大于3点，那他这副牌就爆掉。

"Fuck！"

这个赌客口中咒骂了声，他的牌爆掉了，他的暗牌是一张5，只要爆掉就会输，不管庄家拿的是什么牌。

轮到萧云龙的时候萧云龙没继续要牌，庄家的明牌是一张梅花10，他也没继续要牌。

最终没有赌客继续要牌，是该明示暗牌决胜负的时候了。

庄家的暗牌掀开，是一张黑桃J，如此一来庄家的点数就是20点，庄家拿到这样的点数几乎都可以通杀了。

"看来我的手气不错！"

萧云龙一笑，他将暗牌掀开，那是一张方块A，也就是说，萧云龙的牌是最高的黑杰克。

如此一来，萧云龙赢到了两倍赌注，他下注的是50万美元，这一局就赢了100万美元。

"噢，亲爱的，你的运气真好。"黛西笑着，她那细腰一扭，性感的娇躯又靠向了萧云龙几分。

除了萧云龙之外，其余赌客都输了，他们一脸晦气。

萧云龙右边坐着的那名大腹便便的男子似乎有些不满地看了眼萧云龙，若非萧云龙加入坐在他的左边，那刚才萧云龙手中的那副牌岂不就是他的了？

接下来第二局，萧云龙出乎意料的只下注了5万美元。

这一局他手中两张牌点数是18点，这样的点数不上不下，继续拿牌又怕爆掉，不拿牌又于心不甘。萧云龙选择了继续拿牌，结果还真的是爆掉了。

接下来的五局，萧云龙只下注5万美元，似乎他的手气到头了，接下来的几局都输了，其余的赌客则有输有赢，但总归来说还是庄家赢的多。

"似乎下注越小手气越差，这一把赌大一点。"

萧云龙笑着，他拿起整整100万美元的筹码，放在了桌面上。

那名庄家的眼皮微微跳了下，但很快便恢复镇定。

庄家开始发牌，发到萧云龙的明牌是一张红桃 K，萧云龙掀起暗牌的一角看了一眼，便表示不再要牌。

庄家的明牌是一张 8，他继续要了一张牌，是一张 6。他不再要牌了，因为他很清楚，继续要牌他的牌将会爆掉。

最后牌面揭晓，庄家暗牌是 4，他的牌面点数是 18 点。

萧云龙掀开暗牌，是一张黑桃 9，加上明牌的红桃 K，那就是 19 点，刚好够杀庄家。

如此一来，这一局萧云龙又赢了 100 万美元。

"看来果然是这样的道理，下注越多，手气就会越好。"萧云龙笑着。

旁边坐着的黛西也在笑，但那笑容已经有些不自然，毕竟她是赌场里面的人，虽说赌场内信奉客人为上帝的道理，前提是这个上帝是一个十赌九输的上帝，如若把把都赢，那就不是上帝，而是魔鬼了。

愿赌服输

这时，丹尔顿大酒店外，三辆轿车飞驰而至，为首的一辆是劳斯莱斯，后面两辆则是宝马七系。

三辆车子停在丹尔顿大酒店前，那辆劳斯莱斯车门打开了，一个留着络腮胡的魁梧男子走下车来，他体形高大、魁梧无比，眼中的目光极为锐利，身上隐隐有股暴戾之意散发而出，给人一种极为骇人的压迫感。

后面两辆轿车一共走下来六名穿着黑色西装的男子，他们脸色显得麻木而又冷漠，带给人一种极度冰冷之感，而这种冰冷往往意味着危险。

络腮胡男子一马当先地朝酒店走去，酒店的服务人员看到这名男子后眼中立即流露出一丝惊惧之意，一个个全都噤若寒蝉，大气都不敢出一口。

只因这个络腮胡男子不是别人，他正是文森特，暗中的身份正是当地最大黑帮的头目。

文森特也是顶楼豪华赌场的幕后老板，而他正是萧云龙今晚要找的人。

文森特走入电梯，身后跟着他身边的人，一路朝顶楼升了上去。

就在一个小时前，文森特接到一个神秘的电话，对方电话中说要向他拿一批货，并且还能说出交易暗语。能够说出交易暗语，那足以证明电话

05 大战在即

中的那个人是一个真正的买家。

此外,对方还在电话中说他会来到位于这座大酒店顶楼的赌场一边玩一边等他到来。

他倒是想看看这个买家到底是什么人。

这里是他的地盘,他从来不会担心会出现什么意外状况,他在当地可谓是一手遮天,是出了名的黑吃黑,当地警方自然也跟他一个鼻孔出气,这更是助长了他那极为嚣张的气焰,否则也干不出黑吃黑的勾当来。

文森特乘电梯来到了顶楼,他走出电梯,一行人朝赌场走了进去。

赌场中的工作人员看到文森特后脸色一怔,旋即纷纷开口喊着老板。

"今晚是不是来了一个新的客人?他在哪里?"文森特问道。

"的确是来了一个新的客人,黛西已经领着他进入一间豪华赌间。老板,我带您过去。"一个工作人员开口说道。

这名工作人员立即带着文森特走进了那间玩黑杰克的豪华赌间。

豪华赌间的门口推开,文森特走了进去。

房间里的庄家跟黛西看到文森特走进来后,他们纷纷怔住,黛西连忙开口说道:"老板,您来了。"

"老板。"

庄家也开了口,不过他的脸色显得有些苍白,目光更是有些不安。

只因萧云龙的前面已经堆满了筹码,这些筹码足足有数百万美元。

事实上,这会儿的工夫萧云龙已经赢了将近500万美元的筹码,这手气还真是有些逆天。

其实萧云龙并不擅长赌,他以前虽说也玩过,但也就是抱着玩玩娱乐的心态,他并非是一个赌徒。但他对赌场的一些潜规则是极为清楚的,比方说充当荷官角色的庄家,一般情况下这样的大赌场是不会出老千的。

但能够担当这么大一个赌场的庄家,手里自然有两把刷子,洗好一副牌之后他们能够大体知道牌面的好坏,通常庄家在五局牌里面会有一两局故意让某些赌客拿到好的牌。否则要是盘盘都是庄家大牌通杀,也不会有赌客继续玩下去了。

萧云龙很清楚这一点,所以他每赢一次后接下来的几局都是下注5万美元,目的就是为了避开庄家手中的大牌。当几局过后,庄家手中的牌不会继续是大牌,萧云龙就抓住这个机会大赌一把,因为这时能够赢庄家的几率要大得多。

所以这几轮玩下来，萧云龙桌面上的筹码已经累积得越来越多。

坐在他身边的黛西脸上的笑意已经显得极为不自然，她的身体也不再有意无意地贴向萧云龙，没有任何一个赌场的工作人员希望出现一个疯狂赢钱的赌客。

文森特走了进来，他双眼微微眯起，看到庄家那副苍白中带着畏惧的脸色，再看看萧云龙桌面上堆满的筹码，立即明白了这是怎么回事。

"就是你今晚给我打的电话？"

文森特盯住了萧云龙，那双闪动着锐利锋芒的眼睛像是要将萧云龙给看个透。

"阁下就是文森特先生？幸会幸会。"萧云龙微微一笑，保持着足够的礼节。

"看来你的手气很不错。不知怎么称呼？"文森特说道。

"你可以叫我龙。"萧云龙说道。

"龙？"文森特眯着眼，他看着萧云龙，心知萧云龙并没有说出他的真名，不过他并不介意，笑着说道，"既然你的手气这么好，那不妨我来跟你玩一局，如何？"

"文森特先生，你应该知道，我给你打电话是有事找你。"萧云龙说道。

文森特粗壮的手臂一挥，说道："放心吧，货什么时候都有。玩一局也不浪费时间。怎么？难道你不愿意？"

萧云龙眼底深处闪过一丝锋芒，他不动声色，说道："乐意奉陪。"

"哈哈，很好。那你我随我过来。你们这一桌继续玩吧。我跟这家伙去别的房间玩一局。"文森特开了口，他看向黛西，说道，"黛西，把这位客人的筹码带过来。"

"是，老板。"黛西开口说道，她帮忙将萧云龙的筹码放在一个托盘上，站起身随文森特走了出去。

萧云龙也站起身，跟着文森特走进了另外一间单独的赌间，这间赌间更加的金碧辉煌，不过里面并没有客人。

文森特口中叼着一根雪茄，他使劲地抽了一口，走到赌桌前，拿起一副牌，洗了几遍之后看着萧云龙，说道："玩黑杰克？"

"可以，没问题。"萧云龙说道。

05 大战在即

"既然只赌一局,那就把你的筹码全都押上。"文森特开口,他的话强硬无比,容不得半点商量的余地。

萧云龙耸了耸肩,一脸无所谓地说道:"行,没问题。"

说着,萧云龙将黛西端着的筹码全都倒在了赌桌上。

文森特洗了几次牌,萧云龙看了一眼,就知道他在这副牌上做了手脚。

待文森特洗好牌后,萧云龙说道:"文森特先生,按照规矩,是不是应该由我再洗一次牌?"

文森特目光一沉,有着丝丝冷意乍现,他说道:"我洗牌跟你洗牌有什么区别?难道你怀疑我暗中做了什么手脚?你不是急着要货吗,那就速战速决,啰啰唆唆像什么样?"

"好,那么请发牌吧。"萧云龙语气淡然地说道。

文森特开始发牌,先发给萧云龙一张暗牌,然后给自己一张暗牌。接着就是明牌,发给萧云龙的明牌是一张黑桃J,而文森特的明牌则是一张黑桃K。

萧云龙的双眼微微一眯,看这牌面,他就知道自己肯定输了。

萧云龙他不用去看也知道,他的那张暗牌肯定是10点的牌,如果他继续要牌,除非要到一张A,否则任何其他的牌将会爆掉。但他很清楚地知道,他要是继续要牌,不可能是一张A。

而文森特的暗牌肯定是一张A,也就是说,文森特的牌应该是最高点黑杰克。

看来奥丽薇亚说的文森特是出了名的黑吃黑,这倒也不假。

"你还要牌吗?"文森特盯着萧云龙,开口问道。

萧云龙摇了摇头,说道:"我已经输了。"

"输了?你都还没看底牌,怎么就知道输了?"文森特说道。

"凭感觉。"萧云龙淡然地说道。

"哦?那我也不要牌了。既然你也不要牌,不妨就开牌看看你的感觉是否正确。"文森特说道。

萧云龙笑了笑,将那张暗牌掀开,是一张红桃K,果真是10点的牌,那他牌面的点数就是20点。

"哇?20点!这点数真高。我怎么感觉输的人会是我呢?"文森特笑着,他将他的暗牌掀开,是一张黑桃A,他怔了怔,显得有些不可置信地说道,"我的天呐,竟然是黑杰克,我真是意想不到。龙先生,看来你的感觉是对的,你输了。"

"愿赌服输。"萧云龙笑道。

"不过,我的是黑杰克,按照规定我可是赢了两倍的赌注。"黑杰克眯着眼说道。

"无妨,我可以刷卡支付。"萧云龙说道。

文森特拍掌,既而他笑着说道:"爽快,我就喜欢跟你这样的人打交道。好了,那就去前台结账吧。然后我带你去看货,我预感今晚跟你的合作会非常愉快。"

"我也感到非常愉快。"萧云龙笑着说道。

"龙先生,那您请随我来吧。"黛西笑着说道,她挽起萧云龙的手臂,又恢复到原先的热情,那性感的身躯贴着萧云龙的身体。

萧云龙走到前台,他掏出一张瑞士银行卡,这张卡是当初他离开地狱训练营的时候杜克给他的,杜克朝这张卡打了一笔钱,他没去看里面一共有多少钱,但上千万美元肯定是有的。

萧云龙原本买了100万美元的筹码,赌桌上他赢了500万美元左右,方才一把将所有的筹码都输掉了,还要再支付一倍的赌注,也就是600万美元左右。

赌场前台的工作人员很快就将这600万美元从他的卡上划走,萧云龙脸色如常,便连任何细微的表情都没有,似乎被划走的那600万美元在他看来不过是600元一样。

赌场将萧云龙这笔钱划走之后,文森特显得更加开心,他甚至伸手搭上了萧云龙的肩膀,笑着说道:"嗨,老弟,既然你知道交易暗语,说明你是诚心买货。说吧,你需要多少货?"

"这个不确定,我得要去看看,才知道我需要哪一些。"萧云龙说道。

"没问题,我可以带你去我的存货仓库。但在这之前,我手下的人需要对你进行搜身。你也知道,这是一个规矩,你不会介意吧?"文森特笑着说道,他越看萧云龙越觉得顺眼,感觉对方分明就是一只主动送上门来的肥羊。

"当然没问题。"萧云龙说道。

文森特立即朝身边一个人使了使眼色,那名男子走上来对萧云龙进行搜身，从上到下搜查了一遍，萧云龙并没有携带任何武器。

"老弟，跟我走吧。"文森特笑着说道。

萧云龙点头，随着文森特一行人离开了赌场。

走出了丹尔顿大酒店，文森特上了那辆劳斯莱斯，萧云龙则是被安排上了一辆宝马7系轿车上，车后座有着两名魁梧高大的男子左右夹着他坐。

"呼！"

车子启动，在茫茫夜色中飞驰而去。

车子正朝远离市区的方向疾驶而去，车速很快，超过了140码，在这样的飞速行驶之下，大约半个小时，这三辆车的车速渐渐地慢了下来。

前方有灯火闪动，四周则是一片荒芜、漆黑一片，看来此地是荒无人烟的郊外。

这三辆车子飞驰到了前面灯火闪亮之地，临近之后才看到这是一家工厂，当这三辆车子飞驰而来的时候，工厂内立即有六七道身影闪现而出，他们脸色冷酷，目露凶光，他们看清楚这三辆车后便开启了工厂的大铁门。

"呼！呼！呼！"

三辆车子直接驶入了这家工厂。

杀人机器

车门打开，文森特率先走下车来，接着，萧云龙也走了下来。

萧云龙随意地看了眼，这家工厂内极为空旷，所谓的工厂不过是掩人耳目，这里什么都没有，空荡荡的，不过暗中却是有不少人潜伏在这里。

很显然，这里是文森特一个极为重要的秘密据点。

"嗨，老弟，随我来，让你看看货。"文森特笑着说道。

萧云龙点了点头，随文森特朝工厂里面走去，来到了一个电梯门前，文森特将手掌按在了一个触摸屏上，电梯门打开，萧云龙随文森特走入电梯。

这座电梯并非是向上，而是向下的。

电梯门关上后朝下降去，到达底层之后电梯才缓缓停下，电梯门再度开启，文森特率先走出，萧云龙也跟着走了出来。

萧云龙一走出来，立即闻到了一股浓浓的硝烟味儿，这个底层的空间被挖了出来，随处可见一个个架子，架子上摆放着各式各样的武器，一个个木板箱堆在四周，有些木板箱是打开的，里面放着各种武器。

手枪类、冲锋枪类、机枪类、轻型武器、重型武器等都按分类摆好，可以说这里的武器都可以武装一支千人左右的武装势力了。

由此可见文森特的能耐不小，他与本地的军方肯定是有关联，否则根本弄不来这么多的武器装备。

随同文森特走下来的那六名穿着黑色西装的男子，他们面容冷峻，目光犀利无比，就像是一柄柄出鞘的刀锋，锐利到了极致，从他们身上散发而出的那股危险气息极为浓烈。

除此之外，从萧云龙走出电梯的刹那间，他就感觉到他被人盯上了。

准确的说，是被三把狙击枪的枪口给锁定了。

也就是说，这里面潜藏着三名狙击手，暗中持枪锁定了萧云龙。

除了这三名潜藏在暗中的狙击手，这个地下层还有五名孔武有力的男子，他们负责这里的武器分配以及贩卖情况。

也难怪文森特在不了解萧云龙背景的情况下敢他带来此地，因为他根本不怕萧云龙有任何举动。事实上，在这样的情况之下，任何一个人走进来，被暗中的三支狙击枪口锁定，都不敢轻举妄动。

"老弟，我的存货全都在这里，你看看需要多少，可以列一个清单。"文森特开口说道。

"真是让我大开眼界，看来我不虚此行。"萧云龙笑着说道。

"哈哈，说句夸大的话，在这个地方要想购买武器，也只有我这儿有货。这个地区的武器供应已经被我垄断。你找我算是找对人了。"文森特笑着说道。

"我先看看。"

萧云龙开口说道，他朝重型武器区域走了过去，一眼过去就看到了横躺在这个区域中的数挺马克辛重机枪跟加特林重型机枪。

与马克辛重机枪比起来，萧云龙更喜欢加特林重机枪，这玩意显得粗犷而又硬朗，并且这款加特林重型机枪是最新型号，每分钟的射速达到了500发子弹。这跟金属风暴每分钟百万发子弹的射速比起来真是小巫见大巫。

但金属风暴属于每个国家的核心武器机密，即便是文森特跟军方有关系，也拿不出来金属风暴这样的极端武器，再则金属风暴即便是市面上有，也是上亿美元的价格，想买都买不起。

萧云龙将一挺加特林机枪拎了起来，拿在手中那感觉的确是非常的不错，这让他禁不住想起了穆恩这个七尺大汉，穆恩最喜欢的武器就是加特林机枪，他喜欢扣动扳机时耳边传来的那一阵阵轰鸣作响的机枪声，就像是一曲美妙的演奏曲，回味无穷。

"这挺加特林我要了。"萧云龙说道。

"老弟你真有眼光，不瞒你说，我也喜欢这款重型机枪。"文森特笑着说道。

这里面摆出来的武器都不会配备子弹，否则买家过来看货、枪里面有子弹不就等同于送给别人武器来干掉自己吗？只有定下货、付了钱，交易完成之后才会配发相应的子弹。

萧云龙折身朝狙击枪区域走去，他看中了一款巴雷特M99狙击步枪，这把重狙的特点就是威力大、弹道准。由于该枪枪管采用特殊的膛线，因此可使用穿甲、燃烧、爆炸、精度弹等多种12.7毫米枪弹。

萧云龙将这挺巴雷特M99拿在手中，不由想起了多年前那些历历在目的战斗，当时他最为喜欢的就是这款重狙，他也无数次凭着这一款重狙杀出敌人的重围，缔造了他铁血征战的传奇经历。

萧云龙主要就是找重型机枪跟狙击步枪，有了这两款枪，那倒也是足够了。

"这款枪我也要了。"萧云龙开口说道。

"好！"文森特笑着说道。

萧云龙接着去看了别的武器，选中了两把勃朗宁手枪跟一把多用途军刀，到此也就差不多了。

"文森特先生，我选的差不多了，你算下价格吧。"

萧云龙站在刀械用品的区域，他拿起一把夜鹰平刃军刀，这款刀是美国特战队的配备用刀，刀刃极为的锋利，刃口锋芒毕露。

萧云龙拿着这把夜鹰平刃随意地把玩，像是在试探这柄刀的锋利程度。

文森特走了过来，他看着手中拿着的一个清单，上面罗列着萧云龙选中的各种武器，说道："老弟，你所选的各种武器一共加起来是285万美元，我看你比较爽快，那就去个零头，280万美元吧。此外，还会给你标配各种武器的子弹。"

萧云龙闻言后眼微微一眯，那挺加特林机枪顶多也就是10万美元，巴雷特M99稍微贵一些，但价格也就是十五六万美元左右，至于那两把勃朗宁跟军刀，并不值多少钱。

也就是说，萧云龙所选的这些武器加在一起不会超过30万美元。

文森特一开口却是要280万美元，翻了将近十倍的价格。

看来这家伙当真是做惯了黑吃黑的勾当。

文森特走来之际，有两名黑衣男子也跟着走了过来，站在文森特身后两侧。

这时，萧云龙明显地感觉到暗中指着他的那三支狙击枪的枪洞口有了一丝些微的变化，他心中泛起了一丝冷笑，他站在这个区域，是特地选择的一个位置，能够有效地阻挡那三名狙击手的视线。

事实上，有一名狙击手的视线的确是被挡住了，萧云龙所站之地形成了一个死角，他瞄准不到。

至于另外两名狙击手，由于文森特跟他身后的两名黑衣男子站着，无形中为萧云龙提供了一层天然的屏障，也稍稍地挡住了他们的瞄准视线。

那一瞬间，这三名暗中藏着的狙击手心中泛起一丝奇异的感觉。

"文森特先生，这些家伙是不是偏贵了点？"萧云龙皱了皱眉说道。

"老弟，这个价格已经不贵了，你也知道这些玩意儿可不好弄。"文森特看起来一脸无奈地说道。

萧云龙点了点头，说道："好吧，可是——文森特先生，我不是已经付过钱了吗？"

"嗯？"

文森特似乎没有反应过来，他诧异了声。

"嗤！"

骤然间，一道锐利无比的破空声在文森特的耳边响彻而起，回过神来的他定眼朝前一看，竟然已经看不到萧云龙的身影，唯有一道残影在他的眼中掠过。

那一瞬间，萧云龙已经是冲到了文森特的身后，他手中的夜鹰平刃笔直地刺入文森特右后边那名男子的心脏。

同时，萧云龙的左手朝这名男子的腰侧一伸，抽出了一把枪，"砰"的一声，一枪爆破了左边那名男子的额头，他抽出夜鹰平刃，就地朝前一滚，待到左边那名男子身体倒地的时候他弃掉军刀，右手在倒下的这名男子的腰间一伸，又掏出了一把枪。

"砰！砰！"

萧云龙左右手持着手枪，抬手间朝左右两边的斜上方分别开了一枪。

枪声一落，在上方廊道的左右两边立即有两名男子摔落而下，他们手中各自握着一支狙击步枪，正是那两名暗中潜藏着的狙击手。

这一瞬间的工夫，萧云龙已经闪身到了一个货架的右侧。

一眨眼的工夫，萧云龙就干掉了文森特身边的两个人还有两名狙击手，这一切来得太快了，以至于文森特的手下都有些反应不过来。

说起来文森特身边的这些人跟萧云龙比起来，他们就是一帮菜鸟！

萧云龙是真正从黑暗世界尸山血海中杀出来，浴血无数的战斗老兵，而文森特身边这些人或许有一定的作战经验，但跟萧云龙比起来仍是有着极大的差距。

"砰！砰！"

萧云龙闪到右边一处货架上，以此作为掩体，途中他又开了两枪，两名文森特带过来的黑衣男子迎面而倒。

"杀了他！"

至此，这一地下层内的其他人员才反应过来，他们纷纷掏出了枪械，疯狂地朝着萧云龙的藏身之地射杀而来。

"咻！"

萧云龙刚想要探身而出，一股危险之感猛地袭来，他瞬间缩身回去，那一刻一发狙击弹头袭杀而至，对方这一枪落空，射在了墙体上，墙体上的白漆纷纷脱落，墙面留下一个洞口。

接着萧云龙趴在地上，就地朝前一滚。

"咻！咻！"

又有两发狙击弹头射杀而至，场中还存在的那名狙击手已经成了头号威胁。

事实上，任何一场战斗当中，狙击手绝对是位列头等的威胁。

"砰！砰！砰！"

场中还存在着的六七个人手握枪械，不断地朝萧云龙的藏身之地射杀而至，加上那名暗中狙击手的威胁，倘若不尽早破解这个局面，那萧云龙也会陷入到危险之中。

"嗖！"

突然间，萧云龙的身体猛地从这一侧的货架朝上斜斜地冲出，朝另一侧的货架扑过去。

那一瞬间，从他视野上方的一个隐蔽位置上，一支伸出来的狙击枪口也朝他飞扑而出的身体转移过来。

"砰！"

萧云龙右手抬起，扣动扳机，一枪射杀而出。

那名狙击手刚要瞄准萧云龙，冷不防的，一枚突如其来的子弹精准万分地射在了他的额头上，一股鲜血从他的额头上激荡而出，身体也从上方的廊道护栏上摔了下来。

至此，萧云龙的身体摔在了地上，几乎同一时刻，一发发子弹朝他这边射杀而来，但却晚了一步，萧云龙的身体已经掩藏在货架后面。

场中已经没有狙击手的威胁，萧云龙无所顾忌，他要大开杀戒了。

"砰！砰！砰！"

萧云龙接连开枪，每一枪响起都会有一名人员倒下，那精准的枪法都成了文森特身边这些人的噩梦。

最后，萧云龙猛地从货架掩体上闪现而出，场中除了文森特之外还有两名持枪男子，他们看着萧云龙"嗖"的冲出来之后立即持枪转过去，同时扣动扳机，一发发子弹射杀而出。

可惜的是，他们击中的不过是萧云龙的残影罢了。

这两人目光一转，急忙寻找萧云龙的身影，当他们看到萧云龙的时候，双眼的瞳孔骤然冷缩，只因那一刻，萧云龙左右手握着的枪径直对准了他们的脑袋。

"砰！砰！"

萧云龙双手同时扣下扳机，两颗子弹射杀而出，射入了这两人的额头，他们双眼圆睁、死不瞑目地倒在了地上。

萧云龙一转眼，看到文森特朝电梯口跑去，他伸手正准备按下电梯。

05 大战在即

"砰!"

一声枪声响起,一发子弹击中了电梯旁的金属盘,溅起了点点星火。

"如果你不想后脑开花,那就乖乖地站住。"

萧云龙语气淡漠地说道。

文森特的身体瞬间僵硬,整个人就像是被从头到脚浇了一盆冰水,有股寒气从他的脚底直冒而上。

萧云龙走了过去,语气淡漠地说道:"文森特先生,难道你不觉得背对一个人是一种不礼貌的行为吗?给我转过来。"

文森特的身体在发抖,他将身体缓缓地转过来,转过来之后看到的是一幕恍如地狱般的场景,一具具躺倒在地横七竖八的尸体让他为之作呕。

"老、老弟……哦,不不不,大、大哥,有什么话好好说,有什么事好好商量,我一定会满足你的要求。你不是想要武器吗?你刚才所要的,我全都送给你,都、都送给你。"文森特兢兢战战地说道。

文森特也不傻,他身为黑帮头目,并且暗中还能贩卖军火,他的能耐很大,也是一个刀尖上淌血的狠角色。因此他看得出来萧云龙绝对是一个恐怖强大的人物,否则岂能在这短短的瞬息间将地下楼层的人全都给杀了?

这样的手段他真是见所未见,闻所未闻。

"这些武器的子弹放在哪里?带我去。你放心,你乖乖合作,我会饶你不死。"萧云龙冷冷地说道。

文森特目光转动,事到如今他已经别无选择,唯有带着萧云龙朝前面走去。前面还有一个仓库,用来存放枪械武器的子弹。这个仓库需要输入密码才能打开,文森特输入了密码,这个电子门就打开了。

这个地下楼层内有许多用来捆木板箱的麻绳,萧云龙截断一根麻绳,将文森特的手脚牢牢地捆住,并且将他的身体跟一个武器货物架捆绑在一起。

接着,萧云龙将文森特身上的手机等通信设备都拿出来,扔在了一旁。

而后他才走进了存放子弹的仓库中。

没一会儿,萧云龙走了出来,不过他的肩上已经背上了一条长长的弹链,那是加特林重机枪的弹链。

萧云龙走到重型机枪的区域,他拿起一挺加特林机枪,将肩上背着的弹链解下,把这条长长的弹链装载进加特林机枪的弹槽。

末了,萧云龙举步朝文森特走了过来。

文森特心胆俱裂,此刻的萧云龙无疑是极为的骇人,单手拎着彪悍十足的加特林重机枪,长长地弹链拖在地上,活生生就像是一个战争之王,从他身上弥漫而出的那股厚重无边的血腥杀气更是森然无比,让人头皮发麻。

"你、你要干什么?求求你,不要杀我,只要不杀我,任何条件我都可以答应。"文森特惊恐万分地求饶起来。

"你放心,我不会杀你,只是借你的右手用用。"

萧云龙语气淡漠地说着,他捡起地面上那柄夜鹰平刃军刀,松开绑住文森特双手的麻绳,他抓起文森特的右手,随后手起刀落,一道锐利无比的刀芒划破虚空,斩向了文森特的右手手腕。

"啊⋯⋯"

一声撕心裂肺的惨嚎响彻在整个地下楼层,文森特的右手手腕被削断,**断口平滑整齐**,可见这夜鹰平刃不愧是当今世上的十大军刀之一,刀刃之锋利让人为之色变。

"放心吧,你死不了,只是借你的手掌用用。用完了会还给你,事后还可以接回去。"萧云龙语气淡漠地说道。

他拿着文森特的断手朝电梯走去,将这只断手的手掌按在了电梯旁的触摸屏上。

"叮"的一声,电梯门打开了,萧云龙走入电梯,右手提着那挺加特林重型机枪。

电梯直升而上,来到一楼后停了下来。

这一楼的仓库内大约有十几号人,仓库之外则有七八人看守,电梯上来的时候,有四名男子迎了上来,地下楼层发生的打斗他们并不知情,枪战的声音传不上来。

这四个人看着电梯上升,以为是他们的老大文森特来了,急忙地跑过来迎接。

"叮!"

电梯门打开了,弹出来的却是一截犹如大腿般粗的加特林机枪枪管。

"哒哒哒哒!"

05　大战在即

那四个人还未回过神来,加特林的机枪口上喷出了一串火苗,一发发子弹疯狂地扫射而出,瞬间将这四个人射成了马蜂窝。

萧云龙踏步而出,枪声响起,右边方位有人影涌动,萧云龙的机枪口朝后一转,脸色波澜不动地扣动扳机。

"哒哒哒哒!"

从加特林机枪口疯狂扫射而出的子弹形成了密集的火力网,完全地覆盖了右边的所有区域。

一声声惨嚎响起。

萧云龙接着朝左边一转,也是疯狂地扣动扳机,手中的加特林机枪朝着左边区域来回摆动,一发发高射机枪的子弹疯狂乍泄而出,形成了一条条火舌,将左边区域的一切物品摧毁一空,那些钢筋混凝土的碎末激扬而起,血肉横飞,一股浓郁的血腥味弥漫整个仓库。

萧云龙停了下来,环视四周,仓库内已经没有了一个活人。

萧云龙朝仓库外走去,刚刚仓库内枪声大作,正在外面站岗的八名男子立即冲了进来,可迎接他们的是疯狂的子弹扫射,在这堪称是金属风暴般的扫射之下,他们毫无还手之力,冲过来的八个男子直接被扫射肢解,化为一堆肉泥。

萧云龙走过去,将仓库的大门关上,这才转身朝电梯方向走去。

"黑吃黑?老子就喜欢跟黑吃黑的人打交道!"

萧云龙嘴角扬起一抹森冷的笑意,他吹了吹加特林机枪口上不断冒出来的硝烟。他面无表情,脸色冷酷到了极点,这时候的他开始展现出身为魔王狰狞可怖的一面。

仓库地下楼层中,文森特仍被捆绑在原地,浑身动弹不得,看着萧云龙再度走过来,他身体不受控制地发颤发抖,一张脸发白,眼中满是浓浓的恐惧之意。

他感受得到从萧云龙身上弥漫而出的那股浓烈万分的血腥味道,不用问也知道,上面的手下全都被萧云龙干掉了。

这当真是一个嗜血魔王,让他感到害怕与恐惧。

多少年了,文森特只会让别人感到恐惧,可现在他却是体会到了这种让他心底发寒的惊悚骇人之感,因为他的命运已经完全掌握在了萧云龙的手中,任由萧云龙来决定他是生是死。

"砰!"

萧云龙将手中的加特林机枪扔在了地上,走到文森特的身边,说道:"跟你打交道之前,就听说你喜欢黑吃黑,果真不假。现在你可以告诉我,我选购的那些武器实际上只需要多少钱吗?"

文森特一怔,面色显得有些苍白,努了努嘴,欲言又止。

萧云龙目光一沉,当中有着缕缕杀机在弥漫,说道:"不肯说?"

"只、只需要25万美元左右。"文森特连忙说道,他的生死被萧云龙掌控,哪还敢有半分迟疑,急忙实话实说。

"可你却是狮子大开口的要了我280万美元!果然是黑吃黑啊!"萧云龙冷笑了声,又说道,"还有在你的赌场里,你跟我玩的那一局牌,你动了手脚,又不给我洗牌。发到我手中的牌是20点,而发给你的却是黑杰克。坑了我上千万美元,看来你这些年黑吃黑是吃上瘾了吧?都敢吃到我头上来了。"

文森特的嘴角一阵苦涩,如果他知道萧云龙如此生猛,他哪敢对萧云龙黑吃黑?不过倘若他真的事先知道萧云龙如此恐怖,只怕早就对萧云龙层层设防,甚至是布下天罗地网来围杀萧云龙了。

"大、大哥,那些钱我都可以赔给你。"文森特语气颤抖地说道。

"看在你认错态度还算好的情况下,我就不跟你计较了。这样吧,你把3000万美元立即打入这个瑞士银行账户上。"萧云龙开口说道。

"什么?三、三千万美元?"

文森特忍不住惊叫了起来,他语气惊诧,脸上满是不可思议之色。

"3000万美元太少了是吧?但我并非是一个贪心的人,所以就3000万美元吧。你坑了我1000万美元,这1000万美元自然是要还给我的。至于另外的2000万美元,一半作为我的精神损失费,另一半作为浪费了我时间的费用。"萧云龙说道。

"我、我没有这么多钱……"文森特开口说道,他心中有股滋生而起的愤怒,他黑吃黑多年,不曾想到头来轮到他被别人黑吃黑了,对方更是狮子大开口,张口就要3000万美元。

"没有还是不肯给?看来你觉得你这条命比起3000万美元还不值得,那就没办法了。"萧云龙语气遗憾地说了声。

说着,萧云龙走过去拿起了一把左轮手枪,他走进子弹仓库,拿过来几发子弹。

萧云龙当着文森特的面将一发子弹装入左轮手枪,他伸手转动转轮,接着咔嚓一声合上了枪,又把枪口抵在了文森特的额头上。

"你、你要干什么?"文森特心胆俱裂,那语气显得惊怕又恐惧不已。

"这把枪一共有六个弹孔,我只是装入了一发子弹。我扣动扳机六次,必然会有一次射出子弹。按照理论,你有五次机会。当然,如果你运气不好,说不定第一枪射出来的就是子弹。"萧云龙看着文森特那张惊骇欲绝的脸,继续说道,"现在,你还有机会,转还是不转?"

"我、我真的没有这么多钱——"

"哒!"

文森特话刚落音,萧云龙毫不客气地扣动了扳机,可惜这是一记空枪。

"看来你的运气很不错,第一枪是空的。"萧云龙开口,接着他又说道,"转,还是不转?"

"我、我……"文森特手足冰凉,一股死亡之感笼罩了他的全身,在那黑黝黝的枪口下,他第一次距离死神如此之近。

"哒!"

萧云龙又扣下了扳机,这又是一记空枪。

然而,文森特却被吓得脸色苍白,冷汗滴落而下,他脑袋一片空白,整个人都要麻木了。

"你的运气真的很好,反之,我的手气似乎不怎么好。那就再试试下一枪的手气吧。"萧云龙眯着眼,眼中闪动着锐利的杀机,他用食指扣住了扳机。

"不,我答应你,我转,我转!"

文森特惊恐万分地叫喊出口。

那一刻,萧云龙已经扣下扳机,但在刹那间他的枪口一转,朝右边扬起——

"砰!"

砰然的枪声骤然响起,一发子弹射杀而出,击中了右边的墙面。

文森特目瞪口呆,脸色惊骇欲绝,刚才他如若再迟疑片刻,刚才那枚射杀而出的子弹怕是早已击穿了他的额头。

文森特浑身冰凉,身体更是颤抖不已,他有种劫后余生之感,他刚刚与死神擦肩而过，立即体会到原来活着是件多么美好的事情，这世间再也没有比还活着更让人为之动心的了。

萧云龙将文森特的手机拿给他，说道："给你手下的人打个电话，把3000万美元转入这个账号。"

萧云龙说着便将一个瑞士银行账户递给文森特。

文森特拿起手机，用颤抖的左手拨通了一个电话。

萧云龙手中那把左轮手枪已经填满了子弹，正抵在文森特的脑袋上，文森特不敢有任何小动作。

电话拨通了，文森特几乎是吼着说道："艾伦，将3000万美元资金给我转入这个账户。快，不要问为什么，我的钱还需要你问为什么吗？给我用最快的速度转入这个账户！"

文森特说着将萧云龙提供给他的那个账户名念给了对方。

整个过程中萧云龙抽着烟，他丝毫不怕文森特做出什么小动作，除非文森特是不想活了。

世上没有人比文森特更想活下去，因为他还很年轻，在这个地方又能够一手遮天，有着数之不尽的金钱、权势跟美女，他没理由想找死。

大约过去了五六分钟，文森特的手机"叮"的一声，立即收到了一条信息，那是转账成功的信息，上面写着"您已成功将3000万美元转入尾号为××××账户"，可见那3000万美元已经成功转入了萧云龙所提供的账户。

这个账户是萧云龙跟奥丽薇亚拿的一个转移账户，只要有钱转入这个账户，那么在一秒钟内这笔钱将会从这个账户转移到别的账户。

凭着奥丽薇亚的手段，这笔钱将会安全地转移到她的账户，事后文森特就算是想要去追查，追查到的也是一个废弃的账户，自然是一分钱也追不回来。

"我越来越喜欢跟你打交道了。"

萧云龙笑着，他不再理会文森特，他背起一支M99狙击步枪，将两把勃朗宁手枪插入腰间，又将一柄夜鹰平刃的军刀装在身上，最后拎起一挺加特林重机枪。接着他走入了子弹仓库，等他走出来的时候身上已经缠上了整整六七条弹链，一条弹链已经极为沉重，但这六七条弹链缠在萧云龙身上，他仍是跟个没事人一样的行动自如。

此外，萧云龙手中还提着一个箱子，这个箱子装着的是 M99 狙击步枪的弹头，有穿甲燃烧弹、爆破弹头、精准弹头等。

萧云龙走到文森特的身边，从他身上摸出了他那辆劳斯莱斯幻影轿车的车钥匙，他拍了拍文森特的脸，说道："我走了之后你可以打电话把你的人喊过来救你。当然，如果你觉得不甘心，可以派人前来追杀我。不过那时候，我不会再留你一命了。最后给你个忠告，并不是每个人你都可以黑吃黑的。"

说完后萧云龙离开了这个地下楼层，他乘电梯回到了一楼的仓库，走到那辆劳斯莱斯幻影轿车前，打开轿车的后备箱，将身上的武器都扔进了后备箱。

"轰！"

萧云龙启动劳斯莱斯，迅速地离开了此地。

萧云龙打开导航，找到前往加拉帕群岛港口的路线，他将车子开到了极速，以超过 200 码的车速呼啸飞驰。

至于文森特，他早已抛在脑后，如果对方足够聪明，那以后不会再来找他麻烦。

其实萧云龙也没打算对文森特黑吃黑，如若不是文森特在赌桌上明目张胆地作弊，讹诈了他上千万美元。而且在购买武器的时候还狮子大开口，开出高达十倍的价格，激怒了萧云龙。

这一段不过是个小插曲，萧云龙此行的目的是血岛，他此行的战场是在血岛。

黑暗世界，我来了！

也许没有我的这些年，黑暗世界太过于平静，那这一次，就随着我的怒火而沸腾起来吧！

我，魔王，会在血岛等着你们！

大战在即

当地时间凌晨五点左右，一辆劳斯莱斯幻影呼啸而过，逼近了加拉帕群岛。

开车的人正是萧云龙,他整整开了将近六个小时,总共行驶了九百多千米,也就是说这一路上萧云龙都是以平均每小时160千米的车速疯狂飞驰,在高速路上他的车速飙到了260码,也唯有在下了高速,特别是一些泥泞路面他才会将车速降下来,但也超过了100码的车速。

他这是在赶时间。

加拉帕群岛是个无人居住的小岛群,近些年已经被开发出了一定的旅游资源,但被开发的仅仅是临近港口的几个岛屿而已,偏远的小岛根本无法开发,比方说最为偏远的血岛,对于这个岛屿没有人敢去靠近。

一方面在于这个岛屿资源匮乏,环境恶劣;另一方面在于这个岛屿已经沦为黑暗世界各大势力时不时厮杀的一个据点。

这岛屿内有些礁石、泥土都被染红了,那是被鲜血染红的,这才有了血岛这个名字。

萧云龙将车子停在了加拉帕群岛的港口附近,他拿出手机,拨打了一个电话。

很快,这个电话接通了,萧云龙用西班牙语说道:"勒夫先生,我是之前跟你联系过,并且预定了一艘快艇的龙,我已经在港口附近。你在哪里?"

"噢,原来是龙先生。不瞒你说,我还在睡觉,我没想到你会在这个点过来。不过你放心,我现在就赶过去,很快。"电话中传来一个男人的声音。

"好,我会等着勒夫先生的到来。"萧云龙语气平静地开口说道。

萧云龙靠着身旁那辆劳斯莱斯幻影站着,他掏出一根烟点上,深深地吸了一口,静静地等待着他所联系的人的到来。

这个时段是黎明之前最为黑暗的时间点,夜幕深沉,漆黑一片,加拉帕群岛一带显得极为的荒凉,远处群山相连,阵阵海潮之声传递而来,带着腥味的海风呼啸不已,似乎将萧云龙带回到了曾经那段征伐杀戮的岁月。

事实上,如今的他已经准备好了一场征伐与杀戮。

差不多二十分钟后,远处有一辆车子飞驰而至,萧云龙的手机也响起,正是他所联系的勒夫打过来的,他心知那辆开过来的车上正是勒夫本人。

萧云龙坐上车,启动车子之后按了几声喇叭,开车迎了上去。

两车相会,那辆开过来的黑色车子停下,从车内走下来一个高大魁梧

05 大战在即

的中年男子,他有着一头棕色的卷发,双目锐利有神,走下车,他看向萧云龙,问道:"龙先生?"

"是我。勒夫先生是吧?幸会。"萧云龙淡然一笑,走过去跟勒夫握了个手。

"龙先生,您预订的快艇已经给你准备好。这艘快艇正在码头停放着,就等着您来提货。这艘快艇虽说不是新货,但使用年限不过才一年多,各方面都还很新。特别是动力方面,绝对让您满意。"勒夫说道。

萧云龙一笑,说道:"非常感谢你,那现在带我过去看看那艘快艇吧。"

"请上车随我来。"勒夫说道。

萧云龙开车跟在勒夫车子后面,一路开到了前面加拉帕群岛的一个码头上,车子停下之后勒夫带着萧云龙走上前。

码头的右侧停着一艘快艇,上面用防雨遮阳布盖着,勒夫将这块布掀开,一艘白色的快艇呈现眼前。

这艘快艇正是萧云龙来之前就已经订好的一艘快艇。

他要赶去血岛,需要交通工具,而快艇无疑是最好的选择。

萧云龙已经提前付款,过来之后只要确认他的身份跟交易信息,勒夫就可以交货。

"龙先生,这艘快艇现在已经是属于你的了。"勒夫笑着说道。

"好,上面的柴油都已经准备得足够多了吧?"萧云龙问道。

"快艇的柴油是满的,并且按照您的吩咐,快艇上面已经备好了一桶柴油。"勒夫说道。

萧云龙点了点头,他打开那辆劳斯莱斯幻影轿车的后备箱,将里面两个大箱子拎了出来,这两个箱子内装着的是一挺加特林机枪跟一支M99狙击步枪,他将这两个箱子拎着放到了这艘快艇上面,又将一个装着子弹的箱子也拎了过去。

勒夫看着萧云龙将这两个箱子抬到快艇上面的时候脸色微微一变,他隐约能够猜得出这密封的木板箱内装的是什么。

末了,萧云龙看向勒夫,说道:"勒夫先生,如果你不介意,这辆劳斯莱斯轿车可以送给你。"

"什么?"勒夫大吃一惊,这辆顶级轿车价值上百万美元,他真是没想到萧云龙会如此大方。

就在勒夫满脸惊讶时,萧云龙将车钥匙丢给了他,说道:"我可不是在开玩笑。也许等我回来的时候还会需要你帮忙,因此这辆车就送给你吧。不过有句话我可要提前告诉你,这辆车是文森特的车子,据说此人是一名黑老大。如果你有能力吃得下这辆车,那就不妨开走。如果没能力,那就让这辆车停在这里吧。"

"文、文森特?"勒夫再次大吃一惊,他意味深长地看着萧云龙,他不知道萧云龙的真实身份,但眼前的萧云龙绝对是一个恐怖的强者,否则岂敢连文森特的座驾都敢抢过来?

"文森特的势力虽说庞大,但这里距离市内将近上千千米,他还不能把手伸到这里来。放心吧,这辆车子我能吃得下。龙先生,那就感激不尽了,回头你还有什么需要帮助的地方,尽管给我打电话。"勒夫说道。

"好,合作愉快。"萧云龙一笑,他跳上快艇,朝勒夫挥了挥手,便开着这艘快艇乘风破浪,逐渐消失在了那浩瀚的海面上。

这艘快艇的马力的确是很不错,其速度达到了45节,换作路面上车辆的行驶速度,相当于每小时90千米左右。

萧云龙将快艇的速度开到极限,迎着海风与浪涛汹涌的海浪,朝血岛飞驰而去。

勒夫站在码头看着萧云龙消失的方向,他心知萧云龙绝对是一个强大无比的人物,这样的人物自然有着恐怖的背景,因此他确定萧云龙跟他联系时使用的名字必然是一个假名。

但他并不在意,反正现在萧云龙对他表现出了足够的善意,还送给他一辆豪华轿车,这份心意他会收下,并且以后萧云龙真要有需要他的地方,他也会不遗余力地帮忙。

今晚对于整个黑暗世界而言,注定是一个无法平静的夜晚,即将掀起一场轩然大波。

这一切只因一个在黑暗世界中消失了三年多的传奇人物回归了,他正是魔王!

奥丽薇亚按照萧云龙的吩咐,将他在血岛的消息放了出来,一瞬间这个消息就传遍了整个黑暗世界,被各大顶级势力所得知。

死亡神殿黑色的城堡大殿内,死神正坐在象征着至高权力的死神王座上,整个庞大无比的大殿除了他之外,就只站着一个风情妩媚、冶丽性感的女人，正是从江海市返回的血色曼陀罗。

"死神，如你所愿，魔王现身了。正在血岛。"曼陀罗那双碧色如海的眼眸看向死神王座上的死神，笑着说道。

很显然，萧云龙在血岛的这个消息已经第一时间被死亡神殿的人得知。

死神身上仍旧披着黑色的斗篷，一柄血色镰刀横放于他的膝上，刀身上散发着道道血光，有着逼人心神的锐利刀芒乍现而出，惊骇人心。

"卡洛斯他们一共五名黑袍武士在华国的行动彻底失败，并没有彰显出我死亡神殿应有的神威。"死神开口道，他目光锐利，宛如两柄出鞘的利剑，他盯住了曼陀罗那美丽的容颜，说道，"我想，当时你并没有出手吧？"

曼陀罗摇了摇头，说道："我并没有出手。倘若我出手，那我与魔王之间不是你死就是我活。我想，任何一种结果都不是你所想看到的吧？"

死神目光微微一沉，曼陀罗所言确实如此，他需要萧云龙活着，他的目的是要活抓萧云龙，自然是不希望萧云龙死。另外，他更不愿意看到曼陀罗被困在江海市，因为曼陀罗是他身边一个最为强大的助手。

死神沉默了一会儿，开口问道："曼陀罗，你觉得魔王刻意将他的行踪消息放出来，其目的是什么？"

"魔王此举很聪明，但也显得很愚蠢。"曼陀罗说道。

"怎么说？"死神问道。

"很显然，魔王的目的是为了营救他魔王佣兵团的兄弟。他将这个消息放出来，那些围攻魔王佣兵团的势力会将注意力转移到他的身上，从而化解魔王佣兵团所承受的压力。"曼陀罗开口，继续说道，"愚蠢在于，他此举等同于把他推到了一个极度危险的境地。魔王很强，但他的仇家也很多，他孤身一人岂会是各方强者的对手？稍有不慎，只怕将会葬身于血岛。"

"听你的语气，似乎魔王真要死在血岛的话，你会很遗憾？"死神盯着曼陀罗，又问道，"我想，在江海市你见过魔王吧？"

曼陀罗微微一笑，说道："我的确是见过他，他是个很有魅力的男人。至于遗憾，倘若世上少了一个如此值得敬重的强者，当然会有遗憾。不过死神你会感到更加的遗憾吧？没有了魔王，你的基因战士改造计划就无法实现。"

黑色城堡的大殿内，一根根如臂粗的牛油蜡烛在燃烧中不断地发出噼啪声响，腾腾而起的烛光照亮了整个大殿，却也照出了满室光怪陆离的影子，映衬着四周的血腥浮雕，更是为整个大殿平添了几分阴沉之感。

"你以为魔王这仅仅是在替他的兄弟解围？魔王的目的可不会这么简单。"死神冷笑了声，开口说道。

曼陀罗将眉毛轻轻一扬，问道："那你觉得魔王还有别的什么目的？"

"魔王宣布他在血岛，那这血岛就是他所选的主战场。他会做好一切准备等待那些找上门来的对手。一个做好了充足准备的魔王你觉得会很好杀吗？"死神说道。

曼陀罗莞尔一笑，无尽风情流露而出，她看着死神，好奇地问道："那你打算如何对付魔王？带领死亡神使与黑袍武士杀到血岛？"

"不，我暂时不会有任何的行动，而是静观其变。我的目的不是要让魔王死，因此我何必急着去找他？暗黑世界的一些势力中，总有些人希望魔王死，那就先让这些人去领教一下魔王的怒火吧。"死神那阴森的语气中透出一股让人头皮发麻的森然之感。

"我明白了，你这是打算等着魔王与其他势力的强者拼杀得两败俱伤后，我们死亡神殿再出手？"曼陀罗问道。

"那时的魔王负伤之下自身实力岂不是正处在最弱的时候吗？到时候我率人出动，要将魔王抓住简直是易如反掌。"死神说道。

"这个想法不错，那就这么决定了。"

曼陀罗一笑，她轻盈地转了个身，朝黑色城堡大殿外面走去。

"曼陀罗，你要去哪里？"

死神询问的声音传来。

"四处转转，说不定会转到血岛也说不定，顺便看看魔王是如何力战群雄的。"曼陀罗语气随意地回应了声，头也不回地走了出去。

06 血岛之战

黑暗势力

黑十字圣殿是一股名声不弱于死亡神殿的强大势力,只不过最近这些年来,黑十字圣殿也不知道是什么原因,他们极为的低调,很少出来活动。

饶是如此,黑暗世界中没有人会忘记那股宛如铁骑洪流的黑十字军。

黑十字军是黑暗世界中第一支真正意义上的兵团,剑锋所指,无人可挡。

在整个黑暗世界的杀伐史中,黑十字军曾经创下的战绩让人惊叹,更是让人为之感到恐惧,只因黑十字军太强,光是那长长一串鲜血淋漓的战绩就足以让人感到战栗与窒息。

一座海岛上,本该是鸟兽尽绝的地方却耸立着一座雄伟而又肃穆庄严的教堂,这座教堂通体白色,给人一种圣洁和谐之感。

教堂的前方悬挂着一个十字架,一个黑色的十字架!

这个黑色的十字架就像是一个污点,点缀在通体白色的教堂之上,这也破坏了白色教堂原有的圣洁庄严之感,还让人感觉到一股莫名的寒意。甚至,盯着那个奇特的黑色十字架看久了,自身都会头皮发麻,进而产生一种阴森恐惧之感。

这就是赫赫有名的黑十字圣殿中的至高象征,圣殿教堂的所在地。

这座圣殿教堂内部很是宏伟,最上方的教堂宝座上,一个身披白色教服的男子高高坐着,他的胸前挂着一个黑色的十字架,目光朝前看着,审视着下方脸色肃穆而又恭敬的教徒。

"想来你们已经知道了消息。"教堂宝座上的白衣男子开口道,他脸色平静,目光中却是有着无尽的威势在弥漫,他接着一字一顿地说道,"魔王，他又出现了！"

此话一出，整个教堂大殿内立即弥漫出了一股森然浓烈的肃杀之意。

"尊敬的圣殿之主，战狮愿前往血岛击杀魔王，割下他的人头，前来祭奠伟大的黑十字圣殿！"

下方一个魁梧如山的男子站了出来，他鼻梁高挺，身体孔武有力，有着一头红色的头发，看上去就像是一头正在暴怒的狮子，身上散发而出的那股骇人无比的狂暴气息让人心悸。

"四年前的那场战役中，魔王击杀了我圣殿中的一名大主教，这对我们黑十字圣殿而言是一种莫大的耻辱，此仇不报，我圣殿何以立足？"教堂宝座上的那名男子，也正是圣殿之主，语气冰冷地说道。一股强大无比的气息逐渐散发而出，笼罩整个大殿。

"我等愿意前去击杀魔王，一雪前耻！"

下方的一个个教徒纷纷开口说道，他们语气高亢，身上有股冲天而起的杀气，眼中更是闪动着坚定而又浓烈的战意。

"四年前那一战之后，我黑十字圣殿韬光养晦，沉寂了四年。这四年来，我圣殿的实力较之以往强大了整整数倍。而你们，我虔诚的教徒们，你们的实力更是强大无比，历经了血与火的考验！实力，是在黑暗世界立足的根基。我想，我们黑十字圣殿也应该出动了，向整个黑暗世界展示我们的实力，那就从击杀魔王开始吧！"圣殿之主开口说道，随着他的话刚落音，一股浓烈的杀机在升腾弥漫。

"杀魔王，祭圣殿！"

下方，一个个黑十字圣殿的教徒纷纷开口喊道，他们的喊声冲天而起，响彻天地，那股流露而出的杀机恍如沸腾了般，让人为之心惊胆战。

"黑十字军，出击！剑指血岛，杀魔王！"

圣殿之主一字一顿地开口说道，身上流露而出的那股杀机浓烈无比，森然刺骨。

杀手圣堂是当今世上势力最为庞大的杀手组织，汇集着当今世上最为顶尖的杀手，任何一个杀手都以加入杀手圣堂作为一种至高无上的荣誉。

而任何一个杀手圣堂中的杀手，都堪称是一台精密的杀人机器，他们冷静、沉着，有着高超的刺杀技巧，但凡被杀手圣堂盯住的目标，最终都逃不过被击杀的厄运。

06　血岛之战

杀手圣堂中的杀手都极为的忠心,不仅忠心于杀手圣堂组织,更是忠心于雇主,这很大一部分原因在于杀手圣堂的杀手大部分都是通过自主训练进来的。

杀手圣堂的一个秘密训练基地就在可可斯特岛。

可可斯特岛与加拉帕群岛一样,都是无人居住的岛屿,相比之下,可可斯特岛的环境更为恶劣,堪称是穷山恶水的一个地方,也正是这种残酷无比的天然环境,才能训练出一批批顶级杀手。

岛上一个庞大的训练营内,这里正是杀手圣堂中最为出名的圣堂训练营,里面有着一个个正在接受各种刺杀项目训练的人影,他们年纪并不大,十五六岁,可身上却都有着一股凌厉如刀般的杀气在弥漫。

事实上,这座圣堂训练营每年只招收一百名杀手学员,但最终能够活着走出去的只有十人,因为活着出去的名额已经固定为十人。

一个大约三十多岁的男子从圣堂训练营中走了出来,他目光深邃而又幽暗,恍如那漆黑夜空中的两点寒星,他的鼻头像是被一柄利刃削断过从而造成不可恢复的损伤,因此两个鼻孔十分显眼。

这样的相貌无疑很丑,也显得极为的狰狞,但却从未有人敢嘲笑他,因为嘲笑他的人全都死了。

随着他走出来,圣堂训练营中那些正在接受训练的杀手学员脸色纷纷为之一变,有人开口恭敬地喊了声:

"天怒教官!"

他正是圣堂训练营的总教官,名号——天怒!

黑暗世界中提起天怒总会让人脸色惊变,天怒到底有多恐怖,这从他训练出来的杀手身上便可见一斑。

天怒自从退下来担任圣堂杀手训练营的总教官之后,他已经许久没有在黑暗世界中现身,但要说整个黑暗世界中各方势力最不想招惹的对手,那天怒绝对位居首位。

没有人愿意去招惹一名杀手,更没有人愿意招惹一名杀手教官。

天怒正看着手中的一份传真,他的双眼微微眯了起来,自言自语地说道:

"魔王回来了?在血岛?真是有意思!"

说着,天怒右手一握,将手中的那份传真悉数揉碎,他此刻的目光冷冽如刀，他接着说道："如果我没记错，魔王在杀手圣堂的悬赏早已经高居第一了吧？有好几个大雇主不惜花费重金要魔王的人头。只可惜，前几年魔王却消失隐退了。这会儿他居然回来了，并且宣告整个黑暗世界他就在血岛，这是什么意思？看来黑暗世界要掀起一场疯狂的血战了！"

不仅是死亡神殿、黑十字圣殿、杀手圣堂这些黑暗世界的庞大势力被震动，其他各方势力，比方地狱天使组织、黑手党、山口组等各方势力也得知了这个消息，也为之震惊。

魔王出动，震动八方。

或许，当今世上也只有萧云龙具有这样的魔力。

圣女的请求

温莎小镇位于伯克郡的泰晤士河畔，这里有鼎鼎有名的温莎古堡，隔着泰晤士河畔而建，泰晤士河对岸就是伊顿镇。

伊顿镇上有着全球排名第一的贵族中学——伊顿公学！

但鲜为人知的是，温莎小镇也有一所汇聚全球各个国家王室贵族精英的大学——皇家学院。

皇家学院并不为世人所知，这所学府远没有哈佛、剑桥这些出名，只因皇家学院不对外招生，它所招收的都是各个国家、王室的王子、公主，或是世界上各大古老家族的嫡系弟子，比如杜邦家族、罗斯柴尔德家族、奥纳西斯家族、洛克菲勒家族等。

可以说，皇家学院汇聚着这个世界上未来拥有巅峰权力的人物，任何一个能够进入皇家学院的学生，以后极有可能就是影响当今世上一方风云的实权人物！

此刻，温莎小镇笼上了一层破晓的光辉，天际边露出了鱼肚白，新的一天已然到来。

皇家学院内一条林荫小径中出现了一个正在晨跑的女孩，她穿着皇家学院的校服，简单中却透出一股内在的奢华高贵，她跑了一会儿后便停了下来，继续漫步着。

这个女孩二十岁左右，她的一头秀发随意地扎成马尾辫，一张白中透红的玉脸绝美无瑕，就像是一颗精雕细琢的水晶般散发着熠熠光辉，如此容颜堪称是国色天香。

最为奇特的是她的眉毛是淡淡的金色，往下一双水汪汪的明眸，眨眼之间灵韵十足，恍如汇聚了天地间所有的灵气，如果盯着她的双眸看久了，将会看到她的眸子中似有一层淡淡的金光在闪动。

她独自一人安静地走着，身上有着一股尊贵无比的气质，犹如圣女一般，让人只可远观不敢靠近。

事实上，她就是圣女，当今世上独一无二的圣女！

女孩顺着这条林荫小径走到了尽头，尽头的路口处不知何时站着一名老者，他年过花甲，满头银发，那一头银发宛如一根根直立而起的银针，带给人一种直逼心底的强大压迫力。

这名老者虽说年老，却犹如一头银发雄狮，身上有股至强无比的威势在弥漫。

女孩走了过来，这名老者稍稍欠身以示敬重，他看向女孩的目光充满了慈祥与爱意。

"菲克叔叔，是不是有什么事？"女孩走过来开口问道。

"公主……"名为菲克的老者欲言又止。

"菲克叔叔，有什么事你就说吧。"女孩盈盈一笑，她如圣女般的高贵典雅，可她那美丽温婉的微笑却又如此的平易近人。

"公主，其实也没什么事，只不过……"菲克的语气显得有些迟疑不决。

女孩怔了怔，在她印象中眼前这名老者是一个极为果断之人，他强大而又果敢，若非如此族里面也不会让他前来保护自己。但今天菲克的脸色与迟疑的话语让她有些好奇，她本身就是个极为聪明伶俐的女孩，一瞬间她像是想起了什么般，脸上竟是泛起了一丝激动的潮红，她迫不及待地问道："菲克叔叔，是不是有他的消息了？"

老人深深地看了一眼女孩，说道："公主，的确是有一则关于他的消息，我也是刚刚得知。据说他出现在了血岛，但这个消息是否是真的，还没有得到印证。"

"血岛？这是什么地方？我要去找他！"女孩语气激动而又亢奋地说道，甚至有些忘形得手舞足蹈。

"公主，你不能去找他，没有族长的批示，你不能离开皇家学院。"菲克急忙说道。

"那我就跟父亲说一声，我想父亲会同意我的决定的。菲克叔叔，你也知道，我已经找他找了整整五年，现在好不容易知道他的消息，我必须要去见他。当年我还欠他一句谢谢。"女孩开口说道，她脸色恢复平静，目光却是变得无比的坚决。

"公主，当年他的确是救过你一次。可我们也已经给了他足够多的报酬。说起来他无非就是一个佣兵团的团长，他救你并非是平白无故，更不是毫无回报。"菲克说道。

"是吗？那当年他一路护着我，闯过无尽的枪林弹雨，击杀无数的伏击者，最终将我平安送回族里，他自己却浑身是血。难道，他这样做仅仅是出于那份报酬的原因吗？我认为不是，他是一个有情义的男人，我感激他当年为了护我而不顾生死。如今我已经成年，我希望有一天能够以一个成年女孩的身份站在他面前，说一声谢谢。难道，这不应该吗？"女孩执拗地说道。

菲克深吸口气，缓缓地说道："公主，只要没有族长的命令，我是不会让你离开这里的。"

"菲克叔叔，你放心吧，我会说服我父亲的。"

女孩一笑，她从身上掏出一张折叠的白纸，而后小心翼翼地将这张纸撑开，这张白纸上画着一个男人的素描头像。

那刚劲有力的素描将一个棱角分明的男人头像栩栩如生地勾勒而出，细看之下，这个男人的头像与萧云龙起码有着七八分的相像。

菲克看到这一幕后他心底轻轻地叹息了声，从五年前开始，女孩每天都会抽出一个小时的时间来描绘这个头像，她凭着记忆一次次地画着，她坚持了五年，没有一天是中断的。唯有通过这种方式，她才不会让脑海中那道挺拔如山的身影随着岁月的流逝而变得越来越模糊。

她是用这种方式来提醒自己，今生今世不能忘了这个男人。

"魔王——我知道这不是你的名字，我只能这么称呼你。你出现了吗？我会去找你的，一定去！我要让你看看，当年你保护的那个小女孩已经长大了。"

女孩轻轻自语，嘴角扬起了一抹浅浅的微笑。

重返血岛

加拉帕群岛的最末端，孤零零的耸立着一座人迹罕至的小岛，这座小岛正是在黑暗世界中赫赫有名的血岛。

天际边已经发亮，阳光透过重重云幕投射出来一缕璀璨的光辉，原本黑沉沉的海面也有了一丝亮光，不远处一艘快艇乘风破浪，以极快的速度朝血岛逼近了过来。

这艘快艇上，萧云龙正操作着方向盘，他的目光平静而又深远地看着前面的血岛，呼啸而至的海风吹起他的头发，颠簸而起的海面使得这艘快艇起起伏伏，可他站立着的身影却是犹如一块磐石般纹丝不动。

"到了，就让这一战拉开序幕吧！"

萧云龙开口自语，原本平静无澜的目光中猛地燃起了团团浓烈的战火。

很快，这艘快艇抵达了血岛，靠近血岛的岸边后萧云龙随即抛锚，让这艘快艇停了下来，接着他将快艇上的物品逐一朝岸上抛了过去，当中有装着武器的那两个大木箱，此外还有两大桶纯净水，一个战术背包，背包里面有一些干粮，主要是压缩饼干等高热量的食物。

萧云龙将快艇上的东西全都抛上岸后，他从快艇上跳了下来。

他走了过去，将那两个木箱子打开，里面分别装着一挺加特林机枪跟一支M99狙击步枪，不过并非是完整的枪支形态，而是拆成了几个枪体部位的零件放着。

萧云龙很快就将这两挺枪都组装完毕，他将M99狙击步枪背在身后，那挺加特林机枪挂在肩上，两把勃朗宁手机插在腰间，一柄夜鹰平刃军刀别在作战服的腿部刀鞘上。

末了，他将现场残留的那些空木箱跟其他无用的物品全都扔进了海里，他的双手分别提起那两桶纯净水，迈开脚步朝血岛里面走去。

从远处看，血岛是一座孤零零的小岛，可实际上血岛极为的辽阔广大。

岛屿上怪石嶙峋，也有连绵起伏的山脉，山脉上林木葱郁，也有溪流小涧，那是降雨的时候自然形成的溪涧，不过这种地方往往很危险，因为你不知道血岛中会不会存在暗黑世界中的一些残忍嗜血的猎杀者。

萧云龙朝岛内走去，他要为自己选择一个绝佳的场地作为自己的主战场，他要备战，迎接即将到来的各方强敌。

整个血岛显得极为的空寂，别说人影，连鸟兽的迹象也看不到。

朝血岛里面走去，将会看到脚下的地面从褐色逐渐变成红褐色，之后便是暗红色，随之而来的是一股扑面而至的浓重血腥味儿，只因这脚下的地面浸染着层层鲜血。

踩着脚下的地面，会让人感觉到一种灼烧感，呼吸的空气中蕴含着血腥之味与那股常年都无法消散的硝烟味道，使得吸入的每一口空气恍如火烧般的滚烫，能够让人身体内的血液为之沸腾起来。

整个人恍如要燃烧，不仅是血液，还有自身的那股战意也随之沸腾。

踏上血岛，往往意味着的就是战斗。

萧云龙以前来过血岛，如今时隔将近四年再度登临这座岛屿，恍然间让他回到了往昔那战火纷飞的岁月，他曾带领魔王佣兵团的弟兄在这里厮杀，在这里血战，直至傲视群雄。

时隔四年，萧云龙又回来了，他要续写传奇，用血与火的战斗向整个黑暗世界宣告——他，当世大魔王，回来了！

萧云龙饶是扛着重型机枪，双手拎着两大桶纯净水，但他在行走之间仍是悄无声息的，他不会将自己暴露出来，而是借助岛屿上的突兀而起的怪石，或是茂密的灌木丛来掩盖行踪。

他的目的是前往位于血岛南边的一个山头，这个山头他曾经与魔王佣兵团的兄弟穆恩、小武、刀子、石头他们一起据守战斗过，如今他前来血岛也打算前往这个山头据守，等待一个个找上门来的敌人。

萧云龙一路行走，仍是极为的谨慎，他时时刻刻关注着四周的情况，感应着四周有可能出现的异常气息，不为别的，只因为这里是血岛。

在这里什么情况都有可能发生，也许你会在突然间遇到一颗不知从何处袭杀而至的狙击弹头，或是致命飞刀，如若运气不好还会遇到埋伏的手雷等。

血岛随时都会有猎杀者出现，由于血岛中时不时会有黑暗世界中的各方势力在这里厮杀，从而在血岛诞生了一种特殊的职业——猎杀者。

他们往往会猎杀一些落单或者是受伤的各方势力的人员，而后抢夺这些人员身上的财产、枪械等。

06 血岛之战

有时候，血岛的猎杀者也会受雇于一些正在厮杀的势力，为其助阵，但他们要求的酬劳很高。

所以，这些猎杀者极为的残忍血腥，为了钱他们什么都愿意干。

萧云龙并不惧怕这些猎杀者，只是他不愿意在他们身上浪费时间跟精力，能避开就避开，倘若遇到了相安无事倒还好，一旦这些猎杀者胆敢把主意打到他头上来，那他会让这些猎杀者知道什么是下地狱的滋味。

萧云龙在林子中穿梭，距离他所要抵达的那座山头已经不远。突然间萧云龙猛地顿住了脚步，他的目光朝前看去，前方十几米处的地面上有一些异常，如果仔细看将会看到那地面有翻新过的痕迹。

但这些痕迹极为细微，上面更是铺满了枯枝败叶，与四周的地面别无二样，不过萧云龙仍是看出了细微的异常。

萧云龙双眼一眯，他屏住气息，朝后退着，退到一个地势低矮如浅坑般的位置上，他将手中拎着的两桶水还有身上背着的枪支取了下来，轻轻地放在地面上。接着他随手拿起一个拳头般大小的石头在手心中掂了两下。

"嗖！"

萧云龙猛地将手中的石头朝前方的那处地面抛掷了过去。

"轰！"

抛掷过去的石头落地，瞬间传来一声轰然炸响的声音，那处地面方圆十米之内的泥土掀飞而起，被炸飞开来，泥土飞扬，空气中弥漫着一股浓浓的硝烟味道。

很明显，前面的地面上埋着手雷，一旦有人走过去，保险丝将会被拉断，从而引发爆炸。

若非是萧云龙注意到了一些异常情况，那现在的他恐怕被炸得尸骨无存了。

爆炸声响起的刹那间，远处有着数道身影现身而出，他们朝爆炸地点迅速地合围而来，一股嗜血的杀意也开始在这个密林中弥漫开来。

"嗖！"

与此同时，萧云龙也动了，他随手将夜鹰平刃抽了出来，朝右侧的一个方位悄无声息地冲了过去。

右侧的方位上，一名光头男子目光凶狠地朝引爆地点冲了过去，他手中拿着一支枪。

突然间，这名光头男子像是猛地意识到了什么，他转头朝右边看去，赫然看到一道身影以雷霆闪电般的速度疾冲而至，他甚至都来不及举枪，一道寒芒便从他的咽喉上一划而过。

"嗤！"

这道刀芒划过后，那道身影不再理会这名光头男子，继续朝前冲了上去。

那名光头男子恍如石化般地站在原地，数秒后他身体一仰，直挺挺地倒在了地上，他的咽喉处飙射出了一股血。

萧云龙手握着夜鹰平刃继续朝前冲刺，夜鹰平刃的刀口上兀自还有着鲜红的血滴滚落而下，前面又出现了一名男子，这名男子也察觉到了萧云龙逼近过来的那股气息，他脸色惊骇，立即顺着他所感应的方位转身过去，手中的枪也朝前一指。

但一只手猛地扣住了他持枪的手腕，一捏一掰之下传来"咔嚓"的骨折声，紧接着一柄利刃刺入了他的心房！

萧云龙抽出了夜鹰平刃，继续朝前冲去。

那名男子倒在地上，临死之前他都没能看清楚击杀他的到底是什么人，长什么样。

萧云龙追击的第三名男子也感应到了危险的气息，他转头看到了萧云龙，立即举枪朝着萧云龙接连射击。

萧云龙左躲右闪，以密林中的林木作为掩体，避开了对方射来的一发发子弹。

几次呼吸的时间，萧云龙距离这名男子只有七八米的距离了。

这名男子瘦削的脸上苍白无比，他惊恐万分，接连地开枪都被萧云龙提前闪避，他心知他们这次遇到的"猎物"根本不是猎物，而是他们的猎人！

这名男子无心再战，准备转身逃走。

"嗤！"

冷不防的，萧云龙手中的夜鹰平刃激射而出，化作一道寒芒袭杀而上。

"啊……"

这名男子惨叫出口，激射而至的夜鹰平刃刺入了他的右臂之中，刺疼麻木之下他右手松开，握着的枪也掉落在地。

"轰！"

此时的萧云龙已经冲了过来，他右腿抬起，犹如一枚出膛的炮弹般横扫而出。

这名男子脸色骇然，只能抬起左手格挡，但岂能抵挡得下萧云龙这千钧之重的腿势？

"砰"的一声，这名男子被横扫而飞，萧云龙瞬间跟上，他右手一伸，钳住了这名男子的咽喉，猛地用力一拧，隐有轻微的骨折声响起，这名男子立即断气。

萧云龙将夜鹰平刃拔出，回头朝左前方看过去，那边还有第四名男子。

然而，第四名男子与萧云龙相隔有数十米，他看着萧云龙转过头来，他被吓得三魂出窍了般，立即转身撒腿就跑，很快便消失在了萧云龙的视野中。

萧云龙要想追肯定能够追得上，但没必要。

很显然，这四个人是一个团伙的猎杀者，方才埋在地下的手雷就是他们的杰作，他们听到引爆声后以为有猎物掉入他们的死亡陷阱中，当即冲了出来，不曾想遇到的却是萧云龙这尊魔王。

对付这些猎杀者，能杀则杀，不需要讲什么情面与原则。至于逃跑的那名猎杀者，萧云龙懒得去追，对方想必都快要被吓破胆了，往后不会再敢踏足这片区域。

萧云龙原路返回，将他放在地上的枪械背起，拎起那两桶水继续朝前走。

半个小时后，那名逃跑的男子停下了脚步，他朝后一看，没看到萧云龙追上来，他才松了口气。

他真的是被吓到了，他做梦都没有想到他们设下的死亡陷阱非但没有奏效，反而他的三名同伙几乎在同一时刻被击杀，如此恐怖之人他从未见过。

被惊吓到的他当机立断，掉头就跑，此时他正暗自庆幸自己的机智与果断。

"咦？这不是飓风猎杀团首领吗？怎么看你这么狼狈？"

突然间，一声淡漠的声音在这名男子身后响起。

"谁？"

这名刚放松下来的男子立刻浑身紧绷起来，他握紧手中的枪，正欲转过身来。

但下一刻他手足冰凉，一截冰冷的枪管抵在了他的后脑上，他浑身僵硬，动也不敢动。

"告诉我，是什么人让你如此惊惧？"

在他的后面，那声阴冷如毒蛇吐信般的声音响起。

这名男子惊恐不已，他不敢隐瞒，将方才之事说了一遍。

"这么说你们遇到的'猎物'身手很强，你看清楚对方是谁了吗？"

"我、我远远地看了他一眼，对方的体貌看着像是个亚洲人。"

"亚洲人？那就对了，应该就是他没错，也正是我要找的人！"

"你知道他是谁？他到底是什么人？"

"他是魔王！"

"什么？魔、魔王！"那名男子语气颤抖而起，双腿立即发软，心中有股深深的恐惧之意升腾而起。

"对，他应该就是魔王，恰好是我的目标！多谢你给我提供了这么有用的信息，你可以去死了，很快魔王会下去陪你的！"

那阴冷的声音再次响起。

"砰！"

话刚落音，枪声响起。

"呼！"

毒牙张口吹了吹枪管上冒出来的一缕硝烟，在他的前方，那名逃跑的男子已经倒在地上。

圣堂杀手

毒牙是一名杀手，杀手圣堂中的一名顶尖高手，在杀手圣堂中，毒牙的排名在前五十。

别小看这前五十名，杀手圣堂的杀手足足有上千人，能够进入杀手圣堂的杀手无一不是经过千挑万选的，或是从那残酷血腥的圣堂训练营中走出来的，因此能够在杀手圣堂中排名前五十，这绝对是一种至高无上的荣耀。

这份荣耀的背后却是无数的鲜血与白骨堆积而成的。

毒牙的刺杀特点是诡异刁钻，他的行踪飘忽不定，身形犹如鬼魅一般，但凡被他盯上的目标往往最后是怎么死的都不知道。

他就像是一条藏在暗中的毒蛇，趁着你稍稍松懈的时候将会露出那满口毒牙，狠狠地咬上一口。

说起来毒牙出现在血岛极为凑巧，他这些天正在附近刚执行完一项任务，准备离开的时候得知了魔王在血岛的消息。

杀手圣堂对于情报的收集本身就是极为强大，毒牙自然也就第一时间得知这个消息，而这些年来，魔王在杀手圣堂中累积起来的悬赏金额已经达到了5亿美元，并且悬赏的金额还在不断地增加。

5亿美元，这对于杀手圣堂中任何一名杀手而言将会是一个无法拒绝的诱惑。

毒牙也是一样，因此知道魔王就在血岛的消息后，他立即赶来血岛。说起来他与萧云龙前后登上血岛的间隔也就两三个小时而已。

毒牙登临血岛，恰好遇上了正在逃窜的那名男子，他认出那名男子是血岛中一个猎杀团的首领，他悄无声息地出现，套取到了有用的信息之后将那名男子击杀倒地。

"魔王，听说你很强，那就让我看看你到底有多强吧！只要杀了你，那我就得到5亿美元的悬赏，这是让人无法抵抗的诱惑！"

毒牙开口说道，他收起了手中那把加长枪管的手枪，顺着之前那名男子奔逃的方向回追了过去。

很快，毒牙便来到了方才发生战斗的地点，也看到了那三名被萧云龙格杀的猎杀者，他认真地查看着现场留下来的战斗痕迹还有脚印等，顺着一点一滴的线索去追踪萧云龙的身影。

血岛，南面的一个山头上。

萧云龙已经来到了这个山头，来到此地，往昔的回忆显得更加的清晰，当年他曾与穆恩这些兄弟们在这个山头上并肩战斗。

当年显得有些光秃秃的山头现如今已经是长满了植被，倒也是平添了几分绿意。

萧云龙朝山头右边的一处峭壁走去，这处峭壁上长满了绿藤，这些绿藤也不知道生长了多少年，一根根粗大如手臂般，纠缠在一起。

萧云龙走过去拿出夜鹰平刃，他斩断了一根根的绿藤，双手将这些绿藤给掰开，接着不断地朝里斩着。

最后，当这些盘根错节的绿藤全都被清理掉的时候，竟然呈现出一个山洞口。

任谁也想不到这峭壁上居然别有洞天，会有一个山洞存在，平时这个山洞口被那些密密麻麻的绿藤给遮掩住了，也没有人会想得到这峭壁上会存在这样一个天然的山洞。

"哈哈，这个洞口还在。原本以为会不会山石倒塌将这个洞口给埋了呢。"

萧云龙笑着，这个山洞口当年他曾与魔王佣兵团的弟兄缩在里面渡过了一个个夜晚，因此看到这个山洞口，他心中也泛起了一丝暖意。

而后，萧云龙将那两桶纯净水放入这个山洞，他也将战术背包内装着的一些干粮存放在这个山洞中。

萧云龙给那挺加特林机枪装上了一条弹链，以两脚支架将这挺机枪架立在洞口前面，他则握着M99狙击步枪，趴在前面的山头上透过狙击步枪的十字准星朝血岛远处的海岸线看去。

萧云龙选择这个山头作为自己的主战场不仅是因为他曾与穆恩他们在这里并肩作战过，更重要的在于这个山头视野辽阔，能够瞭望血岛北边跟东边两个最重要的登陆点，从而能够观察得到有哪些敌人登上了血岛。

"会有哪些对手先来呢？真希望是死亡神殿！死神，虽说我不知道你故意激怒我的目的，但你还真的是彻底地把我给激怒了！真希望你能够出现在血岛，我倒要看看你手中的那柄血色镰刀能否收割我的性命，还是我让你彻底地滚下地狱！"

萧云龙冷冷地说着，他闭上左眼，右眼通过狙击步枪的瞄准镜盯着血岛前方的海岸线，远方的海面浩瀚无垠，并没有什么异常情况发生。

"啪！"

萧云龙点上一根烟抽着，他突然想起当年就在这个山头上，穆恩曾经说过他最大的梦想就是希望以后能够建立一个佣兵之城，掌控全世界的佣兵势力。

这个梦想要想实现无疑难度很大，世界上各大佣兵团都是桀骜不驯之徒，需要有足够强大的实力与威慑力才能让他们臣服。

但不管这个梦想如何的遥远与艰巨，那也是一个梦想。

至少，穆恩至今仍在为这个梦想而战斗着。

萧云龙深信，终有一天，穆恩能够实现他的这个梦想。

一根烟抽完，萧云龙正欲继续通过狙击枪的瞄准镜查看血岛周边的情况，就在这时，他脸色一动，长年累月在枪林弹雨中养成的敏锐直觉提醒他，有危险悄然接近！

而且，这个危险已经极为的逼近，恐怕就在不远之处。

萧云龙眼中的目光一沉，他稍稍深吸一口气，便屏住呼吸，他掏出了腰间的勃朗宁手枪。

M99狙击步枪适合远程狙杀，近程对战中发挥不出应有的优势，反而是手枪运用起来更加的灵活方便。

萧云龙身形一动，他顺着捕捉到的那一缕危险气息追了过去。

萧云龙几个灵活矫健地跳跃之间借助周围掩体的掩护，很快他的身形冲到了前方的一片林子，他行动时如风，静止时如渊渟岳峙，他眼中的目光沉着，脸上的神色更是沉稳如山，此刻的他冷静到了极致。

这时，萧云龙感觉得到他所捕捉到的那一缕危险气息也在移动，但他居然还无法锁定对方的具体方位，可见对方绝对是一个潜行刺杀的高手，达到了相当高的水平。

"嗖！"

萧云龙身形猛地朝右侧方位一扑，瞬息间一声枪声响起，一发子弹朝他刚才的站立之地射杀而来。

"砰！"

萧云龙抬手朝枪声传来的方位开了一枪。

之后，他看到一道身影迅速地闪过，对方的身形诡异刁钻，更是宛如鬼魅般的飘忽不定，难以捕捉到他的具体方位。

萧云龙站起身来，朝这道身影追了上去。

猛然间，那道鬼魅般的身影右手搭在了一棵树上，接着他的身体顺势一转，面对萧云龙，他手中那把加长枪管的手枪无须瞄准就准确地定住萧云龙的身体，抬手就是一枪。

那一刻，萧云龙右腿一蹬旁侧的一棵树木，他的身体借势朝左边横移而出，几乎同一时刻他也朝前开枪。

"砰！砰！"

这两记枪声几乎同一时刻响起，但全都落空了，并未射杀到对方。

萧云龙朝左横移的身体避开了对方这一枪，而对方抬手一枪后利用贴靠的那棵树木作为掩体也避过了萧云龙击射而出的一枪。

萧云龙继续朝这道身影追上去，对方也在不断地利用四周的地形地貌作为掩体奔跑着，在你追我赶中两人不断地开枪射击，上演了一幕堪称是精彩绝伦的枪击战斗。

萧云龙眼中的目光森寒而已，他看得出来对方精通刺杀之术，那一身潜行的本领更是极为强大，由此他猜测对方应该是一名杀手，还是一名顶尖的杀手。

也唯有顶尖的杀手才能够凭借着如此精湛的刺杀枪击技巧与他周旋，而黑暗世界中，要论顶尖的杀手岂不都集中在杀手圣堂中吗？

难道对方是杀手圣堂的杀手？

萧云龙眼底闪过一丝浓烈的杀意。

事实上，萧云龙并没有猜错，那道恍如鬼魅般的身影正是毒牙。

毒牙心中感到无比的震惊，他的刺杀风格是刁钻诡异类型的，因此他潜行藏匿的身法极为出色，要论这方面的身法纵观整个杀手圣堂能够与他相比的杀手绝对不超过十个。他顺着一些线索痕迹一路埋伏潜行而来，他本以为自己能够做到神不知鬼不觉，即便是身为魔王的萧云龙也毫不知情。

不曾想，他还未靠近萧云龙，萧云龙就已经察觉到了有危险降临，并且转而朝他追踪而来。

他震惊于萧云龙这份对危险的感知能力，更加震惊的在于他赫然发觉萧云龙在潜行追踪方面的能力居然不弱于他，甚至……比他还要强！

这不，萧云龙已经逐渐地追踪而上，就要靠近他了。

毒牙眼中的目光森然而起，正在潜行奔跑中的他忽而朝前就地一滚，滚地的过程中，趴在地上的他面向了前面追踪而来的萧云龙，抬手就是两枪。

"砰！砰！"

一枪射向了萧云龙的眉心，一枪射向了他算准萧云龙要闪避的落点。

这两枪可以说是封住了萧云龙的所有退路，就算能够避开被瞄准的要害，其他部位也会中枪受伤。

但毒杀射出这两枪之前他的脸色就怔住了，他竟看到在他开枪之前原本追踪而来的萧云龙身体猛地站定在原地，而后整个身体直挺挺地倒下。

萧云龙的身体直挺挺倒在地上后，毒牙这两枪也在瞬息间射出，那当然是落空了，他真是想不到萧云龙会以这样的方式来避开他的射杀，仿佛萧云龙早就提前意料到了他的举动。

回过神来的毒牙持枪朝倒在地面上的萧云龙指了过去，他迅速扣下扳机——

"吧嗒！"

那是一记空枪，没子弹了。

"呼！"

前方，萧云龙像是已经知道毒牙手中的枪没子弹了般，他犹如一道旋风以奔雷之势朝毒牙冲了过去。

不动如山，动如火掠。

用这话来形容萧云龙此刻的行动再贴切不过了，他身形展动之下以雷霆万钧的气势冲到了毒牙面前，毒牙已经来不及给他的手枪换上弹药，他眼中闪过一丝森冷的寒芒，猛地拔出一柄三棱军刺朝疾冲而至的萧云龙直刺而上。

三棱军刺也位列十大军刀之内，最大的特点就是三棱军刺有着三面血槽，一旦三棱军刺刺入人体任何一个部位长达八厘米以上，空气将会顺着血槽迅速引入，空气在体内形成空气栓阻塞住血管，从而让人迅速丧命。而且在消除负压的体腔内将刺拔出，毫不费力。

"嗤！"

疾冲而至的萧云龙将手中的夜鹰平刃挥斩而出，军刀化作一道凌厉无比的锋芒直取向毒牙直刺而至的三棱军刺。

"当！"

两人兵器相接，发出了一声尖锐刺耳的声音，在萧云龙那挥斩中灌注而出的强大爆发力量之下，毒牙握着三棱军刺的右臂朝右边扬起，那一刻萧云龙右腿瞬间朝毒牙的下盘横扫而出。

"呼！"

萧云龙横扫而出的腿势恐怖无边，那股磅礴巨力引得四周的空气都要扭曲，发出了阵阵呜咽的声响，那股激荡而出的腿风堪称是凌厉如刀，席卷向毒牙。

毒牙心中惊骇，他感应得到萧云龙这一腿横扫之力是如何的恐怖骇人，而他自身本来就不擅长于近身搏杀，他最擅长的是暗中刺杀。

因此，面对萧云龙横扫而至的这一腿，他根本来不及做出任何反应，他唯有退，再退，一退再退！

"嗖！"

毒牙双足一蹬地面，他的身形朝后急退而去。

萧云龙岂会放过毒牙，他右脚猛地一踩地面，自身那股狂暴的力量汹涌而出，被他右脚踩着的地面立即陷下去了一大块，借助这一踩之力，他的身体犹如一枚出膛的炮弹激射而出，瞬间追上了毒牙。

"嗤！"

萧云龙右手握着的夜鹰平刃当头朝毒牙斩杀而下，这一刀势大力沉，夜鹰平刃的锋刃寒芒乍现，切割空气之下发出了"嗤嗤嗤"的刺耳破空之声，一股锐利无比的杀机锁定了毒牙。

毒牙身形正在倒退中，这让他的脚步有些不稳，面对萧云龙当头斩杀而下的这一刀，他惊恐之余唯有扬起手中的三棱军刺招架而上。

"当！"

毒牙匆忙之中扬起的三棱军刺抵挡住了萧云龙当头斩下的这一刀，不过在萧云龙自身那股恐怖力量的碾压之下，毒牙握着三棱军刺的右臂往下一沉，根本无法挡下萧云龙刀身上传递而来的那股力量。

这一瞬间，萧云龙原本握着夜鹰平刃刀柄的右手猛地张开，他猛地松开了握着的夜鹰平刃，电光火石间他的右手顺势朝前一探，施展出了反关节技，伸探而出的右手立即扣住了毒牙的右手手腕。

萧云龙松开了刀柄，夜鹰平刃往下坠落，他的左手朝前一握，握住了夜鹰平刃的刀柄，夜鹰平刃立即化作一道锋芒刺入了毒牙的心房。

这一系列的动作几乎都是在同一时刻完成，宛如行云流水般的连贯，没有丝毫的拖泥带水，这需要千锤百炼才能练就这样的战斗经验。

他右手松刀，电光火石间扣住毒牙的右手手腕，使得毒牙右手的三棱军刺无法动弹，接着他左手接刀，一刀直刺，没入毒牙的心房！

如此精湛的杀人之道，即便是毒牙这个杀手圣堂中的顶尖杀手也感到恐惧与震惊。

他本想来试试看传说中的魔王究竟有多强，他盘算着就算是击杀不了魔王，也可以凭借他那宛如鬼魅般的身法以及高超的潜行之术逃走，他万分没有想到的是最终的结果是他付出了自己的生命。

如若还能重来，他绝不会选择前来血岛寻找萧云龙。

那高达五亿美金的悬赏的确是很诱人，但也得要有命去拿才行。

"杀手圣堂的杀手？我想，你是为了悬赏才来找我的吧？但你还远远不够，或许，你们杀手圣堂的屠夫亲自出动还能与我对战一番。而你，在我眼中什么都不是！"

萧云龙盯着毒牙，开口淡漠地说道。

毒牙眼中满是无尽的恐惧之意，屠夫是杀手圣堂的第一杀手，屠夫之强没人能够去揣摩，便连死亡神殿的死神谈及屠夫都要变色三分。

毒牙张了张口，他正想说什么，这时萧云龙猛地将夜鹰平刃抽出，一股鲜血从毒牙的心房内喷涌而出，他想要说的话立即被顶了回去，口中咳出了一口口艳红的鲜血。

"扑通！"

毒牙倒在了地上，心房汩汩流淌而出的鲜血瞬间让他的生命力殆尽，他也就此气绝身亡。

萧云龙将夜鹰平刃收好，他拖起毒牙的尸体朝密林深处扔了进去。

末了，萧云龙返回南面的那座山头。

"杀手圣堂也来了吗？屠夫不来，任谁来都是一个结果——死！"

萧云龙目光一寒，冷笑着说道。

踏上了血岛，意味着无穷无尽的战斗，任何一个靠近的对手萧云龙都会强势击杀，因为在这里只有两种人，活人跟死人！

血岛之战

晨阳已经升起，萧云龙看了眼时间，是当地时间的早上十点半，他回到山洞倒了一壶水喝，接着吃了点干粮。

这些压缩饼干吃着也没什么味道，远没有大鱼大肉来得爽快，但在血岛要想吃大鱼大肉是不可能的,接下来这段时间萧云龙只怕是都要如此了。

吃喝一番,补充好足够的体能后萧云龙走出山洞,将那些绿藤遮掩住山洞口,他握着狙击步枪,通过十字准星盯着血岛的海岸线方向。

半个小时过后,萧云龙眼中的目光猛地一沉,通过狙击枪的十字准星他赫然看到了血岛北面的海平线上突然间出现了几个黑点。

萧云龙立即深吸一口气,他目光动也不动地盯着十字准星,慢慢的,那几个黑点越来越靠近,他也看清楚了,那是三艘船!

敌人来了!

萧云龙立即收起狙击步枪,将狙击步枪背在背上,他将那挺加特林机枪拎了起来,瞬息间朝北面的方向飞奔了过去。

萧云龙在行动中的速度很快,血岛上随处可见的怪石嶙峋也阻挡不住他的脚步半分,他腾挪之间身形如电,更是悄无声息地潜行,穿过了密林,越过了溪涧,以恒定不变的步伐冲向北面的海岸线方位。

与此同时,血岛北面,这三艘船渐渐靠岸,三艘船停了下来,紧接着从船上有一个个身手矫健的人跳了下来,他们穿着整齐一致的作战服,脖子上挂着一个黑色十字架,他们的身上有着一股浓烈森然的肃杀之气在弥漫。

黑暗世界中佩戴黑十字坠饰的唯有黑十字圣殿,很显然,这些人是黑十字圣殿之人,而且还是黑十字圣殿中最为强大的黑十字军!

三艘船上一共走下来三十名黑十字圣殿的战士,组成了一股黑十字军。

最后,从一艘船上走下来两名男子,右边的男子魁梧高大,有着一头红发,正是黑十字圣殿中八大圣殿守卫之一的战狮。

战狮的身边则是一名黑人大汉,他身躯魁梧,比起身边的战狮整整高出了一头,他穿着一件军绿色的作战背心,一块块发达的肌肉鼓胀而起,当中有着难以想象的恐怖力量,他的后背上则是背负着一柄双手巨剑,这柄巨剑起码有两米之长,也不知道用什么金属打造而成,通体漆黑如墨,却是散发着森寒刺骨的锋芒。

剑虎,也是黑十字圣殿中的八大圣殿护卫之一。

战狮剑虎,这两人本身就是黑十字圣殿中极为强大的双人组合,他们几乎每一次的行动都会联合在一起,久而久之他们有了一种作战默契,但凡他们两人出击,没有一次失败过。

这一次黑十字圣殿派出战狮剑虎这两大强者率领着三十名黑十字军前来血岛,分明是要将萧云龙击杀!

的确,这样的配备阵容足以让黑暗世界中任何一个强者都为之动容,要知道任何一个黑十字军的战士都拥有超强的作战能力,当他们联合在一起形成黑十字军的时候,他们将会所向披靡,无人能挡!

"行动,这一次的目标是要将魔王斩杀,用他的头颅来祭奠我伟大的圣殿!"

战狮开口,语气森然地说道。

"嗖嗖嗖!"

三十名黑十字军立即展开行动,纷纷拿起武器,有的人在前方探路,有的充当侦察兵查探四周的情况,他们分工明确,训练有素,没有丝毫的紊乱之感,一看就知道是久经战场的老兵。

战狮与剑虎两人左右分开,分别率领两组黑十字军形成犄角之势朝血岛潜行而上。

就在这时,战狮与剑虎两人几乎同一时刻停了下来,他们抬起右手示意队伍停下,紧接着战狮脸色一变,他怒吼了一声:

"准备战斗!"

"哒哒哒哒!"

战狮话音刚落,一阵密集的枪声响起,一连串的机枪声轰鸣而来,响彻当空,朝黑十字军疯狂地扫射而来。

战狮、剑虎反应很快,黑十字军这支训练有素、历经无数次征战的战队反应也很快,有突发情况发生之后他们立即借助四周的掩体潜伏了下来。

饶是如此,黑十字军还是有人员伤亡,先前出动的两名侦察兵被杀,另外有三名黑十字军的战士中枪,被子弹击中,虽说不致命,但也会影响到他们接下来的战斗。

"砰!砰!砰!"

黑十字军潜伏下来之后开始了反击,他们手持枪械朝枪声传来的方向扫射而去,当中有人用狙击枪,有人用AK47,还有两个强壮的家伙拎着重型机枪,他们火力全开,朝前方南面一处林子疯狂开火。

萧云龙靠在一个小山坡的后面,他距离前面的黑十字军还有两百米左右的距离,他一路冲刺而来,最先遇到的是两名侦察兵,他抡起加特林机枪一阵扫射，当场格杀掉两名侦查兵。

只可惜黑十字军的应战能力很强，有突发情况之后便迅速地做出了回击，因此萧云龙手中拎着的加特林机枪扫射之下仅仅是将对方三名黑十字战士击伤，未能进一步重创黑十字军。

"来的是黑十字圣殿啊！"

萧云龙嘴角扬起了一丝冷笑，对此他并不感到意外，而是在意料之中。

四年前他率领魔王佣兵团与一支黑十字军狭路相逢，当时在他的带领之下他所率领的魔王佣兵团将这支黑十字军全歼，他更是亲手格杀了对方的一名大主教，这让黑十字圣殿遭遇了极为沉重的打击。

那一战过后黑十字圣殿就渐渐地从黑暗世界沉寂，韬光养晦，酝酿着卷土重来，妄图再次威霸黑暗世界。

毫无疑问，随着萧云龙现身而出，并且宣告整个黑暗世界他就在血岛，这让黑十字圣殿认为是时候出动了，他们要通过击杀萧云龙来宣告他们的回归。

"一支三十人左右的黑十字军，这样的配备也想来杀我？圣殿之主，你是不是太小看我魔王了？既然你们黑十字圣殿还想来送死，那我就成全你们！"

萧云龙眼中目光一沉，身上有股杀机在弥漫。

对方的火力席卷而来，萧云龙可不会选择跟他们硬拼，他只有一个人，对方却有数十人，硬拼无疑是最愚蠢的选择。

因此，萧云龙弓着身，一步步往后退。

有这个小山坡挡住对方的火力，萧云龙后退之下避开了对方的火力网，朝身后的密林潜行而入。

萧云龙的目的是要将这股黑十字军分散开来，他再逐个击杀。

"停！"

战狮冷喝了声，他的目光无比阴鸷地盯着前方，说道："对方已经潜逃了。如果我猜得不错，对方就是我们所要找的魔王。魔王既然自动现身了，那就将他碎尸万段！"

"战狮，我们分成两组，你从右边包抄，我从左边包抄，将这方圆之地都合围起来，到时候魔王插翅也难飞。"剑虎开口说道。

"魔王单兵作战能力极强，我们要是分开了会不会给他逐个击破的机会?"战狮问道。

剑虎目光一沉,有着一股深沉而又亢奋的战意在燃烧,他说道:"血岛范围极大,我们联合在一起追击很难追上魔王。我们兵分两路,从左右两侧合围,形成夹击之势,必然可以将魔王围住,从而击杀!再说我们彼此相隔不远,一旦有情况发生,都可以立即前来支援。"

战狮想了想,他点头说道:"也好,那就按照你说的办。"

当即,战狮与剑虎兵分两路,从两侧进军,打算将萧云龙合围起来击杀。

一处突兀而起的山崖上生长着茂密的灌木丛,此刻,灌木丛中的一角被轻轻地掀开,一支狙击枪的枪管伸探而出。

萧云龙动也不动地趴在这处灌木丛中,他犹如一尊雕像,左手托枪,右手握着扳机,右眼瞄着十字准星,他正在等待猎物进入这代表死亡的十字准星内。

他猜测黑十字军肯定会采取合围的方式将他包围在这附近一带的区域内,他所要做的就是将这些敌人逐个击破,一一击杀!

萧云龙极有耐性,他可以一整天都保持这样的姿势不动,要想成为一名顶尖的狙击手,最基本的条件就是耐性,必须要有足够的耐性,其次就是冷静,再则就是精准的狙杀!

任何一个狙击手都是冷血的,因为冷血才能冷静。

大约十多分钟后,萧云龙眼中的目光一沉,他发现了目标,他屏住呼吸,右手食指渐渐地扣动狙击枪的扳机。

战狮正率领着十三名黑十字军的战士潜行而来,他们并非是盲目地冲锋,而是在战狮的带领之下借助四周的掩体作为掩护,小心翼翼而又悄无声息地潜行而上,当中有人充当侦察兵在前方探路。

他们分工明确,有的负责右边的情况,有的负责左边的情况,如此一来形成了一个首尾呼应的阵势,在这片密林中穿梭着。

黑十字军中一名战士从一处掩体中闪现而出,正欲朝前冲去,突然间——

"咻!"

空气中似有一声锐利的破空声传来,接着——

"嘭!"

这名黑十字军战士的脑袋被一枪轰爆！

"有狙击手，埋伏起来！科尔森，给我把对方找出来，一定是魔王，他就藏在附近，把他找出来！"

战狮怒吼了起来。

"咻！"

又一声狙击弹头破空声响彻而起，一个刚要藏入掩体中的战士被一枪击中，半边身体被打掉，他还没死，还有口气，但这对他而言无疑是一种残忍。

因此，战狮毫不迟疑，开枪击杀了这名战士，早点结束他的痛苦，这对他而言反而是一种恩赐。

一块岩石的后面藏着一名黑十字军战士，他正在感应枪声传来的方向，就在这时——

"砰！"

他所藏身的这块岩石突然间四分五裂，那些破碎的岩石轰击向了他的身体，有着数块拳头大小的岩石在那股爆破的冲击力量之下更是陷入了他的额头、脸面当中，他浑身是血，整个人直挺挺地倒下。

临死之前他也想不通，本以为藏身在这块岩石后面足够安全，怎么还会被击杀？

事实上，那是一枚穿甲爆破弹轰向了这块岩石，穿甲爆破弹就连钢板都可以击穿，更别说一块岩石了。穿甲爆破弹威力在于弹头的爆破，弹头击穿目标物体的刹那间引发的剧烈爆炸产生的威力难以想象。

就如同那块炸裂的岩石，激射而出的石块就像是一发发子弹般射入了那名黑十字军战士的身体，使其当场死亡。

"科尔森，还锁定不了对方的方位吗？"

战狮怒声说道，他心中憋着一股火气，从开始到现在，他连萧云龙的人影都没看到，但他们这边已经有五名战士死亡，三人受伤，这让他怒不可遏。

"魔王的狙击枪装了消音器，他的狙击手法很强，很难锁定他的方位。"科尔森开口，他是一名反狙击的高手，有着极为丰富的经验，他接着说道，"再给我一点儿时间，我会把魔王给找出来。"

可惜的是，萧云龙已经不再给科尔森任何寻找出他的机会，他接连狙杀了三名黑十字军战士之后就收起了狙击枪，身体慢慢地从那片灌木丛中退了出来，借助灌木丛的掩护悄然离去，奔向了另外的战场。

左侧方位，剑虎正率领另一队黑十字军战士前进，他与战狮形成了合围夹击之势，要搜查出萧云龙的身影。

萧云龙正在密林中穿梭，早已经离开了战狮率领的那支黑十字军所在的区域，他朝左侧方位潜行而来，他感应得到另外一支黑十字军战士的气息。

此刻的萧云龙就是一个冷酷无情的狙杀者，他朝左侧奔行，行动之间悄无声息，便连他身上那股凌厉的杀机也内敛而起，没有泄露分毫。

萧云龙选择了一个高地作为埋伏点，他动也不动地潜伏着，恍如与四周的景色融为一体。

在萧云龙端起的狙击枪中的十字准星内，剑虎率领的黑十字军出现了。

萧云龙远远地就看到了剑虎，他一眼看出来这个后面背着一柄巨剑的黑人大汉肯定是这股黑十字军的首领，他转移枪口，瞄向了剑虎。

前方，剑虎忽而皱了皱眉，他心中生出一种危险之感。

"战斗！"

剑虎毫不迟疑，他冷喝一声，身形一闪，趴在地上，以前面的一棵大树作为掩体。

黑十字军的战士听到剑虎地冷喝后立即行动，他们一个个趴在地上，身上有股升腾而起的凌厉杀机，手中持着的武器纷纷朝前方指去。

萧云龙脸色一怔，就在他准备瞄准的时候剑虎居然察觉到了危机，看来对方的确是一名警惕性很高的强者。

萧云龙唯有转移目标，狙击枪口对向了黑十字军战士。

"咻！咻！"

萧云龙接连扣动扳机，两发狙击弹头击杀而出，前面的两个黑十字军战士爆头而亡。

"魔王就在前面的高地上，给我杀！"

剑虎暴喝出口，他看着前方地形，唯有前面的那处高地最适合狙击，他判断萧云龙就潜藏在前方的高地上，喝令手底下的黑十字军开始反击。

"砰！砰！砰！"

枪声大作，剑虎这边的黑十字军手中的武器全都朝着远处的那面高地上疯狂地开枪扫射，密集的火力覆盖了前方的高地，一发发子弹扫射而出，有机枪，有冲锋枪，黑十字军中的狙击手也做好了准备。

很显然，剑虎判断出了萧云龙潜藏之地，正以密集的火力压制着。

而后，剑虎朝身边的几名黑十字军战士做出了行动的手势，当即有五名黑十字军战士在己方强大的火力掩护之下朝对面的高地潜伏过去。

萧云龙眼中目光一沉，他立即收起M99狙击步枪背在身后，他的行踪已经泄露，对方如此密集的火力扫射之下他也难以进行狙杀。他必须要尽快地离开这里，不能被对方的火力网牵制住。

因为这边枪声响起，战狮那边率领着的黑十字军立即会包抄过来，到时候他腹背受敌，两面夹击，那将会陷入到危险之境。

萧云龙并未站起身来，对方的火力太密集，一旦站起身有可能会被流弹击中，另一方面也会彻底暴露出他的身形，是以他趴在地上不断地朝后退，看上去就像是一只人形壁虎顺着那高地往下爬行。

萧云龙爬到足够安全的距离后正欲站起身，这时他眉头一挑，双手猛地一撑地面，借助这一撑的力量，他的身体立即朝左边横移，贴在一棵树木的背后，与此同时在他右侧方位闪现出数道身影。

萧云龙左右双手掏出勃朗宁手枪，掏出枪的瞬间朝前面接连开了数枪。

"砰！砰！砰！"

刚闪现而出的数道身影中，有两人立即倒地，他们正是剑虎先前派来充当前锋的那五名男子。

这五人中两人第一时间被击杀，其余三人立即贴在周边树木的后面，当他们抬眼朝前看去的时候，却找不到萧云龙的身影。

萧云龙击杀对方两名人员之后并不恋战，而是立即潜行逃离，因为另一边战狮肯定已经率人追击过来，剑虎那边也借助着强大的火力压制而上，他可不想让自己陷入到被两面夹击的境地。

右侧的方位上，战狮这边率领着的黑十字军被萧云龙狙杀了三名人手，他手底下的反狙击高手科尔森还在搜查萧云龙的潜藏方位，可接下来的时间内再也听不到任何一记枪声。

就在这时，战狮听到了左侧方位上传来了密集的火力枪声。

"剑虎那边有情况，跟我杀过去！"

战狮立即大吼，他站起身来，带领黑十字军朝左侧冲了过去。

06 血岛之战

正巧的是，萧云龙也正朝左侧突击而来，他如同一头在密林中猎杀的豹子，通过他自身那强大的感知来感应着前方的猎物。

前方的地面传来了一丝轻微的震动，当中还有着一股凝聚在一起的浓烈杀气。

前方有敌！

萧云龙目光微微一眯，他猜测得出来前方的敌人是他之前狙杀的那支黑十字军，想来是听到了这边的枪声，因此正急着朝这边赶来与剑虎这一支黑十字军汇合，妄图对他进行合围击杀。

"嗖！嗖！嗖！"

萧云龙几个起跃之间身形如电，他爆发出了自身那股澎湃的力量，他冲到了战狮与剑虎这两支黑十字军即将汇合时的一个三角地带，拎起加特林机枪，眼中闪过了狂暴不已的血色杀机。

"哒哒哒哒！"

萧云龙扣动了扳机，手中的加特林机枪的枪管上喷爆出了一道道火光，那是密集的子弹所形成的火光，就像是那金属风暴骤然间降临一般，形成了密集的火力网朝前方扫射而去。

"啊……"

前方的密林中立即传来了一声惨叫，经久不息地回荡在四周。

战狮正率领黑十字军赶来，骤然间响彻而起的重型机枪声冲天而起，饶是他极为小心地潜行而上，手底下的战士也借助掩体潜行，但那密集的机枪火力网还是击中了三五个战士的身体，鲜血飙射当空。

在那机枪子弹的扫射之下，战狮他们只能暂时顿住脚步。

"杀了魔王！"

战狮怒吼，他端起一挺微冲朝机枪声音传来的方向疯狂地扫射而去。

其余的黑十字军也纷纷行动，科尔森端起一支狙击步枪，正在寻找着萧云龙的身影，通过瞄准镜他看到了萧云龙，他接连开了数枪，但都没有打中。

只因萧云龙并非是站在固定的地方，他正在急速奔行，奔行中利用掩体作为掩护，手中拎着的加特林机枪枪口却是不断地喷出了一道道火焰般的光芒，拖在地上的弹链不断地减少，一个个弹壳密集地散落在地。

萧云龙在奔行中袭杀，这种攻击方式最适合重型机枪，这时候的他不需要瞄准，只需要确定战狮他们这一支黑十字军所在的大体方位，直接开枪扫射即可。

加特林重型机枪每分钟射出来的子弹多达五百发，这些子弹将会形成密集的火力网，在如此密集的子弹射杀之下，瞄准已经失去了应有的意义。

"战狮！"

剑虎的吼声传来，他率队赶过来了，与战狮汇合，这股黑十字军联合在了一起，开始朝萧云龙反击。

不过在萧云龙的袭杀之下，黑十字军那边时不时就有战士惨嚎的声音传来。

最终，萧云龙被这股联合起来的黑十字军逼入了一个山坳口中，战狮与剑虎让手下的战士分散开来，从多个方位逼近，要将萧云龙合围，彻底地将其击杀。

萧云龙将加特林机枪架在山坳口上，他右手不断地扣动扳机，左手却是端着M99狙击步枪，每当对方有一名战士突破加特林机枪的火力冲过来的时候，他左手端着的狙击步枪就会响起。"咻"的一声，一个个妄图接近的黑十字军战士便被狙杀而亡。

对方的战士太多了，并且他们悍不畏死，一个个都拥有着强大的作战能力，若非萧云龙足够强大，有着丰富的对战经验，根本无法守到现在。

"冲上去！魔王，今天就是你的忌日！"

战狮怒吼着，他眼中闪动着疯狂的杀机。

"格杀魔王，血祭圣殿！"

剑虎也在嘶吼着。

那些黑十字军战士更加疯狂地朝前冲，后方有两名机枪手跟三名狙击手掩护着，这在很大程度上压制了萧云龙。

萧云龙心知战狮剑虎是这支黑十字军的首领，他好几次都想狙杀这两人，但这两人拥有着极高的警觉，往往预知危险之后立即闪身躲在掩体中，加上地方的火力扫射，让他无法从容地瞄准。

"哒哒哒哒哒！"

萧云龙不断扣动加特林机枪的扳机，稍稍阻止了前面那些疯狂冲上来的黑十字军战士，而后他端起狙击步枪，枪口朝左右两边迅速转动——

"咻！咻！"

06　血岛之战

两声狙击枪声响起,左右两侧有两名奔行而来的黑十字军战士立即被狙杀。

两枪过后,萧云龙立即蹲下身,那一刻一排排子弹疯狂地从他的头顶上扫射而过。

萧云龙忽而皱了皱眉,腰侧传来一阵剧烈的刺痛感,灼烧着他腰侧的肌肉。

萧云龙深吸口气,不再恋战,弓着身离去。

萧云龙所在的山坳口没有了火力扫射,这让黑十字军的战士更是加快了脚步朝前冲了上来。

战狮与剑虎也迅速地冲了上来,眼看着就要冲上了山坳口,战狮目光一扫,他脸色陡然一变,旋即大吼了声:

"趴下!不要往前冲!"

然而,已经晚了一步,前面有七八名黑十字军战士冲上了山坳口,那一刻他们脚下所踩的地面顿时轰然炸响——

"轰!轰!轰!"

泥土掀飞,地面龟裂,浓浓的硝烟弥漫而起,断肢残骸从半空中砸落而下,血雨当头洒落。

待到那滚滚硝烟与激荡而起的尘土落定之后,赫然看到前方的山坳口处被炸出了几个深坑,之前冲上来的那七八名黑十字军战士无一活口。

战狮与剑虎站起身,他们脸色铁青,眼中燃烧起一股浓烈的怒火,他们一马当先地冲上去,但朝前一看,哪里还有萧云龙的影子?

这个山坳口已经是绝路,后面就是一个山谷谷底,那么萧云龙去了哪里?

剑虎一个箭步朝前走去查看,赫然看到有一根麻绳系在了一棵树木的树干上,这根麻绳顺着这个谷底垂落,不用说肯定是萧云龙顺着这根麻绳逃下了谷底,就此消失得无影无踪。

直至此刻,战狮与剑虎意识到从战斗开始到现在,他们一直都被萧云龙牵着鼻子走,被萧云龙引入到了他安排好的战场之中,他们从未占据主动权,他们唯一能做的就是被动地追着萧云龙,然后一个个被击杀。

战狮环眼四顾,除了他跟剑虎之外,身边还活着的黑十字军战士竟然只剩下七个人了!

也就是说，原本的三十名黑十字军战士有二十三人被杀，而他们却是未能给萧云龙造成半点威胁。

想到这，战狮脚底升起了一股莫名的寒气，他总算是知道为何黑暗世界中流传着"魔王一怒，血杀千里"这样的话了，他们的对手看着不像是一个人类，而是那从无尽深渊中走出来的魔王。

"魔王受伤了！"

这时，剑虎猛地开口说了声，他正将那根垂落下谷底的麻绳收上来，收到一半的时候看到这根麻绳上沾满了鲜血，那鲜血还未干透，很显然就是魔王身上的鲜血。

战狮定眼一看，他眼中重燃自信与浓烈的战意，他冷冷地说道："没错，魔王的确是受伤了，他肯定逃不远，只要我们找到他，那他绝对是死路一条！他受的是枪伤，很有可能遭到了重创，我们最终必然能够击杀魔王！"

剑虎拿出血岛的地形图，他看了一会，说道："这个谷底下面并没有什么植被，光秃秃的，顺着东西方向这条路能够下达谷底。我们追过去，只要到了谷底，魔王没有藏身之地，受伤的他行动、战力方面肯定会大打折扣，这一次务必将他击杀！"

"开始行动！"

战狮冷冷地说着，他眼中杀机盛烈，心中憋着一股狂暴的怒火。

怒战八方

萧云龙正坐在谷底的一个隐秘山洞内，背靠着山壁，他的左侧腰身已经被鲜血染红。

萧云龙拿出夜鹰平刃，他将受伤部位的衣服给划开，将四周的血水擦掉，便看到了一个枪洞口，他中枪了，一枚子弹射入了他的腰侧。

黑十字军二三十人战士手中的武器全开，在那密集的火力网之下，他终究是被一枚子弹击中。

萧云龙拿着夜鹰平刃将四周的烂肉给一点一点地剜掉，而后他将刀口刺入这个伤口里面，直至触碰到那枚陷入肉里的弹头，他反转刀口，用刀尖慢慢地将这个弹头给挖出来。

是的，这的确是活生生地挖出来。

由于没有镊子之类的工具，他只能用夜鹰平刃这柄军刀来挖，这个过程中无疑会很痛，但萧云龙脸色却是平静如常，便连眼中的目光也没有丝毫的变化，仿佛他腰侧上的那些肉不是他自身的一般。

最终，那枚弹头被取了出来，沾满了鲜红的血，他右手两指夹起这个弹头，嘴角扬起一丝冷笑，抬手将这枚弹头扔了出去。

接着，萧云龙取出来七八发手枪上的子弹，他用军刀刀口撬动子弹弹头下的缝隙慢慢地旋动，几个动作下来，这颗子弹的弹头与弹壳分离，他将弹壳内装满着的火药洒在了枪伤部位。

萧云龙一共撬开了五发子弹，里面的火药全都洒在了他的伤口上，上面铺满了一层黑黑的火药末。

"啪！"

萧云龙打开一个 Zippo 火机，打火机上火苗窜起，他将打火机的火苗靠向了伤口部位洒满的火药。

"呼！"

骤然间，他伤口上的火药被点燃，呼的一声，一股火焰冲了起来，伤口四周里面有着烧焦的痕迹，空气中也弥漫着一股刺鼻的焦味。

"嗤！"

那一刻，萧云龙深吸口气，双拳为之紧握，良久他才将这口气轻轻地吁出，张口说了声："真过瘾，好久没这种爽感了，真是怀念！"

他这是在给伤口消炎，伤口内的弹头取出之后需要处理伤口，否则将会引起发炎，那时候伤口的伤势将会进一步恶化。

他没有随身携带医疗箱，只能是通过这样极端的方式来处理枪伤。

事实上，这样处理伤口的方式他并非是第一次了，否则他也不会说出怀念这样的话来。

萧云龙简易地将伤口包扎上，掏出一根烟点上，深深地吸了一口。

他知道黑十字圣殿的人很快就会寻找过来，但他并不着急，他就是在等着对方的到来，他准备在此地将黑十字圣殿的人手全都解决掉。

黑十字圣殿派出了战狮剑虎两大圣殿护卫强者，再加上三十名黑十字军战士，这样的阵容不可谓不强，可在萧云龙看来还远远不够。

"呼！"

萧云龙抽完了最后一口烟，他弹掉手中的烟屁股，站起身后走了出去。

十分钟过后，战狮剑虎率领着仅剩下的七名黑十字军战士来到了这个谷底，他们步步为营，显得极为的小心谨慎。

他们不得不谨慎，因为他们面对的对手是已经击杀了他们二十三名黑十字军战士的魔王，即便他们推断出魔王受伤了，可他们也不敢有丝毫的大意，面对如此强大恐怖的对手，除非他彻底断气，否则只要还有一口气那就不能有丝毫大意。

他们顺着地面上洒落的一些血迹寻找了过去，同时他们也在注意着四周的情况，不过这个谷底并没有什么植被，放眼看去一马平川，能够看得出来四周没有潜藏着的敌人。

战狮他们最终寻找到了那个山洞口，一些洒落的血迹表明魔王极有可能来过这个山洞，当即枪声大作，战狮剑虎他们手底下的战士二话不说，拿起枪就朝这个山洞一阵疯狂地扫射。

"停！不用开枪了，魔王早已经离开了！他的确是来过这个山洞，现在他已经不在了。不管如何，我们已经找到了他的行踪，相信他距离此地不远，立即准备战斗！"战狮沉声说道。

可从这个山洞往外，却寻找不到提供给他们追踪线索的鲜血痕迹。

就在这时，前方的反狙击高手科尔森霍然转身，他暴喝了声："危险！"

说着，他手中的狙击枪朝前面一处乱石堆中举了过去，然而——

"咻！"

一发狙击弹头轰杀而至，轰爆了科尔森的脑袋。

那一刻，战狮剑虎他们迅速趴在地上，手中的武器朝前方乱石堆方向扫射而去。

"嗖！"

一道身影从那乱石堆中闪现而出，朝前奔行而去。

"那是魔王，追上去，他就要弹尽粮绝了！"

剑虎暴喝了声，一马当先地朝前面那道身影追上去。

那的确就是萧云龙，加特林机枪的弹链他已经用完了，南面山头的那个山洞内还有着数条弹链，他没有时间回去取，并且狙击枪的弹头仅是剩下几发。看来接下来的战斗需要想办法通过近身搏杀来将这些对手逐一解决掉。

奔行中的萧云龙忽而直扑地面，接着朝右侧滚去，几发子弹从他方才的方位扫射而过，萧云龙滚地的瞬间他手中的狙击枪朝前一举，扣动了扳机。

"咻！"

又一个黑十字军战士被狙杀而亡。

萧云龙接着起身，一个箭步朝前冲去，前面是一个下坡地带，长满了野草，萧云龙就地一趴，朝着这个下坡地带滚落。

如此一来，后面追击的战狮剑虎他们在地平线上就看不到萧云龙了。

战狮他们保持着火力压制，迅速地冲了过来，看到了这个谷底下坡，但没有看到萧云龙的身影。

就在他们微微错愕间，"嗖"的一声，一道身影从他们右侧的一处半人高的野草丛中窜了出来，其速之快堪称是风驰电掣，右侧边上一名黑十字军的战士有所察觉，他立即转身回头，那一刻他眼中的瞳孔骤然冷缩。

一道锐利的锋芒从他的眼底一闪而过，接着这道锋芒顺着他的咽喉切割而去。

"嗤！"

这道锐利的锋芒接着刺入了第二名黑十字军战士的胸腔。

战狮手中的枪支指了过来，一道腿风却是呼啸而起，一腿横踢向了他的持枪手腕，手中的枪支被踢飞了。

如此一来，萧云龙手持夜鹰平刃杀入了战狮他们的队伍中。

在这近身搏杀之下，萧云龙身形闪动，忽左忽右，这时候枪支已经失去了作用，根本无法瞄准，一旦扣动扳机说不定伤到的不是萧云龙，而是自己身边的战士。

"魔王，你终于现身了，杀！"

剑虎怒吼，他拔出了背后背负的那柄双手巨剑，手中的巨剑朝着萧云龙的身影当头劈杀而下。

"嗖！"

萧云龙朝左横移，避开剑虎当头劈杀而下的这一剑，恰好左边有一名黑十字军战士握着军刀朝萧云龙刺了过来。

"当！"

萧云龙手中的夜鹰平刃轻轻一拨，挑开了这名黑十字军战士的军刀，他左手一拳在同一时刻轰杀而出，自下而上，一记蕴含着杀人之道的上勾拳重重地轰在了这名黑十字军战士的下颌之上，一口鲜血激射当空，这名黑十字军战士身体横飞，立即毙命。

"魔王，你找死！"

战狮狂怒开口，他冲了上来，势大力沉的一拳轰向了萧云龙的后背。

萧云龙左拳回击，与战狮这一拳硬撼在了一起。

"砰！"

萧云龙与战狮一拳对轰之下，他借助这一拳之势身形朝右边闪动，一名黑十字军战士一腿横扫而至，恰好萧云龙闪过来，像是主动的送上门被对方这一腿扫中。

事实上，这的确就是萧云龙有意为之的。

"砰！"

这名黑十字军战士一腿横扫在了萧云龙的身躯上，一道锐利的锋芒也同时划过虚空，那柄锋利的夜鹰平刃顺着这名黑十字军战士的小腹一划而过，切割出了一个极大的伤口，险些将对方整个身体切成两半。

此刻的萧云龙当真是展示出了精妙绝伦的近身搏杀术，而这种搏杀术就是他在类似这样的无数次地战斗中磨炼而成的杀人之道。

最后，所有的黑十字军战士全都倒下了，唯独剩下战狮与剑虎。

萧云龙又一次避过剑虎手中巨剑的斩杀，他稍稍拉开了一定的距离，眼中的目光平静而又淡漠地盯着战狮与剑虎，恍如在看着两个死人。

战狮与剑虎环视当场，看着地面上倒着的一具具尸体，突然间他们感到后脊背有些凉飕飕的寒意，他们有种说不出来的恐惧感。

整整三十名黑十字军战士，这些战士都是精挑细选的，历经过一次次战斗的洗礼，可他们全都被击杀一空了！

战狮与剑虎有种很不真实的感觉，偏偏事实摆在眼前，容不得他们质疑半分。

他们也总算明白为何魔王在黑暗世界中的声威如此之盛，他的确是有这样的实力，甚至比传闻中更强更恐怖。

虽说只是剩下战狮与剑虎，他们眼中仍旧是有着一股浓烈的战意在燃烧，他们战意不减，自信满满，深信他们联手最终能够击杀负伤的魔王。

"黑十字圣殿只派你们两人过来？这是太高估你们的实力，还是太看不起我？圣殿之主不敢来就派你们过来送死吗？很好，接下来轮到你们了！"

萧云龙看着战狮剑虎，语气淡漠无情却又霸气十足地说道。

战狮与剑虎两人勃然大怒，萧云龙的话分明就是不将他们放在眼里，这让他们为之愤怒，从他们身上涌现而出的那股杀机更加的浓烈与骇人，他们盯着萧云龙，自身的那股战意旺盛无比，眼中有着战火在燃烧。

"魔王，你不要太狂妄自大了，现在你已经受伤了，你绝不是我们的对手！"战狮冷冷地说道。

"魔王今天就是你的死期！我们会亲手斩下你的头颅，将你击杀！"剑虎也冷冷地说道。

萧云龙深吸口气，他握着夜鹰平刃，说道："那就战吧！看看谁能站到最后！"

"杀！"

剑虎怒吼了声，他手中那柄双手巨剑扬起，这柄剑起码重达上百公斤，可握在他的手中犹如木剑一般轻盈，可见剑虎那一身力量是何等的恐怖骇人。

"呼！"

这柄通体乌黑的双手巨剑扬起之际刮起了一阵猛烈的罡风，一股凌厉无比的锋芒碾压撕裂虚空，朝萧云龙当头斩杀而下。

这一剑势大力沉，加上剑虎自身那股强悍无比的力量，更是让这一剑之威达到了一个极为骇人的境地，一剑镇杀而下，任何一个人要是被这柄重剑斩中，身体必然会分成两截。

"嗖！"

与此同时，战狮也扑向了萧云龙，他握着一柄战术军刀，直接刺向萧云龙的心房。

萧云龙身形一闪，他避开了剑虎这柄双手重剑的斩杀，他迎向了战狮，手中的夜鹰平刃横挡而出，将战狮直刺而来的战术军刀给挑开，同时他左手一拳骤然出击，这一拳太快了，看着像是不需要任何的蓄力。

但这一拳轰杀而出后，那股激荡而起的拳风刚猛无匹，携带着狂暴万分的拳道力量镇压向战狮。

"吼！"

战狮怒吼出口，他出拳迎战，左手一拳迎上了萧云龙的拳势。

"砰！"

两人拳势对轰，那股拳道力量激荡而出，狠狠地撞击在一起。

战狮的脸色瞬间一变，他感应得到从萧云龙拳势上席卷而至的那股澎湃绝伦的恐怖力量，竟是吞没了他自身拳势之力，震得他体内气血翻腾，整个人更是忍不住朝后倒退了数步。

"轰！"

不等萧云龙乘胜追击，剑虎那柄巨剑宽大的剑身已经横拍而来，这一击之力当真是狂暴无比，宽大的剑身加上这柄剑的重量，一旦被拍中只怕都能将一个活生生的人拍成肉泥。

萧云龙避无可避，他目光一沉，有股嗜杀之意闪现而出，他手中的夜鹰平刃迎击而上，以刀口招架上这柄巨剑的剑身。

那一刻，剑虎嘴角扬起了一丝冷笑，他手中这柄双手重剑沉重无比，而萧云龙居然妄想凭借他手中那柄短短的军刀来抵挡他这柄沉重无比的双手巨剑？

"当！"

一声极为刺耳的金属交击声传递而来，萧云龙手中的夜鹰平刃刀口与这柄巨剑的剑身对击在了一起。

让剑虎难以置信的是，他手中的双手巨剑停了下来，竟然真的被萧云龙手中的夜鹰平刃给抵挡住了！

剑虎心中震撼万分，他手持将近两米长的重剑，全力挥舞之下所产生的那股力量难以想象，倘若萧云龙手中也有同样的重剑或者是长一点儿的冷兵器能够抵挡下来那倒也没什么，问题是萧云龙手中的夜鹰平刃不过才十几公分长。

冷兵器讲究一寸短一寸险，短短的军刀能够加成的力量根本不是这柄巨大重剑所能比拟的，萧云龙能够抵挡下来，只能说明他那身力量之强难以想象，都要达到惊世骇俗的地步了。

剑虎的战斗经验极为丰富，他手中的巨剑顺势朝上一挑，剑尖直取向萧云龙的咽喉。

萧云龙手中军刀挥斩而上，凭借四两拨千斤的巧劲将这柄重剑的锋芒挑开，而后他身形朝右侧横移闪动，一道身影扑杀而至，正是战狮，他的战术军刀刺向了萧云龙方才所站之地，但却落空了。

萧云龙横移而出的身体刚落地，他双足一蹬，身形如炮弹般朝战狮冲了过去。

战狮一击落空，还没等他收刀，萧云龙手中的夜鹰平刃化作一道锐利的锋芒直取而至，横切向了他的脖侧。

战狮心中一惊，他身体朝左边侧身，手中的军刀横挡而至，千钧一发间总算是抵挡住了夜鹰平刃那锋利的刀芒。

"呼！"

猛然间，一阵澎湃绝伦的腿风之音响彻而起，萧云龙的右腿横扫而至，有着横挡千军的威势。

这是萧家连横腿！

战狮右腿立即抬起，格挡向萧云龙横扫而来的腿势，轰然一声，萧云龙这一腿碾压而下，战狮的右腿传来阵阵刺疼，那股力量太过于恐怖了，强大得让他都为之颤抖。

萧云龙的腿势还没完，自身腿势不断地横连而出，以横断山峦、横扫千军的威势笼罩向了战狮的全身。

战狮脸色大骇，他奋力抵挡，可在萧云龙那连横不断地腿势横扫之下他身形也不断地朝后退着，整个人陷入险境，在萧云龙腿势的横扫笼罩之下他已经没有反击之力，只能不断地招架抵挡，不断地后退。

剑虎见状后疾冲而至，他怒喝当空，手中的双手巨剑化作一道锋芒朝萧云龙拦腰斩杀而至。

萧云龙身形闪动，避开了剑虎拦腰斩杀而来的巨剑，如此一来倒也是给了战狮一丝喘气的机会，不等战狮调整好身形，他眼中的瞳孔骤然冷缩，竟是看到萧云龙身形一折，再度以奔雷般的速度朝他疾冲而来。

剑虎握着巨剑，从后面追向萧云龙，他看着萧云龙像是有意要先把战狮给击杀，他当然不允许这样的事情发生，他要阻止！

出人意料的一幕发生了，竟是看到原本极速冲向战狮的萧云龙猛地顿住了双腿，他的身体再度一折，赫然转身冲向了剑虎！

这让剑虎猝不及防，他完全想不到萧云龙竟然会转身朝他冲过来，他都来不及挥动手中的巨剑，萧云龙的夜鹰平刃已经直取向了他的咽喉。

剑虎临危不乱，手中巨剑宽大的剑身横挡而出，迎向萧云龙这一记杀招。

萧云龙直取向剑虎咽喉的杀招本身就是虚招，他中途变招，手中的夜鹰平刃剑锋一挑剑虎手中的巨剑，那柄巨剑立即被震开，接着萧云龙右手一扬，手中的夜鹰平刃化作一道锋芒朝剑虎的咽喉飞射而去。

如此短的距离下，萧云龙飞射出手的夜鹰平刃速度极快，剑虎想也不想，唯有侧头避开。

"轰！"

那一刻，萧云龙右手一拳随之而至，恰好轰杀向了剑虎朝右边侧脖的部位，他像是算准了剑虎接下来的这个举动。

这一拳剑虎避无可避，被萧云龙一拳重重地轰击在了他的脖侧之上，剑虎眼前一黑，险些晕死过去，他有着短暂的窒息感，这一拳差点将他的咽喉打折。

萧云龙左手扣住剑虎的右手手腕，反手间将他手中的双手巨剑夺下，而后那锋利的剑身横斩而出。

"嗤！"

一股鲜血飙射而出，萧云龙握着这柄巨剑横切向了剑虎的腰身，拦腰斩断！

萧云龙转身，手持巨剑而立，盯住了前面的战狮，不再去看剑虎一眼。

"剑虎！"

战狮怒吼出口，他将整个过程都看在了眼里，也看到了萧云龙身后剑虎那倒下去的身躯，汩汩鲜血不断地流淌而出，瞬间毙命。

这一切来得太快了，快得让战狮都没能做出任何营救的举动，剑虎便被萧云龙强势斩杀！

当中萧云龙展现出的那丰富的战斗经验以及高超的搏杀之术，简直是让人叹为观止。

"魔王，我跟你拼了！"

战狮目眦尽裂，他吼叫着，不顾一切地朝萧云龙冲了上来，手中的战术军刀朝萧云龙斩劈而下。

萧云龙二话不说，踏步而上，手中的双手巨剑挥动而起，他的攻势很简单，直斩、横斩、上挑、下劈，走的是最直接的招数，却发挥出了这柄巨剑最大的威力，每一击都恍如有着雷霆万钧之势，以一股压倒性的威势杀向了战狮。

如若剑虎能够活着看到这一幕，那他将会震撼地看到萧云龙运用他这柄双手巨剑比他更加娴熟，发挥出来的威力也更大。

战狮根本不敢去硬撼这柄巨剑，他身形腾挪闪避，可他根本避不开萧云龙的攻势，只因萧云龙一剑斩下，他的腿势也会随着横扫而出，攻杀向战狮。

"呼！"

萧云龙左腿横扫而出，这是他自身杀人之道的腿势，简单粗暴，蕴含着狂怒的杀意与滔天的力量。

战狮一声怒吼，他抬起右腿奋力抵挡。

"砰！"

战狮被萧云龙这一腿逼退，他还未站稳身体，一柄巨剑当头朝他斩杀而下，带给他的感觉就像是一座大山当头压塌了下来，那股沉重的压力让他避无可避，他唯有抬起手中的战术军刀朝上横挡。

"当！"

一声尖锐刺耳的声音传来，战狮手中的战术军刀被巨剑传递而来的那股力量震得脱手而出，而他整个人更是飞了出去，重重地倒在了地上。

"嗖！"

萧云龙的身影追击而上，他双手猛地握住了双手巨剑的剑柄，那锋锐的剑尖自上而下地直刺而下！

"嗤！"

战狮刚倒在地上，还未来得及做出反应，萧云龙双手握着的巨剑已经贯穿了他的胸膛，剑身穿过他的身体，接连刺入了他背后的地面，将他整个人钉在了地面上。

战狮张了张口，想要说什么，却又一句话都说不出。

他能够感觉得到死神的脚步渐渐临近，更是感觉到他身体内的生机在极速流失，他已经活不成了。

"你们黑十字圣殿要挑起战斗，那我奉陪到底！我说过，圣殿之主不来，派来再多的人也是死路一条！"

萧云龙盯着战狮那张苍白而又绝望的脸，语气淡漠地说道。

萧云龙松开握着剑柄的双手，他转身离去，将那柄原先飞射而出的夜鹰平刃捡起来，背上狙击步枪，拎着那挺加特林机枪就此离开，身后留下的是一地黑十字圣殿之人的尸体。

萧云龙渐渐走远，那身影显得有些寂寥，唯一不变的是那傲挺的身姿，如同岿然不动的大山耸立。

事实上，任何一个强者都是寂寞的，他们的身后留下的就是一地白骨。

以一敌百

大约过了一个多小时，一队由八人组成的猎杀团出现了，为首的是一个满脸横肉的光头男子，他们看到了倒在地面上的一具具尸体，满脸警惕，查看着四周，确认无人之后才走了上来。

"老大，这些人跟我们在上面看到的那些战死的人一样，穿着同样的作战服，脖子上都戴着黑十字坠饰。"

一名猎杀者开口说道。

那名满脸横肉的首领男子眼中目光一沉，他一字一顿地说道："这些人是黑十字军圣殿的人，这是一支黑十字军！"

"什么？黑十字圣殿？这可是黑暗世界中一股超强势力，黑十字军更是赫赫有名，没想到沉寂多年的黑十字军居然出现在了血岛！这一路上看到死去的黑十字军起码有三十多人了，他们究竟是被什么人所杀？"

"那个被巨剑刺穿身体之人鲜血还未凝固，明显死去没多久。杀他的人应该还不会走远。对方是谁？是一个人还是一个团队？居然能够歼灭了这支黑十字军，太吓人了！"

"有一件事我可以确定，如果是我们遇到这支黑十字军，那被歼灭的将会是我们！"

这个猎杀团的队员纷纷开口说道。

猎杀团的首领深吸一口气，他用惊颤的语气一字一顿地说道："歼灭这支黑十字军的是一个人。"

"一、一个人？老大，你确定？到底是谁有如此恐怖的实力？"

"魔王，当世大魔王！"

06 血岛之战

猎杀团首领说道，此话一出，全场寂静。

良久，一个队员才嗫嚅地说道："魔、魔王他不是已经隐退了吗？他离开魔王佣兵团好几年了，怎么又出现了？"

"我刚得到消息，魔王现身了，并且宣告整个黑暗世界他就在血岛。黑十字圣殿的人肯定是知道这个消息之后前来血岛妄图围杀魔王，可惜的是最后却是他们全军覆没。"猎杀团首领说道。

"看来传闻是真的，魔王一怒，血杀千里！"一个队员说着，他忽而感到手足冰冷，心中有股莫名的寒气在上涌。

"老大，那、那我们接下来该怎么办？"

"收队，我们退出血岛的核心区域。如果我算的不错，接下来的几天内黑暗世界中各大势力将会来到血岛，到时候将会有强大无比的高手降临。我们最好的做法就是回避，这场由魔王挑起来的战争不是我们所能参与的。"猎杀团首领果断地说着，顿了顿，他继续说道，"我们可以充当情报员，将血岛内的消息第一时间卖出去，比方这一次黑十字圣殿的人全军覆没的消息。"

"好，我们都听老大的。"猎杀团的成员纷纷说道。

南面的山头上，萧云龙已经回到山洞，他喝了点水，吃了点干粮，旁边有着一只起码八九斤重的野兔，野兔身上插着那柄夜鹰平刃。

萧云龙返回的时候恰好看到这只野兔飞蹿而出，他手中的夜鹰平刃立即飞射出去，击杀了这只野兔。

能够遇上一只野兔也算是极好的运气了，他用夜鹰平刃将这只野兔剥皮去内脏，又用清水清洗了一番，寻来一些枯枝败叶升起了一堆火，用一根削尖的木棍穿过这只野兔，放在火堆上烤着。

不一会儿，烤兔便通体焦黄，一滴滴金黄的油滴从烤兔身上滴落而下，落在火堆中引起噼啪作响的声音，有股肉香味扑鼻而来，让人胃口大开。

萧云龙打开战术背包，里面有一小包盐，这东西可是野外必需品。因为在野外时不时能够打猎到一些野味，而任何东西要是少了盐，那将会食之无味难以下咽。

萧云龙在烤兔上均匀地撒上细盐，反复地反转烤着，直至整只兔子外焦里嫩，外面的那一层皮油亮金黄，有股撩人胃口的香味在弥漫。

萧云龙看着也差不多了，他撕下来一块肉放入口中，轻轻咬一口，香味四溢，对于此时此刻的他来说，这烤兔肉真是香脆无比。

此时是下午时分，萧云龙吃着烤兔，时不时盯着狙击枪的十字准星，观察着四周的动静。

萧云龙心知，接下来黑暗世界的敌人将会源源不断地前来血岛，他已经做好了血战到底的准备。

他只是不知道这会儿魔王佣兵团的弟兄们在哪里，他们是否知道自己就在血岛呢？

萧云龙吃完烤兔，他点了一根烟抽上。

刚抽几口烟，突然间，有着一阵阵轰隆之声传递而来，回荡在血岛的上空。

萧云龙脸色一沉，他立即趴在地上，随手拿起狙击步枪朝轰隆之声传来的方向看去，竟是看到东边的方位上出现了两架直升机，这两架直升机飞掠而至，在东边方向逐渐下落，高速旋转的螺旋桨刮起了一阵猛烈的风声，吹得那边的树林枝叶一阵东倒西歪。

萧云龙通过狙击枪的瞄准镜隐隐看得到这两架直升机的机身上绘着一个巨大的骷髅头图案，同时从这两架直升机上不断地有人员撑开降落伞跳了下来。

"骷髅佣兵团？真没想到这声名狼藉的佣兵团也来了，是谁雇用了他们？"

萧云龙目光微微一眯，从那独特性的骷髅标记中他认出这是黑暗世界中的一支佣兵团，名为骷髅佣兵团，这个佣兵团在黑暗世界的名声极差，只要给钱，他们任何事情都可以做，对他们而言没有所谓的伤天害理，没有所谓的怜悯与正义，他们唯一认的就是钱！

骷髅佣兵团虽说声名狼藉，但他们的生意却是源源不断，不少人都喜欢骷髅佣兵团的作风，只要给他们足够的钱，他们就能够做任何事情。而且他们实力极为强大，一个个嗜杀成性，拥有强大的战斗能力。

突然间，萧云龙脸色一动，他持枪转向北面的海岸线，通过十字准星分明是看到北面海岸线外的碧海中有一艘大船开了过来，正在缓缓靠岸。

接着，这艘大船上有一道道身影迅速地走下船，他们全副武装，行动敏捷，训练有素，整整有上百号人从这艘大船上走了下来。

06 血岛之战

不过这些人并非都是同一个势力的人手，从他们的穿着，以及走下船后分为五拨人站在一起，就能够判断得出来这应该是五股势力的人手联合在了一起。

萧云龙看了一眼就放下了手中的狙击枪，他返回山洞内，取来足够多的弹药，身上缠着两条加特林机枪的弹链，战术背包上装着狙击枪的弹头，他将腰侧枪伤部位用力地勒紧，而后他眼中闪过一缕杀机，潜行而下。

真正的战斗要来临了，黑暗世界各方的势力已经纷纷出动，骷髅佣兵团，加上这艘大船上走下来的人手，萧云龙所要面对的敌人有一百多人，这一百多人一个个都是历经血海厮杀的强者，一个个全副武装手持武器。

因此，接下来必然会是一场苦战。甚至，稍有不慎将会有丧命的可能，因为对方的人数太多了，而萧云龙只有一个人。

即便如此，萧云龙仍然是迎战而上，他无所畏惧，他的原则就是只要有敌人找上门，那就杀无赦！

就算是倒下，那也是在战斗中站着死，绝不跪着活！

来吧，战斗！

北面的靠岸口上，的确是有五股势力的人手，他们分别是地狱组织，黑手党，幽灵组织，山口组以及黑暗世界中的猎人公会！

五股势力，将近一百五十号人，他们此刻联合在了一起，目的只有一个，那就是击杀魔王！

除了这五股势力之外，还有乘坐两架直升机而来的骷髅佣兵团，骷髅佣兵团的人员数量起码也有十五人左右。

这些势力中，有些是曾经与萧云龙敌对过，比如地狱组织、黑手党、山口组，有些则是受雇于人，被重金委托前来击杀魔王，比如骷髅佣兵团、幽灵组织。而黑暗世界中的猎人公会完全是为了赏金而来。

要知道萧云龙在黑暗世界中的悬赏金额高居不下，猎人公会中的悬赏猎人本身就是为了猎杀高额奖金的悬赏者而存在。

魔王在血岛的消息传出之后，猎人公会中的悬赏猎人纷纷出动，想要击杀魔王得到那巨额的赏金。

不管他们是站在什么立场、出于什么目的，总而言之，他们出现在这里那就是萧云龙的敌人。

"我想大家都应该清楚我们来到这里的目的，那就是击杀魔王！既然我们联合在了一起，那就团结一致，一起合作，将魔王斩杀！"

一个男子开口，他目光内敛，身上有股雄浑的威势，穿着的衣服上印着一团地狱火的图案。

这名男子名号为狱王，是地狱组织中的一名王者，他身后站着的正是将近三十名地狱组织的高手。

"狱王的意思是我们需要一个总的首领来指挥？"黑手党一名男子开口说道，他名为托尼，是黑手党这一次行动的负责人。

"我们来自不同的阵营，如今不过是为了共同的目标而联合在一起，要说选出个首领，别的人能够服气？"一个白人男子开口说道，他长着一张马脸，嘴唇猩红，看着就像是刚喝过人血一般，身上有股诡异而又森然的气息在弥漫。

他名号为血煞，是幽灵组织这次行动的首领。

"我山口组不需要别人来领导，我山口组的武士必然会将魔王斩杀！"一个穿着武士服的中年男子开口说道，他体型瘦削，嘴角人中部位留着一撮小胡子，腰畔悬挂着一柄武士刀。

他名为河川太郎，是山口组刺杀组的组长，他修炼的是一刀流武道，在一刀流的造诣上已经达到了出神入化的境地。

"依我看，我们还是分头行动吧。谁也不干涉谁的行动，只要发现魔王，我们一起联手就行。"最边上一个长得白白净净身上透出一股儒雅气质的男子开口说道，他把玩着手中的一柄圆月形的刀，最为醒目的是他的衣服领口上有着一枚金色的猎人徽章。

他就是黄金级猎人亚德里恩！

猎人公会中的猎人也是分等级的，分为青铜、黑铁、白银、黄金、白金五种级别，整个猎人公会中有资格称之为黄金猎人的只有十个人，往上最高级别的白金猎人只有三人！

亚德里恩更是黄金猎人中的佼佼者，当今世上能够值得他出手猎杀的悬赏人物并不多，魔王绝对名列其中。

亚德里恩说着将手中的圆月弯刀一扬，冷笑着说道："如果我们要是继续站在这里讨论首领的问题，说不定我们马上就要全军覆没了。我们这艘大船过来，魔王不可能没有察觉。"

"哼，魔王要是胆敢出现，必将他击杀！"黑手党负责人托尼冷笑着说道。

"就凭你们黑手党？魔王真要来了，只怕最先死的就是你们。"幽灵组织的血煞语气阴森地说道。

"你什么意思？"托尼脸色一怒，他盯住血煞说道。

黑手党与幽灵组织之间曾有过节，彼此之间谁也看不惯谁，若非是这一次他们有共同的目标，肯定不会走到一起。

"魔王还没击杀，你们就先内讧吗？我们各自派出去的探子呢？怎么还没回来？"狱王开口说道，他身上有股弥漫而出的威势，显得强势无比。

"不好，魔王有可能已经过来了，开始行动！"亚德里恩低沉冷喝了声，他眼中目光一沉，朝身后的那片密林看去。

这时，前面一个浑身是血的男子跌跌撞撞地跑了过来，他满脸的惊骇之色，狱王一个箭步冲了上去，沉声问道："出了什么事？"

这个浑身是血的男子是地狱组织的成员，也是派出去的五名探子之一。

"我们在前面遭遇到了袭杀，有、有敌人……"

这个男子开口说道，话说完后他终于支撑不住倒在了地上。

"魔王来了，行动！"

狱王沉声说着，他带领地狱组织的人手朝前方的密林冲了过去。

血煞、河川太郎、亚德里恩、托尼他们四人也纷纷率领各自的队伍从另外的四个方位围杀而上，他们最终也没有选出一个总指挥，不过他们一个个都是身经百战，因此懂得彼此间的战术配合，从而达到最佳的围杀效果。

这五大势力的人手纷纷出动，如虎狼巡山，有着冲天的杀气在弥漫，如此庞大的阵容仅仅是用来对付萧云龙一个人，也能够从侧面反映出来萧云龙在黑暗世界中的赫赫威名与滚滚魔威。

东边的一个山头上有十道身影现身而出，他们穿着迷彩作战服，作战服的胸前都印上了一个黑色的骷髅头头像。

这些人正是骷髅佣兵团的人，为首的是一个独眼男子，一个黑色的眼罩包住了他的右眼，唯独剩下的左眼闪动着深沉而又锋锐的寒芒，他正是骷髅佣兵团的老大独眼沙加！

提起独眼沙加在黑暗世界中可谓是无人不知无人不晓，为了钱他连自己的亲人都可以出卖，这是一个绝对冷血到骨子里的刽子手，他杀人如麻，只要有足够的酬劳他能够接下任何任务,即便是残杀老弱病残他也绝对不眨一下眼。

沙加的头顶上那两架直升机仍是在盘旋着,这两架直升机上一共还有四个人,其中两个人分别驾驶直升机,直升机内各自留下了一个重机枪手。

沙加拿出一个对讲机联系这两架直升机的驾驶员,说道:"杰克,你们巡视血岛,务必要将魔王找出来!发现魔王的踪迹后立即跟我汇报,同时机枪手给我疯狂地扫射击杀!黑暗世界中另外五股势力的人已经联合过来了,我们与他们之间没有合作,也没必要跟他们起冲突。只要我们最先找到魔王将他杀了,那这份功劳就属于我们!"

"放心吧老大,魔王这次逃不掉,必死无疑!"对讲机上传来一声亢奋的声音。

沙加收好对讲机,对身后骷髅佣兵团的队员说道:"你们跟我来,击杀魔王行动现在开始!"

半空中盘旋着的那两架直升机呼啸而去,分两个方向搜查血岛。

沙加则率领骷髅佣兵团在地面行动,如此陆空结合之下,沙加有自信比起另外的五股联合起来的势力先找到魔王。

沙加心知魔王很强,当年魔王率领的魔王佣兵团在佣兵界创下的奇迹根本无法模仿,为了对付魔王,他特意找来了这两架作战直升机,他就不信有了这两架直升机在空中压制,他在陆地袭杀,还不能对付魔王。

"魔王,你的时代早已经过去了。现在,最强的佣兵团是我骷髅佣兵团!这一次只要将你击杀,那我骷髅佣兵团必然荣登最强之列!"

沙加冷冷说着,左眼闪动的那股杀机越加的深沉与凌厉,隐隐还有着一股疯狂嗜血的寒芒在闪动。

此刻,萧云龙的身影出现了,他以这个峡谷风口作为一个伏击点,而后埋伏了下来。

之前他朝着这五股势力登陆的海岸线冲了过去,他的目的并非是单枪匹马地去对付那一百多号人,这显得太不现实了。对方一个个可都是手持武器,如果他们全部集体持枪射杀,即便萧云龙有再高超的身手也避不开那狂风暴雨般的子弹射杀。

他当时潜行过去最主要的目的是想要确认这五股势力究竟是哪些势力,半途中他遇到了这五股势力派出来的探子,他毫不犹豫地将这些探子都击杀了。最后倒是有个探子逃走了,不过他当时一枪击中了这个探子的要害部位,对方即便逃走也活不成。

萧云龙从这几个探子身上猜得出来这五股势力,确认这五股势力的身份之后他也肯定了一件事,那就是这五股势力虽说联合在了一起,但绝不会一起行动,而是分散开来。

因为这五股势力谁也不服谁,倘若一起行动,到时候谁来指挥都是个问题。

萧云龙便潜行来此地,静静地等待着猎物追过来。

事实证明,萧云龙的猜测是正确的,地狱组织、黑手党、幽灵组织、山口组跟猎人公会的确是分开行动,从五个不同的方位围杀上来,这倒也给了萧云龙跟他们慢慢周旋的机会。

要说一口吃下这五股势力的人手,这很难,几乎不可能。萧云龙要逐个将他们击杀歼灭!

十几分钟后,萧云龙心中一动,他听到了一些声响。

萧云龙右眼一动不动地盯着狙击枪上的十字准星,在狙击枪的瞄准镜下,他看到前方出现了数道身影,这些身影中最为醒目的是他们裸露出来的手臂上、脖子上的文身,这些人都是亚洲人面孔,脸上却是一股阴冷无比的杀机。

"山口组的人?有意思!"

萧云龙冷笑了声。

萧云龙与山口组结怨在多年前他曾率领魔王佣兵团截获了山口组运往海外的一批货物,这些货物包括军火跟毒品,价值近亿。这让山口组为之震怒,数次派人前来击杀萧云龙都铩羽而归。

这一次得知萧云龙在血岛,山口组果断地派出刺杀组的成员前来血岛,妄图报当年之仇。

"看来当年教训山口组教训得还不够深,那就再教训一次吧!"

萧云龙的嘴角扬起一丝冷笑,眼中的杀机骤然猛烈而起。

"咻!"

萧云龙扣下了扳机,一发狙击弹头射杀而出,装了消音器的狙击枪管上射杀而出的子弹无声无息,唯有那锐利的破空声撕裂虚空,响彻而起。

"砰!"

前面数百米开外,一个正在奔行的山口组成员整个脑袋炸裂而开,鲜血激射当空。

"砰!"

几乎同一时刻,他旁边的另一名山口组成员半边身体也被轰爆。

"小心,魔王就潜伏在这四周!"

河川太郎冷喝而起,他带领手下的人连忙寻找掩体埋伏,阴冷的目光警惕地看着四周,要将萧云龙给找出来。

"咻!"

又一声狙击枪声响起,意味着又一个山口组成员被无情狙杀。

而这场战斗才刚刚开始。

07　绝地反击

绝地反击

　　河川太郎是山口刺杀组的组长，刺杀组顾名思义就是为了刺杀敌人而存在，他们是山口组的精英分子，他们修炼武道，修炼忍术，不同于杀手圣堂的杀手的是，他们的刺杀之术更多的是配合忍术来进行，往往让人防不胜防。

　　然而此时，几乎同一时刻，河川太郎手底下的三名人手被狙杀，这让他极为愤怒，他们迅速地找好了掩体进行掩护，一时半会儿他们也判断不出枪声传来的方向，只知道他们的对手魔王就潜伏在这四周。

　　河川太郎朝身边的几名人手做出了指示，五名体形瘦小的男子立即展开行动，他们趴在地上，整个人与地面上的景物近乎完美地融为了一体，而他们潜行的姿势更是犹如蛇一般，靠着身体的蠕动来前进。

　　这是忍术中的遁形术，所谓遁形当然不能做到无影无踪犹如隐形般，而是利用四周的条件与自身融合为一体，比方说树木、地面上的枯枝败叶、石头、植被等作为掩体，就像是变色龙般地融合到四周的环境中，再迅速地潜行而上，这让人根本无法察觉。

　　甚至精通遁形术的刺杀忍者潜伏到对手身边时对方都一无所知。

　　河川太郎又做出几个行动的手势，他与剩下的人手分头行动，从多个方位朝前潜行，逼近向萧云龙所潜藏的地点。

　　河川太郎至今还无法确定萧云龙的方位，只能通过地毯式的搜索将萧云龙找出来。

　　萧云龙盯着狙击枪的十字准星，他的视线范围内，已经失去了河川太郎这些山口组成员的身影，他心头微微一凛，心知对方擅长潜行之术，很有可能是修炼了忍术的刺杀忍者。

不过萧云龙脸色倒也是平静如常，对付忍者最好的方式就是静观其变，忍者是当今世上最有耐性的人之一，如若你先失去了应有的耐性，反而会让自己陷入到危险的境地中。

萧云龙潜藏于这个小型峡谷的风口中，两侧均有岩壁山崖，四周植被茂盛，地面上散落着一层厚厚的枯枝败叶，他盯着瞄准镜，整个人犹如一尊雕像动也不动，屏住呼吸，唯有数十秒后才轻轻地吸一口气。

瞄准镜内的左侧方向出现了一些异动，萧云龙捕捉到了，他并没有扣下扳机，他要给对方造成一种没人发现他们的假象。

紧接着，右侧方位也出现了一些异动，有人影迅速地闪动，一闪而过，看着像是要跟左侧的人员会合。

萧云龙也没有任何举动，他仍旧是动也不动地盯着瞄准镜。

不一会儿，萧云龙将加特林重机枪取出，他觉得是时候出击了。

左右两侧的人员在潜行中会合在了一起，萧云龙看不到他们的身形，他大致能够猜得出对方汇合点的方位，这就足够了。

加特林机枪横扫不需要瞄准，只要确定一个大致的方位即可，在机枪猛烈的子弹覆盖横扫之下，对方根本没有腾挪闪避的余地。

萧云龙架上加特林机枪，一条弹链拖在地上，他眼中的目光一沉，有着凌厉的杀机闪动，接着他朝锁定的方位毫不迟疑地扣动了扳机——

"哒哒哒哒！"

加特林机枪口上喷射出一条条火舌，一发发子弹疯狂地宣泄而出，交织而成的火力网狂暴绝伦，携带着摧枯拉朽的气势射杀而上，所过之处足以摧毁一切。

前面约莫百米之地的范围内，一发发重型机枪的子弹扫射而至，泥土掀飞，作为掩体的一些山石纷纷炸裂，碎屑飞扬而起，在那密集的火力扫射之下，有着血光冲天而起。

"啊……"

随之而来的是一声声凌厉无比的惨嚎，地面上一些借助枯枝败叶与自身融合的刺杀忍者被射杀成了马蜂窝，一些山岩炸裂之后后面藏匿着的刺杀忍者也立即毙命，仅仅是这一瞬间，对方已经有七八名刺杀忍者被机枪射杀。

07 绝地反击

"砰！砰！砰！"

对方也朝萧云龙这边开枪射杀过来，机枪枪口窜起的火舌让刺杀者看到了萧云龙的藏身之地，一时间枪声大作，一发发子弹朝这处峡谷的风口方位击射而至。

萧云龙俯下身，他收起了加特林机枪，忽而反手将夜鹰平刃握在手中。

"嗖！"

萧云龙朝右侧方位一跃而出，几个起跃来到了山崖北面的一处空地上，他猛地一跳而下，手中的夜鹰平刃朝地面直刺而下。

"嗤！"

夜鹰平刃直刺末柄，地面上赫然飙射出一股鲜血，如果翻开地面上覆盖着的枯枝、败叶、泥土等，就会看到里面潜藏着一个身材瘦小的刺杀忍者。

右前方不远处，地面上一道身影哗啦而起，那是另一面潜行而来的刺杀忍者。

不过这名刺杀忍者刚要从地面上现身而出的时候，萧云龙的身形已经闪身而至，他手中的夜鹰平刃朝前一划，锋利的刀刃将对方的咽喉划开，飙射出一股鲜血。

同一时刻，萧云龙左手拔出勃朗宁手枪，朝左侧方位连开两枪。

"砰！砰！"

这时左边两道身影冲出来，他们手中的武器刚举起，却应声而倒，在他们的眉心处留下了一个弹孔。

萧云龙猛地朝地面一滚，那一刻——

"砰！"

突然一记冷枪射杀而来，前面还有最后一名潜藏者，不过他这突袭的一枪落空了，萧云龙在滚地中他左手持枪朝前扣动扳机，射杀而出的一枚子弹击中了对方的额头，最后一名凭借遁形术潜行而来的刺杀忍者也被枪杀而亡。

如此一来，河川太郎原先派出来的这五名擅长遁形术的刺杀忍者全都被击杀一空。

萧云龙跟这些忍者打过交道，知道如何识破他们的遁形术。

萧云龙迅速返回那处峡谷山口，两侧的山崖石壁抵挡着前方河川太郎他们持续不断地射杀,他拿起狙击枪跟机枪从右侧立即后退,几个起跃之间逃离出了这个峡谷风口。

这个方位骤然响起的枪声引起了周边其他势力的注意,距离河川太郎最近的是猎人公会的人。

很快,亚德里恩现身而出,他带领着手底下众多白银级别的猎人赶了过来,紧接着,幽灵组织跟地狱组织的人手也赶过来了。

他们联合在了一起,冲上了前方的峡谷风口,但找不到萧云龙的身影。

河川太郎看到了那五名被击杀的擅长遁形术的忍者,他一张脸因为愤怒而变得铁青狰狞,这短短的交锋下来,他这边已经有十五人丧命。

他带来的人手不过二十八人,可他连萧云龙的影子都还没看到,就已经死去了大半的人,这让他难以接受。

"魔王从右侧方位逃走了!"

亚德里恩勘察现场之后开口说道,没有人质疑他的话,因为他是当今世上最为出色的猎手之一。

"追过去,既然发现了魔王的行踪,那接下来要让他死无葬身之地!"狱王冷冷地开口说道。

"我要亲手将魔王的人头砍下来!"

河川太郎握紧了手中的那柄武士刀,眼中迸发出了一股浓烈的愤恨之意。

萧云龙朝着南面潜行,他不急不躁,保持着恒定的速度,眼中的目光警惕地看着四周,察觉着可能出现的异常情况。

"呼!呼!"

突然间,萧云龙猛地听到了头顶上方传来的一声巨大无比的螺旋风声,那股强劲的风力从上空碾压而下,四周林子的树枝纷纷摆动,地面上尘土掀飞。

萧云龙脸色一变,他猛地朝右侧扑倒在地上。

"哒哒哒哒哒哒!"

一瞬间,一连串的火力从高空上扫射而下,将他方向所站立的地面射出了一条深沟。

萧云龙眼角的余光朝上一看,看到了后方的高空上飞掠而来的直升机。

"Fuck!"

07 绝地反击

萧云龙开口咒骂了声，他心知他被骷髅佣兵团的人发现了，对方驾驶着直升机发现了他的踪影，直升机内的机枪手自上而下地朝他扫射过来。

萧云龙没有恋战，迅速站起身的他朝着林子茂密的地方冲过去，他时而以"Z"形的身法奔跑，时而以"S"形的身法奔跑，以此避开直升机上的机枪手的扫射。

后面肯定有山口组跟其他势力的人追赶过来，萧云龙要是停留下来对付这架直升机，那他很快就会陷入到被对方团团包围的境地中，那时他孤身一人，要想突围出去很难，说不定还会有丧命的危险。

萧云龙唯有一路奔跑，先摆脱这架直升机的追杀，选择有利于他的战场再来作战。

萧云龙一头扎入了密林中，借助密林的掩护来遮掩直升机上驾驶员的视线，这个办法无疑很有效，半空中扫射而下的机枪声停了下来，只因对方找不到萧云龙的身影。

不过直升机上的骷髅佣兵团的人已经大致确认萧云龙就在这片密林区域内。

同一时刻，正在东边搜查的独眼沙加接到了消息，正率领骷髅佣兵团的人手围杀而来，另外一架直升机也迅速飞了过来，这是要团团围杀，准备将萧云龙逼入绝境。

萧云龙有条不紊地在密林中穿梭着，他仍是听得到半空中传来的那直升机螺旋桨转动的声音，并且不远处也传来同样的声音，说明骷髅佣兵团的第二架直升机也正在赶过来。

萧云龙脸上没有丝毫着急的表情，这样的情况他经历过很多，前有强敌，后有追兵，以往他会在别人认为能够完全围杀他的情况下突围而出，再反过来将对方全部格杀。

潜行中的萧云龙就像一头猛兽，充分利用周边的环境跟树木作为掩护，他的身形没有半分是暴露出来的，这也让上空盘旋追击的直升机找不到他的身影，不过直升机上的机枪手仍旧是在盲目地扫射，妄想能够通过盲射来击中萧云龙。

这当然是白费工夫，纯属是在浪费子弹。

萧云龙奔行一段距离后他猛地停下了脚步，他身形一动，"嗖"的一声朝右侧闪避而去，在右侧一处缓坡的位置上蹲了下来。

数分钟后，前方出现了一道道身影，他们穿着黑色西装，手中握着武器，领队的正是托尼，也就是说这伙人是黑手党成员。

萧云龙拎起加特林机枪，开始扣动扳机疯狂扫射。

"哒哒哒哒哒！"

机枪声骤然响起，前方正赶过来的黑手党瞬间遭到了加特林机枪的疯狂扫射。

"噗！噗！噗！"

萧云龙一轮扫射下去，前面那些黑手党成员伤亡惨重，起码有五六人当场被枪杀，多人受伤。

"魔王在前面，杀了他！"

托尼怒吼出口，他端起手中的AK47朝萧云龙潜藏之地疯狂地扫射过来。

黑手党其他成员也纷纷开枪，密集的火力压制而上，同时他们也是不要命地冲过来。

黑手党的人全都是亡命之徒，本身就是悍不畏死，发现了萧云龙的行踪之后激发出了他们身体内那股嗜杀的血性，全都持枪往前冲。

这在萧云龙看来无异于是找死的行为。

萧云龙利用缓坡作为掩体，他弯着身，时不时扣动扳机一阵扫射，前面冲过来的四名男子被一发发子弹穿体而亡。

萧云龙收起加特林机枪，就着地面打几个滚后站起身，朝左边方位奔行而去。

"呼！呼！"

上空中两架直升机飞了过来，这边枪战的声音引起了这两架直升机的注意，直升机上的机枪手看到了萧云龙一闪而过的身影，他们转动机枪头，轮转式的枪口瞄准过来，疯狂的火力席卷而至，一发发高射机枪的子弹扫射下来，沿途的许多树枝连同树木都被打断。

如此的场景比起一些电影中的枪战镜头都要惊险、火爆！

萧云龙更是体现出了堪称是出神入化般的反应能力跟作战能力，他奔行间极速如雷，全速突进，左躲右闪，短时间内的奔行加上几个起跃，已经摆脱了空中那两架直升机的追杀，使得他的身形消失在了对方的视线中。

突然间，正在奔行的萧云龙目光陡然一沉，他猛地察觉到了一丝极度

07 绝地反击

危险的感觉,他右腿瞬间踩向了旁侧一棵树木,借助右腿这一蹬之力,他的身体朝左侧方向瞬间横移而出。

"咻!"

几乎同一时刻,一枚狙击弹头袭杀而至,竟是从萧云龙横移而出的身体旁侧飞射而来,几乎就是挨着萧云龙的身体而过,可谓是险之又险。

倘若萧云龙反应稍微慢半拍,此刻早就中弹倒地了。

身体横移而出的萧云龙拿起M99狙击步枪,持枪、瞄准,这一系列动作如行云流水,瞬间完成,他看到了前方一道冒出来的身影,他毫不犹豫地扣动了扳机。

"砰!"

萧云龙将看到的一名敌人一枪爆头。

萧云龙横移而出的身体倒在地上,他迅速半蹲在地,手中的狙击枪朝前一指,通过瞄准镜他锁定住了前方一名带着黑色眼罩的独眼男子,对方手中的狙击枪也是刚举过来,明显比萧云龙慢了半拍。

萧云龙瞄准镜中所看到的那名独眼男子正是骷髅佣兵团的老大沙加,他方才一枪未能狙杀萧云龙,反而是身边的一名队员被一枪爆头。

沙加迅速做出调整,手中的狙击枪再度朝萧云龙横移而出的方位瞄准过来。

但通过瞄准镜他看到了指向他的黑黝黝的枪洞口,他脸色大变,暴喝一声:"趴下!"

说着,沙加已经是朝着左侧扑倒在地。

"咻!"

一枚狙击弹头袭杀而至,沙加倒是提前做出了反应扑倒在地,他身后的一名男子却当了替死鬼,来不及做出闪避之下被这一枪轰爆了身体。

萧云龙目光微微一沉,他认出来那个独眼男子正是骷髅佣兵团的老大——独眼沙加!

可惜的是,沙加极为的狡猾且警觉,方才那一枪原本是要狙杀他的,他警觉之下提前朝旁侧扑倒。不过这一枪也没有浪费,至少沙加身后的一名队员充当了替死鬼。

萧云龙转身,双腿迸发出一股极限力量,他开始极速奔行。

"魔王,你跑不掉了,你注定要命丧在血岛!"

身后，隐隐传来沙加那歇斯底里而又亢奋不已的叫喊声。

沙加站起身后已经是看不到萧云龙的身影，他大概判断出来萧云龙奔行的方向，他立即通过对讲机联系那两架直升机的驾驶员，让他们迅速去包抄萧云龙奔行的方向。

与此同时，另一边传来一道道强横万分的气息，伴随着一股滚滚如潮般的杀气，放眼看去，有上百号人正围杀而来。

正是地狱组织、幽灵组织、山口组、猎人公会这些势力。

随着他们赶过来，形成了一张大网，这张大网包围了这方圆之地，他们一个个都是训练有素的强者，都擅长丛林击杀，再加上半空中盘旋着的两架直升机，无论从任何一个角度来看，萧云龙都陷入了绝地！

不过对于萧云龙而言，即便是陷入绝地他也会绝地反击！

兄弟的含义

这时天色渐渐地暗了下来，夜幕开始降临，天边不知何时涌来了大片大片的乌云，翻滚着的乌云带给人一种压迫感，空气开始变得沉闷，看着像是一场大雨要降临了。

此刻，南美一处的雨林中突然间出现了一支正在行军的队伍，一共有十三个人，为首的男子身形挺拔，身上有股雄浑如山般的气势，他手中提着一挺加特林机枪，身上缠满了弹链。

在其身后的队员行走之间几乎保持着同样的步伐，他们悄无声息，就像是雨林中的一支幽灵队伍，从他们的身上却是有股内敛的铁血杀机在弥漫，他们一个个脸色刚硬，目光沉着，恍如天崩地裂也不会让他们动容半分。

也唯有历经无尽的战火洗礼才能淬炼出这样的气势。

可以说，这是一支铁血之军！

他们正是魔王佣兵团的队员，为首的那名男子正是穆恩。

"穆哥，说来奇怪，对方的人突然间全部撤离了，我们已经追击了一天，对方一个身影都看不到。这让人很是费解，对方不是千方百计地想要除掉我们吗？怎么又撤离了？"小武走了上来，他有些不解地说道。

沉默寡言的石头开口说道："莫非发生了什么变故？"

穆恩目光一沉，他说道："小超，过来。"

魔王佣兵团中的徐超走了上来，他二十五六岁的样子，身上却有股与他年龄不相符的老练与沉着，他说道："穆哥，啥事？"

"你立马查看一下黑暗世界最近的消息，看看是不是有什么变故。死亡神殿跟猎虎佣兵团怎么全都不战而退，这有些蹊跷。"穆恩说道。

原来穆恩正率领着魔王佣兵团的弟兄前来追击猎虎佣兵团、暗夜响尾蛇佣兵团以及死亡神殿的人手。他们所追击的并非是这三股势力的主力，而是残余的人手，正常情况下这三股势力必然会派人前来援助，与他们厮杀一番。

穆恩他们也做好了死战到底的准备，不为别的，只是为了要给前不久不幸牺牲的何青、孤狼、强子这三名弟兄报仇。

魔王的弟兄不可欺、不可辱、不可杀，魔王的弟兄不畏战、不惧死、不恋生！

血仇就要血报！

穆恩他们一路追杀而来，原本这三股势力的残余人员还跟他们边战边退，等待着援军到来，可突然间对方像是接到了什么命令一般，全速撤离，不再与穆恩他们缠战。

这事情来得有些蹊跷，穆恩便让徐超查看一下黑暗世界最近这些天是不是有什么变故发生。

徐超打开战术背包，他将一台笔记本电脑取出，连接上无线网络，开始搜查黑暗世界中最近发生的重大事件。

一查之下，一条重磅消息呈现而出，徐超看了一眼，他脸色猛地僵住，双手不可自控地一抖，手上托着的电脑"砰"的一声摔落在地。

"小超，你这是怎么了？"穆恩皱了皱眉。

一旁的小武、石头、小刀跟老莫等人也围了过来。

"穆、穆哥……萧、萧、萧……"

徐超也不知道是过于激动还是怎么着，他变得结巴起来，说话断断续续，一句完整的话都说不出口。

穆恩将笔记本电脑捡起来，他看了眼，看到了这条消息，不仅是他，魔王佣兵团中的其他弟兄也全都看到了。

一时间，场中所有魔王佣兵团的弟兄纷纷怔住，他们仿佛是石化了般，甚至有些人的身体轻微地发抖，脸上呈现出一种过于激动的潮红之色，有股难以言喻的亢奋之情流露于表。

魔王回归，血岛，迎战八方敌！

这是他们从电脑上看到的消息。

"萧、萧老大正在血岛？"

良久，小武激动得颤抖地说道。

"这是黑暗世界最近几天最为重大的一个消息，绝不会有假，萧老大真的就在血岛！"小刀也开口说道，他语气亢奋激动得难以自控。

"萧老大不是已经回国了吗？怎么突然间出现在了血岛？"一个名为肖枫的魔王佣兵团队员诧异地问道。

穆恩托着笔记本电脑的手也有些颤抖，他深吸口气，一字一顿地说道："萧老大这是在替我们解围！我想，萧老大已经知道了魔王佣兵团出事的消息，也知道了何青强子他们的死讯。但我们关闭了所有的通信电话，萧老大联系不上我们，他唯有出此下策，宣告他在血岛，目的就是为了将所有敌人吸引过去，从而为我们解围。"

所有人立即安静了下来，事实上他们也大体猜出来萧云龙突然现身血岛的原因，他们一个个拳头紧握而起，眼角微微有些湿润。

对于这支铁血之军而言，即便他们流再多的血，即便是被枪顶在脑门上，他们也不会眨一眨眼，更不会流泪。

可现在，他们的眼圈都红了，眼里闪烁着泪花。

萧云龙虽说离开了魔王佣兵团，但在他们的心中，他们的老大永远只有一个，那就是萧云龙。

在他们心中，萧云龙不曾离开，仍旧是他们心里所折服与认同的老大。

事实上，萧云龙也从未真正离开过，萧云龙此刻现身血岛就是最好的证明。

得知他们有难，萧云龙立即出动，在联系不到他们的情况下，他向黑暗世界宣告他在血岛，他要迎战八方强敌，用这种极端而又危险的方式来替他们解围。

什么是兄弟？这就是兄弟！

兄弟，一个永不褪色的字眼，一个让人热血沸腾的字眼，唯有在危难时刻，才能真正体现出兄弟的含义。

"萧老大！"

小武拳头紧握，仰天大吼。

"萧老大……"

其他人全都大吼出声来，他们紧握着拳头，眼中却是热泪盈眶。

直至此刻，他们才知道，萧老大永远都是那个萧老大，永远是那个为兄弟两肋插刀赴汤蹈火的萧老大！

"小超，立即查看路线，我们这里距离血岛有多远？"穆恩深吸一口气，他沉声问道。

"对，我们要以最快的速度赶去血岛。萧老大在血岛的消息传递出来之后肯定有多方势力前往围杀，我们需要赶过去支援萧老大！"石头开口说道。

"萧老大正在为了我们孤军奋战，危险重重，我们绝不会让萧云龙独自一人作战，我们魔王佣兵团永远都是一个整体！"小武语气坚定而又亢奋地说道。

"萧老大，我们来了！"

小刀他们一个个握紧拳头，眼中燃起了那股无比炙热的战火。

徐超这时也查找出了路线，他说道："穆哥，目前我们有两条路线赶往血岛，一条就是前方距离这片雨林最近的哥伦比亚，乘坐飞机抵达当地，再从加拉帕群岛港口乘船前往血岛；第二条就是从附近的海域寻找一艘船直接前往血岛。第二条路线要快得多，第一条路线乘坐飞机总会耽误时间。"

"好，那就选择第二条路线！全队撤离，前往血岛！兄弟们，萧老大已经回归，我们即将跟萧老大一起并肩作战，杀他个天翻地覆！"穆恩大声说道。

"战！"

"战个血流成河！"

"杀个暗无天日！"

魔王佣兵团的弟兄全都怒吼出口。

血岛，夜幕已经降临，今晚的夜色格外的阴沉，只因天穹上方乌云压顶，黑压压一片的云层翻涌着，狂风大起，一场暴风雨即将来临。

事实上，血岛上也有一场暴风雨在酝酿着，这场暴风雨是由鲜血与白骨堆积而成的，那无尽的杀气席卷当空，不亚于那呼啸刮来的狂风。

东南方位的一处山脚下，五大势力上百号人手将这一带团团围住，此外还有骷髅佣兵团的人正在虎视眈眈，半空中两架直升机来回盘旋的声音轰鸣作响，一道道凌厉森然的杀气冲天而起，凝聚在一起后所形成的那股杀气当真是厚重如山，恐怖无比，如潮水般地朝前席卷笼罩而去。

狱王、血煞、托尼、亚德里恩、河川太郎跟独眼沙加他们全都在场，他们代表着各自势力的领头人物，占据了六个方位，将这个山脚团团围住。

"魔王，你已经无路可逃，出来受死吧！倘若你出来像个战士一样战斗，我们可以留你全尸！"

狱王开口，大声地说道。

"魔王，你已经山穷水尽，到了最后难道你就不敢像个男人一样战斗吗？我印象中的魔王可不是这样胆小，躲着不敢出来的人。"血煞也大声说道。

"魔王，你给我滚出来。你格杀我手底下这么多人，我要斩下你头颅！有种你就出来，我跟你决战！"河川太郎握着手中的武士刀，怒声说道。

原来萧云龙与这些势力不断地缠战之下被逼退到了这个山脚下，不过由于是黑夜，乌云压顶，这里又没有任何的灯光，这些势力的人手也不确定萧云龙的具体方位，只能暂时包围。

在这个过程中，各大势力均有人手伤亡，地狱组织、幽灵组织分别有四五人被击杀，猎人公会中有两名白银级猎人战死，骷髅佣兵团也有两人被狙杀，黑手党死伤人数达到了七八人。

要说伤亡最为惨重的莫过于山口组，山口组中已经有一半的人被击杀。

因此，现场中河川太郎是最为愤怒的一个，他恨不得亲自手刃萧云龙以解心头之怒。

这处山脚当中，丛林茂盛，有着一小片沼泽地，背靠着的是一座山崖，从地形来看是易守难攻。

山脚丛林内，萧云龙正靠在一处凹坑的背面，夜色中看不到他的脸，唯有看到他那双平静无波的目光一如既往的恒定与沉着，他似乎从来不知道什么是危险，什么是险境，什么是走投无路。

对他来说，就算是被逼入绝境，他也会杀出重围；就算是被逼得没有退路，他也会杀出一条血路！

　　此刻萧云龙正在检查枪支情况，确认加特林机枪跟 M99 狙击步枪的每一个零件都没有松动，他双手仍旧是十分平稳，没有丝毫的慌乱，这样的自信与从容绝非是一朝一夕就能够养成的。

　　借助风向，萧云龙听到了前方传来的喊话声，他不以为然，他心知对方不敢贸然地冲进来，特别是在这漆黑深沉的夜色下。因此，对方只能通过这种笨拙的激将法把他给引出来。

　　"轰隆隆！"

　　这时，一道惊雷响起，伴随着一道道划破苍穹的闪电，短暂的映亮了这方天地。

　　"要下雨了吗？挺好！"

　　萧云龙嘴角扬起了一丝笑意。

　　天气越加恶劣，对他而言就越有优势，无论在何等恶劣的环境下，他自身的作战能力也不会有半点折扣，反之对方那些人手可就不一定了，此消彼长之下对他当然是有利的。

　　"轰隆隆！"

　　又是一声雷声响彻而起，紧接着——

　　"哗啦啦！"

　　下雨了，暴雨如注，狂风暴雨开始肆虐这个小岛，眼前所看到的唯有白茫茫一片的雨帘，耳边听到的也唯有持续不断的哗啦雨声。

　　雨水打湿了萧云龙全身，他舔了舔嘴角的雨水，眼中却是在悄然间燃起了一团浓烈的战火。

　　是该战斗了！

联手强攻

　　"这该死的天气！"托尼忍不住开口咒骂了声，他伸手一抹脸上的雨水，说道，"难道我们要一直傻站在这里吗？"

　　"我认为我们应该主动进攻，强行杀入里面。"亚德里恩沉声说道。

　　"主动进攻？那你带着手底下的人打先锋吗？"血煞冷笑了声，说道，

"我们来血岛之前，黑十字圣殿的战狮、剑虎两人率领三十名黑十字军前来此地，如今他们全军覆没。"

此话一出，众人默不作声。

萧云龙歼灭黑十字军之事已经传到了黑暗世界，他们也得知了这个消息，这让他们重新认识到魔王的恐怖。

亚德里恩说道："但不要忘了，魔王受伤了。这一支黑十字军肯定也给魔王造成了一定的伤势。我们如果继续守在这里，我敢肯定魔王必然会对我们发起攻击。今夜还很漫长，后面发生什么事难以预测。如果我们撤退，那就给了魔王追杀我们的机会，还不如我们联手主动进攻。"

"亚德里恩？黄金猎人是吧。我同意你这个说法。"独眼沙加说道。

亚德里恩看了眼沙加，他并未说什么。

猎人公会的猎人虽说是为了悬赏而活，却也绝不会接下一些过于惨无人道的任务。从这点上，亚德里恩是看不起沙加的。不过眼下他们都是站在同一条阵线上，也犯不着为此而跟沙加闹不愉快。

"那就杀进去吧。我已经巴不得将魔王碎尸万段！"河川太郎怒声说道。

"你们呢？"亚德里恩看向狱王、血煞、托尼三人。

"我同意！"托尼说道。

"我也同意。"狱王沉声说道。

"好吧，既然大家都决定了，那就杀进去吧。这一次我们全力合围，一举击杀魔王！"血煞说道。

亚德里恩沉吟说道："由于晚上，没有灯光，再加上突如其来的暴风雨，我们很难发现魔王的身影。所以我们各自的人手选择一个方位包抄进去，形成合围之势，必然能够将魔王给围杀。这座山脚后面就是悬崖，魔王没有退路，他只能往前冲。只要将他围住，我们就有十足的把握将其击杀。"

"那就行动吧，我就不信凭我们这么多人还奈何不了一个魔王！"河川太郎冷冷地说道。

"这一次希望我们能够团结一致的合作，魔王之强诸位心里面很清楚，一旦我们不能团结在一起，那这一次的行动将会功亏一篑。"亚德里恩说道。

"我们此行的目的就是为了击杀魔王，当然要团结在一起。"狱王说道。

独眼沙加冷笑了声，说道："我的目的也是要击杀魔王，但我不会跟你们一起行动，魔王必然会被我击杀！"

说着，独眼沙加目光一沉，泛起了道道阴森冰冷的寒芒，他带领骷髅佣兵团的战士从一侧方位朝着山脚里面的密林内突进，同时那两架直升机也启动了，从直升机上有着明亮刺眼的灯光照射而下，很大程度上提供了一定的亮光。

"我们也开始行动！"

亚德里恩开口说道，他带领着猎人公会的猎人也冲入了里面。

紧接着，河川太郎、狱王、血煞、托尼他们也带领着各自的人手冲了进去，他们戒备森严，不敢有丝毫的大意，因为他们的对手是魔王，一个在黑暗世界中的传奇强者。

萧云龙已经开始行动，当头顶上方轰鸣飞旋的直升机声音响起时，当直升机的强光灯照射进密林的时候，他心知对方要开始强攻了。

事实上，萧云龙正在等待对方的强攻，在这片密林中，又是漆黑的夜晚，加上磅礴的暴雨，他无惧跟任何对手一战，即便他所要面对的对手人数达到了上百号人。

萧云龙在密林中奔行着，有狂风暴雨的声音，他不需要刻意地控制每一步踏下的声音，这让他的速度更快，他朝着密林的右边边侧奔行而去。

在这样的情况下，倘若继续留在这片密林的中心区域，那对方的人将会逐渐收拢围杀的范围，最终将会把他锁定在中心区域，这跟找死没什么区别。

萧云龙要从边侧开始突围击杀。

奔行之中，萧云龙听到密集的脚步声不断地逼近，伴随而至的是一股股凌厉无比的杀机，显然对方的人手已经冲了进来，正朝他逼近。

在这个过程中，萧云龙有很好的狙杀机会，但他并没有冲动，而是继续朝前奔行。

萧云龙奔行了一段距离，他估算自己已经抵达了这片山脚的最边侧，他放慢了脚步，闲庭信步地在这片密林行走，哗啦而下的雨水打湿了他全身，他已经进入全面备战的状态，就像是一尊魔王，要开始杀伐人间。

雨夜中，不远处有着窸窸窣窣的脚步声正在逼近，磅礴的大雨声也遮掩不住对方的脚步声，只因对方的人数并非是只有一两人，再则萧云龙也感应到了那股弥漫而至的杀机。

"战斗吧,我倒是要看看第一个撞上枪口的是哪一股势力!"

萧云龙心中冷笑着,他拿起M99狙击枪,悄无声息地朝脚步声传来的方位潜行而上。

四周漆黑如墨,伸手不见五指,萧云龙根本看不到对方的身影,他只能听,只能凭感知能力去感应。

在萧云龙的感知中,对方的脚步声越来越近,他判断对方距离他很近,在数十米之内。

萧云龙靠着一棵大树蹲了下来,他端起狙击步枪,开启了红外线瞄准器。

前方,河川太郎正带领山口组成员围杀而至,他们显得极为谨慎,经过与萧云龙的一番交锋,河川太郎带来的人已经被击杀大半。

在河川太郎看来,无论牺牲多少人,只要最后能够将萧云龙击杀那都是值得的。

河川太郎负责这一侧的围杀,距离他不远处是地狱组织的人手。

河川太郎目光警惕地看着四周,可惜漆黑的雨夜,他的视线范围有限,一切只能凭借经验跟感知能力。

有数名刺杀忍者正在前方不断地潜行而上,他们穿着黑色的忍者服,行动之间显得极为矫健敏捷,恍如与四周漆黑的夜色融为了一体。

就在这时,一名刺杀忍者刚从掩体中闪现而出,正准备朝前继续前进,冷不防的,他看到一个红色的小点定格在了他的胸口上。

这名刺杀忍者脸色大惊,他意识到这是红外线瞄准器,他张了张口,准备大喊,然而——

"咻!"

一发致命的狙击弹头袭杀而至,他胸口部位立即炸裂开来,整个身体四分五裂。

这突如其来的变故惊住了所有人,旁侧一个刺杀忍者立即大喊出口,发出警告声。

一个红色的小点立即定格在了他的额头上。

"咻!"

这个刺杀忍者刚喊出口,他的脑袋立即被打爆。

07 绝地反击

"八嘎!"

河川太郎怒吼出口,他指挥身边的人朝前面的方位持枪扫射,密集的火力宣泄开来,一发发子弹疯狂地朝前射杀。

一轮枪声过后,四周又恢复了平静,唯有那狂风暴雨的声音依然在四周回荡。

不管是河川太郎还是其他的刺杀忍者都没有看到一个人影,他们心知方才的火力扫射肯定是落空了,也就是说,他们的对手潜藏在一个他们不知道的方位。甚至,对方已经接近了他们,这让他们心底忍不住冒起了一股寒气,仿佛眼睁睁地看着死神降临,而他们却是不知所措。

"不要单独行动,三个人一组,负责前后左右方位,魔王就在附近,其他人员很快就前来支援,他逃不了!"河川太郎开口道,将身边的人员组合起来,他们不再朝前行动,而是借助掩体守在原地,等待其他势力的人员过来支援。

狂风大起,暴雨如注,雨水打湿了刺杀忍者全身,他们早已被训练成不畏生死的刺客,但此刻的他们却是感觉到有一股无法抵抗的恐惧与森寒,淋在身上的雨水像是化为冰雨般,更是让他们感觉到一种刺骨的冰寒。

这种恐惧实则就是人类对未知的一种恐惧!

是的,那就是一种对未知迷茫的惧怕,倘若他们的对手正面与他们厮杀,他们会毫无畏惧,但此刻他们连自己的对手在哪里都不知道,那种恐惧之感便蔓延开来,笼罩着他们全身。

河川太郎他们据守的右边方位,三名刺杀忍者半蹲着,他们三人背靠背,手中持枪,脸上的神色全神贯注,神经紧绷着。

突然间,这三名刺杀忍者脸色一动,他们感觉一道风声袭来,透出一种异样之感。

"嗖!"

就在他们还未反应过来的时候,一道身影猛地闪身而出,一只手钳住了一名刺杀忍者的咽喉,瞬间一拧,传来咔嚓声响。

另外两名刺杀忍者立即持枪指过来,猛然间一道寒芒在夜色中闪过,一截冰冷的刀锋划破了第二名刺杀忍者的咽喉。刀锋之势并未停止下来,顺势刺入了第三名刺杀忍者的心房。

"嗖!"

紧接着，这道身影犹如饿虎扑食般朝前一冲，竟是杀入了这些残余的山口组成员之中。

"魔王！"

河川太郎怒吼出口，已经有人开启了微型手电筒，他手中的枪指过来，但根本无法瞄准，场中陷入混乱的近身厮杀之中。

"轰！"

这道骤然间杀出来的身影正是萧云龙，他一拳而出，将身边的一名对手轰飞，右侧一名刺杀忍者腿势横扫而来，他右腿瞬间出动，犹如一枚出膛炮弹般地横扫而上，迎上了对方的腿势。

"咔嚓！"

一声刺耳的骨折声响起，这名刺杀忍者腿部折断，连同整个人也被萧云龙这一腿横扫飞了出去，倒在地上咳血不断。

"嗖！"

萧云龙继续朝前突进，前方一名刺杀忍者正欲持枪指过来，萧云龙一脚踢在了对方持枪手臂之上，接着他手中的夜鹰平刃刺入了对方的胸膛，随手拔出，一股鲜血激射当空。

萧云龙身形骤然间朝左侧横移闪避，那一刻一道锋锐的刀芒从他的身后劈杀而下，正是手持武士刀的河川太郎。

左侧两名刺杀忍者冲上来，一名刺杀忍者右腿侧踢，直取向萧云龙的咽喉。

萧云龙眼中杀机一闪，他迎身而上，左臂横挡，将对方的腿势震开，手中的夜鹰平刃直直地刺入对方的咽喉。

另一名刺杀忍者的右拳攻杀而至，萧云龙竟是没有丝毫闪避，他左手一拳也攻杀而出，他动用了自身的极限力量，朝对方的脸面轰了过去。

"砰！砰！"

对方这一拳轰在了萧云龙身上，竟是未能撼动萧云龙半分，与此同时，萧云龙左手一拳已经轰爆了他的脸面，在那股极限力量的威力之下，对方一张脸血肉模糊，瞬间毙命。

"当！"

萧云龙手中的夜鹰平刃猛地朝右侧横挡而出，恰好挡住了河川太郎追杀而来的一刀。

07 绝地反击

萧云龙手中的夜鹰平刃轻轻一挑,将河川太郎的武士刀给挑开,他身形化作一道闪电,朝右前方扑杀而去。

"嗤!嗤!"

在萧云龙的强攻之下,又有两名刺杀忍者死于他手中的夜鹰平刃,一股股鲜血飙射当空,洒落在地面上瞬间被暴雨给冲刷走,可四周却依然弥漫着一股股浓郁的血腥味道。

到最后,河川太郎猛地发觉他身边已经没有一个还能站着的刺杀忍者,唯独剩下他一个人。

河川太郎环首四顾,看到身边已经空无一人,他所带过来的刺杀组的成员全都被打倒在了地上,大部分已经死亡,有些重伤晕迷,跟死了也没什么两样。

河川太郎的心脏在抽搐,他总算是明白了"魔王"这两个字的真正含义!

只是,这样的醒悟代价也太大了,付出的是整整三十名刺杀组刺杀忍者的性命作为代价!

"魔王,我要杀了你!"

河川太郎嘶吼出口,他狂怒了,他无法接受这样的事实,他只能眼睁睁地看着身边的人一个个倒下,而他却不能奈何萧云龙半分。

饶是如此,河川太郎依旧战意不减,他举起手中的武士刀,当头朝萧云龙劈杀而下。

"嗤!"

河川太郎手中的武士刀化作一道锋芒,自上而下,形如直线般劈杀而下,简单却又有着恐怖的杀机,其刀速之快让人为之心惊胆战,像是一道白色的闪电划破夜空,朝萧云龙的头顶斩杀下来。

"一刀流派?"

萧云龙目光微微一眯,他没有闪避,手中的夜鹰平刃迎击而上,横挡了河川太郎当头劈杀而下的这一刀。

"当"的一声,河川太郎这势大力沉迅猛如电般的一刀被夜鹰平刃的锋刃抵挡了下来。

"嗤!"

河川太郎迅速变招,手中的武士刀转而横斩向萧云龙的腰侧。

一刀流的精髓在于劈杀而出的刀式，一式一刀，看似简单，却是藏着至强的刀术奥义，已然将刀术中那凌厉的杀人之法化繁为简，每一刀劈杀而出都会伴随着浓烈杀机。

萧云龙反手握住夜鹰平刃的刀柄，横斜着挥劈而出，抵挡对方横斩而至的刀口。

"喝！"

接着，萧云龙暴喝一声，他迸发出自身那股澎湃绝伦的极限力量，手握夜鹰平刃对着河川太郎当头一刀劈杀而下。

河川太郎迎刀而上，以刀背抵挡萧云龙这一击。

"当！"

然而，在萧云龙夜鹰平刃的那股强大力量的镇压之下，河川太郎口中闷哼了声，他握刀的右手虎口被震得生疼，那股力量太强，让他险些握不住手中的武士刀。

"呼！"

这一刻，萧云龙左手一拳轰杀向了河川太郎的脸面，简单而又粗暴的一拳，却有着极致的杀人之道。

河川太郎脸色大惊，他身形朝后一闪，避开了萧云龙这一拳。

萧云龙冲了上来，穷追不舍。

河川太郎眼中杀机盛烈，手中的武士刀自下而上斜斜地挑杀而至。

萧云龙手中的夜鹰平刃横劈而出，这一刀势大力沉，有着他自身狂暴的爆发力量。

两人手中的刀锋在半空中相遇，萧云龙爆发而出的那股力量席卷而至，竟是将河川太郎手中的武士刀震到了一边，更是让他持刀的右臂有些发麻之感。

"呼！"

腿风响彻而起，萧云龙右腿横扫而出，朝河川太郎的脸面横扫而去，那股腿势威力堪称是摧枯拉朽，强大到了极致。

河川太郎脸色大变，他手中的武士刀已经被震荡到了一边，来不及出击，慌忙中他唯有抬起左臂横挡萧云龙这一腿的攻杀。

"砰！"

在萧云龙动用了极限力量的这一腿横扫之下，河川太郎根本无法完全抵挡下来，他的左臂被这一腿腿势横扫，整只左臂传来阵阵刺疼之感，像是折断了般的刺疼。

"呼！呼！"

然而，萧云龙一腿刚落，第二腿跟第三腿却又接连横扫而出，没有丝毫的停顿，也不需要重新蓄力，朝河川太郎的腰侧与下盘横扫而去。

这一次，河川太郎脸色彻底惊变，他眼中的目光惊骇欲绝，怎么也想不到萧云龙居然能够在同一时间接连横扫出三腿的攻势，并且每一腿的腿势都是同样的强劲，有着一股磅礴的极限力量。

河川太郎想退，但他的身形远没有萧云龙横扫而出的腿势快。

他的左臂挥击而出，格挡萧云龙的第二腿，这第二腿的横扫将他的左臂彻底打折，他口中发出了惨叫声，接着第三腿的腿势席卷而至。

"砰！"

第三腿，河川太郎再也无法招架，他的下盘被横扫而中，整个人倒在了地上。

"嗤！"

一道锐利的锋芒袭杀而至，就在河川太郎倒地之时，萧云龙手中的夜鹰平刃斩杀而至，划破了河川太郎的咽喉。

河川太郎喉结蠕动，可一句话也说不出口，咽喉处汩汩鲜血流淌而出，被切断咽喉的他瞬间毙命。

"砰！砰！砰！"

不远处有枪声传来，雨夜中仍可听到那密集而又迅速的脚步踩踏在坑洼地面上的声音，更是有着一股浓烈的杀机弥漫而至，上空中轰隆作响的直升机螺旋声不绝于耳。

其他势力的敌人赶过来了，很显然这边发生的战斗已经被他们得知。

浴血奋战

萧云龙不慌不忙，他身形闪动，回到原处潜藏的位置，将放在地上的M99狙击步枪背在身后，右手拎起加特林机枪，枪口朝着那股浓烈的杀机传递而来的方位，他扣动了扳机。

"哒哒哒哒!"

机枪扫射的声音回荡在了这片雨夜当中,密集的火力网覆盖而上,一发发机枪子弹疯狂地扫射而出,形成了一条条的火舌。

萧云龙一边奔行一边开枪,这时候的他只能是盲射,只能依靠重型机枪的火力来射杀对手,这不需要瞄准,只要火力覆盖的范围足够大,足够密集,总会射杀到一些敌人。

最先朝这个方位冲过来的是地狱组织的人,狱王率领地狱组织的高手合围而至,途中他们朝前不断地开枪,不过那些子弹全都落空。

这会儿扫射而至的机枪火力让冲在最前面的数名地狱组织的人手不是被射杀就是受伤倒地。

狱王脸色一惊,急忙让身边的人暂时趴在地上埋伏。

紧接着,幽灵组织、黑手党的人也冲过来了,与地狱组织的人联合在了一起。

此时,萧云龙停止了扫射,他极速奔行,由于他击杀了整个山口组刺杀组的人,这就等同于从这个方位撕开了一道口子,他正顺着这个方位突围而出。

萧云龙奔行的速度极快,眼看着就要顺着这个突破口离开这座山脚,突然间——

"砰!"

前方一记冷枪袭杀而至,幸好萧云龙提前贴靠在一棵树木背后。

"砰!砰!"

前方有一道身影飞快地突击而上,他不断地开枪,打算逼得萧云龙无法动弹。

萧云龙又岂会是那种被逼得坐以待毙之人,他就地一滚,右手拔出勃朗宁手枪,凭着他那强大的感知力朝前开了一枪。

"砰!"

枪声响起,前方那道身影身形滚到一棵树木后面,避开了这一枪。

接着,这道身影再度冲了出来,他的奔行姿势飘忽不定,充分利用了四周的掩体作为掩护,加之在雨夜的掩护之下要想锁定他很难。

萧云龙目光一沉,他收起手枪,也朝前奔行而去。

两人的距离无限拉近,彼此间都是飘忽不定,不给对方瞄准射杀的机

07 绝地反击

会,在如此近的距离之下,萧云龙与对方都收起了枪。

"嗤!"

终于,两人狭路相逢,那道身影右手一翻,握住了一柄圆月弯刀,一刀朝着萧云龙直取而来,对方正是亚德里恩,一名黄金猎人。

萧云龙手中的夜鹰平刃也挥斩而出,半空中与对方的圆月弯刀迎击在了一起,发出了"当"的声响。

亚德里恩手中弯刀顺势一拐,自下而上,斜斜地横切向了萧云龙的咽喉。

萧云龙反手握刀,横挡而去,招架住了亚德里恩这一式杀招。

"呼!"

几乎同一时刻,亚德里恩的右腿横扫而来,迅若雷电,有着一股充沛雄浑的力量。

就在亚德里恩抬腿横扫之际,萧云龙的右腿也攻杀而上,一腿之势,携带着雷霆万钧的气势,响起了阵阵破空的锐利声。

"轰!"

两人的腿势交接,亚德里恩身形一震,可他还是抵挡住了萧云龙的这一腿。

于瞬息间,亚德里恩手中的圆月弯刀袭杀而至,刀锋凌厉,刀式刁钻,充分展现出了亚德里恩身为黄金猎人的强大实力。

萧云龙手持夜鹰平刃迎战而上,短短的时间内,两人已经交锋了十几招。

"轰!"

突然,左侧方位一道身影现身而出,一击重拳朝着萧云龙的脸面轰杀了过来,萧云龙右手持刀挡住亚德里恩一击,他左臂横挡而出,招架住了这道身影袭杀而至的一拳。

那一拳轰过来,竟是让萧云龙左臂有种刺疼无比的感觉,他目光一瞥,看到围杀过来的是一个独眼男子。

独眼沙加,并且他的双手都带着钢拳套圈。

"魔王,你逃不掉了,今晚就是你的死期!"

沙加脸色狰狞,语气阴森地说着,他挺身而上,速度极快,身上散发出一股凶残嗜杀的气势,双拳戴着的钢套使他轰杀而出的拳势凌厉无比,方才若非萧云龙自身的体魄足够强大，换作他人被那一拳击中，整个右臂都要被折断。

"嗤！"

与此同时，亚德里恩手中的圆月弯刀也斩杀而至，直取向萧云龙的咽喉。

一时间，萧云龙陷入到了两大强者夹击的境地。

亚德里恩与独眼沙加都是黑暗世界中赫赫有名的强者，亚德里恩身为黄金猎人，拥有着出色的猎杀本领，他能够在此地截住萧云龙就已经充分展现出了他极为出色的猎人本色。

至于独眼沙加，那是出了名的嗜杀成性，他残忍而又狡猾，是一个极为难缠的对手。

此刻，他们两人合围而上，对萧云龙进行袭杀。

萧云龙身形一动，避开了亚德里恩袭杀而至的一刀，接着他手中的夜鹰平刃朝着沙加攻杀而来的右拳斩落而至。

"当！"

夜鹰平刃的刀口与沙加拳头上的钢套交接在了一起，甚至溅出了一道道火星。

沙加眼中闪动着嗜杀之意，整个人变得亢奋起来，只要能够将萧云龙击杀，那他就能够得到那笔巨额的奖金，在那笔丰厚无比的奖金诱惑之下，他迸发出了自身那股强横无比的力量，他挥舞双拳，每一拳都有着凌厉的杀机，拳势如影，笼罩了萧云龙全身。

另一边，亚德里恩手中的圆月弯刀斩杀出了一道弧线形的刀芒，迅若雷电，直取萧云龙的咽喉。

"吼！"

萧云龙怒吼出口，他眼中闪过一丝怒杀之意，他怒了，自身那股极限力量开始爆发出来。

萧云龙手中的夜鹰平刃运转如飞，将亚德里恩那道袭杀而至的弧线形刀芒格挡而下，接着夜鹰平刃那锐利的刀尖猛地朝前一刺，直取亚德里恩的额头。

这一击太快了，宛若一道闪电掠过，瞬间抵达亚德里恩的眼前。

亚德里恩心中大惊，他甚至感受到了夜鹰平刃刀尖那股锐利的锋芒，他当机立断，足尖一点瞬间朝后急退。

萧云龙的左手拳势轰杀而出，竟是迎上了沙加的拳影。

"砰！"

萧云龙左手拳势与沙加的拳头对打在了一起，爆发出了砰然之声，一股排山倒海般的力量碾压而至，震得沙加脸色大变，他眼中充满了惊讶，他拳头上带着钢套，然而萧云龙居然用一双血肉之拳来对碰他带着钢套的拳势。

让沙加感到震惊的是方才的拳势对轰下来，萧云龙居然没有受到什么影响，他满脸的不可置信，无法想象萧云龙的拳头强硬到何等程度。

"轰！轰！"

萧云龙施展出了萧家连横腿的腿势，腿势连绵不断地攻向了沙加全身。

沙加腾挪闪避，极力招架，接着他右拳一拳突破萧云龙的连绵腿势，轰向了萧云龙的脸面。

萧云龙手中的夜鹰平刃迎击而上，"当"的一声招架住了独眼沙加的这一拳。

"二荒惊风雨！"

萧云龙暴喝出口，他左手一拳轰杀而出，施展出来的正是八荒破军拳中的第二式——二荒惊风雨！

这一拳轰杀而出，恍如搅起了八方风雨，加之在这暴雨如注的夜晚，更是为这一拳平添了无尽的威势。

一拳而出，惊起风雨！

沙加脸色陡然一变，萧云龙这一拳竟是让他心生一股无从抵挡的感觉，他暴喝出口，竟是不退反进，也轰出一拳，攻杀向萧云龙的胸膛。

"砰！砰！"

沙加直取而至的拳头轰在了萧云龙的胸膛之上，同时，萧云龙这一拳也轰在了沙加的身上。

萧云龙的身形仍旧是稳如磐石、岿然不动，然而沙加口中吐出一口鲜血，他身形踉跄地倒飞而出。

"嗖！"

萧云龙没有任何的停顿，他身形一动，风驰电掣般地朝亚德里恩冲了过去。

亚德里恩这时恰好调整了身体，看到萧云龙疾冲而至，他手中的圆月弯刀袭杀而来，那道刀芒划破了眼前的一道道雨幕，横斩向萧云龙的咽喉。

萧云龙手中的夜鹰平刃刺穿雨幕，巧妙至极地挡住了那柄圆月弯刀的锋芒，岂料这柄圆月弯刀却是顺势朝萧云龙的腰侧部位劈杀而下，这刀法转换之间显得极为的娴熟，也展现出了亚德里恩极为丰富的作战经验。

萧云龙目光一沉，他左腿朝前一跨，斜身闪避，同时他的右腿已经横扫而起。

"嗤！"

饶是萧云龙避开了这一刀的要害，但他的腰侧肋骨部位仍旧是被这一刀划中，鲜血迸发而出，而他那犹如狂风暴雨骤然而至的横扫腿势已经轰杀而出，"砰"的一声，这一腿横扫在了亚德里恩的腰身之上。

关键时刻，亚德里恩的左臂稍稍抵挡了萧云龙这一腿的力量，可这一腿藏着的那股威力大部分都扫中了亚德里恩的身体。

在那股巨大的腿势力量之下，亚德里恩整个人横飞而出。

这时，萧云龙听到身后有着密集的脚步声传来，还有那两架直升机的轰鸣声，他眼中目光一沉，果断放弃了继续追杀亚德里恩和沙加的机会，转身极速奔行，瞬间便消失在了茫茫夜色与磅礴暴雨中。

亚德里恩与独眼沙加站稳了身体，他们两人会合，举目看去，却已经看不到萧云龙的身影。

没一会儿，后面的人手全都赶来了，狱王、血煞与托尼带领着他们各自的人手，还有猎人公会的猎人，骷髅佣兵团的雇佣军，全都会合在了一起。

"魔王呢？"

狱王赶来后开口问道。

"让他跑了！"亚德里恩开口道，他擦拭着嘴角溢出的鲜血，他受伤不轻，不断咳血。

狱王他们看得出来亚德里恩、沙加方才与萧云龙战斗过，他们倒也是没有想到在这极短的时间内萧云龙连伤这两大强者，并且从容地离开了。

"魔王的确是很强大，我们千万大意不得。他现在已经顺着这个突破口逃走，要想继续围杀他只怕很难了。"亚德里恩开口说道。

"河川太郎跟他带来的人全都死了。"血煞开口说道。

07 绝地反击

众人稍稍沉默，这个消息对他们来说无疑很沉重，他们失去了一股围杀萧云龙的势力。

他们万分没有想到战斗至今，他们非但没能截住萧云龙，反而是他们这边死伤惨重，甚至山口组派来的人全军覆没了。

那么，接下来又会轮到哪一股势力呢？

"他跑不掉的！魔王受伤了，他逃不远！"

沙加开口冷冷地说道，他脸色狰狞，唯独剩下的左眼中闪动着一股让人心悸的阴森目光。

沙加指挥那两架直升机的驾驶员，让他们开着直升机朝萧云龙逃走的方向追击。

同时，沙加带着骷髅佣兵团的人马在雨夜中追杀而上。

两架直升机轰隆而动，直升机上直射而下的强光灯照亮了前方的区域，这两架直升机正在全力搜查萧云龙的行踪。

"独眼沙加说得没有错，魔王的确是受伤了！就算是魔王再强大，他也是血肉之躯，在我们这么多人接连不断地攻杀之下，他也会累，也会犯错。所以，最终我们必然能够将他击杀！"亚德里恩开口道，他带着猎人公会的人也追击而上。

紧接着，狱王也带领着地狱组织的人追上去了。

黑手党头目托尼也率人跟了上去。

血煞仍旧是站在原地，他没动，他身边的那些幽灵组织的人也没动。

"头儿，我们不跟着围杀上去吗？"一个幽灵组织的人忍不住开口问道。

血煞嘴角泛起了一丝冷笑之意，说道："难道你们不长眼吗？魔王这么强大，比我们先来的黑十字圣殿的人全军覆没，今晚山口组的人也全军覆没。我们这边已经有四人被杀，面对这么强大的对手，我们犯不着充当急先锋。"

"头儿，我明白了，你的意思是让前面的那些人手先跟魔王厮杀个你死我活，最后我们再出动？"一名男子说道。

"哼，你总算是变聪明了！就让亚德里恩他们跟魔王杀个两败俱伤吧。我们保全实力，到了最后还是我们占据优势。"血煞冷笑着说道。

"头儿高见！"

其余幽灵组织的人也纷纷开口说道。

前方不远处有着一片范围不大的沼泽地。

此刻，这处被积水淹没的沼泽地上突然有一颗人头渐渐地浮了出来，由于沼泽地不大，还不足以将人完全淹没，这道身影动作轻缓地站起身，悄无声息地离开了这片沼泽地。

磅礴而下的暴雨将他身上的污泥渐渐地洗刷干净，露出来的是一张线条刚硬的脸，正是萧云龙。

原来萧云龙并未真正逃离，他来到这处沼泽地潜伏着，即便是有着丰富经验的黄金猎人亚德里恩也万分没有想到萧云龙会如此胆大地选择这样的方式藏匿。

不过往往最危险的地方也就是最安全的地方。

萧云龙盯着前面的方位，刚才他就看着那两架直升机还有独眼沙加、亚德里恩等人率领着各自的人手朝前追杀，他要准备上演一场螳螂捕蝉黄雀在后的好戏。

"嗯？"

突然间，萧云龙诧异了声，他感觉得到身后还有一道道气息在弥漫，显然后方还有敌人。

"居然还有落单的人？嘿！"

萧云龙心中自语，暗自冷笑了声，眼中却是有着凌厉无比的杀机迸发而出。

狂风呼啸，暴雨如注，深沉的夜色笼罩这方小岛，一股股冲天而起的杀气在弥漫着，使得这座与世隔绝的小岛显得极为的阴森可怖，恍如人间地狱。

事实上，这里正在进行一场如同地狱般的战斗厮杀！

萧云龙在雨夜中潜行，他没有从背后去追杀亚德里恩、独眼沙加、狱王跟托尼他们，而是朝后方潜行而上，准备击杀这股落单的势力。

这股落单的势力看着像是准备往回撤，他们行动也是显得极为的谨慎，为首的人自然就是血煞。

血煞盘算着等到其他势力跟萧云龙拼个你死活我，他最后再现身坐收渔翁之利，他想破头也想不到萧云龙根本就没有逃离这片山脚，此刻萧云龙正是朝他所率领的幽灵组织秘密地潜行而至，要杀他们一个措手不及。

所谓人算不如天算，血煞这一次注定是要倒血霉了！

07 绝地反击

在夜色的笼罩下，萧云龙选择好了一个伏击的方位，他架起 M99 狙击步枪，开启了红外线瞄准器，他瞄准过去，一下子就锁定了血煞！

他看出来血煞就是这股势力的首领，他准备将血煞狙杀！

且说血煞正在率领幽灵组织的人手前进，他准备先寻找一个足够安全的地方据守下来，再派出几个人去打探亚德里恩他们与魔王的对战情况，他要以逸待劳，坐山观虎斗。

就在这时，一道细微的红光忽而从他的眼前一闪而过，他脸色一怔，多年征战所养成的敏锐直觉告诉他有危险来临，并且那一刻他全身汗毛竖立而起，有股莫大的恐惧之感笼罩他的心头。

"危险！"

血煞暴喝出口，他想也不想，整个身体朝着前方的地面直接趴倒。

"咻！"

一枚狙击弹头射杀而出，"砰"的一声，血煞的左臂被轰爆，化为一团血雾。

饶是血煞的反应足够敏锐，可仍旧是未能完全避开这一发子弹，被轰爆了整条左臂。

幽灵组织的人手立即反应过来，他们应变作战能力极为强大，可骤然间一阵密集的机枪声响彻而起——

"哒哒哒哒！"

加特林重机枪扫射之下那特有的轰鸣之声不绝于耳，一条条火舌迸发而出，吞没前方幽灵组织的战士。

"啊……"

一声声惨叫声此起彼伏，伴随着的是一股股飙射而起的鲜血，在重型机枪地扫射之下，不少人的身体直接肢解，四分五裂，有股浓郁的血腥味道弥漫开来。

萧云龙一轮扫射过后他放下手中的武器，身形一闪，朝右侧方位极速冲刺。

"砰！砰！砰！"

幽灵组织中残存的人手开始做出反击，他们朝着方才火力传来的方位疯狂地持枪扫射，一发发子弹射杀而出，可惜的是萧云龙早已离开了那个方位。

血煞从地面上站了起来，他痛不欲生，左臂已经被爆掉，血流如注，他脸色苍白如纸，一股莫大的恐惧感笼罩着他的全身，苍茫的夜色中他隐隐感觉到有一双眼睛正在盯着他看，将他们所有人都看成是待宰的猎物。

"魔王，是魔王……给我注意四周，魔王就在附近……"

血煞怒吼出口。

"嗖！"

仿佛是为了印证血煞的话，他话刚落音，一道身影风驰电掣般地杀了进来。

"嗤！嗤！"

寒芒乍现，血光飘飞！

萧云龙从另外一侧虎入狼群般地展开了袭杀行动，他握着夜鹰平刃，面前两名地狱组织的男子被格杀掉。

这些幽灵组织的人手根本想不到萧云龙避开了他们的枪口方向从另外一侧杀了进来，他们反应过来的时候已经迟了一步。

"轰！"

萧云龙左手一拳将左侧一名男子轰飞而出，接着他的右腿横扫而出，横扫而出的腿势破开虚空，发出声声音爆，这重若千钧的一腿将前方一名还没来得及做出反应的对手给横扫而飞，对方半空中不断咳血，倒在地上后再也没能起来。

短短的一瞬间，幽灵组织中已经有十几号人被击杀，还剩下血煞跟十名左右的敌人。

如此混战之下，对方的人也无法使用枪械，只能是纷纷拔出军刀扑向萧云龙。

"当！"

萧云龙手中的军刀横挡而上，招架住了前方一名手持军刀袭杀而至的对手，他的左臂伸探而上，施展出了反关节技，扣住了对方持刀的手腕，而后他的右腿膝盖冲撞而上，将对方撞飞。

"嗖！"

萧云龙身形展动，朝血煞扑了过去。

血煞惊魂未定，他原本盘算着坐山观虎斗，谁曾想到头来却是自己搬起石头砸自己的脚，如今落单的他跟幽灵组织的人手反而沦为萧云龙所猎杀的猎物。

血煞看着萧云龙冲过来，他右手握住一把手枪，朝前接连开枪。

"砰！砰！砰！"

血煞拔出枪的瞬间，萧云龙身形接连几个闪动，融入了茫茫夜色中，避开了血煞的枪口。

血煞扣动扳机之下，射杀而出的子弹未能击中萧云龙，反而是前方传来几声惨叫声，有两名幽灵组织的人手被血煞开枪射杀到了，他们成为了萧云龙的替死鬼。

性命攸关之际，血煞也根本顾不上这么多，他右手持枪，正在寻找着萧云龙的身影。

突然间——

"呼！"

一道强劲万分的腿风之声响彻而起，血煞听到这道猛烈的腿风之声后他手中的枪连忙朝右一指，然而他的右臂刚要转过来，冷不防的整只右臂传来一股难以忍耐的刺疼之感，他的右臂被那道猛烈的腿势横扫而中，握着的枪也脱手而出。

至此，萧云龙现身而出，凶狠地盯住血煞。

血煞心中大骇，他左臂被轰爆，整个人已经半废，他右腿立即朝着萧云龙横踢了过来。

萧云龙嘴角扬起一丝冷笑之意，他踏步而上，待到血煞的右腿踢来之际，他手中握着的夜鹰平刃猛地横斩而出。

"啊……"

血煞惨叫着，他的右腿被夜鹰平刃斩出了一道长长的血口，汩汩鲜血流淌而出，他的右腿也废掉了。

"嗤！"

萧云龙不再给血煞任何机会，他手中的夜鹰平刃直刺而上，那锐利的刀锋瞬间刺穿了血煞的咽喉。

血煞喉结蠕动，他想说什么却又说不出口，他双目圆睁，死不瞑目。

的确，若非是他极为自私的想要坐山观虎斗，也许他还不会这么快就死掉。

可惜，这一切已经不能重来。

血煞被杀，幽灵组织的人手立即慌乱起来，失去了主心骨的他们形如一盘散沙，他们越是乱，就越快死去。

萧云龙强势无比地杀入了他们当中，军刀的锋芒不断闪过，与此相应的是一道道迸发而出的鲜血。

萧云龙充分展现出了他那强悍的搏杀技巧，更是将自身的杀人之道发挥得淋漓尽致，在他的面前倒下了一具具尸体，流淌而出的鲜血顷刻间又被那暴雨给冲刷一空。

到最后，萧云龙眼前已经没有任何一个活人。

幽灵组织的人全都被格杀一空！

萧云龙深吸口气，他眼中的目光陡然锐利而起，只因前面传来了直升机的轰隆之声。

他不再迟疑，立即朝他原先潜藏袭杀的方位奔过去，将放在地面上的狙击枪跟机枪拿起，朝密林深处冲了进去。

"呼！呼！"

雨夜的上空，两架直升机飞了过来，直射而下的强光灯隐隐看到了萧云龙那机枪融入夜色中的身影，这两架直升机上的机枪手立即发出一种看到猎物时亢奋的怪叫声，他们扣动扳机，用高射机枪朝萧云龙奔行的方向射杀过去。

火力强大的高射机枪将地面打得掀飞而起，在这火力扫射之下，密林中一棵棵树木被拦腰折断，可见这高射机枪的威力之强。

这两架直升机率先追了过去，一前一后，准备将萧云龙包抄。

没过多久，一阵阵密集的脚步声传来，亚德里恩、独眼沙加、狱王、托尼等人赶过来了，原来他们朝着山脚外的方向追了一段距离，却没有找到萧云龙的身影。

接着，他们听到这山脚里面传来的枪声，他们意识到他们所追击的魔王只怕没有离开山脚，他们上当受骗了。

亚德里恩他们当机立断，转身杀了回来，那两架直升机比他们先到一步。

亚德里恩他们来到此地，有人开着微型的手电筒，借助那微弱的灯光，他们看到了倒在地上横七竖八的一具具尸体，这些都是幽灵组织的人手。

接着，他们看到了死不瞑目的血煞。

"死了,全都死了!"狱王开口说道。

"这是他们咎由自取,血煞还想着等我们跟魔王血拼,他再坐收渔翁之利,他这是自寻死路!"独眼沙加冷冷地说道。

"不管如何,我们对抗魔王的力量又少了一支!我们剩下的人手已经不多了,这个时候,我们需要团结一致才有获胜的机会!魔王之恐怖,你们也看到了,只要我们任何一方势力落单,将会给魔王击杀的机会。所以,我们不能再单独行动,而是彻底联合起来!"

亚德里恩一字一顿地沉声说道。

08　魔军兄弟

至尊魔王

　　山脚内的这片密林中已然成为一片修罗地狱，河川太郎以及他手底下的刺杀忍者在这里被歼灭了，血煞跟他的幽灵组织人手在这里也被诛杀了，任凭狂风四起暴雨如注也冲刷不掉那股弥漫在四周的浓郁血腥味道。

　　一股极为森然可怖的死亡气息在弥漫着，眼前一片漆黑，谁也不知道往前会不会就是深不见底的深渊，谁也不知道往前会不会就是自己生命的终结之地。

　　战斗至今，这些联合起来的势力非但未能有效地堵截击杀萧云龙，反而是死伤惨重，此刻他们剩下的人手已经不足一百人，战死的将近八十人！

　　这太恐怖了，也让他们深刻地了解到魔王之威当真是惊骇人心，仅仅是凭着一人一枪，就将他们这些联合起来的势力杀得七零八落，自然也让他们士气大跌，场中残存下来的人脸上流露出了一丝恐惧之感。

　　因为他们亲身经历并且见识到了什么才是黑暗世界中的至强者，什么才是血腥凌厉的杀伐。

　　"魔王他逃不了。他最后一定会死！我就不信受伤的他战斗到现在还能保持巅峰战力，他受了伤，并且持续这样高强度的战斗，他也会疲累，只要围住他，那就是他的死期！"独眼沙加语气凶狠地说道。

　　"事到如今我们已经没有退路，就算是想要离开血岛也是不可能的，只要我们落单，魔王就会盯住我们。我们只有血战到底。"亚德里恩说道。

　　"那就追杀上去，魔王还在这片区域，我们全力将他合围！"狱王开口说道。

"走，行动！"托尼说道。

这些人正要继续行动，朝前追击过去。

就在这时，冷不防的——

"哒哒哒哒！"

骤然间，一阵猛烈无比的机枪声传递来，远远看去，一道道火蛇冲天而上，一发发密集的重型机枪子弹连成一片，就像是一条条火蛇升空而起，让人叹为观止。

火蛇扫射的方向，是远处一架在上空中盘旋的直升机。

独眼沙加看到了这一幕，他脸色陡然一变，忍不住惊呼出口："不！"

说着，他身形展动，朝前极速飞奔了过去。

前方的一个山坳口上，萧云龙的身形蓦地现身而出，他双手端着加特林重机枪，枪口朝上，对准半空中的一架直升机开始疯狂扫射。

骷髅佣兵团两架直升机，一前一后前来夹击萧云龙，这是后面的一架直升机，另外一架直升机在最前方。

萧云龙抓住了这个机会，他现身而出，持枪扫射，这一幕看上去就像是一尊魔王横空出世，手持粗犷狰狞的重型机枪，枪管不断地飞射出子弹，所形成的子弹光幕席卷而上，犹如狂风暴雨般轰杀向了这架直升机。

一发发子弹接连击射在机身上，整个直升机千疮百孔，直升机上的那名机枪手根本不敢探头出来瞄准击杀，只因萧云龙的机枪火力太过于凶猛，一发发子弹呼啸而过，只要他探出身来，就会被射成马蜂窝。

直升机上的驾驶员立即操作直升机，想要掉头逃离，避开萧云龙的火力。

"咔嚓！"

冷不防的，直升机驾驶舱前的防弹玻璃裂开了，在那密集的火力扫射之下再也无法支撑，咔嚓一声裂成了碎片。

"嗤嗤嗤！"

一发发子弹贯穿而入，其中有三四发子弹激射在了驾驶员的身上，他口中闷哼了声，一头栽倒在了驾驶舱。

"哒哒哒哒！"

密集的火力仍在扫射着，犹如狂风暴雨般的轰杀而至，这架直升机上的螺旋桨被摧毁，瞬间停止了转动，这架直升机彻底失去了控制，"呼"

的一声朝下方极速坠落而下。

至此，萧云龙收起了加特林机枪，整个人又隐身在雨夜之中。

与此同时，另一架直升机赶来支援，却晚了一步，只见这时——

"轰！轰！"

那架坠落而下的直升机撞在了山崖上，轰然爆炸，燃起了一团冲天的火焰，彻底摧毁，里面那名来不及逃生的机枪手也在爆炸中焚烧成灰。

萧云龙收起枪，继续朝前奔行，下一步他打算返回南面的山头，战斗到现在，他的武器弹药已经用得差不多了，需要回去填补，他也打算在那里与这些势力的人手决一死战。

"轰隆隆！"

另一架直升机飞了过来，直射而下的强光灯正在搜查萧云龙的身影，不过萧云龙已经不打算对付这架直升机，只因后面的亚德里恩、独眼沙加等人已经率领着各自的人马赶过来。

独眼沙加眼睁睁地看着自己带过来的一架作战直升机被摧毁了，这让他愤恨不已。

"杰克，你给我追上去，不要让魔王跑了！这个该死的家伙，竟然摧毁了我的一架直升机，我要杀了他！"

沙加对着一个对讲机怒吼着，他正在跟仅剩下的那架直升机的驾驶员说话。

另一架直升机升上了高空，目的就是为了避免重蹈覆辙，提防萧云龙射杀，直升机在高空盘旋着，强光灯照射着下方的密林，要寻找出萧云龙的身影。

突然间，这架直升机的强光灯一闪，隐隐看到一道身影冲出了山脚的这片密林，朝南边飞奔而去。

这架直升机的驾驶员杰克立即联系沙加，说道："老大，发现了可疑目标，应该就是魔王，他朝南面逃走了。"

"追，给我追上去！"

沙加语气阴森而又愤怒地说道，他带领着骷髅佣兵团的战士随着这架直升机追过去，后面的亚德里恩、狱王与托尼等人也跟着追上来。

一辆快艇呼啸飞驰而至，快艇的速度极快，一路乘风破浪，很快便抵达了血岛北面的海岸线。

08　魔军兄弟

一道年轻的身影从快艇上一跃而下，他一身黑色的装束，身手敏捷，夜色中的一张脸略显苍白，目光却是残忍如狼般，包含着狡诈、阴森、残忍、嗜杀的光芒，他的头发是银色的，根根竖立而起，倒也是显得极为奇特。

他上岸之后眼中的目光警惕地看着四周，鼻翼猛地使劲嗅了嗅，末了他朝着一个方位看了过去，冷笑着自言自语："看来这里的战斗很激烈啊，四周都充满了一股血腥味道。也不知道会有多少人前来血岛收取魔王的人头，不过既然我来了，那魔王的人头只能由我来割下！"

说着，他身形一动，犹如一头正在掠食的狼，行动之间悄无声息，自身的气息完全收敛而起，与那苍茫的夜色融为了一体。

事实上，这名男子的名号是银狼，杀手圣堂中排名第十一的杀手！

杀手圣堂中排名前十的杀手一个个都堪称是变态中的变态，银狼排名第十一名，距离前十不过一步之遥，可以说他几乎拥有前十杀手的实力了。

提起银狼，也足以让黑暗世界中的强者为之头疼，只因他太过于奸猾狡诈，拥有着狼的残忍，也拥有着狼的狡猾。

死在银狼手底下的强者很多，甚至也有不少实力明显比他强的强者最终也被他击杀成功，可见他的可怕之处。

银狼此刻也出现在了血岛，不用想也知道他是为何而来。

夜色深沉，暴雨如注，今晚的血岛注定不会平静。

这环境极为适合银狼行动，他喜欢在雨夜杀人，也喜欢在雨夜行动，所以他觉得今晚对他简直是如虎添翼，连上天都要帮助他前来袭杀魔王。

银狼的身影很快就隐没在了重重黑暗中。

就在银狼刚消失不久，一艘摩托艇飞驰而下，这艘摩托艇还未靠近岸边，上面的一道身影忽而腾空而起，在半空中一个起跃翻滚，当双足落地的时候已经是稳稳地站在了岸边上。

这竟是一个女人！

她静静地站着，身上却是有股难以言喻的气息在弥漫，给人的感觉就像是那站在食物链顶峰的猎杀者，正在俯瞰着脚底下那些弱小卑微的生命。

她仿佛在感应着四周的气息，而后她身形微微一动，也不见她怎么发力，整个人却是犹如一缕轻烟般地消失在了原地。

她朝前奔行了一段距离，忽然间，她像是感应到了什么异常的气息，她身形猛地一折，朝着另外的方向追了过去。

也不知是巧合还是有意而为，她所追过去的这个方位正是之前银狼潜行的方位。

接下来，血岛北面与东面的海岸线不再平静如常，竟是接连有着一道道身影陆陆续续地登上了血岛，这些身影像是极有默契一般，并没有同时现身，而是前后登陆，可他们身上散发而出的那股气息却又恐怖无比，比正在围杀萧云龙的亚德里恩、独眼沙加、狱王等人的气息更加强大。

或许，黑暗世界中真正的强大人物这才刚刚登场，此前在血岛发生的战斗不过是开胃菜，现在才是真正高潮的开始。

萧云龙一路潜行而上，回到了南面的山头，他走进了那个山洞内，索性将里面的东西全都拿了出来，将一条弹链装进加特林重机枪内，将一发发狙击弹头填充进入狙击枪，他据守在山头上，眼中的目光冷漠而又平静地盯着下方。

萧云龙身上也有一些伤势，左侧腰肢上是被流弹击中的枪伤，在方才的战斗中，这处伤口已经崩开，鲜血渗出。此外他的右侧肋骨部位，也有着一道刀口，那是被亚德里恩的圆月弯刀斩中的，也在渗出血水。

对于这些伤势，萧云龙却是显得满脸的不在乎，事实上，他在血岛前前后后击杀过的对手已经上百人，黑十字圣殿此前派来的黑十字军，山口组、幽灵组织全军覆没，加上其他势力的死伤人员加在一起，已有上百人之多。

相比之下，他付出的这点伤势作为代价的确不算什么，可以说是微乎其微。

纵观整个黑暗世界的强者，能够像萧云龙这样孤身一人，怒战八方强者，一路强势杀伐而上，击杀对方上百名精锐高手的并不多。

这处山头下方，围拢着各方势力的人员，亚德里恩、独眼沙加、狱王、托尼他们率领着各自的人手正围住了这个山头，半空中一架直升机飞着，有股肃杀的气势在弥漫。

"魔王，你逃不掉了，你彻底地被困在这里，出来决一死战吧！"

山头下，狱王大喊着。

"咻！"

回应狱王的是一颗袭杀而至的狙击弹头，轰然一声击杀在了下方一处

08 魔军兄弟

凹坑上方的泥土上,击碎了散落在上面的碎石。

正藏身在这处凹坑下的狱王惊魂未定,他方才要是稍稍探出头来,只怕整个脑袋早就被轰爆了。

能够通往上面这座山头的,唯有一条路径,萧云龙却是据守在上面,这让亚德里恩、狱王等人不敢轻举妄动,一旦强行攻上去无异于沦为萧云龙的枪靶子,所以这些人只能蹲守在山头下,一时半会不敢有任何举动。

这样僵持下去显然不是什么好办法,他们已经确定萧云龙受伤,并且体能方面也有所耗损,要是一直僵持下去,岂不是给了萧云龙恢复体能的机会?一旦萧云龙体能得到补充,又恢复到巅峰状态,那对他们而言绝对是一场噩梦。

因此他们想要尽快结束这场战斗,绝不给萧云龙任何喘息的机会。

如今只剩下四大势力的人手,亚德里恩、独眼沙加、狱王、托尼他们四人小心翼翼地聚在一起,正在商讨对策。

"我们需要尽快攻上去,绝不能给魔王休息的时间,这对我们并不利。"亚德里恩沉声说道。

"眼下只有一条路径可以杀上去,魔王据守山头,一夫当关万夫莫开,我们如何攻上去?"托尼皱了皱眉。

"沙加你让手底下的人开着直升机保持着足够强大的火力从空中压制,这样可以掩护我们冲上去,只要能够成功的冲顶,魔王孤身一人,肯定必死无疑!"亚德里恩说道。

独眼沙加目光阴沉,他已经损失了一架直升机,亚德里恩的提议无非是让他的人打先锋,万一这架直升机被击落,那可就损失大了。

眼下的情况,却只有这个办法行得通。

沙加沉吟良久,他冷冷地说道:"可以,不过要是将魔王击杀,算我的功劳最大!"

"没问题!"亚德里恩点头说道。

"好!"

狱王与托尼也纷纷点头。

沙加拿起对讲机,命令驾驶直升机的杰克朝这座山头飞过去,同时让直升机内的机枪手保持足够强大的火力压制。

"呼!呼!"

这架在半空中盘旋着的直升机开始启动，朝这座山头上飞了过去，同时直升机内的机枪手疯狂地扣动扳机，高射机枪的子弹比此刻的狂风暴雨还要猛烈，全都朝着萧云龙潜伏的山头扫射而去。

同时，亚德里恩他们开始组织人手，顺着那条直通山头的小路潜行而上。

高射机枪的子弹疯狂地扫射而来，溅起了山头上的泥土与山石碎屑，藏在山头后的萧云龙的眼睛微微一眯，他心知下方的那些势力开始组织进攻了。

萧云龙也猜得出来他们的意图，就是想要以空中强大火力作为压制，下方的人员借助火力的掩护杀上来。

"真以为这样就能够冲上来？真是太天真了！"

萧云龙冷笑了声，他将加特林机枪的枪管稍稍伸探而出，对准了上空的一个角度，扣下了扳机。

加特林重型机枪口飞速转动，一发发子弹扫射而出，半空中那架直升机刚要靠近过来，就有着数发子弹击中了直升机的机身，由于有了前面那架直升机被击毁的先例，这吓得杰克不敢操作直升机往前，而是迅速朝后退着。

只要杰克一退，萧云龙就停下加特林机枪地扫射，只要对方胆敢驾驶直升机冲过来，那加特林机枪就会疯狂地扫射。

仿佛，前面的领空已经成为了萧云龙个人的一个禁区，容不得这架直升机靠近半分。

萧云龙趁着这架直升机往后退的瞬间，他端起狙击枪，朝那条通往山顶的小路瞄准过去——

"咻！"

一名猎人公会的猎人冲在最前面，眼看着就要登顶山头，就在这时，一枚突如其来的狙击弹头爆破了他的脑袋，飙射而起的鲜血洒落空中，显得无比的凄惨。

旁侧有着一名地狱组织的人手，他脸色大惊，想要寻找掩体掩护自身，但却是慢了一步，一发狙击弹轰杀过来，将他半边身体给轰爆了。

"咻！咻！咻！"

大雨磅礴的雨夜中，一声声狙击弹头破碎虚空的声音响彻而起，这是名副其实的夺命之音，每一声狙击枪的声音响起，都意味着对方有一名人员被狙杀。

几乎没有一枪是落空的！

如此精准得让人绝望的狙杀手段震慑到了亚德里恩他们。

仅仅是一瞬间而已，这四股势力中，一共有十名人员被狙杀，猎人公会与地狱组织分别有三人被杀，黑手党与骷髅佣兵团分别有两人被狙杀！

"退！"

亚德里恩很果断，让正要朝着山头上冲刺的人员先退下来，眼下情况冲上去再多人也是死路一条。

瞬间，亚德里恩、独眼沙加、狱王、托尼他们率人退到了安全区域，借助掩体藏身。

他们此刻无比的憋屈与愤怒，萧云龙据守山头，来一个杀一个，饶是他们人数众多，一时半会儿也无可奈何。

这也意味着他们发动的第一轮攻击宣告失败。

神秘女郎

血岛的东面，一道身影正在急速狂奔。他拥有着狼一般的敏锐嗅觉与狼一般的矫健身手，他眼中的目光凌厉如刀，闪动着嗜血的锋芒，就像是一头正在觅食的恶狼。

银狼正朝南面赶去，他听到了枪声，心知南面那边有战况发生。

这一路赶来，银狼看到了倒在地上的一具具尸体，那些都是被萧云龙击杀的各方势力。

这让银狼眼中那股嗜杀之意变得更加的浓烈，他喜欢袭杀黑暗世界中那些赫赫有名的强者，而当世大魔王无疑是一个极好的目标。

"魔王果真是名副其实，居然击杀了这么多对手。不过这些人在我眼中也是一个个废物，他们还没资格成为魔王的对手！只要击杀了魔王，那我在圣堂中的排名必然能够上升到前五名！"

银狼暗自冷笑了声，他对自身的实力有着十足的自信，再加上各方势力围剿魔王，他不认为魔王毫发无损，魔王肯定也受伤了，这给他提供了极佳的机会。

"嗖！"

银狼的速度极快，一路奔行着，拥有着狼一般的速度与敏捷性。

银狼正在奔行的过程中，突然间，他脸色猛地一变，整个身体瞬间僵硬了起来，他硬生生地刹住了脚步，瞬间站稳。他没有回头，右手悄然握住了一把枪，左手握住了一柄寒光四射的银色短刀。

"谁？"

银狼沉声冷喝，他方才在奔行中竟是感应到身后有着一道气息将他给完全锁定住了，在这冥冥的夜色中，仿佛有着一双冰冷至极的眼睛正在盯着他。

"你很不错，竟然能够发现我。"

银狼的身后响起了一声冰冷的声音，竟然是一个女人的声音。

银狼暗自深吸口气，他缓缓地转过身来，在这个过程中，他全身的每一个关节都处在紧绷的状态，只要身后稍有异动，他将会迅速的做出反应。

不过他身后之人似乎没有要偷袭的意思，而是等着他转过身来。

银狼转过身来一看，饶是夜色黑暗，暴雨如注，但拥有夜视能力的银狼一眼就看到从黑暗中缓缓走出来一道高挑妙曼的身影，她步伐轻灵，无声无息，恍如一个从夜色中显化而出的夜之女。

她穿着简练的作战服，身上的气息极为平缓，并未给人任何的压迫感，一头褐色的秀发随意扎起，看不清她的脸，只因她脸上戴着一个独特的蝶形面具。

她走了出来，那双宛若寒潭的目光平静地看着银狼，仿佛不曾注意到银狼的双手已经握住了武器。

然而，看清这个女人的那一刻，银狼脸色为之剧变，他猛地想起了一个人，忍不住失声出口——

"夜姬？是、是你！"

当他喊出这个名字的时候，他的心底冒起了一股冰冷刺骨的寒意。

不仅是他，黑暗世界任何一个人喊出这个名字身体内或多或少都会泛起一丝寒意。

夜姬，黑暗世界排名第二的杀手。

黑暗世界中，排名第一的杀手是屠夫，屠夫在杀手圣堂中排名第一，同时他也是黑暗世界公认的排名第一的杀手。

夜姬并不属于杀手圣堂，也不属于任何一股势力，她独来独往，行踪飘忽不定，除非她愿意出现在你面前，否则想要把她找出来无异于大海捞针。

关于黑暗世界中顶级杀手的排名，也有小部分人认为夜姬已经超越了屠夫，理应排名第一。但大部分人还是认为屠夫才是当今世上最强的杀手。

不过夜姬与屠夫从未对战过，孰强孰弱并没有准确的定论，只能凭着他们每一年的战绩对比来下结论。

不管如何，夜姬能够与黑暗世界中成名已久的屠夫相提并论，可见她的强大与恐怖。

也难怪在杀手圣堂中排名第十一，有着极为强大刺杀能力的银狼看到她之后会脸色动容，心中直冒寒气。

"你是杀手圣堂的杀手？要过来袭杀魔王？"

夜姬看着银狼，她语气很冷，就像是一台毫无情感的机器，当中没有任何情绪的波动。

银狼定了定神，他将心头那股惊惧之感压制而下，勉强笑了笑，说道："夜、夜姬阁下，您也是前来击杀魔王的吧？有了夜姬阁下您亲自出手，那魔王肯定上天无路入地无门，死无葬身之地。"

"你错了，我不是魔王的对手。"夜姬语气平静地说道。

银狼脸色一怔，旋即笑着说道："夜姬阁下您是在开玩笑吧？魔王虽强，但我不认为他会是夜姬阁下的对手。夜姬阁下要是出手，魔王必死无疑。"

"你还是不懂我的意思。我的意思是想告诉你，你也不是魔王的对手。现在，你还想去刺杀魔王吗？"夜姬说道。

银狼脸上闪现出一丝不解之意，他有些不明白夜姬的话，忍不住说道："魔王在各方势力的围剿之下早就受伤了，就算他有三头六臂也难逃一死。我不信魔王能够强大到哪里去，再说他已经数年没有现身，他的时代已经过去了。"

"这么说你还是要去刺杀魔王，那我只好把你杀了。"夜姬说道，语气冰冷而又平静，仿佛在说一件微不足道的事情。

随着她这句话落下，一股杀机迸发而出，深沉如狱，恐怖无比，如潮水般冲向了银狼。

银狼脸色大变,那股突然迸发的杀意太过于恐怖了,犹如一根根利刺刺入了他的身体,让他感觉到了一股森寒冷意。

银狼能够在杀手圣堂中排名第十一,绝非浪得虚名,他瞬间做出了反应,右手一动,准备拿出武器。

"嗤!"

然而,对面的夜姬更快,那速度恍如达到了人类速度的巅峰,化作一缕轻烟来到了银狼的跟前,接着这苍茫的雨夜中忽而有一道绯红色的寒芒袭杀而出,刺杀向了银狼的右手!

这一击太快了,快得不可思议,快到银狼根本没有机会拔出手中的武器,一旦强行拔出,那他的右臂将会被削断!

银狼心中骇然之下唯有退,一退再退,不顾一切地全力后退。

然而,无论银狼退得多么迅猛极速,那道绯色寒芒仍旧是穷追不舍,不离银狼的周身要害。

银狼眼中目光一沉,他左手拔出了自身的银色短刀,一道银色刀芒炽盛而起,迎向了那道追杀而至的绯色寒芒。

这道绯色寒芒在虚空中一横一刺,"当"的一声,绯色寒芒迎击上了银狼袭杀而至的银色短刀,一击之下,那股震荡力竟是将银狼手中的银色短刀震荡开来,险些脱落出手。

紧接着,"嗤"的一声,这道绯色寒芒化作一点寒星以电光火石般的速度朝前一刺,隐隐有人体肌肤被刺穿的声音传递而来。

银狼的身形停顿了下来,夜姬也停了下来,她站在银狼的面前,手中握着的一柄流转着绯红色泽的奇形利刃的锋芒定格在了银狼的咽喉之处。

银狼的瞳孔骤然睁大,咽喉蠕动,却是一句话也说不出口。

"嗤!"

夜姬收起这柄利刃,一股鲜血顺着银狼的咽喉部位喷涌而出,他的身体也直挺挺地倒在了地上。

这柄绯色利刃饮了人血之后锋刃上的色泽更加红艳,透出一股妖异的美感。

这柄利刃名为绯月,是夜姬自身最为强大的武器!

夜姬收起绯月,不再去看倒在地上的银狼,恍如她刚才所击杀的不过

08　魔军兄弟

是一个小人物。

事实上，杀手圣堂中能够排名前五十的杀手一个个都是非比寻常的刺杀强者，银狼排名第十一更是强大，可他在夜姬面前，却是连还手的机会都没有。

夜姬方才展现出来的才是一名顶尖杀手的至强本色，快、狠、准，一击必杀！

夜姬的身影消失在了茫茫雨夜中，她朝南面奔行而去，途中她也看到了倒在地上的一具具尸体，她心知这些都是死在魔王手底下各方势力的人手，南面的枪声持续响起，她加快了步伐。

亚德里恩、独眼沙加、狱王、托尼他们四人心中无比的恼怒，他们强攻不下，根本杀不上南面的这座山头。

时间一分一秒地流逝，继续拖下去对他们而言绝非好事。

"我们不能继续这样等下去了，必须要不惜一切代价强攻上去，这样拖下去只怕会有变故发生。"亚德里恩沉声地说道。

"如何强攻上去？你也看到了，一架直升机的火力根本无法压制魔王。"沙加冷冷地说道。

"我们再攻一次，这一次不能有任何的保留，我们冲在最前面。只要能够杀上去，那魔王就是砧板上的肉，任由宰割！"亚德里恩说道。

"强行攻上去吧，拖下去只会有越来越多的人赶来血岛，说不定还会有人过来支援魔王。如今魔王只身一人，他万一有帮手过来，那要想杀他几乎不可能了。"狱王说道。

"我同意！"托尼说道。

独眼沙加想了想，说道："这样吧，你们各自派一个枪手坐上我的那架直升机，多一个枪手，从空中压制的火力就越强，这样才能稳稳地压制魔王。"

"这个办法可以。"亚德里恩点头说道。

沙加让操作直升机的杰克将直升机在一个安全地点降落，亚德里恩、狱王与托尼他们分别派出手底下一名机枪手坐上了这架直升机，如此一来，这架直升机上一共有四名枪手，都手持重型机枪，以此形成密集的火力网从空中压制萧云龙。

"轰隆隆！"

这架直升机腾空而起，承载着四名机枪手，他们一个个眼中的目光狂热无比，有股嗜血的杀机在闪动，这一次他们满怀信心，半空中有四名机枪手的火力压制，这就显得很恐怖了。

萧云龙看着对方那架直升机又飞了过来，心知对方又要开始强攻了，他深吸一口气，据守山头的他无所畏惧。

"哒哒哒哒哒！"

这架直升机飞了过来，一阵阵机枪声响彻当空，直升机内的四名机枪手两人一组分别占据两侧的舱门，他们扣动扳机，火力全开，无尽的金属风暴席卷而下，狂轰滥炸般地射向了萧云龙藏身的山头。

在如此密集的火力扫射下，萧云龙只能紧紧地贴着山头的掩体，想要做出反击都很难。

"看来对方这是要彻底拼命了。也好，那就决一死战吧！"

萧云龙冷冷地说道，他稍稍调整了一个方位，将加特林机枪朝上空持续扫射，他要阻止这架直升机飞过来，否则一旦让这架直升机飞过来就有麻烦了。

趁着这个间隙，亚德里恩、独眼沙加、狱王与托尼他们四人带领着各自的人手顺着那条通道一路冲了上去，半途中他们不断地开枪，不仅是直升机从半空中压制，他们在地面也形成火力压制。

"咻！"

饶是对方火力压制得极为凶猛，萧云龙仍旧可以反击，他握着狙击枪，每一枪射杀而出，对方都会有一名人员被狙杀而亡。

只不过半空中那架直升机的火力压制比之前强大了数倍，这让他的反击远没有之前那么迅速与流畅。

萧云龙倒也不惧对方杀上这座山头，这座山头仅仅是他狙击对方的第一步，倘若对方杀上来，他会采取第二步袭杀行动，他要一步步地将这些敌手给击杀一空。

"砰！"

突然间，一声响彻当空的狙击枪声刺入耳膜，紧接着竟是看到半空中的那架直升机摇晃了一下，直升机右侧舱门旁一道身影从机舱内坠落而下。

"砰！"

又是一声狙击枪声响起,直升机内又有一名枪手当场被狙杀,其喷射而出的鲜血染了机舱内剩下的两名机枪手一身。

很显然,有狙击手正在狙杀这架直升机上的机枪手。

到底是谁?

萧云龙脸色怔了怔,这个藏匿在暗中的狙击手明显是来帮他的,但来的是何人他却不知道。

这架直升机上两名机枪手被狙击枪轰杀,这让对方的火力骤然大减,并且直升机内剩下的那两名机枪手心头惊惧之下缩着身体藏在机舱内,不敢再探身而出,如此一来直升机上的火力顿时停歇。

后方的一处黑暗中,一道轻灵的身影现身而出,她脸上戴着一副面具,露出来的双眸冰冷却有着一缕让人惊恐的杀意,她双手正握着一支狙击步枪,此人正是夜姬。

夜姬身形闪动,恍如鬼魅般神出鬼没,她转移到了另一个方位,接着她端起了手中的狙击步枪,稍稍瞄准便果断地扣下了扳机——

"砰!"

一发狙击弹头射杀而出,准确无误地轰在了这架直升机的油箱部位。

"砰!砰!"

夜姬又接连开了两枪,枪法精准无比,每一发弹头都打在了这架直升机的油箱上,如果继续射击下去,这架直升机的油箱将会被打爆,从而整架直升机将被摧毁。

驾驶直升机的杰克意识到了这一点,他脸色惊骇,眼中露出了一丝恐惧之色,他连忙调转直升机,想要飞离这片区域,继续留在原地肯定会死无葬身之地。

"轰隆隆!"

这架直升机腾空而起,想要逃遁。

"砰!砰!"

夜姬脸色平静,目光更是冰冷到了极致,她又射出两发子弹,这两发子弹一发是穿甲爆破弹,一发是穿甲燃烧弹。

"轰!轰!"

直升机的油箱爆炸,一团火焰腾空而起,整架直升机四分五裂,熊熊烈焰燃烧着这架直升机的机身,化作一团巨大的火球从半空中坠落而下,那轰然爆炸的声音震人耳膜，让人听着都毛骨悚然。

这架直升机就这么被摧毁了，没有了直升机空中火力的压制，那些正朝山头冲去的四大势力的人手也就成为了萧云龙射杀的靶子。

随着这架直升机的坠毁，独眼沙加一张脸变得苍白铁青，亚德里恩他们一个个脸色惊惧，心知后方有一个强大无比的对手赶过来支援魔王。

事实上，亚德里恩他们的噩梦才刚刚开始。

魔军兄弟

后方的北边方向，狂风暴雨仍在肆虐着，一支十三人组成的铁血之军正冒着狂风暴雨极速朝南面的山头行军而上，他们每一个人身上都散发出一股铁血杀伐的气势，每一个人的脸上都闪动着激动的神色，眼中更是有着一团团战意在弥漫。

为首的男子是一个身材挺拔的铁血男儿，他手持加特林机枪，雨水顺着他那张血与火磨炼而出的冷峻面容滚落而下，他听着前面传来的枪声，喝声说道："极速行军，萧老大就在南面的山头上。我想你们都应该还记得，萧老大曾带领我们据守这座山头，与敌人对战厮杀过。"

"极速前进！"

队伍中有人喊道，他们身上那股铁血之意凝聚在了一起，汇成了钢铁般的意志，身上散发而出的那股杀伐气势浓烈到了极点，就像是一支在夜幕中行动的鬼骑兵，悄无声息，却又肃穆森然。

他们正是魔王佣兵团的弟兄，他们终于赶到了血岛，正朝南边的山头极速前进。

所有魔王佣兵团的弟兄都热血沸腾了，他们一个个杀气冲天，整齐一致，连每个人的步伐都是一致的，这让人骇然，也唯有长年累月的配合训练才能达到这样的效果。

这样一支铁血之军才是精锐中的精锐，才是战斗中的王者。

穆恩率领的魔王佣兵团的弟兄极速行军，很快就抵达了南面这座山头的山脚下，他们听到剧烈的交火声，在夜色中隐约看到了各方势力的人手正顺着那条通道朝着山头上冲杀。

08　魔军兄弟

"战!"

穆恩暴喝一声。

"嗖嗖嗖!"

魔王佣兵团的弟兄迅速展开行动,他们彼此配合,从后方冲杀向了亚德里恩、独眼沙加、狱王、托尼他们的势力。

小武与两名魔王兄弟组成一组,他从右侧袭杀而上,他双手握着两把手枪,连开数枪,每一枪都溅起一朵朵血花,前方地狱组织的三四人立即被枪杀。

石头从左侧包抄冲上去,他手中拿着一把微冲,身形跳跃之间持枪横扫,前方的敌人纷纷惨叫连连。

穆恩率人从中路强势杀伐而上,他手持加特林机枪,狂风暴雨般地朝着前方射杀。

穆恩的身后,小刀、老莫、林渊、徐超等一名名魔王兄弟分工明确,有的手持狙击枪狙杀,有的持着微冲扫射,有的握着手枪进行短距离击杀,在这重重火力之下,四大势力的人手死伤惨重。

仅仅是一个照面而已,对方已经有将近二十人被击杀倒地。

山头上,萧云龙又狙杀了对方两名最先冲上来的人手,就在这时,他听到了山脚下突如其来的枪声,那强大的火力全面覆盖,将这条通道上的四大势力的所有人手都笼罩在强大的火力网下。

如此布置有素,层层覆盖,轰杀得对方喘不上气的战术配合让萧云龙有种熟悉的感觉,接着他隐约听到了穆恩的喊声,他也感应到了一道道极为熟悉的气息,这些人的气息他永生都不会忘记!

魔王兄弟,是魔王佣兵团的兄弟们!

"萧老大,我们来了!"

"萧老大,你是在上面吗?弟兄们过来了!"

"萧老大,弟兄们可想死你了!"

就在这时,下方一声声中气十足的喊声冲霄而起,经久不息地回荡在这暴雨如注的雨夜之中。

那一刻,萧云龙眼角一热,眼眶都要湿润起来,他胸腔内更是激荡起一股炙热的热血,浑身的血液仿佛有着烈火焚烧,瞬间沸腾了起来。

多少年了,这种浑身热血燃烧的感觉再度重现!

只因为魔王佣兵团的兄弟们来了！

"兄弟们，你们来了，让我们并肩作战吧！"

萧云龙大吼出口，声震如雷，轰鸣作响，他不再掩藏，身形一动，化作一道闪电杀了出来，他手握加特林机枪，朝着通道上各方势力的人手疯狂扫射过去。

亚德里恩、独眼沙加、狱王、托尼他们被打蒙了，他们现在可谓是腹背受敌，并且他们处在这条通道之上，已经没有任何退路，犹如待宰羔羊，任由萧云龙与后方支援而上的魔王兄弟强势击杀。

萧云龙奔行如电，他的身形忽左忽右，根本无法将他的身形锁定，直至临近这四大势力的人手后，他将手中的加特林机枪扔掉，一个冲刺过去，右手握着的夜鹰平刃横斩而出，一道寒芒撕裂了虚空。

"嗤！"

一名骷髅佣兵团的战士根本来不及做出反应，就被萧云龙这一刀割断了咽喉，血流如注。

萧云龙身形再度一闪，朝着这些仅剩下的数十号人手杀了进去。

与此同时，魔王佣兵团的弟兄也一个个杀了上来，他们舍弃手中的武器，纷纷拔出军刀，强势无比地杀伐而上，一个个悍勇无双，展现出了堪称是巅峰的近身搏杀技巧。

穆恩率领着小武、石头、小刀等人一路强势杀上来，所过之处各方势力的人手成片成片地倒下。

转眼间，这条狭窄的通道就成了一个混战的场地。

亚德里恩发现了萧云龙的身影，他身形一动，想要朝萧云龙冲杀过去。

突然间，一股狂暴的威压气势席卷向了亚德里恩，他旋即感到身后传来一道锐利无比的拳风。

亚德里恩心中一惊，他来不及多想，反手一拳迎上了背后轰杀而来的拳头。

"砰！"

两人拳势对轰在了一起，亚德里恩浑身一震，竟是有些摇摇晃晃，而在他的面前站着一道挺拔伟岸的身影，那张脸冷峻刚硬得犹如坚硬的岩石，那锐利如刀的目光盯住了亚德里恩。

"猎人公会的？就凭你们也想来击杀萧老大？"

08 魔军兄弟

穆恩冷笑了声，眼中杀机泛起。

"你是……龙神？"亚德里恩忍不住开口问道。

魔王佣兵团中除了赫赫有名的魔王，还有另一名强者，正是名号为龙神的穆恩。

"正是老子我！你可以去死了！"

穆恩冷冷地开口道，他脚下一蹬，身边席卷起一股凌厉的劲风，可见他一动之下的速度是何等之快，他朝着亚德里恩冲了上去，自身那股狂暴的杀意如潮水般地奔腾而出，有着惊天威势。

魔王一怒，血杀千里；龙神一怒，风云变色！

不仅是穆恩，小武、石头、小刀、老莫等所有魔王佣兵团的弟兄全都杀了上来，小武、石头他们看到了前面那道正在强势杀伐的身影，那凌厉无比的杀人之道、那矫健灵动的身手、那股狂暴的力量……这一切竟是如此的熟悉，他们的眼眶通红起来，有股温暖之意涌上心头。

前面那道身影正是萧云龙，正是他们心目中无可替代的老大，也是整个魔王佣兵团的灵魂所在！

"萧老大！"

石头、小武他们纷纷大喊起来，语气激动无比，有股热血激荡之感。

萧云龙目光一瞥，看到了小武他们，他朗声大笑，喝声说道："小武，接招！"

说着，萧云龙右臂一震，将右边一名冲杀过来的对手震开，恰好朝小武那边的方位倒退而去。

小武极为默契，他整个人"嗖"的一声冲了过去，待到那名对手倒退来，小武手中一柄军刀从对方的咽喉上划过。

"石头，到你了！"

萧云龙再度开口，一腿将一名骷髅佣兵团的战士踢飞而出，石头一个箭步冲了上来，他右手一伸，钳住了这名骷髅佣兵团战士的咽喉，用力一拧，对方立即断气。

"魔王，你找死！"

独眼沙加怒吼道，他眼中闪动着狰狞可怖的目光，瞬间冲到了萧云龙面前，他右手拳头轰杀而出，拳头上带着的钢套呼啸作响，在他自身那股力量的催动之下，使得这一拳的威力强悍无比。

萧云龙眼中目光一沉，右手握着的夜鹰平刃横斩过去，"当"的一声与沙加带着的钢铁拳套对击在了一起。

"呼！"

萧云龙的右腿横扫而去，那股呼啸而起的腿势强悍绝伦，蕴含着萧云龙的极限力量，看着就像是一根巨大的铁棍横扫而出，有着一股摧枯拉朽的气势，可以镇杀眼前一切强敌。

沙加脸色惊骇，他左臂迅速地横挡而出，招架萧云龙镇杀而至的这一腿。

"砰！"

然而，沙加又岂能完全抵挡下萧云龙这狂暴绝伦的一腿横扫，萧云龙这一腿之势连着沙加的左臂轰在了他的身躯上，沙加脸色苍白，口中忍不住咳出了猩红的鲜血。

"呼！呼！"

萧云龙的腿势连绵而起，这接连而起的腿势拥有着一股横断山峦的威势，横扫向了沙加。

"吼！"

沙加怒吼出口，他右手拳头攻杀而出，迎上了眼前横扫而至蕴含着恐怖巨力的腿势。

"砰！"

萧云龙的腿势与沙加的拳头打在了一起，让沙加为之惊惧的是萧云龙的左右双腿宛如钢铁浇铸而成的，他右手拳头上分明带着钢套，可他拳头上的钢套与萧云龙腿势硬碰之下，萧云龙就像没事儿一样，反而那股席卷而至的腿势力量逼得他接连后退。

在萧云龙接连不断的腿势碾压之下，沙加抵挡了几招，身上便出现破绽。

萧云龙眼中目光锐利而起，他暴喝了声："给我跪下！"

"轰！"

说话间，萧云龙右腿自上而下地横扫而下，这一腿攻破了沙加的层层防护，轰击在了沙加的身上。

"扑通"一声，沙加整个人忍不住跪倒在地。

萧云龙的左腿在瞬间横扫而出，重重地踢在了沙加的脸上——

"咔嚓！"

沙加的整个脸面朝着右侧扭转而去，他的脖子在萧云龙这一腿之力下已经折断，是以沙加扭转过去的脸面几乎转到了自己的后背。

这个在黑暗世界中臭名昭著、凶残嗜血的骷髅佣兵团头目就此被杀。

并肩战斗

另一边，小武迎战上狱王，石头杀向托尼。

至于这四大势力的其他人手已经没有几个活人，被魔王佣兵团的其他弟兄逐一格杀。

"老莫，身手不减当年啊！"

萧云龙放眼看去，看到前方的老莫接连格杀了两名猎人公会的猎人，他笑着说道。

"哈哈，萧老大，我虽说年纪大了，但也绝不能给弟兄们拖后腿啊。"老莫笑着说道。

萧云龙环视当场，场中的战斗基本就要结束了，不远处穆恩仍在与亚德里恩对战着，不过亚德里恩节节后退，已经被穆恩全面压制。

萧云龙忽而心有所感，他朝着下方山脚的一处黑暗看去，在这雨夜他自然是看不清什么，但他能感应得到那个地方默默地站立着一个人，一个绝对强大无比的人。

萧云龙心中一动，想着原先帮忙击毁那架直升机的也许就是这个人。

事实上，夜姬正静静地站在那儿，她看着魔王佣兵团的人赶来，这场战斗已经不需要她出手，她就没有再行动。她站在那黑暗深处，不再出手，却是在守着那一片区域，提防其他敌人再杀过来。

"吼！"

这时，穆恩与亚德里恩的战斗已经到了尾声。亚德里恩口中咳血，他猛地起身而上，一拳轰向了穆恩。

穆恩踏步而上，面对亚德里恩这一拳竟是没有任何地闪避。

"砰！"

亚德里恩这一拳击中了穆恩的胸膛，他的拳头竟然隐隐有些生疼，他心中大骇，难以想象穆恩的身体强度达到了何等程度。

穆恩嘴角露出了一丝狞笑，他双手钳住了亚德里恩的右臂，用力一拧——

"咔嚓！"

亚德里恩的右臂肩胛骨脱臼，穆恩右腿膝盖冲顶而上，狠狠地撞击在了亚德里恩的胸膛上，亚德里恩口中鲜血狂吐，身躯也弯了下来。

穆恩右手一肘横击而出，重重地击在了亚德里恩的脖侧之上。

"砰"的一声，亚德里恩倒在了地上，再也无法站起来。

赫赫有名的黄金猎人亚德里恩就此战死。

至于狱王与托尼，他们本就被小武与石头击伤，其余魔王兄弟也纷纷扑杀向这两人，联手之下也将这两人击杀在地。

环首四顾，场中唯独剩下魔王佣兵团的弟兄，这四股势力的人手全都被击杀一空，一股厚重的血腥味道在雨夜的上空弥漫着。

这时，雨势已经渐渐地小了，夜色仍旧是深沉无比。

"萧老大！"

穆恩朝萧云龙走过来，他忽而一抹脸上的雨水，右腿一屈，单膝跪地。

小刀、小武、石头、老莫、林渊、徐超等一个个魔王佣兵团的弟兄也围了上来，他们单膝跪地，深深地低着头，一个个静默无言，一股沉重无比的悲壮气息从他们身上弥漫而出。

萧云龙怔住了，而后他脸上闪过一丝怒意，他喝声说道："你们这是干什么？都给我站起来！老子跟你们说过多少次，男儿膝下有黄金，跪天跪地跪父母，你们这是什么意思？都给我站起来！"

萧云龙语气凌厉，但说着说着他的声音却是有着一丝颤动，有着一丝哽咽。

他知道穆恩他们是什么意思，他已经看清楚了眼前这些魔王弟兄们，场中并没有何青、强子跟孤狼这三人，所以他心知，这三个兄弟回不来了，永生永世再也无法相见。

穆恩他们仍旧是单膝跪地，静默无声，那股肃穆而又悲壮的气势让人为之动容。

萧云龙深吸一口气，他走过去将穆恩用力地拉了起来，他看着穆恩，没有说什么，用力地抱着他，在他的后背上重重地拍了几下。

接着，萧云龙拉起了小刀、小武、石头等人，将一个个魔王佣兵团的兄弟拉了起来，与他们热烈地拥抱。

小武、石头他们看着萧云龙，眼圈禁不住红了起来，小武咬了咬牙，说道："萧老大，对、对不起……"

萧云龙伸手拍了拍小武的肩头，说道："兄弟们，还记得当初我联合你们组建魔王佣兵团时说的话吗？我说真正的兄弟在一起，只有对与错，对的就保持，朝着对的方向前进；错的，我们要勇于承认，积极改正。但绝没有对不起之说。因为，真正的兄弟不需要对不起，需要的是对得起！你们每一个人，都对得起魔王佣兵团，都对得起任何一个弟兄，包括不幸战死的兄弟！"

穆恩深吸一口气，他正要准备说什么，可突然间他眼中的目光凌厉而起，他转头看向了下方山脚的方位，远处的黑暗中隐约看到一道身影轻灵而又无声地朝上方走来。

其余魔王佣兵团的兄弟也注意到了这个情况，他们在本能的驱动之下立即握住了手中的武器，做出了战斗的姿态。

只因他们每个人心头都生出一股极度危险之感，下方那道正走上来的身影虽说并没有什么特别的气息在弥漫，却是让穆恩他们如临大敌，脸色凝重起来。

"别动！"

萧云龙忽而开口，让穆恩他们别轻举妄动，这时候穆恩他们在迅速之间已经形成了一种战术配合，无论多么强大的对手要冲上来，他们都会予以凌厉地反击。

山脚下那道走上来的身影似缓实快，这是一道婀娜妙曼的身影，穿在身上的皮革作战制服勾勒出她那美妙性感的曲线，却是看不清她的脸，只因她脸上戴着一副蝶形面具。

走上来的人正是夜姬。

夜姬径直朝萧云龙走来，她那双宛若寒潭的目光凝视着萧云龙，这双原本宛如万古寒冰般的眼眸在看向萧云龙的时候竟是多出了丝丝暖意，还带着一丝虔诚与敬畏。

夜姬走到萧云龙面前，忽而单膝跪地，右手放在胸前，她轻轻地低下头，朱唇轻启，只说了两个字——

"吾王！"

短短两个字，却是如此的震撼人心！

倘若让黑暗世界的各方强者看到这一幕，只怕下巴都要惊得掉下来。

夜姬身为黑暗世界排名第二的顶级杀手，一身实力难以想象，可她却在萧云龙面前单膝跪地，以虔诚且敬畏的语气说出"吾王"两个字。

吾王，吾之王！

这不仅是臣服，更是一种极度的崇拜。

萧云龙皱了皱眉，他看不到夜姬的脸，不过夜姬那双宛若寒潭般的眼眸却是让他有种熟悉之感，冷不防的，他心头闪过一道惊雷，他脑海中立即浮现出了多年前的那个小女孩，他脱口而出问道："夜姬？是你？"

"吾王，正是夜姬。"夜姬开口说道，她仍是单膝跪地，并未站起来。

"有五年还是六年了？时间过得真快，你长大了，也变强了，这让我很欣慰。"萧云龙开口说道，"起来吧，别跪着，犯不着对我这样。你并不欠我什么，还有，也无须叫我吾王，叫我的名字吧。"

夜姬站起身来，她那双露出来的宛若寒潭般的目光固执得近乎执拗地看着萧云龙，说道："在我心中，你就是王。所以，你是我的王，没有你，就没有我。"

萧云龙一时间不知道该说什么好，看着眼前的夜姬，他能够感应得到夜姬这副看似柔弱的身躯内蕴含着的那股惊人的力量与凌厉的气息，他明白夜姬已经彻底地成长了，从当年的那个惨遭灭门孤独无助的小女孩成为了一个黑暗世界中的强者。

"我当年说过，你我并不相欠，你要想做一个真正的杀手，心中就不能留有任何情感，对我亦是如此。看来你还不够纯粹，还不能做到真正的冰冷无情。"萧云龙说道。

夜姬没有说话，她本身就是一个不善言辞的女人，她只是看着萧云龙，那目光一如当年的纯净与执着。

她永远也不会忘记，多年前的那个夜晚，她的父母被黑暗世界中一股势力追杀，父母惨死，家里的房子燃起了冲天大火，年幼的她被困在里面，无助地啼哭着。

恰好路过的萧云龙冲进了那片火海，将她抱了出来。

当时无家可归的她只好跟着萧云龙，她不会忘记当时萧云龙牵着她的小手往前走的感觉，那手心的温暖至今仍是她在这黑暗世界杀伐中感到唯一的一丝温情。

她还记得，当时萧云龙准备把她送给一户善良的人家收养，她并不肯，哭喊着追了出来，她一路追着快步离开的萧云龙，她不记得她跑了多久，追跑到双脚都磨出了血泡，追跑到她晕了过去。

当她醒来的时候，看到萧云龙就在她身边，为她包扎满是血泡的双足。

她当时一眨不眨地看着萧云龙，觉得这个世界上她唯独剩下眼前这个可以亲近的人了，他不仅是她的恩人，更是她心中的王！

她说她要变强，要成为一名杀手，要为自己的父母报仇。

萧云龙就教给她杀人之道，教给她如何使用各种类型的枪械，如何潜行杀敌，甚至有些时候萧云龙在单独行动的时候也会带上她，让她在观摩中不断地学习。

也许是她的天赋使然，又或者是她心里面怀着深仇大恨，她在学习杀人之道的技巧方面展现出来的天赋连萧云龙都惊讶，无论教给她什么，她都能够立即掌握，并且融会贯通。

到了最后，萧云龙觉得已经没有什么可教给她的了，就让她离开，让她自己去磨砺，自己去成长。

萧云龙不可能庇护她一辈子，若是这样她只是一朵在温室里长大的花朵，经不起任何风吹雨打。唯有她自己去历练，去经历各种危险，才能真正学以致用，才能成为一名真正强大的杀手。

夜姬记得当初她是被萧云龙强行驱逐离开的，她哭红了双眼，也还记得萧云龙当时对她说过的一句话：

"当有一天，你因为某种立场或者原因，能够对我出手，并且将我击杀的时候，证明你已经成为这个世界上最顶尖的杀手了！"

从离开萧云龙的那一刻起，夜姬经历了各种危险重重的历练，特别是在萧云龙离开魔王佣兵团的这三年多来，她更是以惊人的速度成长，直至现在成为了黑暗世界中排名第二的杀手。

她可以对任何人冷漠，唯独在看到萧云龙的时候眼眸中才会有着一丝温情与暖意。

她不会忘记萧云龙当年牵着她的手时手心传来的温度，要说当今世上她还有一个亲人，那就是萧云龙，她视他为王！

"先找个地方坐下来休息一下吧，正好这场暴雨要停了。"萧云龙开口说道。

穆恩、小武、石头他们似乎有些反应不过来，事实上他们心中确实震骇万分，早已掀起了惊涛骇浪——夜姬？黑暗世界排名第二的顶尖杀手？与屠夫并列的存在？

穆恩他们当然知道夜姬的鼎鼎大名，被誉为黑暗世界中最强大也是最神秘的女人之一。

可他们万分没有想到，夜姬居然称萧云龙为吾王，这有种颠覆他们三观的感觉。

"不愧是萧老大，就连黑暗世界排名第二的顶级杀手都要单膝下跪，甘愿臣服，放眼整个黑暗世界有谁能够有这份殊荣？无论是死亡神殿的死神，还是黑十字圣殿的圣殿之主，或者是那位高高在上的夜之女王，也没有这样的殊荣吧？"

小武、石头、小刀他们彼此对视了一眼，心中不约而同地想着。

"原来是鼎鼎有名的夜姬，既然你跟萧老大认识，那以后就是我们魔王佣兵团的朋友，对于朋友我们魔王佣兵团可都是赴汤蹈火，热血相助。"穆恩笑着对夜姬说道。

岂料夜姬目光都未曾转去看穆恩一眼，她走到萧云龙的身旁，静静地站着。

穆恩碰了一鼻子灰，脸色略显尴尬，不过他从夜姬那冰冷的气质中知道这个女人属于不善于交谈的类型。

事实上，身为一个顶尖杀手，都是独来独往，久而久之与他人之间也就有了一种冷漠的隔阂。

"去上面的山头，还记得以前我们也曾占据在这座山头上热血杀敌，仿佛又回到了当年的情景。"萧云龙笑着说道，带领穆恩他们走上了南面的这座山头。

暴雨已经停了，天际边隐隐露出了一丝鱼肚白。

也就是说，这一战持续了一天一夜，从萧云龙初临血岛，就一直在战斗着。

来到了这个山头，萧云龙他们坐在一些裸露出来的岩石上面，穆恩开口喊了声："熊子、王战，把你们的战术背包拿过来，把里面的干肉烈酒都摆上。如今与萧老大相聚,先喝上一杯。"

很快,魔王兄弟都围了过来,他们一个个脸色亢奋而又激动,时隔三年多又与萧云龙相聚在了一起,彼此间那份兄弟热血情义也激荡而起。

熊子是个个头魁梧的大汉,憨厚老实,他走过来,将战术背包解开,笑着说道:"萧老大,兄弟们好久没跟你喝酒了,这里有当年你最喜欢的人头马,不过是小瓶装的。"

"熊子,这些年过去了,破处了吗?"萧云龙一笑,忽而问道。

"哈哈哈……"

萧云龙这话一出,场中众人禁不住纷纷大笑起来。

熊子黝黑的脸一红,他挠了挠头,显得不好意思地说道:"萧老大,我第一次是要留给我媳妇的。"

"去你的!就你这熊样见到个女人就脸红,屁都不敢放一个。还想找媳妇呢?"王战走了过来,他个头不高,体格厚实,就像是那墩柱般沉稳厚重,他笑着说道,"萧老大,不瞒你说,好几次我们趁着熊子大醉了,给他的床边上安排个美女,结果一整晚过去,他跟安排的美女泾渭分明,那个美女要是靠近他半分,就被他给扔飞了,一点儿都不懂得怜香惜玉。"

"王战,感情那些馊主意都是你出的。看来你是想打架了,先干一架再说。"熊子咕哝说道。

"哈哈,我才不跟你比蛮力,你一身蛮力要是无处可发,可以找萧老大。"王战笑着说道。

魔王兄弟的战术背包中都带着食物,干肉、烈酒,应有尽有,他们常在深山野岭或者是戈壁沙漠中行军,自然需要备足吃的东西。

萧云龙打开一瓶酒,他稍稍沉默,深吸一口气,说道:"先祭奠我们的兄弟,何青、强子、孤狼,我的好兄弟们,一路走好!"

穆恩、小刀、石头、小武他们都默然着,纷纷拿起酒,朝着地面上轻轻地洒落。

"老萧,我老穆对不起你,未能保护好兄弟们。"穆恩沉声说道,语气中带着一丝悲痛之意。

萧云龙拍了拍穆恩的肩头,说道:"老穆,不要再自责了。事情的经过我了解得差不多了,在那样的情况下,就算是我带队,也不能做到每个兄弟都毫发无损。战争总会有伤亡,这些我们都要去面对。"

09　古兰斯特公主

久别重逢

穆恩灌了口酒，他缓缓开口，将当初魔王佣兵团的兄弟遭遇到死亡神殿、暗夜响尾蛇佣兵团、猎虎佣兵团三方势力的人手联合围杀袭击之事说了出来。

萧云龙静静地听着，末了他问道："当时你们接的是什么任务？"

"任务就是护送一艘从加勒比海域前往墨西哥的货轮，货轮上的物资达到了数十亿美金，加勒比海域最近有着数股海盗极为的猖狂。接头人通过我们佣兵团的任务系统请求我们去护送。当时我就带着弟兄们前往，准备去加勒比海域看看这艘货轮，再决定是否接下这个任务。谁知在东欧的一处雨林中，我们遭到了伏击！也正是这场突如其来的伏击让何青、强子、孤狼他们身负重伤。若非如此，他们也不会牺牲。"穆恩沉声说道。

萧云龙眼中目光一沉，他问道："接头人呢？"

"事后我们找到了接头人，找到他的时候，他已经被杀身亡。"穆恩沉声说道。

萧云龙点上根烟，深吸了一口，说道："看来你们的确是中了别人设下的圈套。"

"我们经过调查，基本可以确定是死亡神殿的人找上了接头人，接头人再联系我们。我们出动之后，在途经加勒比海域所必经的东欧那片雨林中，死亡神殿联合其他两大佣兵团对我们进行伏击。这的确是一个圈套。"穆恩说道。

"遇上如此突如其来的伏击，就算是我带队也无法做到全身而退。"萧云龙开口，他看向穆恩等人，说道，"所以你们就瞒着我，想要背着我去找死亡神殿他们报仇？"

"老萧，这个仇不报，我无脸见你。"穆恩惭愧而又内疚地说道。

"萧老大，你也不要怪穆哥，当初是我们一致决定要瞒着你的。萧老大你回到了国内，那边有你的家人还有你的未婚妻，我们不想打扰你一直渴望的平静生活。"小武说道。

"我明白你们的意思。但不要忘了，我永远都是魔王佣兵团的一分子，有任何事情发生，你们岂能把我给撇下？这就太不应该了。"萧云龙说道。

石头忍不住问道："萧老大，你怎么突然赶来血岛？莫非你已经知道我们出了事？"

"死亡神殿的人潜入江海市妄图制造恐怖袭击，我将他们格杀了，从中也得知你们被死亡神殿、暗夜响尾蛇佣兵团、猎虎佣兵团围剿袭杀之事。"萧云龙开口，他接着说道，"我知道这个消息后联系你们，却联系不上。我心知你们肯定要去找这三股势力报仇去了，我唯有赶来血岛，宣告黑暗世界我就在这里，将八方敌人吸引过来，也只有这样才能帮到你们。"

饶是魔王的弟兄们早已猜得到萧云龙在血岛的目的，可听萧云龙说完后他们心中仍是为之感动。

这让他们意识到，老大还是那个老大，永远都不会改变。

当得知他们有状况发生的时候，萧云龙便第一时间赶过来，与他们一起并肩作战。

"我此举本想将死亡神殿的人引过来，只可惜直至现在，也没有看到死亡神殿的人出现。"萧云龙说道。

"萧老大，已经有哪些势力前来血岛想要围剿你？"小刀问道。

萧云龙沉吟了声，他说道："黑十字圣殿、杀手圣堂、地狱组织、猎人公会、幽灵组织、黑手党、山口组还有骷髅佣兵团。不过这些势力派来的人手都已经被格杀一空，只要他们敢来，我就让他们有来无回！"

"依我看死亡神殿这是怕了吧，或者是静观其变。死神本身就是一个极为狡猾之人。"一旁的老莫说道。

萧云龙双眼一眯，说道："死亡神殿这一次真正的目的是想要逼我现身，他们设下这个圈套来对付你们，最终的目的其实是为了我。我现在也不知道死亡神殿逼迫我现身而出是有什么企图，不管如何，死亡神殿联合其他两股佣兵团残杀我的兄弟，那血仇就要血报！无论是死亡神殿还是暗夜响尾蛇、猎虎这两股佣兵团都要除掉，杀他们个血流成河！"

"哈哈，萧老大这话我爱听！他们敢针对我们魔王兄弟，那就让他们全都下地狱！"穆恩冷笑着说道。

"萧老大，还会不会有敌人前来血岛？总感觉今晚战得还不够热血，还想跟萧老大一起并肩杀敌！"小刀激动地说道。

"会的，还会有人来，而且来的只怕是黑暗世界中的顶尖强者了。"萧云龙缓缓说道。

"那也不怕，只要我们魔王兄弟在一起，无论来的是什么强敌，都可以击杀！"小武说道，语气极为强硬。

"那是当然，我魔王佣兵团无惧任何强敌。"萧云龙微微一笑。

萧云龙站起身，拿起一瓶酒跟一些干肉，朝旁侧走了过去。

夜姬静静地站在那一侧，恍如与夜色融合在了一起，萧云龙与魔王兄弟相聚她并未走过去，她只认萧云龙一个人，其余人她不认识也不会主动去认识，这跟她的性格有关。

"喝酒吗？"萧云龙走到她的面前，扬了扬手中的酒瓶问道。

"喝一口。"夜姬说道。

萧云龙一笑，将酒瓶递给了她。

夜姬灌了一口酒，咽了下去忍不住干咳了几声，她显然不胜酒力，一口酒下去就被呛到了。

"这些年过得如何？"萧云龙问道。

夜姬双眸一眨，说道："战斗，变强，活下去——这就是我的生活，只是，没有当初你护着我的时候快乐。"

萧云龙深吸一口气，说道："人总要学着长大，你也不例外。有时候长大的代价很大，会让人失去很多东西，比方亲人、快乐、纯真……但这些我们都要去面对，都要去承担。你现在已经如愿以偿的成为一名杀手，并且还是黑暗世界中排名第二的杀手。我想让你明白一点——你是一个人，而不是一台冰冷无情的杀戮机器，明白了吗？"

夜姬点了点头，说道："只要你还在，我不会忘记初心，只有你才会让我心中保留永恒不变的温情。"

萧云龙一怔，他笑了笑，转移了话题，看着夜姬脸上的蝶形面具，问道："为什么脸上戴着面具？"

"除了你，我不想让别人看到我的面容。"夜姬干脆地回答道。

"咳咳咳……"

萧云龙刚喝了口酒，听到这话，他就被呛到了，他苦笑了声，说道："真拿你没办法。"

他也发觉，夜姬仍旧是如同当年他牵着手的那个小女孩一样，面对他的时候仍旧是保持着那份纯真与执着。

"查到当年害你父母的仇人的消息了吗？"顿了顿，萧云龙问道。

夜姬摇了摇头，说道："我追着当年的线索查过，但线索到女王那边就中断了，再也查不下去。"

"夜之女王？"

萧云龙皱了皱眉，脸上闪过一丝凝重之意。

"是！"夜姬点头说道。

萧云龙眉头紧锁，如果六年前夜姬的父母被害与夜之女王有关，那这件事就不简单了，他不由好奇夜姬的父母当年是什么身份，怎么会与夜之女王有关？

萧云龙还未在黑暗世界中成名的时候，夜之女王在黑暗世界中早已是大名鼎鼎。

关于夜之女王的信息极少，而她的传说却有很多，从未有人见过她的真面目，她却是如同一尊王者俯视掌控着整个黑暗世界。

只要夜之女王愿意，她可以调动黑暗世界中任何一股强大的势力为她卖命，提起她，黑暗世界中任何一个强者都会对她保持一份谦卑与敬重。

有传言说，夜之女王是古代所罗门王的直系后裔，暗中掌控着无尽的财富，打造了自己的金融帝国，能与世界上各大古老的金融巨头世家相提并论，无形中影响着整个世界的金融领域。

不管流传出来的这些传言是真是假，都足以说明夜之女王的不凡，这是一个真正的巨头人物，即便是死亡神殿、黑十字圣殿这些势力跟她相比都不足为道。

萧云龙深吸一口气，缓缓说道："如果当年你父母被害之事真的与夜之女王有关，我会站在你这边。放心吧，你不会孤独一人的。"

夜姬眼眸晶亮而起，似乎泛起了一丝笑意。

她明白萧云龙说出这句话的分量，夜之女王在黑暗世界中的地位可以说是无人能撼，就如一尊黑暗王者，没有任何一股势力或者任何一个人胆敢跟夜之女王对抗，那无疑是自寻死路。

萧云龙却说站在她这一边，即便是与夜之女王对抗也在所不惜，如何不让夜姬感到开心？

其实按照夜姬的本性，倘若当年她的父母被害真的是夜之女王的势力所为，那她就算是对付夜之女王也会是她独自一人行动，不会把萧云龙牵连进来。

她高兴的是萧云龙所说的那句话，所表明的立场，这足以证明萧云龙并未忘记她，一如当年守护着她。

"吾王，你想看我吗？我把面具摘下。"

夜姬难得一笑，开口问道，语气中满是期待之意。

萧云龙脸色怔住，这个问题他真是不知该如何回答。

南太平洋上有一座美丽的岛屿，四季如春，面朝大海，碧水蓝天，绿意盎然，空气清新无比。

岛屿上有着停机坪，也有一条开辟出来的飞机跑道，数架直升机跟一架私人飞机静静地停放着，四周有穿着制服的士兵持枪站岗，来回巡逻。

这里看上去像是一个独立的王国。

岛屿中间有一座西式城堡，城堡以暗红色为主调，透出一股年代久远的沧桑感，却又有着低调的奢华。

这就是威名显赫的暗夜城堡，夜之女王的居住地。

这里也是夜之女王的一个王国。

每年夏季她会在这里住上几个月，享受夏季在海边生活的乐趣。

"轰隆隆！"

一架直升机从远空飞来，缓缓降落在了这个私人岛屿上。

直升机停下后舱门打开，一名六十岁左右的老者步履从容地走下直升机，他穿着一套黑色中带着暗红纹路的衣服，花白的头发梳理得一丝不苟，一双老眼中闪动着睿智的光芒，他朝暗夜城堡走了进去。

城堡的门口外面有两名犹如铁塔般的黑人大汉据守着，他们身高超过两米，庞大魁梧的身体犹如两座黑黝黝的山头耸立着，他们的手臂如同成年男子的大腿般粗壮，一根根虬结而起的肌肉线条有着恐怖的力量，也向外人彰显着他们的危险性。

看到这名老者走来,这两名铁塔般的巨汉右手放在胸前弯腰施礼,而后他们推开了城堡那扇高达五米的巨型大门,这扇大门是用厚达十公分的特殊合金钢铁建造而成,即便是导弹都攻不破。

在这座私人岛屿中,能够让这两个铁塔般的巨汉保持着如此礼节的只有两个人,一个自然就是夜之女王,另一个就是暗夜城堡的管家贝格拉斯。

这名老者正是贝格拉斯,他是暗夜城堡的管家,同时也是当今世上唯一能够接近夜之女王的亲信。

贝格拉斯走进了城堡,大殿宽敞而雄伟,随处可见的巨大壁画均是出自大师的手笔,没有多余的点缀与布置,看上去显得空荡荡的,可就是这种空旷越发彰显出雄伟之感,震撼人心。

贝格拉斯看了看时间,此刻是当地时间早上八点,他是有事来跟夜之女王禀报,不过看着这个时间点兴许夜之女王仍在睡觉,他便静静地站在大殿中。

"贝格拉斯,你回来了。"

就在这时,一声魅惑中带着高冷却又充满磁性的声音响起,回荡在整个空荡荡的大殿内。

"尊敬的女王,我刚回来,以为女王在休息,故未打扰。"贝格拉斯躬身说道。

"看来你来找我是有事,来我的寝宫吧。"那声魅惑却又慵懒的声音响起。

"是,女王阁下。"

贝格拉斯开口说道,他顺着城堡的扶梯一路走上,一直走到了顶楼,这一层楼都是夜之女王的寝宫,既然是寝宫那当然就是她最为私密的地方。

夜之女王的整个寝宫奢华高贵,处处散发出一股贵族气息,空气中弥漫着一缕清幽的香味,让人为之心旷神怡。

贝格拉斯走进了这处寝宫后他一直低着头往前走,一直走到前方,来到一张华丽的大床前十米之处,他单膝跪下,右手放于胸前,保持着低头的姿势。

前方有着一张极致华丽的大床,大床的上方垂落而下一条条暗红色的轻纱,远看着就像是一朵盛开的巨大花朵垂落而下,宛如帷幕般恰好将这张床给笼罩住。

透过这些半透明的暗红轻纱，依稀可以看到床上娇慵懒散地躺着一道倩影，有一股成熟女人的韵味在散发而出，极为的撩人心弦。

却是看不清她的面容，依稀隐现而出的五官轮廓如梦似幻，却又显得极为的不真实。

这就是夜之女王，当今世上最神秘的一个女人。

"说吧，有什么事？"夜之女王开口说道，她像是刚睡醒，充满磁性的声音中带着一丝娇慵之意。

"女王阁下，血岛的战事已经告一段落，前往血岛追杀魔王的各方势力全部被击杀，无一生还。"贝格拉斯缓缓开口说道。

"魔王……当年那个小男孩已经长大了吗？"夜之女王像是在自语。

"通过这一战，我已经掌握到了魔王的实力，他一身战力很强，深不可测。"贝格拉斯低着头，继续说道。

"哦？如果按照我们的评级标准，他属于第几级？"

"最起码是A级！"

"A级？那也是不错了。我们的评级标准中，整个黑暗世界能够达到A级实力的强者并不多吧？"

"并不多，不出十个。"

"然后呢？"

"所以，属下认为魔王拥有足够的资格参与我们的计划，他拥有足够强大的实力来参与我们的'核心'行动。"贝格拉斯说道。

"我们的这个计划需要的不是AA级的强者吗？"夜之女王问道。

"目前我们掌握的准确战斗数据中确定能够达到AA级的强者只有四个人，拥有陆战之王称号的海狼，称霸北极的北极之王，梵蒂冈的战神，南洋霸主大地之怒！即便是我们能够说服这四个人参与我们的计划仍是不够，至少还需要一名强者。"贝格拉斯说道。

"你认为魔王拥有这个资格？"夜之女王问道。

"死亡神殿的死神、黑十字圣殿的圣殿之主、猎人公会的公会长狂猎、杀手圣堂的屠夫以及圣堂训练营的总教官天怒、地狱组织的撒旦、北辰一刀流派的北辰武圣等超一流强者或许也有资格，至少从他们表面的实力来看与魔王不相上下，但我心中仍旧是倾向于魔王。"贝格拉斯说道。

"原因?"夜之女王问道。

"因为魔王是一个重情重义的男人,重情重义对于男人而言或许是一个极好的性格,但这又何尝不是他身上最大的一个弱点?"贝格拉斯说道。

夜之女王稍稍沉默,贝格拉斯也不再说话,仍是跪在地上低着头,从始至终他都未抬眼看向眼前那张华丽的大床。

"我的这个计划要确保万无一失,等魔王展现出AA级的实力再说。我已经等了这么多年,也不介意再多等一时半会。再则,血岛的战事还远远没有结束。可以再观望一番。"良久,夜之女王才开口说道。

"是,女王阁下。"贝格拉斯开口说道。

顿了顿,贝格拉斯继续说道:"女王阁下,属下仍有一事禀告。"

"什么事?"

"近段时间有人在暗中调查六年前方博士夫妇被杀事件。"

"谁?"

夜之女王语气猛地一沉,恍惚间有着两道锐利的寒芒透过那层层帷幕穿透而出,一股磅礴浩瀚宛如怒海狂涛般的威压席卷开来,滚滚如潮,恐怖惊天。

跪在地上的贝格拉斯感受到了无尽的压力,颗颗冷汗冒了出来,他说道:"夜姬,黑暗世界排名第二的杀手。属下调查过她的资料,她的成长与魔王有关。目前还不确定她与当年的方博士有什么关系。"

"夜姬?她与魔王有关系?真是有意思。好了,我知道了。"夜之女王开口说道,语气显得轻描淡写,似乎不曾将此事放在心里。

夜之女王伸了伸懒腰,说道:"你先下去吧。"

说话间,原本充斥在四周的那股沉重威压如退潮的潮水般徐徐引退。

贝格拉斯缓缓站起身,他弯着腰,低着头,一步步地退了出去。

"魔王,当年的小男孩,或许我应该亲自去试试你的实力,这倒是让我有些好奇。"

夜之女王轻轻自语,像是被勾起了猎奇心,颇感兴趣。

血岛的旭阳已经升起,经过一晚上的暴雨洗礼,天际极为湛蓝,蓝天白云,蔚蓝如画。

萧云龙与穆恩、石头、小武、老莫、林渊、熊子等魔王兄弟据守南面这座山头,他们一边喝着小酒一边兴致勃勃地聊着,一直聊到天亮了也仍是感到意犹未尽。

萧云龙与他们已经三年多没见面，这些年间所发生的事情太多了，起码聊上个三天三夜才能说得完。

在这个过程中，魔王兄弟有人自觉的轮流站岗，毕竟这里是血岛，随时都会有意外情况发生，需要时刻提防着。

就在这时，正在山头上站岗盯防的王战猛地沉声说道："萧老大，穆哥，有人来了！"

萧云龙眼中的目光旋即一沉，有着锐利的锋芒在闪动。

穆恩更是霍然起身，脸上满是铁血杀伐的气势。

不远处的一块山岩上，夜姬正靠着这块山岩独自一个人在闭目养神的休息，在这一刻，她双眸猛地睁开，隐有一股杀气在弥漫。

特别的邀请

南面山头的下方，的确是有人影闪动。

一个男子朝着山头走了上来，在他的身后跟着三名男子，这三名男子穿着深灰色的作战服，上面有着一枚独特的标记，这是杀手圣堂特有的标记，也就是说这三名男子都是杀手圣堂的杀手。

为首的那名男子从容而又镇定地朝山头上走来，他手中并没有持着武器，很大程度上说明了他不是怀着敌意来的。

也正因此，据守山头上的穆恩、小刀、小武、石头等这些魔王弟兄没有第一时间做出攻击，他们早已布置好了作战阵容，倘若下方的人有一丝一毫的异常举动，或者是表现出敌意，他们将会开枪射杀。

正顺着直通山头的通道走上来的这名男子步伐从容，透出一股绝对的自信之感，对于山头上穆恩他们的防范视而不见，他的面貌看上去显得有些狰狞可怖，他的鼻梁像是被人一刀削断过，两个鼻孔显露在外。

天怒，此人正是杀手圣堂训练营的总教官天怒！

这绝对是一个黑暗世界中的强者，杀手圣堂中许多顶尖杀手都是经过他的训练调教之后走出来的，身为杀手圣堂总教官的他在整个杀手圣堂中也拥有着崇高的威望。

此刻，天怒出现在了血岛，不过看上去他并非是要来击杀萧云龙的，否则他也不会这样赤手空拳的就朝山头上走来。

"是他！天怒，杀手圣堂的总教官！"

穆恩看清楚了天怒的模样，他自然是认得这个在黑暗世界中赫赫有名的强者，他皱了皱眉，有些不明白天怒带着三名杀手圣堂的杀手走上来是什么意思。

"魔王，看到你还活着我很高兴！"

这时，天怒已经走了上来，他眼中的目光盯住了萧云龙，开口说道。

"原来是天怒教官。天怒教官这是要代表杀手圣堂前来与我对战？"萧云龙淡然一笑，语气平静地问道。

"魔王，难不成你认为我是为了杀手圣堂中那巨额的悬赏而过来与你对战吗？"天怒开口，他继续说道，"当然不是这样，我来找你是为了与你公平一战！"

"公平一战？什么意思？"萧云龙目光微微眯起，他问道。

"我是圣堂训练营的总教官，而你却是西伯利亚地狱训练营的终极教官，你我一战，看看谁才是当今世上的最强教官！"天怒开门见山地说道。

萧云龙目光陡然一沉，他担任西伯利亚地狱训练教官之事本来就没多少人知道，现在天怒知道了这个消息，等同于黑暗世界中其他势力的人也知道了。

看来随着他这一次复出前来黑暗世界，已经有人在调查他离开魔王佣兵团后那三年半的时间里都做了什么。

"如果仅仅是为了争夺所谓的最强教官，那很抱歉，我现在没有时间。"萧云龙开口说道。

"魔王，你这是什么意思？看不起我？"天怒目光一沉，犹如锐利的锋芒彰显而出，身上那股威势开始弥漫，狂暴至极。

"你又算什么东西？需要萧老大看得起你？"

小武冷笑了声，直言不讳地开口说道。

同时，穆恩、小刀、老莫、林渊、熊子、王战、徐超等一个个魔王佣兵团的兄弟全都不善地盯着天怒，从他们的身上有股铁血杀伐的气势在冲天而起，他们一个个都是从尸山血海中杀出来的老兵，这会儿杀机毕露战意高亢之下，那股浓重的血腥杀机的确是惊骇人心。

穆恩他们全都盯住了天怒，只要天怒有任何妄动，他们将会直接杀上去。

天怒的确是黑暗世界中的一名顶级强者，可他独自一人也抵挡不住魔王兄弟的怒火攻杀。

天怒感应着穆恩等十几名魔王兄弟身上那股凝聚而出的血腥杀气，他为之动容，这样凌厉的杀伐气势绝对是需要无数次的生死对决才能历练而出的，看来魔王佣兵团能够成为佣兵界的一个传奇，这并非是没有道理的。

强大如天怒，面对魔王兄弟这股杀伐气势心中也不由得有些忌惮之意，他脸色倒也镇定如常，因为他知道魔王不会以人数上的优势来对他出手，这不是魔王的作风，也不是一个黑暗世界的强者应有的作风。

他此行的目的很简单，那就是与萧云龙对战一番，即便是不能真正的生死对决，他也想要试探一下萧云龙自身的实力，好让他心中有个底。

"魔王，你不敢应战吗？"天怒盯着萧云龙，毫不掩饰他身上那股浓烈的战意。

萧云龙脸色平静，说道："并非不敢应战，而是没时间与你对战。如若不是想要击杀我，那就先离开吧。来日方长，等我解决所有问题之后，你要战我会奉陪。"

"如果我非要与你一战呢？"天怒沉声问道。

萧云龙脸上闪过一丝怒意，他盯着天怒，一字一顿冷冷地说道："你想找死吗？想找死我成全你！"

萧云龙此行的目的是为了对付死亡神殿，击杀暗夜响尾蛇、猎虎这两大佣兵团，他并不想节外生枝。

天怒此番过来是想要挑战他，与他一较高下，换作平时他不惧一战，可眼下他并不想理会天怒的要求。只是天怒如此纠缠，让他心生怒意，也迸发出了一丝凌厉的杀机。

"咔哒！咔哒！"

萧云龙这一怒之下，穆恩、石头、小武等魔王兄弟举起了手中的枪，一把把枪对准了天怒跟他带来的三个人，可以说只要萧云龙一声令下，天怒他们四人就会当场被扫射成马蜂窝。

天怒身边的那三名男子也迅速做出了反应，他们拔出了身上的武器。

场面顿时僵持起来。

09 古兰斯特公主

"嗖!"

忽然间,一道身影闪现而出,悄无声息地站在了天怒他们身后,伴随而至的是一股森冷的杀意。

这一刻,天怒的脸色终于变了,只因从身后传来的那一缕杀意便连他都要为之心惊,他深吸一口气,对着身边那三个人说道:"放下武器。"

天怒身边的那三名杀手圣堂的杀手闻言后放下了手中的武器,此举也表明了他并不想与萧云龙发生冲突。

天怒转身朝身后看去,看到了在他们身后站着的夜姬。

夜姬双眸若冰,除了那股冰冷无情的杀意之外,再也没有其他任何的表情,此刻她已经是随时要出手击杀的状态,身体各方面已经调整到了极致。

不动则已,一旦出击,必然是当今世上最为凌厉的杀招!

"夜姬?"

天怒脸色微微一怔,他真是没有想到夜姬居然会出现在这里,看上去像是站在萧云龙这边。

夜姬一动不动,也没有回应天怒的话,眼中那凌厉的目光盯着天怒他们。

天怒是圣堂训练营的总教官,从他手中训练出来的顶尖杀手有不少人,可在他眼中,眼前的夜姬无疑是一个堪称完美的杀手,他也看得出来只要他敢妄动,夜姬的杀招必然呈现而出。

那将会是当今世上最为恐怖的刺杀手段吧!

"哈哈,不愧是当世大魔王,在血岛迎战八方强敌,如此气概让我等敬佩!"

这时,一声爽朗的声音猛地从下方传来。

话刚落音,却是看到有五个人走了上来,为首的是一个体格魁梧的男子,他五官粗犷,目光极为深邃,鼻梁高挺,脸色红润,随着他走近,有股强悍的威压在弥漫。

萧云龙盯着这名男子,对方并没有带着丝毫的敌意,他也不知道此人是谁。

"自我介绍一下,在下安德烈,北极之王麾下的右将军。"这名自称为安德烈的男子开口说道。

此话一出，不仅是萧云龙，便连一旁的天怒脸色也微微一变——北极之王？坐镇北极的那位传奇人物？那可是一名霸主，号称北极之王，一身实力恐怖无边，堪称是深不可测，被誉为当今世上的绝世强者之一。

萧云龙淡然一笑，说道："原来是鼎鼎大名的北极之王派来的强者。安德烈先生，不知你此行过来找我是有什么事？"

"北极之王向来欣赏魔王阁下，曾言倘若当今世上还有一人能够与他成为知己好友，那非魔王阁下莫属。因此，北极之王派我过来，有意邀请魔王阁下前往北极之巅一叙。北极之王想要结识魔王阁下已经很久了。"安德烈开口表明了来意。

"此行去北极之巅也太远了，不去也罢！魔王阁下，南洋霸主诚意邀请你前往做客，南洋霸主对魔王阁下也有结交之心。"一声洪亮的声音响起，一名男子走了上来，肤色黝黑，双眼有神，身上有股桀骜不驯之意。

这名男子的身后，也跟着数名随从。

"狄克，是你！"安德烈看着来人，目光一沉，带着一丝敌意。

这名男子没有理会安德烈，他看向萧云龙，说道："我是南洋霸主的亲信，奉命前来邀请魔王阁下前往南洋之岛做客。我的轮船就在海边口上停靠，只要魔王阁下愿意，即刻就能启程！"

萧云龙皱了皱眉，而天怒的脸色却开始显得有些凝重。

南洋霸主绰号大地之怒，这是一个绝对恐怖的男人，他的名声与北极之王并列，是当今世上的绝世强者之一。

萧云龙感到不解的是，为何这两大绝世强者会纷纷派人过来邀请他？他从未与这两大绝世强者的势力打过交道，也没有什么过节，对方如此突然地前来邀约，这里面透着什么玄机？

北极之王、大地之怒代表着的是两大绝世强者，他们严格来说已经不属于黑暗世界的势力，只因他们都占据一方，成为了绝世枭雄级别的人物，他们早年也曾在黑暗世界厮杀过，他们创下的辉煌战绩让人望而生畏。

达到他们这种级别的强者，他们手中掌握着的不仅仅是个人强大的势力，也掌握着强大的资源，也掌控着一方经济命脉。

死亡神殿胆敢设下险境围杀魔王佣兵团，胆敢惹怒萧云龙，但死亡神殿绝对不敢无缘无故地去招惹北极之王、大地之怒这样的传奇强者。

更让萧云龙感到诧异的是，他不知道这两大绝世强者为何会亲自派人来邀请他过去做客,只怕事情远没有表面上的这么简单。

对于安德烈与狄克提出的要求,萧云龙并没有立即答应,他开口说道:"多谢两位的盛情邀约,也替我转达对北极之王与大地之怒的谢意。只不过我与我的弟兄们目前还有急事需要去处理,的确是抽不出时间前往。日后有机会,我自会登门拜访。"

萧云龙这个回答有些出乎安德烈与狄克的意料,要知道北极之王与大地之怒这样的强者可以说已经站在了武道巅峰,他们能够派出亲信前来邀约黑暗世界中任何一个强者,这都是无上的荣耀,可萧云龙却婉拒了。

"轰隆隆!"

这时,赫然有直升机的声音传来,一架直升机从半空中低飞而至,朝着南面的这座山头飞了过来。

穆恩脸色一怔,他皱了皱眉,双手拎着造型彪悍的加特林机枪,机枪口朝着这架直升机指了过去。

这架直升机渐渐逼近,也让人看清了这架直升机机身上的一个特有的图案标记,那是一个"暗夜"标记图案,图案是暗色的夜月场景,当中隐有一道妙曼婀娜的身影背对众生,如王降临,俯视苍生!

"夜之女王!"

安德烈忍不住开口说道,声音中充满惊诧之意。

狄克、天怒等这些场中的强者也看清楚了直升机上的这个特殊的标记图案,以"暗夜"为标记的图案,整个黑暗世界中唯有赫赫有名的夜之女王!

也就是说,这架直升机属于夜之女王,代表夜之女王而来。

萧云龙眼底深处有着一丝异样的精芒在闪动,他时隔三年多为了自己的魔王弟兄们重现黑暗世界,在血岛迎战八方强敌,却没想到竟然惊动了当今世上的数名巅峰强者。

比方北极之王、大地之怒。这会儿夜之女王的人也过来了,这到底是怎么一回事?

正想着,这架直升机已经缓缓降落,机舱门打开,一名六十岁左右的老者走了下来,他那花白的头发梳理得一丝不苟,他的目光温和中散发着睿智的光芒,出现的竟是夜之女王身边的管家贝格拉斯!

"在下贝格拉斯,代表尊贵的女王阁下而来。"贝格拉斯开口说道,语气沉稳有力。

此言一出,场中之人多少有些震惊,夜之女王在黑暗世界高高在上,她的威望比起任何一股顶尖势力的首领都要强得多,而贝格拉斯是当今世上唯一能够接近夜之女王的人,如今他都现身了,如何不让人震惊。

夜姬的目光似有一丝波动,她朝贝格拉斯看了一眼,并未说什么。

夜姬这些年来一直调查当年她父母被害的真相,但线索到夜之女王这里就中断了,因此她看到夜之女王身边的人出现,也难免会有一些情绪上的波动。

"贝格拉斯先生,你也是为了我而来?"萧云龙开口问道。

贝格拉斯微微一笑,说道:"魔王蛰伏三年之久,如今强势复出,一鸣惊人,真是让人暗叹少年出英雄。女王阁下欣赏魔王的这份气概与勇敢,故此让我前来邀请魔王前往暗夜城堡一趟,与女王共进晚餐。"

"什么?"

"与女王共进晚餐?"

"这、这也太不可思议了吧!"

场中有人忍不住惊呼起来,只因这个消息太具有爆炸性了。

夜之女王已经许久不在黑暗世界中有所举动了,她身边的势力近些年也极少出来走动,说起来夜之女王的名声比起北极之王、南洋霸主这些绝世强者更为响亮,这最大的原因在于她是当今世上最为神秘的女人之一。

在遵循着弱肉强食法则的黑暗世界里,女人本身就是天生的弱势群体,因此夜之女王能够在黑暗世界中崛起,成为黑暗世界中的一个王者,获封女王称号,可见这是多么的不容易,也从另一方面展现出了夜之女王的恐怖与强大。

这么多年来,从未听说过夜之女王主动邀约任何一个黑暗世界的强者与她共进晚餐,这当中隐藏的意义可谓是无比深远。

能够与夜之女王共进晚餐,无疑是能够与她面对面,这可是当今世上最为神秘的一个女人,没有人见过她的真面目,她的真面目至今仍是一个谜;另一方面,能够与夜之女王共进晚餐,等同于身后有着夜之女王的赏识与支持,那日后在黑暗世界中生存必然是如鱼得水。

代表着北极之王与南洋霸主而来的安德烈与狄克的脸色有些难看起来,连夜之女王也对萧云龙发出了邀请,换做任何一个人都会选择去与夜之女王共进晚餐，能够亲眼目睹如此一个充满了神秘与传奇色彩的女人，无疑是黑暗世界中每一个强者的梦想。

不说别的，就连安德烈与狄克眼中也对萧云龙流露出一丝羡慕之意。

天怒看向萧云龙的目光更是满含复杂之情，他自问不弱于萧云龙，他身为圣堂训练营的总教官，自身实力深不可测，为何这些当今世上的传奇强者人物都纷纷朝萧云龙抛出橄榄枝？对他却是视而不见，这让他心里面有些不平衡。

特别是夜之女王的邀约，这更是一种无上殊荣，黑暗世界中的强者谁不想一睹女王芳容？

萧云龙转眼看向了穆恩、小刀、小武、石头、老莫、熊子等一个个魔王兄弟，他最终看向贝格拉斯，语气坚决地说道："贝格拉斯先生，请代我向夜之女王问好，我很感谢她的邀约。不过相比与夜之女王共进晚餐，我更愿意跟我的兄弟待在一起。我的兄弟遭遇一些势力的围杀，这个仇我要带着我的兄弟去报。以后有机会，我会亲自拜访夜之女王。"

贝格拉斯的脸色显得有些诧异，显然萧云龙的回答出乎他的意料了。

贝格拉斯看着萧云龙那坚定的脸色，心知多说无益，他唯有说道："也好，我尊重你的决定。这是我个人的一张名片，日后如若你有时间了，不妨联系我。"

贝格拉斯说着将一张制作精致的名片递给了萧云龙。

萧云龙收下名片，说道："日后有机会，我会联系你。"

"那我也不久留了，就此别过。"贝格拉斯开口说道，他坐上了那架直升机，就此离开。

"魔王阁下，这是我的名片，也请你收好。日后如若你有时间了请联系我，北极之王很期待与你的会面。"安德烈开口说道，他也递给了萧云龙一张名片。

"还有我的，南洋霸主也诚心邀约魔王阁下前往南洋之岛做客。届时会有魔王阁下所感兴趣的东西，比方突破极限力量的提升方式等。在力量方面，我想当今世上没有人比大地之怒更为精通的了。"狄克开口道，也递给了萧云龙一张名片。

"狄克你就别吹牛了，大地之怒能够做到的，北极之王也能做得到，北极之王能够做到的，大地之怒可不一定做得到。"安德烈冷冷地说道。

"哼，安德烈，莫非你想与我战一场？"狄克冷哼着说道。

"我可没时间搭理你，要想一战，以后有的是机会！"安德烈开口说道，他告别了萧云龙，带人离开。

狄克盯着安德烈的身影，眼中有着寒芒闪动，最终他也告别了萧云龙，就此离去。

"天怒，你还要留在此地吗？"

萧云龙看向了天怒，开口问道。

"我此番前来原本要与你一战，否则心中不甘。这样吧，你我对上一拳，如何？一拳过后，我便离去，他日再战！"天怒沉声说道。

"一拳？可以！"萧云龙说道。

"魔王，那就接招吧！"

天怒眼中闪过一丝狂热的战意，他猛地踏步朝萧云龙走来，每一步落下都势大力沉，整个山头似乎都随之轻微地晃动起来。

三步过后，天怒自身的速度赫然提升到了一个极限，他猛地暴喝一声，一拳而出，带着一股狂暴之力轰向了萧云龙！

天怒这一拳与他自身赫然连为一体，也就是说，他这一拳之力蕴含着他全身各个部位的力量，瞬间凝聚在一起，形成了充斥着狂暴之力的至强一拳。

萧云龙目光微微一沉，他左腿横跨而上，右臂一动，于瞬间一拳轰杀而出，这一拳太快了，快到让人根本看不清这一拳的出手之势，只有感受到一股深沉如狱般的杀气随着这一拳而迸发出来！

杀人之道的拳势！

这是萧云龙自身最为凌厉的杀人之道的拳势，一拳而出，杀伐之气冲天而起，滚滚魔威席卷开来。

"轰！"

最终，两人的拳头对轰在了一起，爆发出了惊天声响，拳头对打之下激荡而起的那股拳道劲风更是刮人面疼，恍如那能量风暴瞬间炸裂了般，有股席卷而至的猛烈劲风。

一个是杀手圣堂训练营的总教官，一个是地狱训练营的终极教官！

这两人都是当世强者，此刻他们第一次对决，彼此间对了一拳。

轰然之声过后，萧云龙身形稳如磐石岿然不动，而天怒的身形也是纹丝未动，看上去他们各自对上的这一拳平分秋色。

最终，天怒缓缓收拳，他眼底深处闪过一丝异色，他深深地看了一眼萧云龙，说道："魔王之名果真绝非浪得虚名，我很期待日后与你一战！就此先别过！"

说着，天怒带着身边的人转身离开。

萧云龙看着天怒离去的背影，心知日后这个人绝对是一个强大的对手。

古兰斯特公主

天怒刚离去不久，突然间，一个年过花甲的老者朝上走来，他满头银发，那一头银发宛如一根根直立而起的银针般，带给人一种直逼心底的强大压迫力，看着就像是一头银发雄狮，身上有股至强无比的威势在弥漫。

看到这个老者，萧云龙的脸色微微一变，眼中更是有一股惊诧之色闪过。

从这名老者身上散发而出的那股威势更是强横无比，就像是一头银发雄狮举步走来，拥有着强横无比的气势，仿佛眼前没有他走不过去的路，也没有任何障碍能够抵挡住他一般。

银狮菲克！

萧云龙看到这个老者，脑海中不由勾起了多年前的记忆。

"银狮菲克，多年未见，仍是如此的威势凛然啊！"萧云龙一笑，他举步迎了上去。

"魔王，已经有五年未见了吧？"老者走上来，他一双锐利如刀的目光盯着萧云龙，开口说道。

"真没想到你会出现在这里。找我有事？"萧云龙问道。

"能否借一步说话？"菲克问道。

"场中都是我的兄弟，有什么话不能当面说？"萧云龙问道。

"这是一件与你有关的私事，还是私下跟你说比较好。"菲克说道。

萧云龙脸色一怔，他点头说道："也好，这边请。"

说着，萧云龙跟菲克走到了一旁，他看着菲克，不由问道："菲克，你不会又有什么事请我出手吧？那可就抱歉了，我眼下没有时间接受其他的任何事情。"

"不是，公主想要见你。"菲克语气低沉地说道。

萧云龙口中讶然了声，听到这话他的确是大感意外，他笑了笑，说道："小女孩想要见我？五年过去了，她想必也长大了吧？不过很抱歉，菲克，我目前的确没有多余的时间。我还需要带着我的兄弟去征战厮杀，只怕没有时间前往小女孩的居住地。"

"公主就在血岛，我不方便直接把她带过来，只能将她安排在一处足够安全的地方。魔王，公主为了要前来血岛见你，可谓是想尽了各种办法。原本族长是不同意她前来血岛这样危机四伏的地方的，公主却是不依不饶，甚至要绝食，想要私自逃出来。逼不得已，族长也只好同意她前来见你一面。"菲克说道。

萧云龙有些诧异，印象中当年的那个小女孩不是挺温顺的吗？居然也能够做出这种逼迫她长辈的事情来。

"既然小女孩就在血岛，那你带我去一趟吧。"萧云龙说道。

"好，不过只能你一个人过去，除了你之外，其他人我是不允许接近公主的。"菲克说道。

萧云龙点了点头，他心知菲克此举是为了更好的保护那小女孩，他说道："好，没问题。"

"那你随我来吧。"菲克说道。

萧云龙旋即走到穆恩他们面前，说道："老穆，你们守在这里，我跟菲克走一趟。"

"萧老大，你要去哪里？"小武忍不住问道。

萧云龙一笑，说道："还记得当年我们接下一个任务，从一股武装分子的手中救出一个小女孩吧？她就在血岛，想要见我一面，我去去就来。"

"行，你去吧，我们守在这里等你回来。"穆恩说道。

萧云龙当即与菲克走下了这座山头，菲克身形展动，他已年过花甲，可全力奔行之下速度快得惊人，就像是丛林中的一头银色雄狮，朝着血岛西面急速奔行而去。

萧云龙跟在菲克的身侧，保持着跟他一样的速度。

菲克像是有心要试探一下萧云龙自身的速度极限，他猛地加快了身法，从他那年老的身体内爆发出一股惊人的力量，双足一蹬，一股雄浑的力量迸发而出，无论前面是什么山涧怪石他都一跃而过，迅猛异常。

然而，菲克侧头一看，萧云龙仍旧是跟在他身旁，不曾被落下分毫，并且看着萧云龙那一脸气定神闲之色，他心知萧云龙并没有施展出全力来极速奔行。

菲克苦笑了声，说道："看来真是老了，体能、力量、速度各方面已经下降了许多。"

萧云龙淡然一笑，说道："菲克，你这样的年纪还能保持这样的力量与速度已经很让人震惊了。当我到你这样岁数的时候，可不一定拥有你这样的身手与速度。"

"魔王之强，果真是深不可测，也唯有在面临战斗的时候，才能够体现的出来你的恐怖。"菲克感叹了声，开口说道。

萧云龙笑了笑，并未说什么。

两人极速奔行了大约有二十分钟，菲克的脚步这才渐渐地减缓了下来，转为在地面上疾步行走。

走到前面一处密林前，猛然间有数道身影闪现而出，他们高大魁梧、英俊不凡，身上穿着古老的骑兵制服，有一股内敛的强大气息在弥漫，他们现身后看到了菲克，立即站稳身体微微施礼。

萧云龙面露一丝诧异之色，他看得出来眼前这几个穿着骑兵制服的男子都拥有着极为不俗的实力，一个个起码都是亚德里恩、独眼沙加这种级别的强者，如若他们只是几个人那没什么，倘若组成一支骑兵那就很强大了。

要不是有菲克带着萧云龙过来，只怕任何一个人接近此地都会遭到这些骑兵的阻击。

菲克领着萧云龙走进了密林，一路上萧云龙至少感应到有不下十个骑兵潜伏在这片密林之中，极为严格地盯防四周的一切，而他们所要保护的当然就是那个小女孩。

穿过了一片密林，眼前豁然开朗，前方是一处山谷的背面，一条山涧溪水顺着山谷蜿蜒地流淌而下，由于昨晚一夜暴雨，这山涧溪水还很充沛。

前方的一处空地上搭起了一个面积三十平米左右的帐篷，帐篷四周有一名名神色肃穆的骑兵卫队在把守着，他们警惕地看着四周，身上有股内敛的威势。

菲克带着萧云龙走到帐篷外，说道："公主就在里面，只有她一个人在，你进去吧。"

萧云龙点了点头，他掀开帐篷一角，走了进去。

帐篷里面的一角摆放着一些生活起居的用品，比方食物、纯净水等，除此之外倒也没有多余的东西，前方却是支起了一个画架，画架前坐着一道曲线优美的倩影，她背对着萧云龙，正提笔在画架上夹着的白纸上认真而又细致地勾画着。

她也许是太过于专注了，并未察觉到有人走了进来。

萧云龙看着眼前这道倩影，一头披散在后背的金色秀发，穿着一袭白色的长裙，白裙内隐藏着的是她那具已经发育成熟的身躯，饶是她坐着仍旧可以看得出来她的身材之婀娜窈窕，似有一缕奇异的芳香从她的身上散发而出，让人闻之欲醉。

对于这一缕体香萧云龙还记忆犹新，仅仅是从这一缕气味中，他就可以断定前面坐着的这个少女就是当年的那个小女孩。

时光荏苒，五年过去了，她已经出落成了一个窈窕少女。

看着少女如此专注认真地绘画，萧云龙也不忍出声打扰，他悄无声息地走过去，准备站在一旁等少女画完了再说。

萧云龙走了过去，他站在少女的身后看着，抬眼朝画架看去，看到少女正在画的是一个男人的头像。

这个头像的脸型轮廓已经出来了，萧云龙看了眼后禁不住皱了皱眉，怎么看都有种熟悉的感觉。

这时，少女提笔绘画头像人物的双眼，她画得很认真，一笔一线慢慢地勾勒，她手法看起来很娴熟，很快一双深邃如星空般的双眼被勾勒而出，只差一些细节上的渲染了。

"咦？"

看到这，萧云龙忍不住讶然出口，只因这幅勾画而出的人物与他竟是有着七八分相似，倘若个别细节再稍加处理一下，差不多就是他了。

"啊！"

少女吓了一跳，全神贯注的她显然没想到会有人来打扰，她惊呼之际手中的绘画铅笔一滑，立即在画纸的头像上画出一道斜斜的横线。

少女立即转过头来,她倒要看看是谁来打扰她。

转过头来的她一眼就看到了站着的萧云龙,看到了萧云龙那微微扬起的嘴角,看到萧云龙那张棱角分明线条刚硬的脸,看到了萧云龙那双深邃中蕴含着温情的目光。

"吧嗒!"

少女右手轻轻一颤,手中的画笔掉落在地,她显得难以置信,以为是一场梦,直至她反应过来后忍不住惊呼出口:"魔王哥哥!"

"小女孩!"

萧云龙笑着说道。

熟悉的声音,熟悉的称呼,一如当年,仿佛时间未曾流逝,仿佛这一切回到了五年前。

"魔王哥哥!"

少女猛地站起身来,不由分说地扑入了萧云龙的怀中,张开双臂抱住了萧云龙。

萧云龙都还来不及做出任何反应,眼前的少女已经扑入怀中,鼻端传来的那一缕熟悉的味道,即便是历经五年,她那淡淡清幽的体香仍旧是未曾改变。

她丝毫没有改变,一如当年那个小女孩,在那一路护送的途中,当她困了、累了、倦了或是受到惊吓的时候,也会这样扑入他的怀中,也唯有感觉得到他胸怀的温暖,她才能放下心。

唯一不同的是,当年的小女孩如今已经长成一个美丽优雅的少女。

这让萧云龙有些尴尬,如果是当年,他不会介意。现今她已经长大了,或许应该用看待一个女人的目光来看待她了,再这样相拥未免有些不太适合。

不管怎么说,男女总要有别的嘛。

再加上少女的身份非同一般,她拥有着高贵的血统与身份。

萧云龙会心一笑,他伸手揉了揉少女的满头金发,就像是当年一样,充满着一种温情之意。

"小女孩,你长大了!"

萧云龙笑着,开口说道。

少女稍稍松开了手,她抬起眼眸看向萧云龙,眼中有着晶莹的泪花在浮现，她却是在笑着，显得很开心，也很满足。

萧云龙看着少女，不由惊叹于她那绝美无瑕的面容，这份美丽世间已经难有语言能够去描述，美丽却又特别，只因她的眉毛是淡淡的金色，便连眼瞳也染上了一层淡淡的金色光泽，使得她眼眸浮现而出的泪花闪动着琥珀般的绚丽光泽。

"你……这些年过得好吗？"少女问道。

萧云龙脸色一怔，他笑了笑，说道："当然，我觉得过得还是挺好的。你呢？我想你应该过得很快乐吧，有疼爱你的长辈，有富足的生活条件，应该过得无忧无虑才是。"

岂料少女却是摇了摇头，她说道："我过得并不好，我一直在找你，可是无论怎么找都找不到你。"

萧云龙有些哭笑不得，说道："找我干什么？难道就因为这个就过得不好？"

"我找你是因为当年你救了我，我还欠你一声谢谢。另一方面，我也想见你。从你救我并把我一路护送回去之后，我就觉得只有在你的身边才会感觉到温暖。"少女说道。

"小女孩，这只是你的错觉而已。你现在有父母有长辈陪伴着，你在他们身边岂不是会感觉到更多的温暖？"萧云龙笑着说道。

少女瞪了眼萧云龙，她说道："魔王哥哥，我已经长大了，你可不可以不要叫我小女孩了？对了，我还没跟你正式的自我介绍过呢，我叫尤朵拉，以后你叫我的名字尤朵拉好吗？"

"尤朵拉……好吧，我怎么觉得还是喊小女孩更顺口一些呢？"萧云龙笑着说道。

尤朵拉轻咬着下唇，她显得气呼呼的，一双美轮美奂的眼眸喷视着萧云龙，她说道："不可以，我已经长大了，已经成年了，不再是一个小女孩！对了，我还不知道你的名字。"

"我叫萧云龙，可以叫我萧哥哥。"萧云龙说道。

尤朵拉点了点头，她立即正了正色，看着萧云龙，认真地说道："萧哥哥，谢谢你！谢谢你当年救了我，并且一路将我护送到家。当年回到家之后，我就被家人护在家里面。等我出来的时候，你已经离开了，这一声谢谢我欠了你五年。"

09　古兰斯特公主

萧云龙揉了揉尤朵拉的脑袋，他笑着说道："谢什么谢，我当年救你是因为我接下了这个任务。"

"难道当年是因为接下了这个任务才会一路上保护着我的吗？"尤朵拉问道。

萧云龙想了想，他说道："当然不是，我想更多的在于我想保护你吧。"

听到萧云龙这个回答，尤朵拉莞尔一笑，那是天使般的微笑，美丽而又纯洁，不含任何的杂质，纯净唯美到了极点。

"听菲克说你为了前来血岛找我，几乎都要跟你父母闹翻了。仅仅是为了当面跟我说声谢谢？"萧云龙问道。

"我觉得我长大之后应该站在你的面前，对你说一声谢谢。当然，还有另一个原因，就是我想见你，也想让你看到长大后的我。"尤朵拉笑着，那双淡金色的眼眸中有着点点金芒在绽放，随着眼波的流转而洋溢开来。

"嗯，长大后的你很美，这种美我想是这个世界上独一无二的。"萧云龙点头说道。

"真的啊？"尤朵拉眼眸中闪动着欣喜之意，她欣喜地看着萧云龙，说道，"你似乎没太大的变化，不过看上去显得更加成熟了，好像也晒黑了一些。"

"哈哈，当不成小白脸那就当个小黑脸吧。"萧云龙笑着，他转眼看向画架，好奇地问道，"这画的是我的头像吧？你凭着记忆都还能把我的模样记得住，并且还能画得出来？"

"我怕我会把你的样子给忘了，所以我每天都会画。"尤朵拉说道。

萧云龙一怔，他看着尤朵拉，迟疑地问道："每天都画？"

"对啊，我每天都会画出一张自己满意为止的画像，这样我就不会把你忘记了。"尤朵拉笑着说道，像是在说一件最寻常不过的事情。

的确，当她保持这个习惯整整五年之后，对她来说这件事已经成为她生活中的一个习惯，就像是每天吃饭睡觉般的寻常。

"你是从什么时候开始画的？"萧云龙问道。

"从得知你离开的那一天开始。"尤朵拉说道。

萧云龙愣了一下，他无法想象当年一个十三四岁的小女孩拿着画笔在画纸上执意画出他头像的情景，五年，一千八百二十五天，等于她至少画了自己的头像一千八百多张？

萧云龙一时间不知道该说什么好。

"萧哥哥，趁着你在，你就这样站着，我给你画一张完整的画像吧。"尤朵拉忽而笑着说道。

"给你当人体模特？"

"不可以吗？"

"有什么报酬吗？"

"啊？这也要报酬啊？你想要什么？"尤朵拉问道。

"哈哈，真是单纯的小女孩，跟你开玩笑的。我就这样站着，你画吧。"萧云龙笑着说道。

尤朵拉一笑，她坐在画架面前，拿起画笔，她抬眼看着萧云龙，开始在画纸上绘画着。她边看边画，粉红娇艳的唇口带着一丝浅浅的笑意，连眼眸中也蕴含着一层笑意，这时候的她显得极为开心。

很快，萧云龙整个人的外貌形态跃然纸上，尤朵拉画了出来，天分很高的她无论学什么都是一学就会，素描她已经练了整整五年，水平达到一个极高的地步，萧云龙站在面前让她画，很快就画出来了。

"画完了？"萧云龙问道。

"第一张画好了，我再画一张可以吗？"尤朵拉眨着眼问道，眼中满是祈求之意。

面对如此一个美丽的少女，面对她那双满是祈求的金色眼眸，萧云龙还能说什么？他唯有一笑，说道："好吧，那我继续站着。"

"萧哥哥你换个姿势。"

尤朵拉跑过来，她让萧云龙侧身站着，双手张开，右手在上，左手在下，形成一个怀抱的姿势，就让他保持这个姿势别动。

萧云龙有些云里雾里，但还是照做了。

尤朵拉重新坐在画架前，拿笔绘画，她时不时抬眼看着萧云龙，而后低下头认真地画着。

没一会儿，萧云龙这个姿势的画像已经跃然纸上，但还没完，尤朵拉仍在继续画着。

尤朵拉在萧云龙保持的这个姿势画像前又画出了一个少女的身姿，萧云龙张开做出怀抱的双手抱着的就是画出来的这个少女。画纸上，绘画而出的少女双手也抱住了萧云龙，头部脸面轻轻地枕在萧云龙的肩头上，呈现而出的半张脸赫然是尤朵拉自己的脸型。

也就是说，尤朵拉把她自己也画了进去，从画像来看，萧云龙轻轻地抱着尤朵拉的身躯，尤朵拉温顺地依偎在萧云龙的怀中，她脸面枕在萧云龙的肩头上，嘴角露出一丝幸福的微笑。

也许在画这幅画的时候，尤朵拉注入了自己的灵魂，使得这幅画看上去唯美而又温馨，显得惟妙惟肖，有一缕尤朵拉注入的柔情在流转着。

"嗨，小女孩，画好了吗？我手臂抬得都要发麻了。"萧云龙说道。

尤朵拉回过神来，她连忙说道："画好了。"

"让我看看画得如何。"萧云龙笑着说道，他走了过来。

尤朵拉见状后连忙把第二张画纸卷起，她收了起来，只给萧云龙看第一张画像。

"画得真好……原来我有这么帅啊，不错，不错。"萧云龙边看边点头说道。

尤朵拉看着萧云龙那厚颜无耻夸赞自己帅的样子，忍不住笑出声来。

"不是还有第二张画像吗？也给我看看。"萧云龙说道。

"啊……第、第二张……"尤朵拉脸一红，说话都嗫嚅起来。

就在这时，帐篷一角被掀开，银狮菲克走了进来。

"菲克叔叔。"尤朵拉看到银狮菲克走了进来，她喊了声。

菲克的脸色显得有些着急，他说道："公主，我有件事要跟魔王说一声。"

"什么事？"萧云龙问道。

"出来说吧。"菲克说道。

萧云龙点头，他走了出去，与菲克走出了这个帐篷。

黄金血脉

菲克脸色笼上一层阴沉之意，他说道："圣骑护卫队的人发现密林外面有着一道可疑的身影，对方是个女人，行踪飘忽不定，像是在侦查这边的情况。我担心对方是有目的而来，一旦公主的行踪泄露出去，必然会迎来各种麻烦与祸端。所以，为了安全起见，我准备要带公主离开血岛。"

"一个女人？"

萧云龙皱了皱眉，他心想会不会是夜姬跟了过来？

不过也不太可能，他随菲克前来的时候已经让夜姬也留在了南面的那座山头上，如若不是夜姬，那会是谁？一个女人，还拥有着敏捷的身手，能够与这些圣骑护卫周旋，只怕当今世上也没有几个人做得到。

这时，一个圣骑护卫神色匆匆地走了过来，他对菲克说道："菲克阁下，那个可疑之人又出现了，对方徘徊在密林之外，并没有强行进来，像是在试探。"

"看清楚对方的容貌了吗？"菲克问道。

"对方极为狡猾，身形往往是一闪而过，因此看不清她的面容。不过我注意到对方穿着的衣服上有着一枚特殊的标记，像是一朵曼陀罗花。"这名圣骑护卫说道。

"曼陀罗花？"

萧云龙眼中的目光一沉，有着一股锐利的锋芒闪现而出。

他脑海中立即浮现出了血色曼陀罗那妖艳魅惑的身姿，整个黑暗世界，一朵血色的曼陀罗花已经成为了曼陀罗的个人标记，看来是血色曼陀罗来到了血岛，而血色曼陀罗岂不就是死亡神殿的人吗？

"她现在在哪里？"萧云龙立即问道。

"就在林子外面的西南方向。"这名圣骑护卫说道。

萧云龙沉吟了声，他说道："菲克，你带着小女孩离开这里吧。在这血岛上，任何情况都有可能发生，加上她的身份非同一般，还是早点离开此地为好。"

"我也正有此意。"菲克点头说道。

"萧哥哥！"

这时，尤朵拉的声音传来，她走了出来。

"公主，你、你怎么出来了？"菲克脸色微微一变，四周的圣骑护卫立即围了过来，将尤朵拉护住。

"菲克叔叔，你跟萧哥哥的对话我都听到了。我们就要离开了吗？"尤朵拉问道。

"公主，这里不安全，我们要离开这里。再说公主你也见到了魔王，完成了心愿，是该回去了。"菲克说道。

"小女孩，你回去吧。以后有空了，我就去找你，好吗？"萧云龙微微笑道。

尤朵拉咬了咬牙，她走到萧云龙的面前，一双泛着金色光泽的眼眸眨也不眨地看着萧云龙。

金灿灿的阳光洒落而下，沐浴她全身，她那一头金色的长发在阳光的照耀下显得熠熠生辉，淡金色的眉毛恍如有着一圈柔和的光芒在绽放，金色的眼瞳清澈纯净，不带丝毫杂质，美得让人心醉。

"萧哥哥，以后我还会见到你吗？"

"为什么不能？当然会见到。"

"说话算数？"

"算数！"

"我相信你！"

尤朵拉一笑，她一步上前，忽然间又扑入了萧云龙的怀中，紧紧地抱住了萧云龙。

萧云龙一怔，这下他真的是不知所措了，少女身份极为高贵，在菲克以及那些圣骑护卫眼中就是不可亵渎，她却是当着这么多人的面扑入自己的怀中，害得萧云龙真是不知道该怎么回应。

把她推开吧，这不太恰当；抱住她吧，那在菲克等人眼中岂不是在亵渎她？

其实就在尤朵拉扑入萧云龙怀中抱着他的那一刻，四周的圣骑护卫已经转过身去，他们警惕地看着四周，并未看向尤朵拉与萧云龙。

至于一旁的菲克，他口中干咳了两声，意思无非是提醒尤朵拉适可而止。

岂料尤朵拉并未就此松开手，反而是抱得更紧了。

"萧哥哥，我怕以后再也见不到你了。"尤朵拉说道。

萧云龙立即板着脸说道："我说小女孩，你可不能诅咒我啊，我还这么年轻，又不会死，以后怎么会见不着？放心吧，总会有见面的时候。那时候把你画的第二幅画给我看看——你不会第二幅画把我画成了一个小丑，所以藏着不给我看吧？"

尤朵拉闻言后禁不住一笑，她摇了摇头，说道："才不是呢……"

萧云龙伸手轻拍着尤朵拉的后背，说道："好了，你跟菲克他们离开这里吧，这里是是非之地，不宜久留。你小的时候挺听话的，长大了就应该更懂事，更听话才对。"

尤朵拉点了点头，问道："萧哥哥你住在哪里？"

"我住在华国的江海市。那是一个美丽的临海城市，你以后要是去江海市，我负责接待，带你去玩。"萧云龙笑着说道。

"真的啊？那太好了！"尤朵拉笑着说道。

"咳咳……"

这时，菲克又干咳两声，语气加重了一些。

尤朵拉像是没听见一般，仍是抱着萧云龙。

五年前，在萧云龙护送她回家的途中，她害怕的时候就会抱着萧云龙，感受着萧云龙怀抱的温暖，她心中也就变得踏实起来，渐渐地，她喜欢上了这种温暖的感觉。直至五年后，她再抱着萧云龙，那种温暖之感仍旧是一如当年，甚至更加的温暖与恒久。

所以她抱着萧云龙，真的是不愿意松开手。

"公主，我们该走了。"末了，菲克不得不说道。

萧云龙握着尤朵拉柔软的香肩，他看着她的脸，说道："小女孩，听话，走吧。"

尤朵拉点了点头，她那唯美的樱唇上露出一丝浅浅的笑意，笑着笑着，双眸却是情不自禁地湿润起来。

萧云龙深吸一口气，他伸手揉了揉尤朵拉的脑袋，而后便转过身，独自一人朝前走去。

"萧哥哥……"

尤朵拉喊了声，她突然间感到心好痛，有种无法割舍的情感，她想要追过去，却被菲克拉住了她的手臂。

"公主，我们该离开了！"菲克沉声说道。

"轰隆隆！"

一架直升机已经降临，菲克拉着尤朵拉朝这架直升机走去。

尤朵拉紧咬着牙，她努力不让自己哭出声来，双眸中却已经满是晶莹璀璨的泪花，她看着前方，泪眼迷蒙中前方那道渐走渐远的身影竟是如此的模糊，直至消失不见。

再会了，萧哥哥！

"我们还会见面的，对吗？这是你答应过我的，你一定会做得到，对不对？"

少女心中想着，她双手紧紧地抓着那两幅画像，那是她最为珍贵的礼物。

随着尤朵拉的离开，前方林子中潜伏着的圣骑护卫相继撤离。

萧云龙走出了这片林子，他朝西南方向奔行过去。

血色曼陀罗疑似出现在这片区域，萧云龙可不打算放过她，她与死亡神殿有关，无论如何萧云龙都要把这个女人给找出来。

萧云龙奔行的速度很快，自身那股敏锐的感知力也全面展开，感应着四周的一切。

一入丛林便为王！

这是萧云龙的真实写照，在丛林中他绝对是一个王者，一个位于生物链最顶端的男人！

"嗖！嗖！"

萧云龙极速行动，只要血色曼陀罗在这附近，那他就能够把对方找出来。

突然间，萧云龙感应到右侧方位上传来一缕异样的气息，他目光一沉，原本朝前奔行的身体竟是硬生生的一折，"嗖"的一声朝着右侧方位追赶过去。

几乎同一时刻，右侧那道气息似乎也感应到了萧云龙自身的那股气势，那股气息忽而强盛起来，也朝萧云龙这边冲过来。

"嗖！"

一道身影猛地闪现而出，萧云龙的身形也同时现身，那道闪现而出的身影右手一拳朝萧云龙击杀而至。

萧云龙右臂抬起，朝前横挡而出。

"砰！"

一声对击的声响过后，萧云龙与这道身影稍稍分开，他定眼朝前一看，站在他面前的是一个风情万种的女人，对方一双碧色如海的眼眸波光流转正在看向他，穿着的紧身作战服上有着一朵曼陀罗花的标记，不是血色曼陀罗又是谁？

"魔王？是你啊，又见面了哦。"

曼陀罗嫣然一笑，一股浓浓地熟女风情扑面而来，撩动人心。

　　"你终于现身了，你是在跟踪我？"萧云龙盯着曼陀罗，眼中的目光森冷而起。

　　"不要表现得这么有敌意好吗？这样会让我很伤心的。"曼陀罗笑着，她话锋一转，说道，"我只是好奇，你要去见的是什么人。那些骑兵层层护卫，我好像看到了一个美丽如天使般的少女，她到底是谁呢？值得你去相见。"

　　萧云龙眼中的目光渐渐冷缩，关于尤朵拉的身份他当然不能轻易泄露，尤朵拉是古兰斯特黄金家族现任族长之女，黄金家族是当今世上最为古老的一个家族，曾有过极为辉煌的历史。

　　黄金血脉也是当今世上最为高贵的一种血脉，更难得的是，尤朵拉身上具备着纯血的黄金血脉，她身上的黄金血脉之纯都能够与古兰斯特一族的始祖相提并论。

　　正因如此，尤朵拉被称为圣女，是古兰斯特一族至高无上的圣女！

10　踏上征途

死神的目的

萧云龙盯着曼陀罗，他没有回答曼陀罗的问题，开口问道："你这是代表死亡神殿前来对付我的？死神呢？死神不是想要将我激怒，让我现身而出吗？我就在血岛，他怎么不敢来了？"

"魔王，在我们交流之前我有必要让你认清楚一件事，死神是死神，我是我。虽说我目前是在死亡神殿，但我的行动并不受死神的限制。死亡神殿的行动我觉得符合我的利益，我就会参与，如果不符合我的利益，我就不参与。"曼陀罗说道。

"你这是什么意思？"萧云龙双眼微微眯起。

"我的意思就是，死神要对付你，那是他的事情，与我无关。说得直白一些，我要对付你不见得有什么好处，所以我为什么要与你为敌呢？"曼陀罗嫣然一笑，展现出她那风情万种的魅力，那双碧色如海的眼眸在流转间波光点点，动人心弦。

萧云龙目光仍旧冰冷，说道："我只知道，你是死亡神殿的人！我只知道，因为死亡神殿，我已经有三个兄弟离开了！我只知道，但凡是死亡神殿的人我都不会放过！"

说话间，萧云龙举步朝曼陀罗走去，他每一步踏下，身上都有股磅礴浩瀚的气势在弥漫，自身的那股气息更是节节攀升，有股浓烈的战意燃烧而起，他锁定了曼陀罗，自身那股威势排山倒海般地向曼陀罗席卷而去。

"喂，魔王，我可是个女人，你怎么好意思对我出手？不管怎么说，你得要有点绅士风度吧？好歹我还请过你喝酒呢。"曼陀罗开口说道，说话间她身形悄然间展动，有意无意地避开了萧云龙那股凌厉的气势。

"一码归一码，总而言之，你是死亡神殿的人，这是改变不了的事实！"

萧云龙沉声地说道，话刚落音，他整个人犹如一枚出膛炮弹冲向了曼陀罗。

"轰！"

萧云龙疾冲而至，随之而来的是他的右拳轰杀而出，拳势呼啸，如千军万马奔腾而过，那是一股狂暴至极的爆发力量。

曼陀罗身形展动，她的右臂迎击而上，右掌并起，化为掌刀之势，待到萧云龙这一拳轰杀而至，她右手掌刀横切而上。横切之后又是一托，使用了巧劲来卸掉了萧云龙这一拳之力。

萧云龙右手拳头猛地化为龙爪之势，顺势施展出了反关节技的技巧，反手之间扣住了曼陀罗那柔软的右手手腕。

曼陀罗右手五指一搭，也是在电光火石之间反扣住了萧云龙的右臂。

"呼！"

萧云龙右腿横扫而出，一腿之势犹如排山倒海，蕴含着澎湃的巨力。

曼陀罗避无可避，她的腿势也横扫而出，一道腿势劲风席卷当空，她的腿风凌厉如刀，显然是快到了极致，瞬间与萧云龙横扫而来的右腿对击在了一起。

曼陀罗这一腿之势还未完，她的双腿骤然间轮动而起，刮起了一阵猛烈的腿势旋风，如同层层推进而至的海潮吞向了萧云龙。

即便是萧云龙这样拥有着丰富的近身搏杀经验与技巧的强者也不得不暗叹曼陀罗这漫天腿势的精妙，她的身体四肢显得极为柔韧，因此腿势横扫之间能够充分调动她全身的力量，特别是腰肢那股强韧的韧性力量，使得她的腿势充满让人心惊的危险性。

萧云龙施展出了萧家横连腿的腿势，萧家横连腿连绵不断，有着一股横断山峦的威势，他全面施展而出，双腿在横扫出击之间密不透风，层层腿影浮现而出，每一道腿影都是真实呈现，携带着一股摧枯拉朽的力量镇压而下，向曼陀罗席卷而至的层层腿影攻杀而去。

"砰！砰！砰！"

两人在转眼间已经互攻了数十招，饶是萧云龙的腿势有着横断山峦的威力，可曼陀罗的腿势却是精妙灵巧，论起来她自身的力量没有萧云龙这般强横，但她对于巧劲的运用却是达到了炉火纯青的地步，总是能够卸掉

10 踏上征途

萧云龙腿部的那股千钧之力。

萧云龙目光微微一收，曼陀罗能够正面迎接他数十招攻势，可见血色曼陀罗的名头绝非浪得虚名，这个女人的确拥有着强大的身手与超凡的应变能力。

萧云龙扣住曼陀罗右手手腕猛地旋转而起，他运用反关节技，反向擒拿，同时右臂横起，抵住了曼陀罗的咽喉。

曼陀罗的左臂横挡于咽喉前，同时她的右手五指也扣住了萧云龙的右臂关节部位，使得萧云龙的右臂未能自如地运用自身的力量。

"吼！"

萧云龙猛地大吼一声，他双足一蹬，爆发出一股雄浑惊人的力量，他横起的右臂抵住曼陀罗横挡着的左臂，将她整个人朝后推着。

曼陀罗没有试图在力量的对抗上与萧云龙硬拼，因此她的身形顺势朝后一退，任由萧云龙推着她朝后急退。

"砰！"

最终，萧云龙推着曼陀罗撞在了她身后的一棵大树上，曼陀罗轻微地闷哼了声，看来这一撞倒也是让她感到有些吃疼。

"告诉我，死神他到底想要干什么？他将我激怒的目的何在？"

萧云龙将曼陀罗那性感惹眼的娇躯压在了她身后的那棵大树上，他目光紧紧地盯着曼陀罗，开口一字一顿地问道。

"魔王，你这是在逼问我吗？好像也不太对呢，逼问一般不都是把对手给控制住了才能逼问的吗？你可还没控制住我呢。"曼陀罗笑着说道，随着她的笑，丝丝媚意流转而出，无尽风情随之呈现，分明是一个迷死人不偿命的妖精。

"看来是要狠狠地教训你一顿了！"萧云龙说道。

"咦？怎么个教训呢？"曼陀罗问道。

说话间，曼陀罗的双腿忽而缠上了萧云龙的身躯，就像是一只树懒般倒挂在了萧云龙的身上。同时她反扣萧云龙右臂的五指擒拿而上，横挡萧云龙右臂的左臂一个灵巧地转动，扣向了萧云龙的右肩肩胛骨。

紧接着，曼陀罗双腿发力，借助腰肢的力量一拧，双臂也迸发出一股强劲的力量，竟是要将萧云龙的身体给掀翻。

"巴西柔术？"

萧云龙开口说了声，他自己也会巴西柔术，曼陀罗在巴西柔术上的技巧也是极为精湛。

巴西柔术最大的特点就是以柔克刚，在当今世上许多无限制的格斗场中随处可见这种柔术的运用，其杀伤力是极为恐怖的，一旦被巴西柔术缠身，就如同被一条蟒蛇缠住，会逐渐将对手勒到窒息而亡。

因此，对付巴西柔术的唯一要诀就是不能让对方控制住自己的身体四肢，否则将会陷入被动的局面。

萧云龙了解巴西柔术，自然也有办法破解巴西柔术的缠身。

巴西柔术以柔克刚，但是——刚亦可破柔！

萧云龙目光一沉，他深吸一口气，双臂上的肌肉线条根根贲张而出，他左右双臂猛地朝两边方向一震，这一招颇有八极拳中左右硬开弓的架势，不过在萧云龙自身那股狂暴力量的催动之下，使得那股威势更为骇人。

萧云龙左右震荡的双臂破开了曼陀罗纠缠而来的双臂，不等萧云龙下一轮攻击，曼陀罗缠住萧云龙的双腿落地，一个闪身来到了萧云龙身后，她的左右双手再度擒拿而来。

萧云龙立即回身，他的右手施展反关节技中空手入白刃的技巧，与曼陀罗对战在了一起。

瞬间，他们两人对上了二十多招，在不断地出招、拆招、破招之间循环。

曼陀罗近身缠战的技巧当真是极为出色，她手法多端，又是极为的灵巧，如此一来弥补了她自身力量不如萧云龙的缺点，特别是在这种运用反关节技擒拿击杀地缠战中，她更是如鱼得水，这是她最擅长的领域。

"呼！"

这时，萧云龙右臂一肘朝前挥击，轰向了曼陀罗的脸面，这一肘之力雄浑无比，蕴含着澎湃巨力。

曼陀罗避无可避，她唯有横起右臂格挡住了萧云龙这一击。

那一刻，曼陀罗身形微微摇晃了一下，萧云龙的左手却是乘虚而入，瞬间扣住了曼陀罗的右肩肩胛骨。

曼陀罗的整只右臂立即传来阵阵发麻之感，她脸色微变，可她并未想着要化解眼下的危机，她的身体忽而扑向了萧云龙，她的右手五指瞬间扣住了萧云龙右边腰侧肋骨部位。

如此一来，她与萧云龙之间形成了僵持之势，并且在这个动作之下，她的整个身体与萧云龙相贴着。

两人的距离近在咫尺，可以说只要彼此一探头，他们的脸面就会贴上。

若有人看到这一幕，只会觉得他们像是一对正在亲热的男女，彼此的身体紧紧相贴，体验着那种火热的激情，哪像是正在进行凶险搏杀的对手？

萧云龙为之无语，他深吸一口气，使自己的心境平静下来，他一字一顿地说道："告诉我，死神的目的究竟是什么？如果你不乖乖合作，今天你走不出血岛！你也知道，如果我全部发力之下，你挡不住我！"

"我也知道，你不会这么狠心的。当初在江海市，我不也帮助了你不少吗？"曼陀罗笑着说道。

萧云龙脸色一怔，曼陀罗所说的的确是实情。

当初若非曼陀罗有意无意地帮助，只怕江海市那一场危机不会这么轻而易举的解除。

"不要试图挑衅我的耐心！"萧云龙冷冷地说道，身上有股凌厉的杀气在弥漫。

"动了杀心了呢，看来你是认真的了，真是让我伤心，难道在你眼中我就一点魅力都没有吗？"曼陀罗嗔声说道，她看着萧云龙，又说道，"我给你留下的那封信里面都说了，你是一个让我心动的男人，难道你一点感觉都没有？"

"不要转移话题，回答我的话！"萧云龙沉声说道。

"好吧，那你告诉我，刚才你去见的那个少女到底是谁？她身边有一队骑士守护着，全都拥有着强大的实力，这样的阵势可是很少见。想必这个少女的身份非同一般吧？"曼陀罗问道。

"这与你无关，你也无须知道。"萧云龙说道。

"让我猜猜，她会不会就是圣女？传闻中亚特兰斯黄金种族的那名圣女？"曼陀罗眼眸一眨，笑着问道。

萧云龙脸色一沉，一股凌厉的杀意彰显而出，浑身的力量凝聚而起，使得他的身体内散发出一股惊人的能量。

曼陀罗脸色微微一变，身形朝后一闪，同时左手中闪过一截锋芒，朝着萧云龙扣住她右肩肩胛骨的右臂直取而去。

萧云龙收手，右手瞬间拔出了夜鹰平刃，锋刃招架向了曼陀罗袭杀而至的那截锋芒。

"当！"

萧云龙截住了曼陀罗手中的刀锋，曼陀罗也趁机拉开了与萧云龙之间的距离，她手中握着一柄造型奇特的刀，刀柄吞口勾勒出一朵曼陀罗花，整柄刀血红无比，散发出一缕森然的血腥味道。

这柄刀名为血刃，是曼陀罗雇用黑暗世界中的一名铸刀大师打造而出，锋利无比，能饮人血，故名为血刃！

萧云龙疾冲而上，手中的夜鹰平刃挥斩而出，直取曼陀罗的咽喉。

曼陀罗手中血刃扬起，化作一道血色寒芒，向夜鹰平刃迎击而去。

同时曼陀罗身形闪动，凭着宛若鬼魅般的身法绕着萧云龙而游动，她避开萧云龙那恐怖的攻击，凭着身法上的灵巧与出其不意的杀招跟萧云龙周旋着。

"魔王，看来我猜得不错，那个少女就是黄金种族的圣女！"曼陀罗开口笑着说道。

"嗤！"

萧云龙沉默不语，手中的夜鹰平刃封杀住曼陀罗袭杀而至的血刃之后他轻轻地朝上一挑，将那柄血刃的锋芒挑开，刹那间萧云龙整个人与那柄直刺而出的夜鹰平刃化为一道直线，直刺曼陀罗的咽喉。

这一击太快了，堪称是风驰电掣，像是一道袭杀而至的闪电，直取曼陀罗的咽喉。

曼陀罗脸色一变，她那灵动的身形猛地朝后急退，她退得已经很快了，但萧云龙手中的夜鹰平刃更快，"嗤"的一声破空而至。

"当！"

曼陀罗将手中的血刃锋芒扬起，一道血色寒芒划破虚空，与萧云龙直刺而来的夜鹰平刃交击在了一起，化解了自身的危机。

萧云龙像是早已料到了曼陀罗的这一击，他的身形仍旧是极速冲了上去，就在曼陀罗化解这一击的瞬间，他的右腿横扫而出！

"呼！呼！呼！"

一腿三式，三记腿势几乎同一时刻横扫而出，携带着千钧之力碾压向了曼陀罗，席卷而出的那股腿风凌厉到了极点，四周的空气被压爆之下发出了刺耳的噼啪作响的音爆声。

三段杀！

这是萧云龙横扫腿中三段杀的腿势，强横无比，足以横扫任何人。

曼陀罗奋力抵挡，左臂横击而出，挡住了萧云龙的第一腿，接着她的右腿之势横扫而出，硬接下了萧云龙的第二腿，几乎同一时刻，萧云龙的第三腿碾杀而至。

"砰！"

曼陀罗左臂再度横挡而出，这一次她身形震动，口中闷哼了声，然而她双足一蹬，却是借助萧云龙这一腿之势朝后急掠而去。

眨眼间，曼陀罗朝后退了十几米。

"魔王，当今世上，也唯有你曾经接近过黄金种族的圣女，因此，我想你也知道死神激怒你的原因了。我走了，你来了一位帮手，后会有期哦。不管如何，你仍是一个让我心动的男人！"

曼陀罗笑着，说话间，她转身极速奔行，又朝前急掠出十几米。

这时，一股凌厉的杀气悄然而至，一道身影以极快的速度闪现而出，站在了萧云龙的身旁，此人自然是夜姬。

夜姬露出来的那双冰冷的眼睛盯着曼陀罗远去的方位，她身形一动，正想要追踪过去，萧云龙开口喝止："夜姬，别追了！"

夜姬刚追出去的身形站稳，她转过头来疑惑地看着萧云龙，眼中满是不解。

"追也追不上了，算了吧。"萧云龙说道。

血色曼陀罗既然敢一人孤身前来血岛，要说没有任何后手，这是不可能的。因此，即便是夜姬追过去，能不能追上曼陀罗是个问题。即便是追上了，曼陀罗必然会有让人意想不到的后手，说不定夜姬还会吃亏。

对于血色曼陀罗，萧云龙也有些复杂，她是死亡神殿的人，她却是又表现得亦敌亦友，至少对于萧云龙她不曾做出任何伤害他的事情。

相反，通过曼陀罗，萧云龙也知道了死神激怒他的目的。

曼陀罗最后所说的那句话已经给了他答案。

"死神的真正目的是尤朵拉？"

萧云龙眼中目光一沉，曼陀罗的话已经说得很清楚，当今世上只有他接触过尤朵拉，死神的目的是想要通过自己来引出尤朵拉？

萧云龙心知尤朵拉的身份尊贵，身为亚特兰斯黄金种族的圣女，身体内流淌着纯净的黄金血脉，其对于亚特兰斯黄金种族的意义可谓深远重大。

问题是，死神为何对尤朵拉感兴趣？想要绑架尤朵拉威胁亚特兰斯黄金种族？

死亡神殿并不缺钱，对于死神这一类强者而言，他所要追求的已经不是更多的金钱，而是自身力量的强大，自身武道实力的强大，从而掌控一方地域的权力。

从这点而言，萧云龙猜出来死神针对尤朵拉绝非是为了金钱这么简单，还会有更深沉的意义。

让萧云龙颇为无奈的是，血色曼陀罗并未把话说完，没有透露出死神针对尤朵拉的具体目的。

好在尤朵拉在菲克等人的护送下离开了血岛，并且经过五年前的那场事故后，亚特兰斯一族对尤朵拉的保护已经层层到位，任何势力要想劫住尤朵拉已经不可能了。

但搞不清楚死神的真正目的，萧云龙还是有些不甘心。

"夜姬，我们走吧。"

末了，萧云龙开口说道，他与夜姬朝着南面的那座山头走去，准备去跟穆恩他们会合。

至于死神要针对尤朵拉的真正目的，只能等着有机会后再打探清楚了。

萧云龙也明白了死亡神殿之前围杀魔王兄弟的意图，目的就是为了逼他现身，而后将他擒住，再利用他去打探古兰斯特一族的消息。

死亡神殿的人至今都迟迟不肯露面，想必死神已经不打算派人前来血岛了，这里也没必要久留，是该进行下一步计划了。

踏上征途

萧云龙与夜姬走回了血岛南面的山头上，穆恩、小刀、小武、徐超、石头等魔王兄弟仍守在此地，看到萧云龙回来后他们迎了上去。

"老萧，你去见的莫非就是五年前我们从一股武装分子救出来的那个

10 踏上征途

小女孩？后来我们在后面阻截敌人，你护送她回到族里，就是她吧？"穆恩问道。

萧云龙点了点头，说道："就是她。现在她已经长大了。我跟她见了一面，她随后离开了血岛。结果我遇到了死亡神殿的血色曼陀罗。"

"血色曼陀罗？"穆恩他们脸色微微动容，这些年来血色曼陀罗在黑暗世界的名声极为响亮，她堪称是黑暗世界中最为危险的女人之一。

"她人呢？"穆恩脸色一沉，眼中升起一股战意。

死亡神殿设下险境围杀魔王佣兵团的兄弟，这让穆恩他们一个个心中都憋着一股火气，听到有死亡神殿的人出现，他们燃起了战意与杀机。

"她逃走了。曼陀罗敢孤身一人前来血岛，她肯定是留了后路，追过去也无济于事。再则，她表现得亦敌亦友，我也分不清她真实的用意。"萧云龙说着，他语气顿了顿，又说道，"按照眼下的情况来看，死亡神殿的人是不会前来血岛了。我们进行下一步行动，歼灭暗夜响尾蛇佣兵团跟猎虎佣兵团！"

说到最后，萧云龙的眼中闪过一丝浓烈的杀机。

小武、石头、小刀等魔王兄弟闻言后纷纷亢奋起来，他们都握紧了拳头，心里面都在憋着一股怒气。

魔王的弟兄不可欺、不可辱、不可杀，如有犯者，虽远必诛！

"老穆，查得到这两股佣兵团在哪里吗？"萧云龙沉声问道。

"据我所知，暗夜响尾蛇佣兵团的老巢就在 M 国的一个北部城市——布达斯！"穆恩说道。

"布达斯？"

萧云龙双眼微微一眯，他没有去过这座城市，但对于这座城市的名声他却是很清楚，只因这座城市有一个让人望而却步的绰号——全球最暴力城市！

"出发，前往布达斯！"

萧云龙语气一沉，一字一顿地说道。

穆恩、小刀、石头、小武、老莫、徐超等一个个魔王佣兵团的兄弟开始收拾东西，他们战火如烧，战意腾腾。他们要为死去的兄弟报仇，他们心中有着一股永不熄灭的战火，特别是萧云龙在他们身边的时候更是让他们那股战意达到了顶峰。

萧云龙走到一旁，他拿起手机，拨打了一个电话。

很快，电话接通，萧云龙开口说道："喂，奥丽薇亚，我是魔王。"

"我知道是你，你还在血岛吗？我准备过去找你。"电话中，传来奥丽薇亚的声音。

"别来了，我已经准备离开这里。我跟我的兄弟们准备前往 M 国的一个北部城市布达斯。据说暗夜响尾蛇佣兵团的老巢就在布达斯，你帮我收集暗夜响尾蛇佣兵团在布达斯的一切信息，如果能够找出他们的老巢所在地更好。总而言之，暗夜响尾蛇的人在布达斯跟什么人接触，有什么行踪等，帮我打探清楚。等我到了布达斯，我会联系你。"萧云龙沉声说道。

"你给我这样的任务，那我岂不是哪里都去不成了？我还想去找你呢！"

"找我什么时候都有时间，帮我收集关于暗夜响尾蛇佣兵团的消息，这一次我要让暗夜响尾蛇的蛇王下地狱！"

"好吧，你的要求总是让我无从抗拒！"

"奥丽薇亚，多谢了！"萧云龙一笑，诚声说道。

"谢什么，上次你转入我那个账号的三千万美元我已经转移走了，这笔钱我不会用，我要转到你账户上。我说过，我可以帮你收集任何情报，但绝不会收取你一分钱。"奥丽薇亚说道。

"哈哈，那三千万美元可不是我转给你的，是那个黑吃黑的黑老大转给你的。你就收着吧，你手底下的线人这么多，总要给你的线人发点钱不是？我这边可不需要什么钱。"萧云龙笑着，他顿了顿，说道，"好了，就先这样吧。到了 M 国我再联系你。"

"OK！我现在开始收集关于暗夜响尾蛇佣兵团的信息。"奥丽薇亚在电话中说道。

萧云龙挂了电话，看到穆恩他们都已经准备妥当。

夜姬朝萧云龙走来，她说道："吾王，我也要跟你去行动。"

每次听到夜姬这个称呼，萧云龙真的是不知该说什么好，就这个问题萧云龙已经跟夜姬交涉过很多次，他让夜姬直呼他名字，或者喊萧哥都行，岂料这个女杀手固执得就是一根筋，非要吾王吾王地喊着。

"你可是黑暗世界排名第二的杀手，身价不菲，我可请不起。"萧云龙笑了笑，开玩笑地说道。

"吾王，我愿为你卖命！"夜姬说道。

萧云龙苦笑了声,说道:"夜姬,当年我从火海中把你救出来,是出于偶然遇见,我教给你杀人之道,是出于爱才,你在这方面的确有着极高的天赋。不管怎么说,你并不欠我的。以后可不许再说卖命之类的话,你可以把我看成是你的一个亲人,一个哥哥,但不要把我看成是你的主人。明白吗?"

夜姬点了点头,眼眸如水,看着萧云龙。

"好了,那就跟我走吧。"萧云龙说道。

听到萧云龙这么一说,夜姬眼中终于露出了一丝笑意。

萧云龙一行人离开了血岛,乘船前往加拉帕群岛的港口。

"老穆,你说用什么方式前往布达斯这座城市?"萧云龙问道。

"通过海路也能抵达,但时间要好些天。乘飞机是最快的方式,不过我们的武器不能上飞机。"穆恩说道。

"时间紧急,通过海路显然行不通。乘机吧,要不包机算了。"萧云龙说道。

"包机也可以。"穆恩说道。

下午时分,萧云龙他们乘船抵达了加拉帕戈斯群岛的港口,在这个过程中,穆恩通过他的关系网联系到了当地一家接受包机服务的航空公司,最终以 120 万美元包下一架空中客车 A380 的私人飞机,只要萧云龙他们抵达机场,就可以立即登机飞往布达斯。

萧云龙抵达加拉帕群岛后他联系了勒夫,他曾通过勒夫订购了一艘快艇,最后更是将黑老大文森特的座驾一辆劳斯莱斯幻影送给了他。

勒夫当然不会忘记萧云龙这个让他印象深刻的华国人,电话中萧云龙让勒夫提供三辆越野车载着他跟穆恩等人前往市内。

挂了电话后萧云龙说道:"等一会儿吧,我联系了一个人,一会他派车过来接我们去。"

穆恩点了点头,他拿出一个烟盒子,打开之后递给萧云龙一根烟,萧云龙看了眼,笑着说道:"精品的古巴雪茄?老穆,看来你的档次提升了不少啊。"

"这款雪茄味道够浓够烈,口感很不错。"穆恩笑着说道,将手中的烟盒子扔给了石头他们,让魔王兄弟都分着抽一根。

萧云龙点火抽上,那股特有的古巴雪茄的香味弥漫开来,这烟味的确是浓厚纯正，口感十足。

大约过了二十分钟，三辆黑色的路虎飞驰而来。

萧云龙迎了上去，当头的一辆路虎停了下来，车门打开，勒夫从车上走了下来。

"勒夫先生，又见面了。"萧云龙笑着说道。

"龙先生你好。"勒夫走过来与萧云龙握了握手，他看向穆恩等人，说道，"你们要去市内吗？"

"对，所以麻烦你送我们一程吧。"萧云龙说道。

"没问题，如果你们赶时间，那现在就上车吧。"勒夫说道。

"好！"

萧云龙点头，招呼穆恩、石头、小武等人分别坐上这三辆越野车。

萧云龙、穆恩、夜姬、小武、石头五人坐在勒夫开着的车子内，其余人分成两批分别乘坐另外两辆车子。而后这三辆路虎朝着同一方向飞驰而去。

"勒夫，上次给你的那辆车处理掉了？"萧云龙笑着问道。

"哈哈，已经处理了。这还得要多谢你。"勒夫笑道。

"客气了。"萧云龙淡然一笑。

而后萧云龙与勒夫聊起了加拉帕群岛附近的一些奇闻怪事，又聊了一些当地的风土人情。

勒夫心知萧云龙他们一行人并不简单，且前几天他也注意到有一艘艘船或者是直升机朝血岛方向行驶过去，这让他猜出来只怕这一切跟萧云龙有关。

如今萧云龙从血岛回到港口，只能说明那些前去寻找他麻烦的人已经永远地留在了那座被鲜血染红地面的小岛上。

勒夫也没有贸然去打探萧云龙个人隐私方面的问题，他懂得把握一个度，唯有这样才能与萧云龙和和气气的相处，说不定以后还会有更多的合作机会。

旅途漫长，至少也需要八九个小时才能抵达目的地，萧云龙便让穆恩跟其他的魔王兄弟先在车上休息一番，养好精神，接下来还有几场仗要打。

午夜十二点半，经过将近九个小时的车程，勒夫将萧云龙一行人送到了国际机场。

10 踏上征途

萧云龙、穆恩、夜姬等人纷纷走下车,萧云龙拍了拍勒夫的肩头,说道:"多谢了。"

"龙先生,客气了。如果日后还来此地,有需要我帮忙的,我会鼎力相助。"勒夫笑着说道。

"好,那就此别过。"萧云龙点头说道。

勒夫随即与萧云龙等人握手告别,便驱车离去。

穆恩与航空公司联系,对方的人员已经在机场等候,数分钟后,一名西装革履的男子走了过来,对方正是所联系的那家航空公司负责包机事宜的经理,名为伊拉涅夫。

伊拉涅夫走过来确认了穆恩的身份,随后带着萧云龙来到其所属的航空公司的窗口办理相关业务。

萧云龙拿出一张瑞士银行国际卡,伊拉涅夫接过这张银行卡,从里面划走了120万美元。

"好了,诸位先生、女士,我带你们去登机。祝你们旅途愉快。"伊拉涅夫笑着说道。

所谓有钱能使鬼推磨,此话当真不假,在伊拉涅夫亲自出面之下,各种手续很快就办理完成,只要登机就能够立即起飞前往位于M国北部的布达斯国际机场。

伊拉涅夫带领着萧云龙、穆恩、夜姬跟其余的魔王兄弟从机场的VIP贵宾通道走入候机室,其间他们也接受了安检。

萧云龙他们也并未携带武器在身,所有的武器都留在了血岛南面山头的那个山洞内,等这一次行动结束了,穆恩他们再回去血岛取回存放着的武器。

通过安检后伊拉涅夫一路带领着萧云龙他们登上了这架空中客车A380私人飞机。

这架飞机并非是作为民航用途的,只接受包机业务,因此飞机上只有二十个座位,可想而知,这么大的一架飞机上只有二十个座位,那每一个座位的空间自然很大。并且飞机上还设有沙发,小型餐厅等。

萧云龙、穆恩他们登上了这架飞机,美丽的空姐笑脸相迎,这些空姐都是精挑细选出来的,不仅是容貌、身材无可挑剔,还必须要有着亲和的微笑跟卓越的服务态度,达到这样的要求后才能在这架私人飞机任职。

相应的，她们的收入要比其他航班上的空姐高出数倍。

飞机上的空姐领着萧云龙他们逐个坐了下来，按照萧云龙他们一共十五人的人数，这架飞机配备了十五名空姐，进行一对一的服务。

坐定之后，这架飞机开始在跑道上滑行，准备起飞。

起飞前一个空姐分别用英文跟西班牙语介绍此次行程的相关事项，她那甜美的声音最后说道："此次我们的空中旅行一共是4187千米，预计飞行时间6个小时左右，祝您旅途愉快。"

"轰隆隆！"

这架A380飞机骤然加速，最终冲天而起，在茫茫夜色中朝着M国方向飞行而去。

这也意味着萧云龙所带领的魔王佣兵团踏上了征伐之路。

美丽而又性感的空姐给萧云龙他们提供了丰盛的晚餐，有牛排、羊排、烤鳕鱼、饮料等，可以根据自己口味的喜好自由选择。

萧云龙丝毫不客气地要了一大份牛排跟羊排，这些天在血岛天天吃压缩饼干，嘴巴都要淡出鸟味来了。

"兄弟们多吃点啊，吃饱喝足了再睡个觉。"萧云龙开口说道。

"哈哈，老萧我看你是在血岛上肉都没吃上一口吧？一上飞机就开始大快朵颐了。"穆恩笑着说道。

"萧老大都带头了，那我们也多吃点吧。"小刀笑着说道。

"萧老大说过，吃饱了才有力气揍别人，所以要想揍别人，先从一个吃货做起吧。"徐超说道。

"要说吃货那岂不就是熊子这头熊最猛？"王战揶揄说道。

熊子正大口地咀嚼着一大块牛排，听了王战的话后他想说什么却又说不出来，好不容易咽下去后他说道："王战，下了飞机跟你打一架！"

"你这头熊除了打架还能有点追求吗？"王战咕哝说道。

飞机在高空平稳地飞行，机舱内萧云龙他们谈笑风生，对于萧云龙而言，他已经很久没有这样轻松的感觉了。

不管何时，跟自己的生死兄弟在一起，总是让人感到放松与快乐。

萧云龙他们吃饱喝足后飞机上的空姐收走了餐具，又送来了饮料。

服务萧云龙的那名空姐肤色白皙，微笑的时候还露出两个迷人的酒窝。

"先生，您跟您的朋友都是来自华国？"这名空姐好奇地问道。

萧云龙一怔，抬眼看向这名空姐，说道："你怎么知道？你听得懂华语？"

"是的，我会说一些华语。"这名空姐一笑，这次她说的是一口不太标准的华语。

"原来如此，我们的确是来自华国。"萧云龙说道。

"华国是一个让人向往的东方国度，有机会我一定要去游玩一番。"美女空姐说着，她的身躯不知不觉间靠向了萧云龙，有着丝丝缕缕的芬芳香味扑鼻而来。

"欢迎你去华国，华国的风景与人情我想不会让你失望的。"萧云龙说道。

"如果去的时候能够遇到你，那应该会更加完美。"美女空姐说道。

萧云龙还未回话，后方便有一道冰冷的寒意盯住了这名空姐。

这个美丽迷人的空姐一怔，她忽而间感到浑身有些冰冷之感，一股寒意升腾而起，占据了她的心间，她禁不住回头一看，正看到后面坐着的夜姬那双宛若寒潭的双眸正盯着她。

夜姬脸上仍是带着蝶形面具，她那双冰冷的目光紧盯着正给萧云龙服务的这名空姐，有着一丝警告的意味。

萧云龙自然也感觉到了夜姬的异常，他暗自苦笑了声，对那名空姐说道："多谢你的服务，回头有什么需要我再喊你。现在我想休息一下。"

"好，好的。"这名空姐开口说道，语气有些不自然。

她急忙地站起身，退了下去。

这名空姐退下之后，夜姬的目光这才缓缓收回。

萧云龙有些哭笑不得，事实上即便没有夜姬那异常反应，他也不会跟那名空姐发生什么。让他有些困惑的是夜姬的反应是不是有些不太正常啊？难不成她都不允许别的女人靠近自己了？

这可是个让人头疼的问题。

潜入布达斯

当地时间中午两点，一架空中客车 A380 飞机缓缓地降落在了布达斯国际机场，飞机在跑道上滑行了一段距离后平稳了下来，接着机舱门打开，萧云龙带领着穆恩等人走下飞机。

飞机上的那些美丽性感的空姐微笑着跟萧云龙他们挥手告别，这段空中旅程总算是结束了，萧云龙他们也踏上了布达斯的土地。

布达斯拥有让所有人望而却步的绰号——"全球最暴力城市"，有些人则将其称为"鬼城"。

布达斯是许多赫赫有名的大毒枭的窝藏之地，就这么一座城市内，至少存在着六七股贩毒集团，他们彼此相争，争夺资源、争夺地盘、争夺贩运路线等，如此一来使得这座城市内不时有战事发生，也必然会殃及居住在这里的平民百姓。

"我们先找个住的地方。"萧云龙开口说道。

萧云龙他们离开了机场，乘坐三辆出租车朝市内飞驰而去。

最终，萧云龙他们选择了摩纳哥大酒店作为落脚点，他走进大酒店内，出示相关证件后订了六间房，一间标间是给夜姬的，其余五间房都是三人床的房间。

订好房间后萧云龙他们乘坐电梯直上第九层楼，所订的六个房间都在这一层楼。

萧云龙将房间钥匙分给小武、小刀、石头他们，让他们先去房间休息一下。

萧云龙也打开了一间房间的门，穆恩与他走了进去，房间明亮宽敞，按照习惯，萧云龙与穆恩检查这间房间的每一个角落，确认房间内不存在任何监视镜头后才放下心来。

萧云龙接着拿出魔王佣兵团中的一台笔记本电脑，他没有连接酒店中的网络，而是连上了魔王佣兵团使用的无线网卡。

萧云龙登录上了联系奥丽薇亚的私密平台，他一看奥丽薇亚正在线上。

萧云龙立即给奥丽薇亚发出了视频通话的请求。

奥丽薇亚果断接受了视频通话，一个视频窗口弹开，奥丽薇亚那张美艳绝伦的玉脸呈现而出，她这次总算是正常了点，身上穿着衣服，不过却也无法遮掩得住她那性感诱人的身段。

奥丽薇亚看到了视频中的萧云龙，也看到了站在萧云龙身后的穆恩，她的脸色微微一怔。

"奥丽薇亚，这是我的兄弟'龙神'穆恩，你应该知道。"萧云龙开口说道。

"原来是赫赫有名的龙神,嗨,你好啊。"奥丽薇亚立即微笑着,通过视频跟穆恩打招呼。

穆恩对于这个情报女王并不陌生,此前魔王佣兵团经常从奥丽薇亚这里得到消息,并且基于萧云龙的缘故,奥丽薇亚对魔王佣兵团自然是优待有加。不过穆恩从未见过奥丽薇亚的真面目,这一次沾着萧云龙的光,总算是看到奥丽薇亚本人的模样了。

"你好,美丽的情报女王,你可真是够漂亮的。"穆恩笑着说道。

"龙神,你比魔王要有趣多了,他从未夸过我漂亮呢。"奥丽薇亚开口说道,像是在向萧云龙提出抗议与抱怨。

萧云龙苦笑了声,显得有些无语,他正色说道:"奥丽薇亚,言归正传吧。你那边查到关于暗夜响尾蛇佣兵团的消息了吗?"

"已经查出来了。"奥丽薇亚说着,她将电脑上的摄像头转向了一个投影屏幕,接着说道,"布达斯各方势力极为复杂,主要在于几大毒枭都想占据布达斯这个宝地作为贩运毒品的一条通道。目前而言,盘踞在布达斯的贩毒集团有泽塔斯、海湾、锡那罗亚、米却肯家族这四股势力。"

"其中,影响力最大的是泽塔斯集团,该集团控制着布达斯与邻国交界处一半以上的货运渠道。根据我收集到的资料,暗夜响尾蛇与泽塔斯集团走得很近。泽塔斯集团经常雇佣暗夜响尾蛇佣兵团为他们运送货物,久而久之,他们之间形成了密切的合作关系。因此,魔王你要想对付暗夜响尾蛇佣兵团,需要击破泽塔斯集团在布达斯的势力。"

萧云龙听到这里,他开口说道:"介绍一下这个泽塔斯集团。"

"泽塔斯集团是由M国陆军精锐空降特战部队的逃兵创建,后来又有危地马拉训练的突击队成员加入,势力大增。也就是说,这个集团最为可怕的地方在于,该集团的上层首领都是精通枪击、搏杀、陆战能力的特种兵,他们针对集团内的人员也是采用特种兵标准的严格训练方式来训练而成。这个集团目前的首脑是伞兵出身的拉斯尼奥,绰号'刽子手'!"奥丽薇亚说道。

"'刽子手'拉斯尼奥?我听说过此人,许多年前曾在一次国际特种兵演练对决中拿过第三名,的确是一个十分出色的特种兵。"萧云龙沉吟道。

"所以你们在那边的行动一定要小心谨慎,泽塔斯集团的人手全都是职业军人、杀手、雇佣兵组建而成的，他们崇尚暴力，武器装备十分出色，擅长陆地战斗，不可轻视。"奥丽薇亚说道。

"泽塔斯集团在布达斯的负责人是谁？"萧云龙问道。

"特雷维尼，绰号'狂人'，是一个极端的暴力分子，据说曾在绿色贝雷帽部队服役过。"奥丽薇亚说道，她指着投影屏幕，屏幕上出现了一个面目凶狠的男人头像，她接着说道，"这个人就是特雷维尼，只有他才能与暗夜响尾蛇头领蛇王接触。"

"也就是说找到此人，就能够找到暗夜响尾蛇佣兵团？"萧云龙眯着眼问道。

"没错，只要找到他，就能够找到暗夜响尾蛇佣兵团。他知道暗夜蛇王在哪里。"奥丽薇亚说道。

"好，给我此人的详细地址。"萧云龙说道。

"泽塔斯集团的势力驻扎在布达斯的西北部，我也查不到特雷维尼的具体住址。不过西北部有泽塔斯集团的人手，可以从这方面入手把特雷维尼给找出来。"奥丽薇亚说着，她继而说道，"魔王，我已经给你找好了一个线人，很快这名线人会联系你。他会给你们提供足够的武器，还会帮你们连线泽塔斯集团的人手。"

萧云龙闻言后一笑，说道："那真的是太好了。这个线人信得过吧？"

"当然。他的名字叫格吉尔，他的妻子儿女都被泽塔斯集团的人杀害，因此没有人比他更加痛恨泽塔斯集团的人了。"奥丽薇亚说道。

"好，那我就放心了。奥丽薇亚，这一次真的是太感谢你了，你帮了我很多。"萧云龙诚声说道。

"你除了只会口中说谢谢之外还能做些什么？"奥丽薇亚嗔声说道。

萧云龙干笑了两声，身边可是有穆恩在场，怎么这个女人说的话还带有弦外之音？

一旁的穆恩微微一笑，他说道："情报女王，不瞒你说，老萧他有点不善解人意，对于美女暗示的好感他的反应总是慢半拍，你习惯了就好。"

"骗鬼吧，这家伙都不知道祸害多少女人了。"奥丽薇亚哼声说道。

"咦？连这你都知道？看来萧老大这方面是声名远扬了。"穆恩笑着说道。

"老穆，你就别寒碜我了。"萧云龙说着，他对着奥丽薇亚说道，"把这个线人格吉尔的联系方式给我吧，我联系他。"

"好。"奥丽薇亚开口说道,给萧云龙发过去格吉尔的联系方式。

"奥丽薇亚,那我就先去联系格吉尔。你那边如果再有什么情况,随时联系我。"萧云龙说道。

视频中的奥丽薇亚点了点头,叮嘱萧云龙他们要万分小心。

而后萧云龙关闭了通话视频,退出了这个私密平台,他拿起手机联系这名线人格吉尔,电话很快接通了,萧云龙开门见山地说道:"格吉尔,你好,我是你的接头人。我想情报女王已经跟你说清楚一切了吧?"

"你就是魔王?魔王先生你好,情报女王已经跟我安排好了一切,我现在就等着跟你会面。"电话中传来一名男子的声音。

"我在布达斯摩纳哥大酒店的916房间,你方便的话可以过来找我。"萧云龙说道。

"好,魔王先生您稍等,我马上就到。"电话中格吉尔说道。

萧云龙挂了电话,他嘴角露出一丝苦笑,看来奥丽薇亚联系这名线人的时候把他的名号给报了出去,否则格吉尔也不知道他就是魔王。

不过这倒也没什么,奥丽薇亚给他安排的线人,那肯定就是百分百信得过才会安排。

而后,萧云龙将魔王佣兵团的所有人以及夜姬都喊过来这间房间,等着格吉尔到来之后商讨下一步计划。

线人格吉尔

半个小时后,萧云龙房门口传来了敲门声。

萧云龙走过去,通过猫眼看了眼,门外站着一个体型微胖,头上戴着一顶圆形帽子的男子,他年纪在四十岁左右,他按着门铃,眼中的目光警惕地看着四周,显然是一个谨慎的男子。

萧云龙一看这个男子与奥丽薇亚提供的那名线人格吉尔的外貌一样,心知来的人正是格吉尔。

萧云龙打开了门,他看向格吉尔,说道:"格吉尔先生吗?幸会,幸会。"

格吉尔摘下帽子,朝萧云龙弯腰鞠躬,他说道:"您就是魔王先生?

能够见到您真是三生有幸。"

"别这么客气，进来吧。"萧云龙笑着说道。

格吉尔点头，随后进了房间。

房间内，穆恩、小刀、小武、老莫、石头、徐超、肖枫、林渊等一个个魔王兄弟都在场，夜姬也在，都在静候着格吉尔的到来。

格吉尔走进来看到了穆恩他们，由于格吉尔身份的原因，他接触过不少黑暗世界的强者，饶是穆恩他们已经收敛了自身那股强盛的杀伐气息，可他仍是感觉得到从穆恩他们的身上有股尸山血海般的铁血气味扑面而来。

这让格吉尔心头凛然，心知萧云龙跟穆恩这些人一个个都是战场上的老兵，拥有着强大的作战能力。

"格吉尔，你能够接触到在布达斯驻扎的泽塔斯集团的人员？"萧云龙问道。

"对，我能够接触到泽塔斯集团的人员，不过仅仅是一般成员，我还不能接触到泽塔斯集团的高层人物。"格吉尔说道。

萧云龙沉吟了声，他说道："听情报女王说你的家人惨遭泽塔斯集团的毒手。对方的人既然对你的家人下手，为何你却是能够幸免于难？还能够接触到对方的人员？"

格吉尔稍稍沉默，而后他缓缓说道："其实现在的我已经不是原来的我了。"

"什么意思？"穆恩问道。

格吉尔撩起他那一头浓密的褐色头发，他指了指他的耳根后面，依稀看得到他两侧耳根后面都留下了一道浅浅的疤痕，接着他拿出一张泛黄的照片，照片上是一对夫妇跟两个孩子，照片上的男人俊朗干瘦，与眼前的格吉尔完全就是两个人。

格吉尔指着照片上的那名男子，说道："这才是真正的我，或者说，是原来的我。"

萧云龙瞬间明白了什么，说道："你整过容？"

"对，当年惨剧发生的时候我还没下班，等我下班回去的时候，看到我的妻子跟两个孩子已经惨遭泽塔斯集团的人杀害，他们在现场留下一个字母'Z'，这表示是他们的人干的。"格吉尔开口，语气中透出一股愤恨之意，他接着说道，"我当时满脑子想着的就是报复，我也知道凭我的力量根本不是他们的对手，我更知道他们要是知道我还活着，会赶尽杀绝。所以我去整容也把自己吃胖了起来。然后再以现在的身份去接近泽塔斯集团，收集他们的罪证，呈递给当地警方。但最后我明白了，我这样做根本无济于事，因为警方对他们根本无可奈何。"

萧云龙深吸一口气，他伸手拍了拍格吉尔的肩头，说道："为你的妻子的跟孩子感到难过。抱歉，格吉尔，我不是有意让你回想起这些惨痛的记忆。"

"无妨，我已经接受这个事实。"格吉尔说道。

"跟我说说特雷维尼。"萧云龙当即说道。

格吉尔眼中闪过一缕仇恨的目光，他说道："特雷维尼就是泽塔斯集团在布达斯的首领，当初我的家人惨遭杀害，也是他授意的。此人号称'狂人'，是一个地地道道的战斗分子，性子残暴嗜杀，他手底下的人一个个都是经过严格训练出来的战斗精英。特雷维尼在布达斯的任务就是通过暴力战争的手段打开通往别国的贩运路线。"

"怎样才能接近特雷维尼？"萧云龙问道。

"特雷维尼的行踪很神秘，只有在大宗交易的时候，他才会现身。"格吉尔说道。

"大宗交易？多少钱才算是大宗交易？"萧云龙又问道。

"至少上千万美元的交易，才值得特雷维尼现身。"格吉尔说道。

萧云龙目光一沉，他冷冷地说道："那就跟特雷维尼来一场大交易吧，只要能够接近他，问题也就解决了。"

"魔王先生，你的意思是？"格吉尔问道。

"你联系泽塔斯集团的人员，就说有一宗交易，交易价值在3000万美元以上。这是我的一个新身份的资料信息，到时候你拿着我的这个身份去跟对方交谈。就说到时候我先带1000万美元定金过去，成交之后再支付其余的钱。"萧云龙开口说道，他将一张资料表递给了格吉尔。

格吉尔接过来一看，这份资料中，萧云龙成为了一个新加坡人，称号是龙先生，经营港口船运业务，资料表上还附带着一张头像，不过这张头像跟眼前的萧云龙可一点都不像。

这不免让格吉尔有些诧异。

萧云龙接着解释说道："我还没有乔装易容，我去跟对方人员接触的时候会乔装成这份资料上人物的样子。"

格吉尔点了点头，说道："我已经为你们准备好了武器还有车辆，这些武器情报女王已经给我付款了。如果你们有时间，我带你们过去看货。"

"可以。"萧云龙说道。

"那你们稍等一下，你们人数太多，我去找一辆大的面包车过来，一次性把你们都带上。"格吉尔说道。

萧云龙应了声，格吉尔先起身告别。

"老莫，你的活来了。"萧云龙对着老莫说道。

"哈哈，萧老大，你这个龙先生的身份可是沿用了许多年了，这一次又用上了。"老莫笑着，他走到萧云龙面前，解开了自己的战术背包。

"这个身份没有任何的破绽，能用就一直用吧。"萧云龙笑着说道。

老莫从他的战术背包中取出假胡子、胶水以及一些化妆用品等工具，他开始在萧云龙的那张脸上乔装。

萧云龙的唇角上沾上了两撇大胡子，他的脸用特殊的粉底涂抹，较之前显得蜡黄黝黑，看上去苍老了十岁，接着戴上一副金色边框的眼镜，眨眼间像是变成了另外一个人，如若不认真仔细地观察，还真的是看不出他原先的影子。

萧云龙要想接近特雷维尼，只能乔装成这样的身份，否则以他原来的身份，说不定特雷维尼能够认得出来他就是魔王佣兵团的魔王，那时候事情进展就不会顺利了。

半小时后，格吉尔去而复返，当他走进房间看到萧云龙时一怔，他已经认不出萧云龙，他看着手中拿着那份萧云龙的新资料，对照上面的那个头像，再看看此刻的萧云龙，他不由笑道："妙，简直是妙极了，连我都认不出来了。"

"车子准备好了？"萧云龙问道。

"准备好了，我们直接下去这座酒店的地下停车场。"格吉尔说道。

"那就走吧。"萧云龙说道。

当即，萧云龙他们随着格吉尔离开了酒店房间，乘坐电梯直达地下一层的停车场。

格吉尔开过来一辆大型的面包车，萧云龙他们一行十五个人坐上了这辆面包车。

10　踏上征途

格吉尔开着面包车朝布达斯郊外飞驰而去，行驶了大约一个小时，所到之处极为荒僻，随处可见一个个的大农场。

最终，格吉尔车子驶入了一个小型农场，不过这个农场看着已经废弃了，杂草丛生，四周散落着一些多年未曾使用过的农场工具，显得极为荒芜，很明显这个农场已经多年未曾使用。

车子停下来后格吉尔说道："这是我当年购买的一个小农场，本打算跟自己的妻子、孩子晚年后来这个农场生活，谁曾想这个梦想破灭了。"

对于格吉尔的遭遇，萧云龙他们只能深表同情，事实上在布达斯，像格吉尔这样遭遇的家庭不在少数，这就是这座暴力城市的一个缩影。

格吉尔带领着萧云龙他们走进了农场的一间房子，这间房间有一个秘密通道通往地下室，来到了地下室便是看到了陈列在这里面的一支支崭新的武器，有机枪、狙击步枪、微冲、手枪等。

穆恩走过去，拎起一挺加特林机枪，张口笑着说道："哈哈，有这玩意儿就好，老子就喜欢这挺大家伙。"

石头、小刀、林渊、熊子等魔王兄弟也走过去纷纷拿起自己顺手的武器，这些武器都很合他们的胃口，拿在手中自然是显得得心应手。

萧云龙语气一沉，说道："下面我制订行动计划，老穆跟石头你们两人扮成我的随从，跟我去面见特雷维尼。夜姬，你负责跟踪，凭着你的能力，我相信不需要安装任何的跟踪器，你也能够一路悄无声息地跟踪上。小武、小刀、小超、老莫你们垫后，夜姬会跟你们联系，夜姬跟踪到我们去见特雷维尼的地点，你们就杀进来。记住，无论是谁，都格杀勿论，跟这些穷凶极恶的毒贩没有任何情面可讲。"

"萧老大，我们明白了！"

小刀他们一个个大声喊道。

夜姬也点了点头，身为顶级杀手的她本身就擅长追踪，诚如萧云龙所言，不需要任何追踪器，她也能够追踪到萧云龙被带往跟特雷维尼见面交易的地点。

"格吉尔，我这边已经准备完毕，就差你的行动了。你现在就去跟泽塔斯集团的人联系吧。借助这段时间，我足够把现金凑齐了。"萧云龙说道。

"好，等我的消息。"格吉尔说道。

11 一网打尽

交易破局

当地时间,下午五点,萧云龙他们都已经准备完毕。

萧云龙穿上了一身刚买的白色西装,脸上戴着一副墨镜,显得酷劲十足,跟随他行动的穆恩与石头两人也穿上一身崭新的黑色西装,并且他已经筹备好了1000万美元的现金,分别装在两个密码箱里,穆恩与石头一人拎一个密码箱。

半个小时后,格吉尔打来电话,电话中格吉尔说这一次的大手笔交易已经汇报给了特雷维尼,等着特雷维尼的回复,同时跟格吉尔接触的泽塔斯集团的人员要求萧云龙他们现身,验明身份跟定金。

会面地点在布达斯西部的一个工厂,格吉尔将行车路线图也发了过来,只要开车按照导航指引就能够到达。

萧云龙当即目光一沉,对众多魔王兄弟说道:"兄弟们,开始行动了!"

此言一出,穆恩、石头、小刀、小武、徐超、熊子等一个个魔王兄弟眼中杀机毕露。他们没有说话,行动中的魔王佣兵团就像是一支沉默的巨鬼,只会在肃穆与无言中杀伐,无须多言其他。

萧云龙来到了这个农场的车库,车库里面有四辆车子,一辆黑色的宝马5系,跟三辆三菱越野车,这是格吉尔为萧云龙他们准备好的车子。

"夜姬,你负责追踪,其余人等着夜姬的指令。只要抵达特雷维尼所在之地,就杀进来。"萧云龙开口说道。

"萧老大,我们知道了。"一个个魔王兄弟应声说道。

萧云龙点头,他坐上了那辆黑色宝马车,穆恩跟他一起坐在车后面,石头负责开车。

11 一网打尽

"呼!"

这辆黑色宝马呼啸而出,紧接着,车库内那三辆三菱越野车也纷纷出动。

夜姬开着一辆车子,车内坐着小刀、徐超、熊子、肖枫四名魔王兄弟,其余人则在另外两辆三菱越野车上。

石头根据车内的导航路线一路飞驰,车速很快,达到了100迈。

萧云龙与穆恩坐在后座上,他们脸上显得很平静,没有丝毫的紧张,毕竟这样的行动他们已经参加过很多次,龙潭虎穴都闯过来了,岂会怕一个地区的毒枭。

"萧老大,穆哥,快到了。"

这时,石头开口说道。

"哦?"萧云龙抬眼朝前一看,眼中闪过一丝锋锐的寒芒。

根据格吉尔提供的路线图,最终的目的是抵达西部的一个废弃工厂,这个工厂因为该地区的帮派势力相争之下受到牵连,有不少工人无辜被杀,因此倒闭。反而成为了泽塔斯集团的一个据点。

七八分钟后,石头开着宝马轿车接近了这个废弃工厂。

突然间,石头猛地一个急刹车,只因前方的道路上布置下了一条插满铁钉倒刺的链带,只要车子开过去,那车轮将会爆胎。

石头停下车的瞬间,有着十几道身影手持武器冲了出来,一挺挺枪对向了车内。

"别急!"

萧云龙开口,他推开车门走了下来,双手举起,说道:"我是前来跟你们交易的人。"

萧云龙说的是英语,对方有人听得懂,一名男子开口问道:"你就是格吉尔口中所说的龙先生?"

"对,是我。"萧云龙说道。

对方那名开口说话的男子对着身边一个剃着光头的男子低语了几声,随后光头男子朝前方的废弃工厂走了进去,没一会儿前方有着四名男子陪同格吉尔走了出来。

"格吉尔先生,这就是你给我介绍的卖家?态度似乎不怎么友善啊。"萧云龙看到格吉尔后开口说道。

格吉尔连忙一笑,说道:"龙先生,误会误会。其实他们都是极为友善,只是刚开始不知道你的身份而已。"

说着,格吉尔对着身边的一名鹰目钩鼻的男子说道:"丹尼尔,这位就是龙先生。"

丹尼尔正是格吉尔接触到的泽塔斯集团的那名小头目,他一双锐利的鹰眼盯住了萧云龙,而后看了眼手中拿着的一份资料信息表,对比之下他也没发现什么破绽,旋即他走过来一笑,说道:"龙先生是吧?我代表泽塔斯集团欢迎你。希望我们这一次能够合作愉快。"

"买卖讲究诚信,有了第一次就会有第二次,我也希望我们这次的合作能够顺利。"萧云龙说道。

这时,车内的穆恩与石头也走下车了,他们手中各提着一个密码箱。

"我们泽塔斯集团最喜欢跟诚信的客户合作。龙先生,请你们进里面一谈。不过在这之前,我的人员需要对你们搜身,我想龙先生不会介意吧?"丹尼尔说道。

"当然不会介意。"萧云龙说道。

丹尼尔立即朝身边的几名男子示意。

六名男子走上前来,分别对萧云龙、穆恩、石头进行全方位地搜身,他们从头到尾,连萧云龙他们的鞋底也不放过,一番认真细致的搜查后,并未发现危险物品。

丹尼尔对于这个结果显得很满意,他笑着说道:"龙先生,里面请。"

萧云龙他们三人朝前面的废弃工厂走去,途中丹尼尔手底下的人持枪不离萧云龙他们三人,如此防备可谓是森严无比。

废弃的工厂内没什么陈设,有沙发、书桌,还有一些运动器械等,除此之外也没有什么特别的东西了。

"龙先生,听说你这一次要跟我们来一笔大交易?"丹尼尔问道。

"不错,只要你们有足够的货,那这一次的交易起码在3000万美元以上。为了表示诚意,我带来了1000万美元的定金。"萧云龙说着,他朝着穆恩与石头看了眼。

穆恩与石头将手中的密码箱放在一张书桌上,输入密码之后打开,里面装着一叠叠崭新的美钞。

丹尼尔眼睛一眯,他朝身边的人手示意了一眼,四名男子走上前,拿出了验钞机,开始检验这两个密码箱内的美钞。

一番检验下来后确认无误,这的确是1000万美元的真钞。

"哈哈,看来龙先生的确是很有诚意。"丹尼尔一笑,他眯着眼睛,说道,"龙先生初次跟我们合作,就敢带来这么多现金,不怕我们独吞?"

"如果是一些小的组织势力,我会有这个担心。不过对于你们泽塔斯集团而言,我不存在什么顾虑。你们是大集团,要想长期合作,赚取长久的利润,我想这种贪图一时之利的事情是不会做出来的。"萧云龙语气淡然地说道。

"哈哈,说得好,这一次你来跟我们合作真是选对人了。那么龙先生,请你稍等一下。"丹尼尔说着,他走到一旁打了个电话。

西部某地下室内,一个脸面凶狠,目光凌厉的男子刚放下手中的电话,他体格魁梧,身上隐隐散发出一股暴戾残忍的气息,他正是特雷维尼,泽塔斯集团在布达斯的头目。

"布雷迪,丹尼尔那边传来消息,他们已经跟这个龙先生接触。一切都没有问题,对方也带来了1000万美元定金。你说,这应该不会有什么变故了吧?"特雷维尼看向身边的一个长相斯文的白人男子,开口问道。

这个名为布雷迪的白人男子是特雷维尼身边的第一智囊人物,他沉吟了一会儿,说道:"从我们查到的消息来看,新加坡的这个龙先生的确是吻合信息的。我唯一好奇的是,这个龙先生跟我们要这么多货,并且不需要我们护送,他要怎么运送离开?"

"只要我们拿到钱,交了货,那这个问题应该由他来考虑,我们何必管他?既然他能够来拿这么多货,说明他有办法运送离开,这不需要我们费心。我们要确定的是,这个人有没有问题?"特雷维尼说道。

"从目前来看并没有什么问题。"布雷迪说道。

"那就行了。这是一个大客户,有了这一次合作,那还会有下一次。再说最近警方严格把关,要想运货出去比以前难了数倍。因此这几个月都没有一笔像样的收入。此次这龙先生要跟我们交易3000万美元以上的货物,这可是一笔大单。"特雷维尼说道。

"头儿,是谁介绍这个龙先生来跟我们交易的?"布雷迪问道。

"听丹尼尔说好像是一个叫格吉尔的家伙,这个家伙跟丹尼尔介绍过几个客户,不过那些基本都是中小客户。这一次倒是介绍了一个大客户过来。"特雷维尼说道。

"既然是丹尼尔熟悉的线人,应该不会有什么问题了。"布雷迪点头说道。

"哼,就算是有问题,那又如何?别忘了这里是我们的地盘!对方三个手无寸铁的家伙,我看不出来他们能有什么问题。我们这里数十号人,他们真要有问题,那就一枪崩了。"特雷维尼语气一寒,冷冷地说道。

"那我就去通知丹尼尔,让他带客户过来。"布雷迪说道。

"去吧!"

特雷维尼说道。

傍晚七点,身在废弃工厂的丹尼尔接到了特雷维尼那边传来的消息,即刻让他带着客人前往秘密总部与特雷维尼见面会谈。

丹尼尔放下手机,他朝萧云龙走来,说道:"龙先生,我的老大要见你。"

听到这话,萧云龙眼底闪过一丝寒芒,看来特雷维尼并未怀疑什么,总算是要跟他见面了。

表面上,萧云龙神色不变,他问道:"你们的老大就是这个地区的负责人?"

"不错,一般只有大客户才能值得我们老大出面会谈。从这点而言,龙先生你以后就是我们的贵客。"丹尼尔笑道。

"好,那我就随你去。"萧云龙说道。

"请吧。"丹尼尔说道。

萧云龙与穆恩、石头随着丹尼尔一起走了出去,外面已经有数辆车子在等待,萧云龙本想坐上石头开过来的那辆宝马车,却被丹尼尔拦住了,他说道:"龙先生,坐我们的车吧。你的车留在这里没什么事,回头可以取。"

"也好。"萧云龙点头说道。

格吉尔想要跟上来,却被丹尼尔拦住了,他笑着说道:"格吉尔老弟,多谢你给我介绍这一个大客户。不过你可不能跟着我们过去。回头我的奖励发下来了我会分给你一笔钱。你可以在这里等着。"

"哦,我差点忘了,格吉尔先生,等这一次交易成功,我会支付给你

11 一网打尽

约定好的介绍费。"萧云龙煞有介事地说道。

"好，我就在这里等着吧。"格吉尔顺势说道。

萧云龙与穆恩、石头三人分别登上了对方的三辆轿车，丹尼尔与萧云龙同坐一辆车子，他坐在副驾驶座上，两名手持武器的男子夹着萧云龙坐在车后座。对方此举可谓是极为的谨慎，为了提防任何突发情况发生。

三辆车子启动，在茫茫夜色中朝着前方飞驰而去，车后扬起了滚滚尘土。

这个废弃的工厂仍是留下了七名人员，这是他们的一个据点，需要人守着。

就在萧云龙、穆恩、石头三人乘坐对方的车子刚离开没几分钟，一辆三菱越野车呼啸而至，在这个废弃工厂的右侧方位"吱"的一声停了下来。

废弃工厂外围巡逻的三名男子听到了车声，他们微怔了一下，转眼朝右侧方位看了过去。

"嗖！"

这三个人刚转头过来，眼前猛地一花，一道身影宛如鬼魅般的袭杀而至。

"嗤！"

一道绯色的寒芒划破虚空，以闪电般的速度袭杀而至，当头那名男子的咽喉被切开，鲜血飚射而出，洒落当空。

紧接着，这道绯色寒芒化作一点寒星，瞬间洞穿了第二名男子的咽喉。

第三名男子脸色剧变，刚要举起手中的武器，猛然间这道宛如鬼魅般的身形从他的身边一闪而过，这个男子当场怔住，他低头一看，他的腰身部位已经被切开，整个身体几乎分离成两半。

在他的身后，夜姬站定脚步，她手中握着绯月，方才的那一瞬间已经将这三名人手击杀。

如此刺杀手段当真是强悍无比。

"呼！"

一道魁梧如山般的身影朝着这个废弃工厂的大门撞了过去，虚掩的门立即被撞开，此人正是熊子。

门被撞开的瞬间，紧随而至的小刀、徐超、肖枫三人已经冲了进去，这里面还有四名泽塔斯集团的武装分子，他们刚回过神来，猛然间——

"砰！砰！砰！砰！"

四声枪声响起，这里面的四个人眉心处都中了一发子弹，身体直挺挺地倒下。

格吉尔也在废弃工厂内，他目瞪口呆地站着，直至这个废弃工厂泽塔斯集团的人员全都被杀后才反应过来。

"走！"

夜姬冷冷地开口说道。

格吉尔回过神来后急忙冲上前来，他说道："我、我也要跟你们过去。特雷维尼杀害了我的家人，我要亲眼看着他倒下。"

"不行！"夜姬冷冷地说道。

夜姬负责跟踪载着萧云龙他们离去的那三辆车子，相当于夜姬跟小刀他们四人作为先锋部队，带上格吉尔将会成为一种累赘，从而影响这一次行动。

小刀看着格吉尔，说道："格吉尔，我们要跟踪载着萧老大跟穆哥、石头的车子，因此不能带上你。后面还有两辆车过来，到时候你乘坐他们的车子就是了。"

格吉尔也明白夜姬肩负着的任务重要性，他点了点头。

很快，夜姬他们坐上车，夜姬凭着她那超强的跟踪能力驱车朝前，直接追踪前面载着萧云龙等人的那三辆车子。

在这个过程中，夜姬与小刀他们需要将这个废弃工厂的泽塔斯集团的武装分子全都杀掉，否则他们前后三辆车子追踪过去，必然会引起这些武装分子的警觉，从而使得这一次的行动计划泡汤。

三辆轿车在夜色中呼啸飞驰，所过之处越来越荒僻，已经临近了交界处。

萧云龙坐在车里面，左右两边都有两名男子持枪对着他，他并不以为然，显得若无其事。事实上他要想出手可以瞬间将这辆车上的所有人给制服击杀，因此在他眼中，这些泽塔斯集团武装分子的防范形同虚设。

至于后面两辆车的穆恩与石头，萧云龙对他们也不存在任何的担心，他们两人也同样具备能够瞬间制服那两辆车上的人的实力。

这一段路有些长，行驶了一个多小时之后车速才渐渐地放慢了。

这一带临近克萨州的交界处，因此四周一片荒芜，偶尔还能看到一些

11 一网打尽

散落着的农场,不过看上去这些农场大都废弃了,并且一路开车过来的时候,萧云龙敏锐地发现所过之处的四周隐有人影闪动,这些闪动着的人影明显是对方的人员,按照一段距离据守着这条路面,只要不是他们的车子通过,都会被拦截下来。

最终,这三辆车子在一座历经不少岁月的天主教教堂前停了下来。

M国百分之九十的民众信仰天主教,因此这里出现一座天主教教堂并不足为奇,问题是难道特雷维尼这个穷凶极恶的大毒枭就藏身在这座天主教教堂内?

一个是代表着圣洁与仁爱的天主教教堂,一个是杀人如麻双手沾血的毒枭,两者联系在一起未免给人一种极为荒谬之感,这当中的反差太大了。

或许,也正因如此才不会有人猜得到特雷维尼藏身于此吧?

三辆车子停下,并不是从天主教教堂的正门开进去,而是开到了这座教堂的后面,而后萧云龙他们三人被带了下来,从这座教堂后面的一扇偏门走了进去,接着看到一个地下通道的门是打开的,丹尼尔领着萧云龙他们顺着地下通道走去。

萧云龙顿时明白了,这座教堂的下面是被挖出来的数层地下室,特雷维尼正是藏身于此,借助天主教的掩护来实现完美的隐藏,这简直妙极了。

通往地下室的通道两侧都站着全副武装的男子,他们目光凶狠,手持武器,紧盯着被带下来的萧云龙、穆恩、石头三人。

一直走到了地下一层,前方站着十五六名男子,站在最前面的是一个身高一米八左右的魁梧男人,他一张方脸显得满脸横肉,灰褐色的眼睛中闪动着森冷如刀的锋芒,紧抿着的嘴唇也如刀锋般的锋利,整个人看上去显得凶悍无比,透出一股凶残嗜杀的气息。

萧云龙一眼便认出这个男子正是特雷维尼。

血债血偿

萧云龙脸色如常,表面上并未有任何异常表情的变动,他目光平静地看向特雷维尼。

"龙先生是吧?欢迎你的到来!我就是这里的负责人特雷维尼,期待跟你的合作。"特雷维尼说着流利的英文，他走上前跟萧云龙握手。

"特雷维尼先生，要想见你一面可真不容易，期待我们合作顺利。"萧云龙一笑，伸手跟特雷维尼握了握。

握手的瞬间，特雷维尼手臂上猛地有一股强悍力劲传递而来，萧云龙猝不及防，他张口"啊"了声，脸色变得有些苍白。

特雷维尼一直在观察着萧云龙的表情，看到萧云龙的反应后他微微一笑，松了手劲，说道："我喜欢跟有诚信的人合作，目前看来，龙先生你足够诚信。我想，往后我们会建立起一个诚信的合作平台。"

"当然，我也希望如此。"萧云龙笑着说道。

特雷维尼看着萧云龙，眼中的警惕之意减少了一丝，方才他故意发力握住萧云龙的手，倘若萧云龙是个身经百战的强者，那本能反应之下会出力抵抗。不过从方才萧云龙的反应来看，特雷维尼觉得他是多虑了。

"龙先生，我带你去看看货？我这里什么货都有，龙先生你想要多少就有多少。"特雷维尼说道。

萧云龙看了眼旁边的穆恩，比了个抽烟的姿势，穆恩拿出一盒古巴雪茄，萧云龙拿起一根叼在口中，点上火后抽上，他问穆恩："老穆，夜黑什么夜来着？"

"夜黑杀人夜！"

穆恩忽而咧嘴一笑，有股森然之意呈现而出。

"那就杀吧！"

萧云龙开口说道，他的话还没落音，瞬间三人已经展开了行动。

"嗖！"

萧云龙双足一蹬，他骤然发力，整个人犹如一枚轰杀出膛的炮弹朝前方冲了过去，眨眼间，他的速度已经攀升到了堪称是人类极限般的速度，而首选目标正是特雷维尼。

包括特雷维尼在内，场中所有人都没有想到萧云龙他们会突然发难，他们有着将近二十多人在场，一个个手持武器，在这样的情况下他们岂会想到萧云龙他们敢发动攻击？

这完全出乎了他们的意料！

萧云龙联合穆恩、石头，完全可以在骤然间发动攻击，即便是他们手无寸铁，事实上他们的拳头就是自身最好的武器。

11 一网打尽

"轰!"

萧云龙的右拳已经朝着特雷维尼轰杀而出,不过是在眨眼间,萧云龙那宛如重狙轰杀而出的拳势已经临近特雷维尼的眼前。

特雷维尼大惊,不过出身于绿色贝雷帽特种部队的他自身的反应能力也极强,他来不及做出任何反击,唯有双臂格挡在胸前。

"砰!"

一拳之下,特雷维尼那健壮的身体朝后接连倒退。

萧云龙一个闪身,已经杀入了特雷维尼身后那十几名武装分子当中。

萧云龙行动的刹那,穆恩与石头也分别行动了,他们朝着左右两边突击而上。

穆恩的行动若风卷残云,威势绝伦,右边站着六名男子,他瞬间冲到了一名男子跟前,他的铁拳轰击而出,打爆了那名男子的脸,随后他反手夺下这名男子手中的AK47,朝着两侧扣动扳机!

"哒哒哒!哒哒哒!"

鲜血飙射而起,在那一发发无情子弹地射杀之下,这一侧剩下的五名男子瞬间被击杀。

石头性格沉稳,他的疾冲有着一股奔雷之势,迅猛异常,他朝左边冲去,右腿横扫而出,将前方一名男子轰飞出去。他左手同时伸手一探,钳住了左边一名男子的咽喉,右手顺势将对方手中握着的手枪夺下,瞬间朝右侧连开两枪。

"砰!砰!"

两枪过后,右侧两名男子倒下。

至于那名被石头钳住咽喉的男子,在石头左臂骤然发力之下,其咽喉立即折断。

"嗖!嗖!"

紧接着,穆恩与石头两人极有默契,共同朝前疾冲而去,跟萧云龙会合。

且说萧云龙杀入了那十几名武装分子当中,犹如虎入狼群,他爆发出了自身那股强悍的极限力量,滚滚魔威从他的身上彰显而出,狂暴惊人,他右腿横扫而出,携带着千钧之力镇压而下,旁侧一名男子根本无法抵挡,被横扫而飞。

接着萧云龙施展出了反关节技，扣住身边一名男子持枪的右手，在反关节技三段折的杀招之下这名男子的右臂接连被折断，手中那支手枪也落入萧云龙手中。

"砰！砰！"

萧云龙连开数枪，身边一个个武装分子应声倒地。

穆恩与石头两人也杀了过来，加入了这一场混战之中，他们身上那股尸山血海的气息弥漫而出，笼罩全场，一股铁血杀伐的气势强盛无比，惊骇人心。

在这个地下室的入口处，丹尼尔跟十几名泽塔西集团的武装分子持枪而立，这场战斗爆发得太突然了，出乎他们的意料。

当他们回过神来的时候，看到前方已经倒下了不少同伙。

他们第一时间举起了手中的枪，然而他们持枪的枪口瞄来瞄去，根本无法锁定萧云龙、穆恩跟石头他们三人，前方已经形成了混战，萧云龙他们的身形时刻都在变动，他们要是持枪扫射，说不定射杀不到萧云龙他们，反而是伤到了自己人。

加之他们的头目特雷维尼也在这场混战之中，万一开枪之下不小心射杀到了特雷维尼，那这场乌龙就闹大了。

当即，有八名男子果断抛下了手中的枪，他们纷纷拔出军刀，朝前冲入，加入了混战中。

而这正是萧云龙与穆恩他们所期待的结果，他们就是要制造在混乱中近身搏杀。

只因在近身搏杀方面，萧云龙跟他的魔王兄弟从不惧怕任何强敌。

萧云龙将眼前的两名对手轰飞，他大步流星地朝特雷维尼冲了过去。

特雷维尼又惊又怒，他们可是穷凶极恶的泽塔斯集团武装分子，在这片土地上，任何人听到他们的名头都会吓得战战兢兢，然而萧云龙他们只有三个人而已，在他们数十人名人手的环视之下还敢发动袭杀。

这对特雷维尼来说无疑是一种极大的挑衅与侮辱。

特雷维尼随手抄起一支 AK47，准备朝萧云龙他们扫射而去。凶性大发的他可不管会不会误伤到他手底下的人，只要能够将萧云龙他们给射杀，那就足够了。

"砰！"

11 一网打尽

特雷维尼刚举起这挺AK47，萧云龙的右腿就横扫而至，一腿踢在了特雷维尼持枪的右臂之上，使得他刚拿起来的AK47立即被踢飞出手。

"呼！"

同一时刻，萧云龙的腿势再度轰杀而出，横扫向了特雷维尼的脸面，腿势中有着一股摧枯拉朽的狂暴力量，真要被这一腿横扫而中，特雷维尼的脸都要被轰爆。

特雷维尼曾是绿色贝雷帽特种兵，他自身的对战能力自然是极为不俗，他反应了过来，右臂横挡而出，他的右臂上一根根肌肉虬结而起，有着强悍无比的力量。

饶是如此，萧云龙这一腿横扫而至，仍是震得他身体为之摇晃。

"战！"

特雷维尼暴吼出口，他朝萧云龙扑过去，一记重拳轰向了萧云龙的脸面。

萧云龙迎拳而上，与特雷维尼厮杀在一起。

丹尼尔正在组织几名狙击手，负责瞄准混战中的萧云龙等人，只要一有机会，立即开枪狙杀。

然而这时——

"砰！砰！砰！"

上方的通道传来了一声声密集的枪声，还有一声声惨叫传来。

丹尼尔脸色陡然大变，他失声喊道："有敌袭！"

"呼！呼！"

丹尼尔话刚落音，上方的通道上猛地有着一具具尸体被扔了下来，都是他们的人手。

"嗖！"

紧接着，一道妙曼的身影宛如鬼魅般的一闪而至，一道绯色刀芒闪现当空，丹尼尔前方站着的一名人手咽喉处飚出了一股鲜血。

夜姬的身影现身而出，她手持绯月，准备大开杀戒。

"杀！"

同时，小刀、徐超、肖枫、熊子他们四人也强势无比的杀伐而下，他们犹如一阵旋风突击而来，迎面杀向了跟丹尼尔站在一起的那些武装分子。

随后，魔王佣兵团的其他兄弟也赶来了，小武、老莫、林渊等七名魔王兄弟全部攻杀而下，一个个身上都散发出一股恐怖滔天的杀伐气势，彼此间的行动配合默契，所过之处一个个泽塔斯集团的武装分子相继倒下。

可以说，随着夜姬跟小刀他们一个个魔王兄弟杀过来，这一场战斗已经成为定局，这些泽塔斯集团武装分子饶是一个个都经过严格训练，但岂是这一支常年作战的铁血之军的对手？

丹尼尔脸色大骇，他朝后急退，手中的枪扬起。

"嗤！"

然而，一道绯色的寒芒比他的身形速度更快，瞬间斩杀而至，丹尼尔的右臂被削断。

容不得丹尼尔反应，这道绯色寒芒便刺入了他的心脏。

丹尼尔浑身僵硬，一股冰寒之意从脚底升腾而起，他看到了死亡的脚步逐渐靠近他。

丹尼尔的目光朝前一看，他的瞳孔骤然冷缩，脸上闪现出一股极度愤怒之意，只因他看到此刻前方的通道上正走下来一个人，这个人他认识，并且时常接触合作。

"格、格吉尔……你、你……"

丹尼尔张口，他还想说什么，可随着夜姬将绯月从他的身体内拔出，他整个人倒在了地上。

最后走下来的正是格吉尔，他被后面的小武、老莫的车子接了过来，他只想亲眼看着特雷维尼倒下，只有这样他才会觉得他已经为死去的亲人们报了仇。

战斗已经到了尾声，穆恩、夜姬、小武、石头等魔王兄弟联合出手，将场中这些起码有三十四五名泽塔斯集团的武装分子全部格杀。

萧云龙与特雷维尼的战斗仍在继续。

"轰！"

萧云龙猛地出拳，与特雷维尼攻杀而来的拳头打在了一起。

"咔嚓！"

一声骨折声传来，特雷维尼的指骨悉数被打断，他惨叫出口，脸上满是痛苦之色。

萧云龙右腿横扫而出，轰在了特雷维尼的腰侧上，将特雷维尼那庞大的身体横扫而出，使其重重地倒在了地上，口中流出了丝丝鲜血。

11　一网打尽

特雷维尼挣扎着想要站起来，浑身却是无法动弹，他环目四顾，赫然看到他身边的人手全都倒下了，他脸色满是惊骇之色，他看向萧云龙，忍不住问道："你、你到底是谁？"

萧云龙将唇角上的假胡子撕掉，接过老莫递过来的一瓶矿泉水，他洗了把脸，将脸上乔装涂抹的那一层粉底洗掉，他语气淡然地说道："我是魔王！"

短短四个字，平静的语气，然而听在特雷维尼的耳中却是恍如雷霆霹雳，让他心中掀起了惊涛骇浪——魔王？黑暗世界中那个传奇强者？缔造了佣兵界神话的传奇人物？

特雷维尼目瞪口呆，脸色惊骇欲绝，他曾在绿色贝雷帽特种部队服役过，因此很是熟悉黑暗世界的各方势力还有那些顶尖强者，他听说过魔王这个名号，甚至他还曾研究过魔王，分析过魔王佣兵团战斗的细节。

只不过，那时候萧云龙已经退出了魔王佣兵团。

特雷维尼根本想不到，黑暗世界中这个传奇而又强大的魔王就站在他的面前，对他发动了一场攻杀。

"魔王，你就是魔王……我就说当今世上有谁能够拥有这样强大的身手与胆量，竟敢在我的地盘上撒野。原来是你，那这一切倒是显得不足为奇了。败在你的手中，我口服心服。我唯一不解的是，我什么时候招惹过你了？"特雷维尼开口说道。

"你没有招惹过我，我来找你只是为了打听一个人的下落。"萧云龙语气淡然地说道。

"仅仅是这个原因？你、你要打听谁的下落？"特雷维尼心中极为惊讶，魔王仅仅是要打听一个人的下落就对他们大举进攻，格杀了他身边数十名人手，他觉得他自己已经足够暴戾嗜杀，可跟眼前这个人比起来就显得小巫见大巫了。

"暗夜蛇王！暗夜佣兵团的老大！"

萧云龙走过去，蹲在特雷维尼面前，一字一顿地说道。

特雷维尼猛地怔住，原来萧云龙此行是要寻找暗夜佣兵团，他也隐约想起前些天暗夜蛇王率领着暗夜佣兵团的人返回布达斯，就此隐藏，销声匿迹。原来是暗夜蛇王惹上了这尊大魔王。

"我知道你跟暗夜蛇王有着不浅的交情，如果我不采取这样的方式，只怕想要从你口中得知点消息是不可能的。说不定你还会组织人手对我进行围杀。"萧云龙说着，他看着特雷维尼，一字一顿地问道，"好了，现在你可以告诉我，暗夜佣兵团那些人到底藏身在哪里？"

特雷维尼眼中目光闪动，他很清楚，就算他供出暗夜响尾蛇佣兵团的下落，只怕他也逃不过一死。

因此特雷维尼看着萧云龙，说道："反正不管最后我说不说，我都难逃一死，是吗？"

"对。说了给你一个痛快，不说——只怕你想死也死不成！就算你不说，我也能找得到暗夜蛇王落脚之地。这里是你的老巢所在，想必这里面肯定留着你跟暗夜蛇王联系的一些痕迹，我只要认真对这里的通信设备检查一番就行。我只是不愿浪费时间，看你个人意愿了。"萧云龙语气淡然地说道。

"魔王，泽塔斯集团与你们无冤无仇，你这样做难道不怕日后泽塔斯集团疯狂的报复吗？"特雷维尼怒吼起来。

"你跟暗夜蛇王是一伙的，从这点而言，你已经冒犯到了我。再则，你们泽塔斯集团也没少将这些害人的毒品偷运往华国，怎么就跟我无冤无仇了？"萧云龙冷笑了声，他语气一沉，说道，"我再问一遍，你说还是不说？"

"你最好把我杀了吧，休想从我口中得到任何一点消息。"特雷维尼冷冷地说道。

萧云龙淡然一笑，说道："老莫，你来。"

"好。萧老大，就等你这句话了。"

老莫笑着，他走了过来，将一个战术背包解开，里面立即呈现出了各式各样的奇形小刀，这些小刀称之为刑具更为贴切一些，有些是用来剥皮的，有些是用来剔骨的，有些是用来挑筋的，都有不同的用途。

特雷维尼看到这些刑具之后脸色顿时大变，他挣扎着，可熊子走上来，按住了他的身体，掐住他的嘴巴，提防他咬舌自尽。

老莫开始用刑，他挑选人体部位最疼痛的神经开始下刀，一刀刀下去，特雷维尼浑身是血。

"石头，你带人彻底搜查这里，看看这里都有些什么东西。此外，这里的通信设备、电脑之类的，都查探一番，找出特雷维尼跟暗夜蛇王联系过的方式。"萧云龙开口说道。

"好!"石头点头,他带领着魔王兄弟开始分头行动。

一分钟后,特雷维尼坚持不住了,他惨叫着,断断续续地说道:"我说,我说……暗夜蛇王就在克拉默镇,此地向北方向80千米左右就是克拉默镇,这个小镇并无多少居民,靠近克拉山的山脚下有着联排别墅,暗夜响尾蛇佣兵团就、就藏在那儿。"

萧云龙记下了特雷维尼所招供的这一切,他盯着特雷维尼。语气淡然地说道:"如果早点说,那也不至于遭受这样的罪。"

与此同时,石头他们排查回来,向萧云龙汇报情况,说道:"萧老大,下面还有两层地下室,这里面屯满了毒品货物,数量众多,难以估计。此外,我们也从特雷维尼的手机,还有电脑上的一些信息,综合在一起,查到了暗夜蛇王的联系方式。他们的确是藏身在一个叫克拉默的小镇上。"

萧云龙点了点头,他语气一沉,说道:"那就连夜杀过去,将暗夜佣兵团的人一锅端了。"

"魔王,你把我杀了我,给我一个痛快!"特雷维尼嘶声大喊道。

他浑身是血,即便留着一条命,日后也会成为一个废人。

暴力尚武的泽塔斯集团当然不需要一个废物,一旦他被泽塔斯集团抛弃,那他的下场可就比死都要惨千百倍。他犯下太多杀戒,得罪的人太多,这个地区想要他命的人成千上万。

"魔、魔王先生,能否让我杀了特雷维尼?"格吉尔走过来,他语气诚恳地说道。

萧云龙一怔,而后他拿过来一把手枪,拉开保险后递给格吉尔,说道:"行,那就让你来终结他的生命吧。"

格吉尔满脸感激,他接过手枪,一步步地走到特雷维尼面前,他将枪口对着特雷维尼的额头,语气愤恨地说道:"特雷维尼,当年你残忍地杀害了我的妻子跟儿女,现在,我要让你血债血还,去死吧!"

"砰!"

说着,格吉尔扣动了扳机,特雷维尼应声而倒,一代毒枭就此毙命。

"哈哈哈哈……"

格吉尔跪在了地上,他大声笑着,笑着笑着却是哭了出来,这一刻他有种大仇得报的感觉,觉得自己已经对得起被杀害的妻子跟儿女,心中那份沉积多年的仇恨也得到了宣泄。

"老萧,这里的毒品,怎么处理?"穆恩问道。

萧云龙眼中目光一沉,说道:"全都毁了!一旦让这些毒品流传出去,也不知道会害了多少人,起码有数以万计的家庭因此而破碎。这些毒物是万恶之源,能毁多少就是多少。"

"依我看这座教堂不过是一个幌子,形如虚设,肯定不会有真正的天主教的教徒前来祈祷做礼拜,那就连同这座教堂都毁了吧,这个地下室一旦引爆,这个教堂也一样被毁掉。"穆恩说道。

"好,那就按照你说的办。"萧云龙点头说道。

穆恩立即安排人手,这地下室里面武器众多,还有着不少炸弹、手雷之类的,穆恩他们从最下面的地下室往上埋下了层层炸弹,一切都布置妥当之后萧云龙等人全都离开了这一层地下室。

返回到了地面,萧云龙对着格吉尔说道:"格吉尔,多谢你这一次的帮忙。我要跟我的兄弟们去对付暗夜响尾蛇佣兵团了,接下来你也无须再跟着我们。你往后有什么打算?"

"我会连夜离开这里,我会去别的国家,开始新的生活。我杀了特雷维尼,泽塔斯集团的人最后肯定会查到我的头上,这里我肯定不能留了。"格吉尔开口,他接着说道,"事实上,我对这里也毫无留恋,杀死了特雷维尼,我已经很满足了。"

说着,格吉尔看向萧云龙,说道:"魔王先生,多谢你帮我完成了我的心愿,让我为我的家人报了仇,谢谢!"

格吉尔说着就要朝萧云龙跪下来,萧云龙连忙扶住了他的身体,不让他跪下,他拍了拍格吉尔的肩头,说道:"格吉尔,不要这么客气,我们是相互帮助。我也很高兴认识你这个朋友。再会了,祝福你的新生活能够愉快幸福。"

"谢谢,谢谢!"格吉尔感激着说道,他顿了顿,又说道,"这三辆越野车你们就拿去用吧,最后不需要了,扔弃了就行,反正我是不需要这些车子了。"

"行,那我们赶路了,再见。"萧云龙点头说道。

"再见!"格吉尔也开口说道。

萧云龙他们坐上那三辆越野车,格吉尔来的时候开的是那辆黑色宝马

11　一网打尽

车,于是他独自一人开着宝马车离去。

"轰!轰!轰!"

就在萧云龙他们驱车离开的瞬间,身后的那座教堂传来一声声轰然爆炸的声音,这座原先被特雷维尼当作是藏身之地的教堂在轰然爆炸声中化为了一堆废墟。

一网打尽

夜色苍茫,三辆越野车在茫茫夜色中呼啸飞驰。

石头已经查到了前往克拉默镇的路线图,正朝着这个偏远小镇极速飞驰而去。

在布达斯这样的地方,夜晚永远是最危险的,一起起暴力枪杀事件大部分都是在夜晚进行,所以到了夜晚,将会看到这座城市的街道基本都是空荡荡的,家家户户都门窗关紧,没有必要都不会选择在夜晚出行。

市区内尚且如此,更不会有人选择在夜晚的时候在偏远地带出行,那跟找死没什么区别。

然而萧云龙他们三辆车子就在临近交界的地带呼啸飞驰着,途中他们也感应到了四周隐有一股股潜藏着的气息,暗中像是有着一双双眼睛在盯着他们,不过他们三辆车却是一路畅通无阻,并没有遇到什么麻烦。

这在于萧云龙他们一个个身上都毫不掩饰地释放出了那股恍如尸山血海扑面而来的深沉杀气,魔王佣兵团的弟兄那股冲天而起的杀伐气势席卷当空,还真的是威慑到了暗中那些游荡着的不法分子,他们意识到这三辆车内的人员非同一般,那股厚重的杀气让他们心惊,这才不敢出手。

萧云龙他们的确是不想节外生枝,只想尽快赶到克拉默小镇,将暗夜响尾蛇佣兵团连根拔起。

大约一个小时后,萧云龙他们已经接近了克拉默小镇,在小镇外面萧云龙他们停下车,并未驱车入内,否则这样动静太大了,将会被暗夜响尾蛇佣兵团的人所察觉。

萧云龙他们走下车来,看向了前方的这个小镇。

放眼看去,这个小镇居住的居民的确很少,只有依稀几家灯火是开着的，不过敢住在如此偏远小镇的居民，只怕一个个都绝不是好欺负的。加上这里有暗夜响尾蛇这样的佣兵团住着，他们跟这个小镇上的居民只怕已经狼狈为奸。

根据路线图，克拉默小镇南面有一座名为克拉山的山峰，暗夜响尾蛇佣兵团所居住的联排别墅依山而建，一旦有危险情况发生，他们将会第一时间潜逃出克拉山，凭着他们对克拉山的熟悉程度来跟敌人周旋击杀。

"我们从南面包抄过去，直取暗夜蛇王的老巢。至于这座小镇上的人，如果他们不识抬举，要帮暗夜响尾蛇佣兵团的人，那就别对他们客气。但凡朝我们开枪的，杀无赦！"萧云龙冷冷地说道。

穆恩点了点头，他看向了一个个魔王兄弟，低沉问道："兄弟们，都准备好了吗？"

石头、小武、小刀、徐超、熊子等一个个魔王兄弟沉默不语，眼中的目光却是坚定而起，宛如出鞘的利刃般，闪动着森寒杀意！

这时候，无须言语，只需杀伐！

"行动！"萧云龙低沉冷喝道。

魔王佣兵团立即行动，他们在夜色中奔行，一路上悄无声息，近乎完美的收敛住了他们自身的那股气息。行动中的魔王佣兵团永远都是一个整体，前后呼应，左右兼并，不同的人各司其职，感应着四周的情况。

只有任何一个方位有危险，这支铁血之军都会瞬间做出迎敌反应。

这种配合的默契不是一朝一夕就能磨炼而成的，而是需要通过数年的配合才能形成这样心照不宣的默契。

萧云龙与穆恩领头，夜姬也跟了上来，身为当今世上顶尖杀手的她身形如鬼魅，脚步的灵动与身体的协调性让人叹为观止，也正是这样神出鬼没的身法才能使得她的刺杀之术震动整个黑暗世界。

萧云龙他们没有从这个小镇的正门入内，而是绕了一个大圈去接近克拉山，不过在他们奔行的速度之下，用了二十分钟左右，便看到了前面耸立着的一座山峰。

萧云龙右手扬起，身后的魔王兄弟一个个同一时刻停下了脚步。

萧云龙接着做出了几个行动手势，将石头、小武他们分成了三组，从三个方位潜行而上。

随后，萧云龙与穆恩、夜姬三人迅速跟上，沿着这座山峰的山脚朝前

11 一网打尽

逼近,他们借助夜色以及山脚下的林木作为掩护,一路上悄无声息,朝着他们这一次的目的地逼近而去。

突然间,一道巨大的强光朝这片树林照射过来。

萧云龙他们立即趴在地上一动不动,那道强光一扫而过,又朝其他区域扫射而去。

待到这道强光远去,萧云龙他们迅速站起身,朝前埋伏潜行而去。

渐渐地,萧云龙他们顺着山脚下已经潜行到了前面,果真看到了前面有着五栋联排别墅,别墅前面是一块巨大的空地,四周都有围栏,围栏上布置着铁丝网、高压线等,空地的中间架起了一个大约有四层楼高的放哨用的塔楼,方才那道强光正是从这个塔楼上照射过来的。

塔楼顶上有人影闪动,分明是正在值班放哨的人员。

萧云龙架起了一挺狙击步枪,通过十字瞄准镜朝着塔楼顶上观察,看到塔楼上有三道身影,他们手持武器,正戒备森严地看着四周。

前面那巨大的空地上有三队巡逻小组,每一队由四个人组成,正在地面上巡视。

对方陆地跟高空都安排了放哨人员,如此结合倒也显得密不透风,可惜他们遇到的是由萧云龙所率领的魔王佣兵团。

萧云龙在查看的过程中看到了这些人员穿着的衣服上有着一个隐晦的图案标记,那是一个吐着红色信子的狰狞蛇头,这也正是暗夜响尾蛇佣兵团的标记。

看来在这里驻扎着的的确就是暗夜响尾蛇佣兵团。

那五栋独栋别墅都亮着灯光,隐隐有着阵阵恣意的玩乐声传来,想来这些雇佣兵们正在里面寻欢作乐,享受夜晚的美好时光,殊不知一股代表着深沉死亡的杀机已经牢牢地锁定了他们。

萧云龙右手五指握拳,这是一个表示集合的手势,魔王兄弟悄无声息地围拢过来,萧云龙压低声音说道:"放哨的塔楼上有三个人,塔楼之上还有重型机枪。地面上有三队人手正在巡逻。那五栋别墅内都有人。老穆,你带两个个兄弟负责清理空地上的那三队人手。小刀、小武、石头你们这些剩下的人两两为一组,分别冲杀向对方的五栋别墅。塔楼上的人员我负责清理。夜姬你伺机而动,你的任务就是刺杀!"

"明白!"

穆恩他们点了点头说道。

萧云龙端起手中的M99狙击步枪，他将枪口朝着塔楼顶上的那三个人瞄准了过去。

"咻！"

萧云龙平稳地扣动了扳机，一发狙击弹头射杀而出。

第一枪扣动，萧云龙枪口一转，紧接着第二发狙击弹头随之射杀。

塔楼顶上，右边的一个男子正欲转眼四顾，冷不防的，"嘭"的一声，他的脑袋瞬间开花。

"砰！"

另外两个男子都还没回过神来，其中一人的脑袋也随之爆裂，被一枪轰爆。

第三个男子脸色惊恐，他正欲朝着塔楼上的机枪炮台闪身过去，可他的身形刚一动，"咻"的一声，他的半边身体被轰爆。

"嗖！嗖！嗖！"

就在萧云龙第一枪射杀而出的时候，穆恩他们已经开始行动了，穆恩带领着两名魔王兄弟冲杀而出，速度极快，如风驰电掣般，携带着滚滚杀机，席卷当空。

穆恩拎着手中的加特林重机枪，他朝前面空地上正在巡逻的三队人手疯狂地扣下了扳机。

"哒哒哒哒！"

刺耳的机枪声打破了夜色沉寂，伴随而来的是一声声此起彼伏的惨叫。

另外两名魔王兄弟手持微冲，他们跟在穆恩的左右两侧，同时开火压制，朝前方的暗夜佣兵团的人员射杀而去。

小武、小刀、石头、熊子等人朝前方的那五栋别墅楼冲了过去，行动中的他们身形矫健如龙，身上那股凌厉的杀伐气势弥漫而出，笼罩向了这片区域。

他们冲到了这些别墅楼前，直接踢开门，闪现而出，开枪射杀，杀得这些别墅内的人手一个个措手不及。

一时间，这些别墅楼内有着一声声绝望的惨叫传递而出，经久不息地回荡在这片夜色中。

夜姬身形如鬼魅，她拿出一把精致的手枪，配合穆恩他们，射杀巡逻

11 一网打尽

的人手，每一记枪声响起，都意味着对方一名人员已倒下。

那三队巡逻的人手一个照面下来，伤亡人数超过了三分之二。

当他们回过神来，想要阻止进攻的时候，穆恩他们已经杀到了他们跟前。

最先袭杀而至的是夜姬，她握着绯月，扬手之间有着一道道绯色寒芒划破虚空，她施展出了她那精湛无比的刺杀之术，配合着她那灵动的身法，在这些人手当中穿梭，可谓是片叶不沾身，手中的绯月扬起落下，总会带起一股股鲜血。

萧云龙收起了狙击枪，原本半蹲的他站起身，朝前面走了过去，就像是一个王者正在巡视着他一手主导着的战场，滚滚魔威冲天，在夜色中犹如一尊绝世大魔王朝这片战场走去。

战斗在这一刻彻底打响。

枪声大作，烽火连天，在夜色的笼罩之下，喊杀之声不绝于耳，无尽的血腥气味在四周弥漫开来，显得很是刺鼻。

暗夜响尾蛇佣兵团外围的人手全都被击杀一空，在穆恩以及夜姬的联合行动之下，饶是这些佣兵团之人一个个都是浴血奋战过的老兵，却也无法抵挡得住穆恩他们自身那股杀伐之威，加上夜姬这个刺杀领域的顶尖强者，他们的下场唯有死路一条。

外围的敌人全都被击杀后，穆恩也朝别墅内冲了进去，他身上带着一股狂暴愤怒的杀机，想起魔王佣兵团中那三名兄弟之死，这让他自身的那股杀意变得凌厉无比，眼中的目光宛若出鞘的利剑，端着加特林机枪朝别墅内冲杀过去。

夜姬身形一闪，朝着第一栋别墅楼闪身而入，一阵阵喊杀之声从这一栋栋别墅楼中传递而出，伴随着一股厚重无比的血腥味道。

萧云龙如同王者降临，举步朝这片战场中走了过去，他统领全局，身上那股威势散发而出，如魔王巡视这片战场。

前面一栋别墅的三楼上，有着数名枪手冲来阳台，萧云龙见状后嘴角扬起一丝冷笑，手中的狙击枪举起，都不需要刻意地瞄准就扣下了扳机。

"咻！咻！"

一发发狙击弹头轰杀而出，这些刚冒出头来的暗夜佣兵团的枪手接连被狙杀。

此时的萧云龙说是一个杀神也不为过，面对暗夜佣兵团这股围杀过自己身边兄弟的势力，他绝不会手软，此时的他心中那股杀意达到了巅峰，充分地展现出了他身为魔王的那股冷酷无情的杀伐气势。

兄弟流的血，那就让对方百倍偿还；兄弟丢的命，那就让对方永坠地狱！

"谁敢来侵犯我暗夜蛇王，找死！"

这时，一声暴喝传来，同时前方中间的那栋别墅楼内更是有着一股强横无匹的气势冲天而起，伴随着的是一股森然无比的杀机。

暗夜蛇王

萧云龙立即盯住了中间的这栋别墅楼，眼中的目光陡然间凌厉而起，他身形一动，如风如雷般地朝这栋别墅楼内冲了进去。

整个暗夜响尾蛇佣兵团中能够爆发出如此强横气势的，除了暗夜蛇王之外还能有谁？

萧云龙毫不迟疑，他携带着一股狂暴无比的杀机冲了进去。

这栋别墅一楼内倒下了四五具尸体，都是暗夜响尾蛇佣兵团的人手，小刀与熊子两人正在这栋别墅楼内战斗着，他们之前冲杀而入后将一楼内的人手全部击杀。此刻对方有人以别墅楼内的扶梯口作为掩护，跟小刀和熊子在交火对战着。

萧云龙闪身而入，前方的楼梯上一个刚刚探头而出的男子手持武器朝门口方向扫射而来。

萧云龙朝右侧就地一滚，手中的狙击枪顺势抬起，朝前扣动了扳机。

"咻！"

一发狙击弹头袭杀而出，这名男子都来不及缩身回去，这发狙击弹头便轰爆了他的额头。

"嗖！"

萧云龙一跃而起，顺着前方的楼梯口一冲而上，速度之快唯有看到他的身形后面掠起了一道道残影。

小刀与熊子看着萧云龙往上冲，他们第一时间也朝前冲了过来，只因楼梯口上面有敌人，倘若不给萧云龙足够的火力压制，一旦让对方可以任由地朝萧云龙开枪扫射，那萧云龙可就危险了。

毕竟在楼梯口这狭窄之地，身形难以有效地腾挪施展，对方扫射而来的子弹将会让萧云龙避无可避。

因此，小刀与熊子第一时间冲上，他们手持武器，连续地朝前方楼梯口扣动扳机，保持着强大的火力压制，让对方的人不敢轻易地探身而出。

这时候就体现出来萧云龙与魔王兄弟之间那份默契配合的重要性了，萧云龙直冲而上，直捣龙潭，饶是前方有着万千艰险，他也无所畏惧，他第一个冲在最前面。

这是萧云龙一直以来的作风，有任何的危险他都会冲在最前面，将后方的安全留给自己的兄弟们。

加之他确定暗夜响尾蛇佣兵团的首领暗夜蛇王就在这栋别墅楼上面，他心中那股杀意沸腾之下懒得跟对方打持久战，恨不得立即冲到暗夜蛇王面前将他击杀，为魔王佣兵团中死去的兄弟报仇。

小刀与熊子体内的热血也随之燃烧了起来，他们跟在萧云龙的两侧，随着萧云龙一起往上冲。

他们喜欢这种跟萧云龙一起并肩作战的感觉，这让他们找到了往日的那种热血沸腾之感，他们全力为萧云龙打掩护，前方的楼梯口上方，有着数道身影刚要闪现而出，小刀与熊子手中的机枪便接连开枪射杀。

"啊……"

一声声惨叫响起，伴随着一股股溅射当空的鲜血。

"嗖！"

这时，萧云龙双足一蹬地面，整个身形一跃而起，一鼓作气地冲上了前面的楼梯口。

躲在楼梯口旁侧的一名暗夜佣兵团的佣兵看到人影闪动，他手中的枪立即指了过来，他刚想到扣动扳机，冷不防的——

"砰！"

萧云龙手中握着的那支狙击枪当头砸下，将这名佣兵的脑袋砸开了花，鲜血流淌一地，就此倒地而亡。

萧云龙顺势一个"驴打滚"，随手握住一柄军刀，一道锋芒划过，将一侧的另一名佣兵的咽喉划开。

这时小刀与熊子也冲了上来，在萧云龙的另一侧扶梯口上还潜伏着三名佣兵，他们的枪口朝萧云龙指过去，但疾冲而上的小刀与熊子已经率先朝他们接连开火。

"砰！砰！砰！"

枪声大作，这三名佣兵瞬间被射杀。

突然间，萧云龙感觉到一股极度的危险，他眼角余光朝前一看，前方有着一道矫健的身影闪过，手中持着一把重狙，这把重狙的枪口朝他指了过来。

"嗤！"

萧云龙想也不想，手中的军刀脱手而出，化作一道寒芒朝着这名男子袭杀而去，同时他的身形也迅速地朝前方滚动。

"砰！"

那一刻，对方扣动了扳机，一发狙击弹头轰杀而出，却是落空了。

萧云龙投掷而出的军刀直取向他的身体，这名男子连忙侧身避开，他接着持枪要寻找萧云龙的身形，骤然间一道狂暴的腿风呼啸而至，却是看到萧云龙瞬间冲到了他的身旁，一腿横扫向了他持枪的右臂。

萧云龙这一腿横扫在了这名男子的右臂之上，他手中的重狙立即脱手而出，他本能地朝后退了数步，拉开了与萧云龙之间的距离。

萧云龙盯着眼前这名男子，对方身形瘦削，面目阴森，特别是那双眼睛闪动着极度阴森的寒意，犹如一对蛇眼森然可怖，从他的身上有着一股暴戾嗜杀的气息在弥漫，活生生就像是一条毒蛇匍匐在暗中，随时都会朝你咬上致命的一口。

"暗夜蛇王是吧？终于找到你了！"

萧云龙盯着眼前这个男子，开口淡漠地说道。

"你、你是——"这名男子看着萧云龙，猛然间他脸上闪过一丝骇然之色，他失声喊道，"魔王？你是魔王？"

"你还认得我啊？好，很好，那今晚你到底是为何死的，我想你也知道原因了。"萧云龙说道。

眼前这名男子正是暗夜蛇王，暗夜佣兵团的首领，他看着骤然间出现在他面前的萧云龙，心中掀起了惊涛骇浪，更是感觉到一股难以言喻的恐惧蔓延全身。

11 一网打尽

"暗夜蛇王,当日你联合死亡神殿、猎虎佣兵团围杀我们,今晚就是你的死期!"小刀冷冷地说道,他与熊子朝暗夜蛇王围了上来。

萧云龙看向了小刀他们,说道:"刀子,熊子,你们去支援其他人,解决其他的雇佣兵。这条蛇交给我。"

"是,萧老大!"

小刀与熊子开口说道,其他别墅楼内仍在战斗,这里的暗夜蛇王交给萧云龙一人已经足够了,他们也没必要在这里,先去支援其他人,解决掉其他的雇佣兵才是当务之急。

小刀与熊子立即转身朝楼下飞奔而去,冲杀向其他别墅楼里的敌人。

暗夜蛇王盯着萧云龙,他脸色惊疑不定,忍不住说道:"你、你们怎么可能来到这里?这片地区不是被泽塔斯集团控制了吗?你们要过来,泽塔斯集团的人肯定会察觉,只要他们察觉了就会通报我。难道泽塔斯集团跟你已经达成约定?"

"你说的是特雷维尼吗?他在两个小时之前就死了。"萧云龙开口说道。

"什么?"暗夜蛇王心中大惊,他额头上渗出了丝丝冷汗,他生性凶残,嗜杀成性,可面对着眼前的萧云龙,他感觉到的唯有那无穷无尽的恐惧,仿佛是被死死地克制了。

"胆敢杀害我的兄弟,当我不存在了吗?你想死,我成全你!"

萧云龙开口说道,他盯着暗夜蛇王,身上那股浓烈的杀机开始弥漫,排山倒海般地笼罩向了暗夜蛇王。

"不,魔王,我无意跟你作对,我当时只是——"暗夜蛇王惊恐地叫出声来,他很清楚他跟萧云龙之间的差距,他绝对不是萧云龙的对手,因此他想要解释、想要求饶。

但在萧云龙的眼中,纵使有着天大的理由,也抵不上自己兄弟之死!

因此,萧云龙根本不给暗夜蛇王解释的机会,他眼中杀机盛烈,举步朝着暗夜蛇王冲杀而上。

"砰!砰!砰!"

外面枪声大作,一栋栋别墅楼内仍是有着断断续续的枪声传递而来,回荡在这深沉的夜色之下,当中弥漫着的那股血腥味道更加的浓郁了,惨叫之声不绝于耳,像是让人置身于地狱中。

第一栋别墅楼内,穆恩强势冲杀而入,他手持加特林机枪一阵疯狂地扫射，一发发子弹射杀而出，形成了狂风暴雨般的火力网，压制了上面楼层的暗夜佣兵团的佣兵，小武等三名魔王兄弟伴随在他的身边，与他一起杀伐而上。

穆恩负责火力压制，小武他们三人朝楼上冲去，上面楼层上的人手根本不敢探身出来，只因穆恩那疯狂地扫射根本不给他们丝毫反抗的机会。

最终，小武他们杀伐而上，楼层之上立即传来阵阵绝望的惨叫声。

穆恩也冲了上去，冲上去的他看到前面的一间房间门口处有着一道身影悄然间架起了一支狙击枪，他枪口一转，立即扣动扳机。

"哒哒哒！"

疯狂的火力射杀之下，这个佣兵都来不及瞄准狙杀，唯有迅速地低下头，避开加特林机枪地疯狂扫射。

穆恩手持机枪一路大摇大摆地走过，临近之后他一脚将这间房间的门踢开。

"砰"的一声，这扇门连同藏身在门后的那名佣兵被穆恩这一腿踢飞而出，那名佣兵倒在地上，他脸色惊骇，正想着要翻身起来，可穆恩手中机枪的枪口已经对准了他。

"哒哒哒！"

一发发子弹射杀而出，这个佣兵的身体被射成了马蜂窝，惨不忍睹。

夜姬的身形宛如鬼魅般地潜行在第二栋别墅的二楼，这座别墅楼的电闸不知何时被拉下了，屋内一片漆黑，而黑暗却是最适合夜姬行动的。

她整个人恍如与那黑暗融为了一体，当她现身的时候，就是发动致命一击的时刻！

黑暗中，那些潜藏在二楼的暗夜响尾蛇佣兵团的佣兵慌乱了起来，突如其来的黑暗让他们看不到四周的景物，也看不到敌人，冥冥中他们感觉到有着一道人影闪现了上来，携带着一股锐利的杀气。

一个佣兵持枪现身而出，那一刻——

"嗤！"

一道绯色寒芒闪现而出，直取这个佣兵的咽喉。

这个佣兵都来不及做出任何反应，夜姬手中的绯月已经割断了他的咽喉，溅出了一股鲜血。

夜姬身形再度闪动，朝着另一侧的佣兵杀了过去。

11 一网打尽

前方有着数名佣兵，他们在慌乱中唯有持枪一阵盲目地扫射，这些子弹都落空了。

冷不防的，一道黑影闪现而至，杀入了他们之中，绯色寒芒接连划破虚空，伴随而至的是一声声凄厉无比的惨叫声，一道道鲜血迸发而出，那道在黑暗中接连闪现的绯色寒芒如行云流水般的从容自若，所带来的却是无情的死亡杀戮。

如此的杀人之道，已经成为一种艺术。

最终，夜姬的身形停了下来，这一层楼中已经没有一个活着的暗夜佣兵团成员。

最边上的一栋别墅内，石头、老莫、小枫、徐超他们四人冲杀而入，他们一路强势无比地杀伐而上，已经杀上了这栋别墅的二楼，一路上随处可见对方暗夜响尾蛇佣兵团的佣兵倒下的尸体，鲜血流淌一地。

四名魔王兄弟强势杀伐而上，二楼之上的残留的佣兵根本无从抵抗，在石头他们彼此间配合的攻杀之下，这一层楼的所有佣兵也被格杀一空。

最终，石头他们走了出去，看到其他别墅楼内的魔王兄弟也走了出来。

穆恩、小刀、熊子等人还有夜姬也出来了，说明其他别墅楼内的暗夜响尾蛇佣兵团已经被全歼。

"萧老大呢？"石头问道。

"萧老大正在这栋别墅楼内跟暗夜蛇王对战，我们去看看。"小刀说道。

当即，穆恩他们立即朝着中间那栋别墅楼冲了进去。

萧云龙与暗夜蛇王正在对战，暗夜蛇王的嘴角上已经有着丝丝血迹不断地溢流而出，说明他已经负伤了。

但他的危险性一点都没有减少，一条负伤的毒蛇绝对是可怕的，只要被他咬上一口都要致命。

"呼！"

暗夜蛇王眼中杀机盛烈，猛地一拳直取向了萧云龙的脸面。

"给我断！"

萧云龙怒吼一声，他动用了自身的那股极限力量，狂暴的力量从他的右臂上席卷而出，施展而出的一拳恐怖剧烈，轰杀而上，迎上了暗夜蛇王轰击而来的这一拳。

"砰！"

一声巨响，萧云龙的拳头与暗夜蛇王的拳头打在了一起，彼此间的那股肉身力量剧烈地冲撞在了一起，震荡虚空，惊骇人心。

"咔嚓！"

紧接着，一声臂骨折断的声音传递而来，在萧云龙这一拳的极限爆发力量之下，暗夜蛇王的右臂被打断了，臂骨碎裂，他剧痛之下忍不住惨叫出口。

暗夜蛇王是一个极为狡诈阴险之人，他瞬间一腿横扫来，迅速地朝萧云龙的腰身横扫而至。

萧云龙仿佛意识到了暗夜蛇王的这一腿横扫，他的右腿也瞬间出击，一腿横扫迎接而上，那股凌厉的腿风席卷当空，音爆声轰然炸开，不绝于耳，可见这一腿之威是何等的恐怖惊人。

"咔嚓！"

又是一声骨折声传来，能够看得到暗夜蛇工横扫而至的右腿直接折断成了一个直角，他的右腿根本抵挡不住萧云龙那强悍力量的碾压，就此折断。

萧云龙猛地朝前伸出手，扣住了暗夜蛇王的左臂，他施展出了反关节技中的三段折。

"咔嚓！咔嚓！咔嚓！"

三声骨折声响彻而起，暗夜蛇王左臂的三处关节悉数被拧断。

"轰！"

接着，萧云龙又是一腿横扫向了暗夜蛇王的左腿关节。一腿而下，碾断了暗夜蛇王的左腿关节处，使得暗夜蛇王的身体瘫软倒地，他脸色煞白，痛不欲生，眼中闪动着一股恐惧之意。

至此，萧云龙这才收手，冷眼看着倒在地上的暗夜蛇王。

可以说，暗夜蛇王已经形如废人，他的双臂双腿都被折断了，倒在地上的他一动不动，嘴角不断地有鲜血流淌而出。

"蹬蹬蹬！"

一阵密集的脚步声传来，随后便是看到穆恩等人全都冲了上来，他们一眼就看到了倒在地上的暗夜蛇王。

"这就是暗夜蛇王？"

穆恩盯着瘫软倒地的暗夜蛇王问道，语气显得无比森然。

11 一网打尽

萧云龙点了点头,说道:"没错,他就是暗夜蛇王。"

"胆敢围杀我魔王兄弟,找死!"穆恩冷冷地说道,他走过去,一脚朝着暗夜蛇王的胸口踩了下去。

"咔嚓!"

阵阵密集的骨折声传来,不用说暗夜蛇王的胸骨都折断了好几根,这样的痛楚简直是非人所能承受的,暗夜蛇王差点昏厥过去。

"当初杀害魔王兄弟的除了你们之外还有死亡神殿跟猎虎佣兵团,告诉我,死亡神殿跟猎虎佣兵团的人在哪里?"萧云龙蹲下身,盯着暗夜蛇王冷冷地说道。

暗夜蛇王张口狞笑而起,他说道:"魔王,你要杀就杀,反正我也活不成了,我不会告诉你们任何事情……记住了,是任何!"

"看来你是想硬扛了。"萧云龙语气淡然,他拿起一把军刀,掏出一个打火机灼烧着军刀刀口,他面无表情,目光更是平静无波澜。

不知怎么的,暗夜蛇王忽而有种浑身冰寒之感,全身的汗毛都竖立而起,有股莫大的恐惧笼罩了他。

"熊子,按住他。"萧云龙说道。

熊子点了点头,他走了过去,伸手按住了暗夜蛇王的身体跟头部,不让他动弹分毫。

萧云龙拿起了灼烧得有些发红的军刀,他看着暗夜蛇王,语气淡漠地说道:"你肯定会死,但怎么死,什么时候死,这些决定都在我的手中。如果我愿意,你可以七天七夜之后再死去,我想你肯定不愿意去尝试那种滋味。"

说着,萧云龙手中的军刀慢慢地伸向了暗夜蛇王的右眼眼球。

"不、不……不要,不要……"暗夜蛇王惊恐万分,他语气颤抖、语无伦次地求饶着。

萧云龙眼中的目光猛地一寒,手中军刀瞬间沿着暗夜蛇王右眼眼眶边侧直刺而入。

"啊……"

暗夜蛇王那凄厉尖锐地惨叫声激荡而起,让人听着都毛骨悚然。

萧云龙将军刀沾染的血迹在暗夜蛇王的衣服上擦干净,他又拿出打火机灼烧着军刀的刀口,看了暗夜蛇王一眼,淡漠无情地说道:"你还有另外一个眼球，我不急，我有的是时间。"

"不……我、我说，我说，我什么都跟你说……"

暗夜蛇王最终整个人都崩溃了，全盘托出，将他所知道的一切都一五一十地说了出来。

"嗯？猎虎佣兵团的人今晚要过来跟你们会合？已经在半路上了？"

萧云龙听着暗夜蛇王的供述，他微微一怔，眼中的寒芒凌厉而起，他开口问道。

"是……猎、猎虎的人过来是要打算跟我联合在一起提防你。"暗夜蛇王语气虚弱无比地说道。

猎虎之死

随着暗夜蛇王接下来的供述，萧云龙他们明白了是怎么一回事。

原来萧云龙重返黑暗世界，现身于血岛迎战八方强敌之事在黑暗世界闹得沸沸扬扬，暗夜蛇王与猎虎自然是知道了。他们一直都在关注着血岛的情况，他们心中自然是巴不得萧云龙就此战死，那他们也就安心了。

谁知，当血岛的消息一个个传出来的时候，暗夜蛇王与猎虎两人从头凉到了脚底，先是黑十字圣殿派出去的黑十字军被歼灭，接着杀手圣堂中的杀手被杀，接着山口组、幽灵组织派去的人手相继被歼灭。

最后，猎人公会、黑手党、地狱组织以及黑骷髅佣兵团的人也全部命丧血岛。

如此一个个的消息直让暗夜蛇王与猎虎心惊胆战，他们心知萧云龙此行绝不会放过他们，他们便是商谈着如何藏身避开萧云龙这一次的怒火追杀。最终，猎虎决定过来找暗夜蛇王，他的本意是他们两个佣兵团团聚在一起，团结起来的力量总是要大一些。

至于为何选择前来此地跟暗夜蛇王会合，最大的原因莫过于这里是布达斯，暗夜蛇王所藏身之地更是处在泽塔斯集团武装分子的控制区域内。

如此一来，无形中也有了泽塔斯集团的庇护，就算是萧云龙能够前来布达斯寻找他们，他们也会通过泽塔斯集团的人手第一时间知道情况，从而做出充分的战斗准备。

11 一网打尽

只可惜人算不如天算,暗夜蛇王想破脑袋也想不到萧云龙他们秘密前来后以雷霆之势击杀了特雷维尼的势力,从而知道他的藏身之地。

萧云龙他们来得的确是太快了,快到他们做不出任何反应,就这样被萧云龙所率领的魔王佣兵团击杀一空。

"死亡神殿的人呢?他们到底藏在哪里?"萧云龙最后问道。

暗夜蛇王一怔,他摇了摇头,开口说道:"这个我、我真的不知道,死亡神殿向来神秘,他们藏身之地我真的不知道在哪里。魔王,该说的我都已经说了,没有任何隐瞒,你、你给我一个痛快吧。"

"好!"

萧云龙开口,手中的军刀闪电般刺入了暗夜蛇王的咽喉。

暗夜蛇王瞬间断气,再也不用体验那宛如地狱般煎熬的痛苦。

"石头、小刀、小武,你们查看这栋别墅,暗夜蛇王肯定是住在这里。他的手机、电脑之类的,都认真查看。他肯定跟猎虎在联系,从中我们可以找得到猎虎佣兵团过来跟暗夜蛇王会合的行车路线。"萧云龙开口,他目光一沉,杀机毕露,冷冷地说道,"猎虎佣兵团今晚过来找暗夜蛇王,这是再好不过的消息了,这一次,将他们一网打尽!"

石头他们三人立即开始行动,他们在这一层楼中找到了暗夜蛇王休息的卧室,在里面翻阅了暗夜蛇王的手机,果真是看到了暗夜蛇王与猎虎的联系记录,有电话也有短信,里面有关于暗夜蛇王让猎虎前来的行车路线。

这倒也是省了萧云龙他们接下来要去寻找猎虎佣兵团的时间与精力,接下来萧云龙他们所要做的就是守株待兔,等着猎虎佣兵团的人自投罗网,再一举击杀。

萧云龙拿着暗夜蛇王跟猎虎联系的手机,他用这个手机给猎虎发了一条信息,询问猎虎到了哪里。

很快,这个手机响起,一条短信回复过来:已到莫尔斯小镇,大约半个小时后抵达克拉默小镇。

萧云龙看着这条回复过来的信息,他嘴角扬起一丝冷笑,说道:"小超,你上网查询从莫尔斯小镇到克拉默小镇的必经之路。"

徐超点头,他迅速打开电脑查询附近的地图,很快查到的信息就出来了,他开口说道:"莫尔斯小镇位于克拉默小镇的北边,也就是我们潜行过来的克拉山的北面,由于有克拉山挡着,所以只有一条路可以通往克拉默小镇。"

萧云龙语气一沉，沉声说道："兄弟们，准备战斗！"

穆恩、小刀、石头、熊子等一个个魔王兄弟纷纷开始行动，他们在暗夜蛇王的这个老巢找到了不少武器，穆恩他们顺手拿走了一些手雷、爆破弹，这些有助于袭杀突击。

克拉默小镇北边方向，一条坑洼不平的黄泥路面，两侧有着稀稀疏疏的植被，由于是夜晚，加之没有路灯，四周一片黑暗。

这条路面的两边，萧云龙他们已经做好了埋伏，其中在前方五百米远处，小刀与小武两人在潜伏着，一旦有车辆开过来，他们要在暗中确认这些车辆是否属于猎虎佣兵团，以免出现误伤。

萧云龙他们一动不动地潜伏着，目光直视前方，耐心地等待着。

时间一分一秒地流逝，此刻距离萧云龙之前用暗夜蛇王的手机给猎虎发短信已经过去半个小时了，这说明猎虎佣兵团的人即将到来。

又过去了七八分钟，突然间，前面有车声传来。

那一刻，萧云龙的手机响起，是前方潜伏的小武打过来的："萧老大，有三辆越野车跟两辆皮卡车开过来了。后面两辆皮卡车上拉着人，我跟小刀通过夜视镜观察，皮卡车后面拉着的人的确就是猎虎佣兵团的佣兵，他们的服饰上有虎头标志。"

"收到！"

萧云龙说着，接着在黑暗中他比了一个准备战斗的手势，也通过电话通知了潜伏在路面对面的穆恩等人。

"呼！呼！呼！"

很快，前面有着刺眼的车灯照射过来，能够看得到的确是三辆越野车跟两辆皮卡车飞驰而来。

"战斗！"

待到这些车子临近，萧云龙暴喝出口。

瞬间，黑暗中潜伏着的魔王兄弟纷纷开始行动，有人朝前方的路面抛掷路障，一根根带着铁钉倒刺的链条扔在了路面上，目的是为了防止这些车子强行逃走。

而穆恩则与熊子、徐超、肖枫等魔王兄弟将手中的手雷、爆破弹朝这些车队扔了过去。

11 一网打尽

"轰！轰！轰！"

轰然爆炸的声音响彻当空，一个个手雷、爆破弹如狂风暴雨般地扔向了这些车辆，引爆之下整个地面都引起震动，这些车子被掀翻了，皮卡车后座上拉着的猎虎佣兵团的佣兵被炸得四分五裂，一股浓烈的硝烟味道弥漫而起，当中带着无尽的血腥气味。

"哒哒哒！"

穆恩等一个个魔王兄弟现身而出，手持枪支，扣动扳机，枪口喷发而出的火舌席卷了这些车子。

"轰！轰！"

有两辆车子爆炸了，车子的残骸随处可见，有着一声声凄厉无比地惨嚎传递而来。

说起来猎虎佣兵团的战斗力比起暗夜响尾蛇佣兵团更强，但他们此刻全无反击之力，这突如其来的遭遇战彻底把他们打蒙了，又是手雷又是机枪扫射，毫无准备的他们死伤惨重，整个猎虎佣兵团的人死亡人数超过了三分之二。

"砰！"

一辆侧翻的越野车的车窗玻璃被击碎，一道矫健的身影从里面逃窜而出，他没有丝毫的停顿，一个纵身朝着道路右侧的黑暗中跑了过去，速度之快让人都回不过神来。

可惜，他被萧云龙盯住了。

"嗖！"

萧云龙身形闪动，如狂龙出击，以极快的速度朝这道身影追了上去。

猎虎正在前方那茫茫黑暗中拔腿奔跑着，他已经负伤了，突如其来的爆炸以及阵阵狂暴的机枪子弹让他也反应不过来，一个手雷爆炸的碎片刺入了他的腰侧上，切开了一道大口子，鲜血汩汩而流。

猎虎当机立断，顺着已经砸碎的车玻璃逃出，他头也不回，也没有去管他猎虎佣兵团的兄弟，没命地跑着。

他知道，就算是他想管也无力回天了，他们中了埋伏，对方一个照面已经让他手底下的人死伤大半，根本没法做出反击，因此能逃命就逃命。

他只是不解，这些伏击他们的人手到底是什么人？

他这一次带着猎虎佣兵团的人前来跟暗夜蛇王会合，此事唯有他们知道，难道伏击他们的是暗夜响尾蛇佣兵团？

很快猎虎就否定了这个猜想，他对暗夜响尾蛇佣兵团的人很了解，方才那些伏击他们的人身上那股气息不是暗夜响尾蛇佣兵团的人。

那么，到底是什么人？怎么会知道他的车队要经过此地从而做好埋伏？

猎虎百思不得其解，但接下来他已经无法去想着这个问题，只因他猛然间感觉到身后传来一股恐怖如渊般的深沉气息，一股雄浑盛烈的杀机牢牢地将他锁定了。

"谁？"

猎虎忍不住暴喝出口，同时他的身体朝地面一滚，滚动间骤然转身，右手握着的手枪朝前接连开枪。

猎虎的反应不可谓不快，苍茫的夜色中他感应到身后有着一股深沉如狱般的恐怖气息席卷而至，黑暗中他看不到人影，因此当机立断地朝地上一滚，如此一来能够避开对方敌人击杀而来的冷枪。

猎虎在地面滚动之后转身，右手握着的手枪朝他所感应到的那股恐怖气息方位接连开枪。

"砰！砰！砰！"

枪声大作，凭空响彻而起的枪声在这深沉黑暗的夜色中回荡着，待枪声过后，四周却是一片静悄悄的，没有任何声音，静得让人发怵。

猎虎持枪朝着他身体四周指着，脸色惊疑不定，暗想着莫非刚才是自己的一个错觉？

但出于对危险的直觉与本能，他能够感觉得到有股让人为之心悸的危险正笼罩他的全身，让他浑身寒毛竖立，那是一种直击内心的恐惧，充斥在他的感知当中。

"嗖！"

冷不防的，猎虎猛地感觉到他的右侧方位上有着一股凌厉的劲风突袭而来，伴随着一股深沉如狱般的气势威压，像是山洪突然间爆发般，完全地吞没了他的全身。

猎虎手中的枪急忙朝右边指过来，那一刻，一只手从虚空中伸探而出，飞快的钳住了猎虎的右手手腕，一股巨力传递而来，一抬一推之下，猎虎的右臂不由自主地被抬起来，整个手臂立即发麻刺疼，右手五指一松，手中的枪脱离出手，掉在地上。

11 一网打尽

"呼！"

猎虎临危不乱，左手一拳轰击而至，猛烈的拳风呼啸而起，当中有着一股狂暴至极的力量，可见猎虎那一身力量绝对是强横无比的。

黑暗中，一道身影在猎虎的右侧闪现而出，面对猎虎轰杀而来的这一拳，这道身影也一拳攻杀而出，与猎虎的拳势打在了一起。

"砰！"

两人的拳势轰击在了一起，激荡而起的那股气劲朝四周席卷而去。

猎虎身形一震，整个人竟是不由自主地朝后倒退了数步，他脸色为之惊骇，对方一拳下有着的那股拳道之力竟然能够将他震退，这让他感到不可思议，为之震惊。

"你、你是谁？"

猎虎语气又惊又怒地问道。

"猎虎，你应该知道我是谁！"

这道身影现身而出，站在猎虎的面前，他正是追赶过来的萧云龙。

猎虎一怔，他感应着从萧云龙的身上散发而出的那股恐怖如渊的气息，当中那股伴随着尸山血海般的杀伐气势极为强烈，滚滚魔威如潮，席卷当空，仅仅是这股气势就让人忍不住浑身战栗。

当今世上，能够拥有如此强大而又恐怖气势的，能够有几个人？

突然间，猎虎像是想起了什么般，他忍不住惊呼而起，说道："魔、魔王？你是魔王？"

如此恐怖骇人的魔威，除了黑暗世界中那尊当世大魔王之外，还能有谁？

除了魔王跟他的魔王佣兵团之外，还有谁会半路伏击他们？

问题是，魔王跟他的魔王佣兵团怎么会出现在这里？暗夜蛇王他们呢？

难道暗夜蛇王他们已经……猎虎浑身打了个寒战，他都不敢往下想了，只觉得有股森寒之感笼罩他全身，那股莫大的恐惧便如同此刻那苍茫的夜色般，厚重而又深沉，无边无际，将他给吞没了。

"不错，正是我！"萧云盯着猎虎，说道，"当日你们围杀我的兄弟。今日我就要让你们血债血还！暗夜蛇王已经在地狱中等着你！"

"你、你……"猎虎心中大骇，萧云龙的话足以证明了他的猜测，暗夜蛇王他们全军覆没了。

猎虎整个人往后退着，他语气惊恐万分地说道："魔、魔王阁下，当初并非是我有意要对付你的魔王佣兵团，是死亡神殿的人想要对付你们，他们事先并没有说是要对付你们，给我们酬劳之后让我们去猎杀一股势力。开始跟你的魔王佣兵团交战后才知道是怎么回事，我、我是冤枉的啊。"

"不管是出于什么原因，也不管你有什么借口，总之，我有三个弟兄在你们地围杀中牺牲了。这是无法改变的事实，所以，但凡杀过我兄弟之人，我都要让他血债血还！"

萧云龙一字一顿地说着，他身形一动，迈开脚步，朝猎虎冲了上去。

猎虎心知逃走无望，眼中竟迸发出一股凶狠凌厉的目光，他朝萧云龙冲了上去，右腿横扫而出，直取向了萧云龙的咽喉。

萧云龙直冲而上，右臂横挡而出，将猎虎横扫而至的腿势招架住，接着他右手拳头犹如出膛炮弹般地轰杀向了猎虎的脸面。

猎虎心中一惊，唯有抬手格挡。

"砰！"

一拳之下，猎虎手臂震荡而起，那股冲击而至的力量震得他身形都站不稳。

"四荒破敌杀！"

萧云龙暴喝出口，施展出了八荒破军拳的拳势，这一拳轰杀而出，有着一股凌厉血腥的杀伐之势，当中融入了他自身的杀人之道，拳势破空而出，呼啸生风，就此镇杀而上，强势无比。

猎虎被逼的根本没有还手之力，唯有奋力地抬臂格挡。

"轰！"

萧云龙这一拳破杀了猎虎的层层防守，震得猎虎朝后连续倒退着。

"五荒憾天地！"

萧云龙面沉如水，眼中却有着凌厉的杀机，他继续打击八荒破军拳的拳势，这惊天动地的一拳施展而出，融合了萧云龙自身的那股极限力量，更是将这一拳的拳威推动到了一股震撼天地的地步，狂暴的极限力量排山倒海般地碾压而至，当头镇杀向了猎虎。

"吼！"

猎虎怒吼，他如笼中困兽般的奋力一搏，双拳扬起，根根肌肉贲张，随之双拳出击，迎战而上。

11 一网打尽

但不管猎虎如何的努力与拼杀,他出手的拳势仍旧是无法撼动萧云龙这一拳,更是无法承受得住萧云龙一怒之下爆发而出的那股极限力量。

"轰!"

却是看到,萧云龙的右拳以破竹之势,将猎虎的拳势完全破杀,而后这一拳怒杀而上,轰在了猎虎的胸膛上。

"哇……"

猎虎庞大的身形倒飞而出,口中喷出了一口鲜血。

猎虎的身形还未站稳,萧云龙袭杀而至,又是一记八荒破军拳轰杀而来。

"砰!"

倒退之中身形未稳的猎虎根本抵挡不住萧云龙这一拳,再度被萧云龙一拳轰中。

"扑通!"

猎虎整个人倒在了地上,他胸膛内的胸骨几乎都被打断了,嘴角有着汩汩鲜血不断地溢流而出。

萧云龙冲了上来,右腿抬起,一脚踩住了猎虎的胸膛,居高临下地盯着猎虎,就像是一个主宰,俯视着自己的猎物。

"如果你想死得痛快一点,那么告诉我,死亡神殿的人在哪里?"

萧云龙盯着猎虎,一字一顿地问道。

"我、我不知道……我真的不知道,死亡神殿的人联系我们,但他们从未透露他们盘踞在什么地方……魔王,求求你饶了我一命,以后我完全臣服于你,你有什么命令我一定会照做,一定会全力配合。"猎虎开口,满是求饶地说道。

"你真的不知道死亡神殿的人在哪里?"萧云龙语气一沉,冷冷地问道。

"真的不知道,我绝不骗你,我真的不知道……"猎虎语气颤抖地说道。

萧云龙目光阴沉,他看得出来猎虎没有说谎,他跟暗夜蛇王一样还真的是不知道死亡神殿的老巢所在。死神向来神秘且又极为谨慎,岂会将死亡神殿的老巢所在地泄露出来?

"萧老大,萧老大……"

这时,后方传来阵阵呼喊之声。

"我在这里。"萧云龙回应了声,他听出来那是石头、小刀他们的喊声。

很快,穆恩率领着魔王兄弟赶了过来,夜姬也现身而出,随着他们赶来,说明前方的战斗已经结束,猎虎佣兵团的佣兵被格杀一空。

"猎虎佣兵团的人全都被歼灭了?"萧云龙语气淡然地问道。

穆恩点了点头,说道:"都被杀了。他们都做不出任何反抗,也无法反抗。"

场中有魔王兄弟开启了手电筒,穆恩盯着倒在地上的猎虎,冷冷地问道:"此人就是猎虎?"

"对,就是猎虎,猎虎佣兵团的老大。"萧云龙说道。

"胆敢围杀我魔王兄弟,杀无赦!"穆恩冷冷地说道。

"他也不知道死亡神殿的人在哪里,留之无用,杀了!"萧云龙说道。

穆恩嘴角扬起一丝嗜血杀意,手中的机枪对准向了猎虎。

"不,不要杀我,不要、不要杀我⋯⋯"

猎虎惊恐而起,他失声大叫着,奋力地挣扎反抗,然而——

"哒哒哒哒!"

一阵密集的机枪声响彻而起,一发发机枪子弹倾泻而出,全都没入了猎虎的身体内,溅起了一朵朵血花。

一代雇佣兵团的首领就此从世间除名。

"我们走吧,连夜离开布达斯!"

萧云龙开口说道。

布达斯这座城市内,一夜之间特雷维尼跟他的势力被杀,暗夜响尾蛇跟猎虎佣兵团相继被歼灭,必然会惊动八方,早点离开此地就能够避免一些不必要的麻烦跟争端。

兄弟情深

太平洋海域一处公海上,一艘大轮船正在乘风破浪行驶着。

轮船的甲板上,萧云龙、穆恩、石头、小刀等一众魔王兄弟站立着,他们已经离开了布达斯,乘坐轮船前往魔王佣兵团在东欧的一个根据地。

11　一网打尽

暗夜响尾蛇佣兵团跟猎虎佣兵团被全歼,算是给死去的那三名魔王兄弟报了仇,但这个仇还没报完,因为罪魁祸首死亡神殿还存在。

萧云龙已经让奥丽薇亚替他继续在黑暗世界喊话,他要约战死亡神殿,只要死神敢现身,无论在哪儿,他都会应战。

萧云龙目前也只能这样做,看看这样的办法能不能逼死神主动现身。

趁着这个间隙,萧云龙与穆恩他们前往魔王佣兵团位于东欧一个秘密小岛的根据地一趟,那里葬着何青、孤狼、强子三名兄弟。

夜姬也随同前往了,她视萧云龙为王,萧云龙只要还没离开,她就一直追随。

萧云龙看了眼时间,现在是这个地区的凌晨四五点,那在华国江海市那边差不多就是下午五点,他打算先给父亲打个电话。

很快,电话接通了,萧万军激动的声音传递而来:"云龙,是你吗?你现在在哪里?"

"父亲,我还在海外,刚解决完一些事情,就给你打个电话报声平安。"萧云龙说道。

"好,你平安无事就好。家里也没什么事,一切都好,你无须牵挂与担心。"萧万军说着,他接着说道,"你这些天没有给明月打过电话吧?昨晚明月过来吃饭,我看得出来她很担心你的情况。"

"我一会儿就给明月打电话。"萧云龙说道。

"父亲,关于江海市那个武道大会,现在只怕是要开始了吧?情况如何?"萧云龙继续问道。

"武道大会无须你来担心,有为父还有武馆的弟子们。你先处理你那边的事情。"萧万军说道。

萧云龙应声后挂了电话,拨通了秦明月的手机。

秦明月正在公司里,她冷不防地看到萧云龙打来了电话,她急忙接了起来:"喂,云龙。"

"明月。"萧云龙一笑,他深吸一口气,说道,"你还好吗?"

"云龙,真的是你!我、我一点儿都不好!我担心死你了!"

萧云龙面露愧色,他也不知道该如何解释,在血岛期间都是在战斗,的确是抽不出时间给秦明月打电话。

"明月,让你担心了。我现在很好,你该吃则吃,该睡则睡,我跟你承诺过，我不会有任何危险的。"萧云龙说道。

"那你什么时候能回来？"秦明月问道。

萧云龙稍稍沉默，他说道："这个还不确定。不过我想应该快了。怎么？想我了？"

"你……"秦明月一阵无语，说道，"好了，不跟你说了，我有电话打进来。反正你没回来期间，必须每天给我打一个电话，让我知道你的状况。"

"行，我会做到的。"萧云龙点头说道。

秦明月心满意足地挂了电话。

萧云龙接着给柳如烟打了个电话，不管如何，柳如烟是他回江海市之后的第一个女人，也是一个让人无法忘怀的女人。

穆恩这时走了过来，他递给萧云龙一根烟，说道："老萧，给家里人打电话了？"

萧云龙点了点头，说道："嗯，给我父亲他们打了个电话，报声平安。"

"兄弟，看到你这样我真的很羡慕，也为你感到高兴。"穆恩开口说着，他深吸一口烟，徐徐吐出后说道，"不像我，从小就是个孤儿。"

萧云龙伸手拍了拍穆恩的肩头，说道："老穆，你父母他们在华国肯定还有别的亲人，等你回华国了，就去寻找他们吧，你总会找到自己的根。"

穆恩点了点头，说道："等灭了死亡神殿，我就回去。"

"好，我等你。"萧云龙笑着说道。

"萧老大，穆哥，到了。"

石头走了过来，开口说道。

萧云龙目光一沉，举目朝前一看，天际边开始泛白，海面上有些雾气，可仍旧是依稀看到前方有一座小岛耸立着。

时隔三年多，萧云龙又回到了这里，这让他心头泛起了丝丝难以言喻的情感。

小岛上绿树成荫，景色宜人，这里的气候接近亚热带，因此四季如春，保持着一种原始状貌，有种远离红尘俗世的感觉。

这里留下了萧云龙很多珍贵的回忆，他与魔王兄弟们曾在这里日复一日地训练，也曾在这里对酒当歌指点江山，那时的岁月是如此美好与热血，

11 一网打尽

那时候兄弟们都还在。

萧云龙登上这座小岛,心中立即有种亲切之感,这种亲切是发自内心的,也是永远都不会改变的。

"何青、孤狼、强子他们三人葬在哪里?"萧云龙问道。

穆恩一怔,他深吸一口气,说道:"葬在南面一处背山靠水的地方。"

说着,穆恩带头朝前走去。

走了二十分钟左右,来到了这座小岛南面的一处空地上,这处空地有着三个刚立起来的坟头,坟头上的泥土仍是残留着翻新过的痕迹,坟头前立着坟碑,坟碑上的碑文也很简单,写着魔王佣兵团何青之墓。

萧云龙走过去,伸手抚摸着这些冰冷的坟碑,眼角瞬间湿润了起来。

往昔的一幕幕是如此的清晰,可如今却是物是人非,曾经的三个兄弟都归为尘土了。

萧云龙深吸一口气,他绕到后面的坟头,双手扒着地面的泥土,一手一手地捧着地面的泥土盖在了坟头上面。

当初,他未能亲手埋葬自己的兄弟,今日他要为自己兄弟的坟头上再添新土。

逝者已逝,生者自强。

萧云龙所能做的就是让自己的兄弟在九泉之下能够安息、瞑目。

穆恩,小刀、熊子、徐超他们也围了过来,石头已经返回居住区那边拿过来一大坛酒跟大碗,一个个大碗摆在了地面上,全都倒上了酒。

"敬我们的兄弟一杯!"

穆恩开口说道,端起了酒碗。

萧云龙、穆恩等魔王兄弟端起酒碗一饮而尽,烈酒下肚,整个咽喉小腹都有种灼烧之感,但却掩饰不了他们心中的那股悲愤之情。

"何青、强子、孤狼,我的兄弟们,安息吧!大哥在这里向你们承诺,你们的血不会白流,你们的命也不会白丢,我跟老穆他们会为你们报仇,用仇家的鲜血来祭奠你们的在天之灵!猎虎佣兵团跟暗夜响尾蛇佣兵团已经被全歼,唯独剩下死亡神殿。我会将死神的人头割下来,拿到你们的坟前来祭拜!"萧云龙一字一顿地说道。

末了,萧云龙站在坟头中间,他双膝跪地。

身后，穆恩、石头、老莫等一众魔王兄弟也纷纷跪了下来。

萧云龙跟众多的魔王兄弟在坟头前磕了三个响头。

"兄弟，走好，安息吧！"

穆恩他们开口说道，声音肃穆，他们的脸上闪动着坚决之意，诚如萧云龙所说，这个血仇他们一定要报，一定要将死亡神殿的人全都击杀，以此来血祭逝去的兄弟。

萧云龙他们在坟头前逗留了半天，这才起身离开，前往这座小岛上的居住地。

萧云龙这些天都处在征战中，都没有好好地坐下来喝杯酒，因此回到居住地后，老莫、石头他们就去开始准备吃的，这里存放着熏肉，还有放在冰箱中冷冻的整只山羊、乳猪等。

一个烧烤的围炉上，架上了整只山羊跟乳猪，放在炭火上烤着。

这些山羊跟乳猪都是真正的野味，经过解冻之后放在炭火上烧烤，很快，那股肉香味便远远地飘散开来，挑动人的食欲。

"许久没有跟你们喝上一杯了，今天喝个痛快，看看谁最先倒下。最先倒下的家伙，明天给老子完成一整天的训练任务。"萧云龙朗声笑着说道。

"不是吧，萧老大，你这是要把我往火坑里推啊，你又不是不知道我酒量不行。"徐超连忙说道。

"萧老大回来了，不行也得行。"小武笑着说道。

待到围炉上的山羊、乳猪都烤好了，萧云龙、穆恩、小刀、小武、石头、老莫等一个个魔王兄弟席地而坐，萧云龙也将夜姬招呼了过来，坐在他的身边。

每个人手中都拿着一把军刀，切下一大块肉就吃。

"按照惯例，先干三碗！"

萧云龙笑着说道。

"喝！"

穆恩他们纷纷开口说道，端起酒碗，开始一碗一碗地喝酒，仿佛他们喝的不是烈酒，而是白开水。

三碗酒下肚，众人心中立即有种说不出来的愉悦感，而后再切下一块烤得外焦里嫩的肉大口地吃着，这简直是最美妙的享受了。

11　一网打尽

喝到最后，萧云龙都醉倒了，不醉不行，穆恩等一个个魔王兄弟轮番上阵，就算是海量也扛不住。

其实不止是萧云龙，穆恩、熊子、小武、石头他们也全都醉倒了，那一碗接一碗的烈酒，中途没有任何的停顿与休息，要说不醉那是不可能的。别说他们，就连夜姬也有了几分醉意。

本身夜姬就不善于喝酒，不过看着萧云龙跟他的兄弟们喝得豪情万丈，她自己也忍不住跟着喝了两碗，结果一喝下去，酒劲上头，也昏昏欲睡。

第二天清晨，一轮红日升起，这座小岛上再度被光明笼罩。

躺在地上的萧云龙身形动了动，他迷迷糊糊间睁开了双眼，他醒过来了，睁眼一看，他身体四周躺着小刀、小武、石头他们，看着他们那副睡姿，他禁不住笑了。

"吾王，你醒了。"

这时，夜姬的声音传来。

萧云龙转头一看，夜姬正站在他旁侧，看着夜姬的神态，也像是刚醒了没多久。

"你早就醒了？"萧云龙问道。

夜姬摇了摇头，说道："我刚醒没多久……以后我不会再喝醉了。"

萧云龙闻言后一怔，旋即他一笑，说道："你说得很对，以后的确是不能再喝醉了。身为一个杀手，最基本的就是时刻保持清醒，若是喝醉，又岂能保持清醒？"

"是，吾王。"夜姬说道。

萧云龙哭笑不得，听夜姬吾王吾王地喊着，他还真是不习惯。

萧云龙站起身，把倒在地上的穆恩、小刀、小武、石头等人全都喊了起来：

"都给我起来了，看你们一个个都醉得东倒西歪的，都给老子起来。"

穆恩他们一个个魔王兄弟纷纷睁开双眼，躺在地上睡了一晚，他们的酒劲早就过去了，他们睁眼一看大家全都在地上东倒西歪的躺着，全都忍不住大笑起来，这一幕让他们感到一种说不出来的喜悦。

"都起来，吃点东西，准备训练！"萧云龙开口说道。

凯旋而归

五天后。

萧云龙在这座小岛上与魔王兄弟们度过了五天，五天来除了每天必须地训练，就是大口吃肉大口喝酒，为所欲为的畅谈，不亦乐乎。

可惜的是，这么多天过去了，死亡神殿一点儿动静也没有。

按照萧云龙对死神的了解，死神不可能是怕了，他毫无动静说不定他正在暗中谋划着什么。

但萧云龙却不能一直干等下去了，这些天他每天都保持跟远在江海市的家人通电话，他多次询问父亲萧万军关于武道大会的事情，萧万军却是只字不提，让他不用担心武道大会之事。

昨天萧云龙给萧家武馆的吴翔打了电话，询问他关于武道大会的事情。本来此事萧万军已经向吴翔下了封口令，不许他跟萧云龙透露，免得让萧云龙分心。

不过在萧云龙的追问之下，吴翔还是不得不如实相告，说武道大会前天就正式开启了，到现在已经是第三天了。

萧云龙心中有些着急和不安，他心知萧万军的身体状况并不好，体内一直有着暗伤，而武道大会其中一个环节就是各大武道世家的家主进行切磋对战。

穆恩、小刀、石头、老莫等这些魔王兄弟与萧云龙摸爬打滚了这么多年，他们对萧云龙的性情自然是极为了解，他们一看萧云龙的神情就知道肯定是有什么事情发生了。

穆恩走了过来，他递了一根烟给萧云龙，说道："老萧，是不是家里出什么事了？"

小武、石头等魔王兄弟也围了上来，萧云龙抽了一口烟，倒也不隐瞒，说道："江海市那边开启了武道大会，而我父亲家族一脉是武道世家，自然是要参加这个武道大会的。我父亲身体内有暗伤，我只是担心他一旦上台与其他武道世家家主对战，会有不测。"

"萧叔身体有暗伤？"穆恩一怔，连忙说道，"老萧，既然这样那你赶

11 一网打尽

紧回去吧。萧叔年纪也大了,可不能让萧叔有个三长两短。

"萧老大,穆哥说得对。兄弟们都舍不得你离开,可相聚总有离别时,我们留在这里,就不信死亡神殿的人能够一直当缩头乌龟。只要死亡神殿的人一出现,就杀无赦!"小武说道。

萧云龙深吸口气,缓缓说道:"那好,我先回去江海市。不过我对你们有个要求,类似于强子、孤狼他们牺牲这种情况,以后绝不能再隐瞒我。此外,你们一旦发现死亡神殿的人,立即通知我,我会让奥丽薇亚查探他们的踪迹,从而引出死亡神殿更多的行踪线索。"

穆恩点了点头,说道:"老萧,这一点我答应你!"

"好!"萧云龙点头,看着眼前这些兄弟,他一字一顿地说道,"兄弟们,我离开之后,你们要继续保持这样的训练强度,不断提升自身的实力,唯有如此才能在残酷的黑暗世界中奋勇杀伐。这一次的别离不是永别,我们还会再相见,那时候,我们还会一起并肩作战!"

"并肩作战!"

一个个魔王兄弟跟着喊了起来。

夜姬也跟着萧云龙离开,当然,她不会跟着萧云龙回江海市,对她而言,她只要还没有查出自己父母当年的死因,她就不会离开黑暗世界。她会继续追查下去,直至有一个结果。

萧云龙迈开脚步,在他面前站着一列魔王兄弟,他们挺直了腰杆,站直了双腿,看着萧云龙,有不舍,也有决然。

萧云龙深吸口气,他忽而沉声喝道:"魔王的弟兄不可欺不可辱不可杀,魔王的弟兄不畏战不惧死不恋生,要战就战个血流成河,要杀就杀个尸山血海!魔王兄弟,只流血不流泪!"

穆恩、小刀、徐超、熊子、老莫他们等人一个个为之振奋,全都大喊出口:"魔王的弟兄不可欺不可辱不可杀,魔王的弟兄不畏战不惧死不恋生,要战就战个血流成河,要杀就杀个尸山血海!魔王兄弟,只流血不流泪!"

喊声冲破云霄,经久不息地回荡在这座小岛的上空,当中的那股铁血情意,那股热血沸腾之感,让人为之振奋,为之热血。

萧云龙与夜姬坐上了一艘中型快艇,他没有让魔王兄弟送他,他自己开着快艇离开。

"兄弟们，再会了，他日再并肩作战！"

萧云龙朝穆恩他们招了招手，随后转过身，开着快艇极速离开。

"萧老大……"

小刀、小武、石头等人忍不住朝前冲了过去，他们看着萧云龙离去的背影，忍不住眼角为之湿润，他们舍不得。但他们也知道，他们心目中的萧老大从未离开过他们，只要他们有任何危险，萧老大将会前来与他们并肩而战。

"夜姬，我知道你会一路追查你父母当年遇害之事。如若此事你追查下去，真的与夜之女王有关，那你先不要轻举妄动。夜之女王的势力到底有多深厚，她到底有多恐怖，这些都是未知数。因此你不可以鲁莽。真查到什么线索，就跟我说一声，我能够帮得到你。"

起伏翻涌的海面上，萧云龙开着快艇，他身边站着夜姬，他缓缓开口说道。

夜姬点了点头，她并未说话，那宛若寒潭的目光静静地看着萧云龙。

眼前这个男人给予了她新的生命，更是教会了她种种杀人之道，让她变强，成为当今世上顶尖级别的杀手，所以她视他为王，心中的王，永生不变。

"人活在世，可以有爱恨情仇，但不要被仇恨蒙蔽了双眼，不要被仇恨支配自己的思想，那样活着也形如行尸走肉。夜姬，你也有资格拥有属于自己的生活。你失去了双亲并不意味着你就会孤立无助，只要你愿意，我就是你的亲人。一旦遇到危险，记得来找我！"萧云龙转头看着夜姬，语气认真地说道。

夜姬紧咬着牙，她在克制心中的情感，末了她轻声问道："吾王，以后我们还会见面的，是吗？"

"当然！"萧云龙笑着说道。

"嗯！"夜姬轻轻地点了点头，欣慰地笑了。

诚如萧云龙所说，在这个世上，夜姬要是还有一个亲人存在，那就只有萧云龙一个了。

"生命中遇到你，这是我最大的幸运，也是我最大的收获！"

夜姬看着萧云龙那张线条刚硬的侧脸，心中暗想着。

江海市早上八点，秦氏集团前面的广场上，在晨阳的照耀下笔直整齐

11 一网打尽

地站着一列队伍,他们身上穿着整齐一致的保安制服,一个个挺直了腰杆,脸上流露出一股坚毅之色。

这支队伍的前面站着的正是高云,他看向秦氏集团保安部的吴小宝、龙飞、陈德胜、张伟、方侯、王博等人,沉声说道:"立正,稍息!"

距离上次死亡神殿的人突袭江海市的事件已经过去大半个月了,高云他们身上的伤势已经痊愈,在秦氏集团的全力支持下,他们在医院得到了最好的治疗,因此所受到的伤势基本上没什么大碍。

"下面,我给大家安排今天的工作任务。"高云开口说道。

与此同时,前方一辆黑色的奥迪轿车缓缓行驶而至,车子在秦氏集团的广场前停了下来,车门打开,走下来一个精神矍铄的老者,他头发已经花白,可一双老眼中仍旧是透出一缕精芒威势,此人正是秦老爷子。

紧接着,这辆车子内又走出来一名老者,这名老者穿着军装,年纪与秦老爷子不相上下,身材异常的挺拔健朗,可见他年轻时候必然是一个铁骨铮铮的男人,他一张老脸上刻下了山川交错的岁月痕迹,看似浑浊的老眼中时而迸发出一股锐利如刀般的光芒。

毫无疑问,这是一个老将军,一个曾在金戈铁马的战场上驰骋过的老将军!

"老罗,你难得来江海市一趟,所以就带你过来看看秦氏集团。"秦老爷子对这名身穿军装的老者说道。

"老秦啊,说起来你我起码也有七八年没见过面了。若非这一次江海市发生了如此重大的境外恐怖势力入侵事件,只怕我也抽不出时间过来江海市一趟。"老者笑着说道。

说话间,老者目光一抬,看到了前面的保安队伍,不知怎么的,他眼前蓦地一亮。

这时,驾驶座的车门打开,秦远博走了下来,正是他给这名老者跟秦老爷子开车。

高云他们看到了秦老爷子跟秦远博,高云立即带领着保安队的人齐步走来,高声说道:"见过秦老,见过秦老总。"

秦老爷子笑着点点头,而后他指着那名身穿军装的老者说道:"这位是罗老,罗将军。"

高云本身就在部队服役过,因此他看着罗老一身军装,注意到罗老肩章上的军衔时他的脑海更是"轰"的一声巨响——上将？眼前这名老者竟是一名上将！

高云浑身一个机灵，回过神来后他肃然起敬，站直了身体，朝罗老惊了一个军礼，大声说道："见过老将军！"

"见过老将军！"

其他的保安也纷纷敬礼，大声说着。

罗老一笑，说道："好，好，无须如此客气。"

"小高，你们去忙你们的吧。"秦老爷子接着说道。

高云点了点头，带着保安部的人员踏着整齐一致的步伐离去。

罗老凭着他那丰富的阅历能够一眼看得出来高云他们训练有素，一个个身上散发出一股悍勇无畏的气势，更是有着坚硬如钢般的意志力，这样的队伍只怕比起部队里的战士也相差无几，这让他心中有些惊讶。

"老秦，真是看不出来啊，秦氏集团的这些保安都是招收的退役军人吧？"罗老问道。

一旁的秦远博一笑，他接口说道："罗老，秦氏集团的保安只是普通的保安，要说他们的气势，那就是云龙的功劳了。云龙自从来到秦氏集团之后担任保安部的教官，一直都在训练他们，使他们每个人都蜕变了。"

"云龙？老秦，就是你说的那个孙女婿萧云龙吧？"罗老问道。

"对，就是他。上次的危机事件正是云龙带领着警方的人员解决了，此外那些恐怖分子针对秦氏集团的袭击，正是刚才老罗你看到的那些保安全力出击，将潜伏秦氏集团的恐怖分子给制服了，才没有造成无辜人员的伤亡。"秦老爷子笑着说道，语气中充满了一股自豪感。

罗老心中为之震惊，他大半辈子都是在部队里面待着，因此他很清楚，一个新兵蛋子进入部队，再训练成为一名合格的战士，期间的过程极为不容易，并非是每一个新兵蛋子都能够被训练成为一个战士，也并非是每一个训练出来的战士都拥有实战的能力。

"我有些好奇，萧云龙是用什么办法来训练这些保安的？"罗老问道。

秦远博笑着说道："罗老，这点我还真的就不知道了。不过听说这些保安每天都会按照云龙教给他们的办法来训练，没有一天偷懒，全都持之以恒。"

"那不如带我去看看他们训练吧。"罗老说道。

11 一网打尽

"行,罗老,这边走。"秦远博说道。

罗老在秦老爷子跟秦远博的陪同下走进了秦氏集团,来到了三楼训练室。

走过来一看,高云他们正在训练室内训练。

他们此刻正在进行力量训练,有人在深蹲,有人在卧推,一个个全都挥汗如雨,不断地爆发出自身的力量,进行着各式各样的力量训练。

秦老爷子、罗老他们并未走进去打扰,而是悄然站在一旁观看。

高云在他们一番力量训练之后,沉声地说道:"全体都有,负重扎马步!"

高云他们足足扎了半个小时,这让在门外看着的罗老微微动容,能够负重扎马步半个小时,足以说明高云他们的下盘已经练得极为沉稳,在搏击界中,下盘稳则发力足,没有沉稳的下盘根本无法与人进行搏斗。

结束了负重扎马步,高云他们开始进行两两一对的近身搏斗的技巧训练。

可他们无论是出拳还是横扫腿全都是猎猎作响,发力的技巧娴熟无比,能够充分将他们自身的力量给爆发而出,从而将他们攻杀而出的拳势威力完全展现出来。

看到这里,罗老点了点头,他看出高云他们搏斗训练下施展出来的都是极为寻常的拳脚功夫,但能够将基础的拳道腿势修炼到这样的程度并不多见,特别是他们的发力技巧,堪称完美。

接下来,高云他们进行团队配合作战的训练。

团队配合作战有多种战术,三人一组的三角攻击、四人一组的围杀战术、五人一组的前后夹击战术等。

这些都是萧云龙教给他们的,此刻萧云龙并不在场,可高云他们仍旧是按照萧云龙规定的训练标准来严格要求自己,仍是在刻苦认真地训练着。

看到高云他们进行如此精妙的团队作战配合训练,罗老的脸色彻底变了,他忍不住开口说道:"好,好,好!"

罗老连说三个好字,随后鼓起了掌。

他所看重的正是这种团队配合作战的意识与能力。

罗老的连声叫好也引起了高云他们的注意,他们这才发现到秦老爷子、罗老他们站在门外看着他们训练。

高云急忙走过来，与秦老爷子他们打招呼。

罗老点了点头，说道："你们都是经过萧云龙训练出来的，对吧？"

"是的，是萧教官让我们找到了人生的目标，那就是变强，唯有变强才能立足于世，才能保护自己身边的一切。"高云说道。

"你们很不错，继续训练吧，我就不打扰你们了。"罗老笑着说道。

而后，秦老爷子也嘱咐高云他们再接再厉，便与罗老一起离开了。

"老秦啊，我对你这个孙女婿真是越来越感兴趣了。他在哪里？我想要跟他见一面，与他好好地聊一聊。"罗老开口说道。

秦老爷子笑着说道："老罗，上次的事件发生过后，云龙他去海外处理点事情。不过也快要回来了。"

"行吧。那我就在江海市多留几天，等着萧云龙回来。"罗老说道。

秦老爷子闻言后为之一怔，他心知罗老的时间非常宝贵，如此一个在军界中德高望重的老将军，他的一言一举都会引起巨大反响。

不曾想罗老此刻居然为了萧云龙而多留几日，这就显得非同一般了。

另一端，萧云龙开着快艇抵达了最近的黑山国的一个港口，在那里他跟夜姬分开了。

离别之际，萧云龙看得出来夜姬的种种不舍，但再美好的宴席也会有结束的时候，再美好的相聚也会有别离的时刻，所能做的就是各自怀着梦想上路，下一次相聚的时候呈现出来更好的自己。

萧云龙此刻正飞往俄罗斯，再转机返回国内，这是最近的路程了。

12　武道大会

保持连胜

江海市的武道街专门开辟出了一块空地，这块空地上已经架起了擂台，这是为武道大会所准备的擂台，擂台之下则是各大武道世家的家主、弟子等人。

江海市的两家武道世家武家与姜家的人坐在右侧，与他们临近的是来自于东海市的两大武道世家任家与风家，除此之外还有刘家、墨家、冯家等一些武道世家之人，不过要说实力与底蕴深厚的武道世家则是武家、姜家、任家、风家。

武道大会由武道宗举办，武道宗现任宗主是京城凌家的凌老爷子，江海市召开武道大会，凌老爷子身为武道宗宗主，自然是需要亲临监督。

这座擂台正方的高台上，正端坐着一个身着唐装的老者，他年事已高，起码在七十开外，可脸色红润，仍旧是精神奕奕，特别是一双老眼有着睿智而又凌厉的锋芒在闪动，足以说明这名老者的不凡。

事实上，这名老者正是京城凌家的老爷子，名为凌云刚，在武道界是一个宗师级别的高手，也就是说他自身的内家气劲的修为极有可能达到了第九阶段！

凌老爷的身边还坐着一个年轻人，这名年轻人二十岁出头的年纪，相貌英俊、器宇轩昂，有股非凡的气势，他的眉宇间露出一股极度的倨傲之色，流露出一股唯我独尊的气概。

这个年轻人正是凌老爷的亲孙子，名为凌绝峰，也正是凌家现任的少主。

这一次，凌绝峰竟然随同自己的爷爷前来江海市观看这个武道大会，这在以往是极为少见的。

萧万军以及萧家武馆的人坐在擂台左侧的位置上。

萧万军脸色镇定如常,身上有股岿然不动的气势,此刻他的目光紧紧地盯着擂台上的战况,擂台之上正有着一场对决,萧家武馆的陈启明对战任家的一名武道弟子。

"轰!轰!"

台上陈启明拳势如龙,将炮拳的拳势全都一股脑儿地轰杀而出,他将自身的那股潜能力量激发到了极致,催动而出的炮拳更是刚猛狂暴,呼啸的拳道破空之声不绝于耳,充斥在擂台的四周,刚猛无比的拳势恍若要将整个擂台掀翻。

炮拳,一炮冲天起!

一旦炮拳势起,根本无法让其停歇,唯一打断炮拳气势的,那就是将对方给击败,唯有此法!

陈启明的炮拳接连成势,一路碾杀而上,狂暴的炮拳威势将对手完全笼罩。

这名任家弟子极力抵抗,更是出拳攻杀,但在那刚猛炮拳地碾压之下他步步后退,招架了十几招后他便手忙脚乱了,瞬间露出了好几处破绽。

"给我倒下!"

陈启明暴喝出口,他抓住对方那一闪而逝的破绽,一拳轰杀而出,破开对方的拳势,轰在了对方的胸膛上。

"砰!"

这名任家弟子倒在地上,失去了继续对战的能力。

"这一局,萧家武馆胜!"

武道宗的裁判判定了萧家武馆又获得了一场胜利。

"阿明,好样的!"

吴翔、铁牛、李漠他们笑着喊道,上官天鹏也在场,他们一起迎上前,对着走下来擂台的陈启明竖起了大拇指。

萧万军也微微一笑,对于陈启明这一战他很满意。

然而,右侧坐着的任家家主任宏扬一张脸却是变得铁青,加上这一场,任家已经有两场比试都败给萧家武馆了。昨天任家一名弟子被吴翔击败,今天这名弟子被陈启明击败,这让任宏扬觉得很没面子,太掉面子了。

12　武道大会

"我来挑战你们萧家武馆!"任宏扬的儿子任苍穹站起身来,他目光一沉,有股凌厉的战意在燃烧,看着任家弟子接连战败,他坐不住了。

面对任苍穹的挑衅,萧万军并未理会,让萧家武馆的弟子都回来坐着。

"怎么?萧家武馆怕了吗?不敢上台?"任苍穹冷冷地说道。

萧万军语气淡然地说道:"任家主,按照规则,下一场是其他武道世家的比试吧?今日萧家武馆的对战已经结束,萧某就不陪诸位了,就此别过。明日萧家武馆还有三场比赛,我需要带着武馆的弟子回去好好休息备战。"

"武道大会还有一条规则,如若一方主动挑战,另一方可以选择应战。你们不敢应战,莫非是怕了?萧家主你那个儿子萧云龙不是挺厉害的吗?怎么武道大会开启至今都没看到他人影啊?该不会是害怕不敢上擂台当缩头乌龟了吧?"任苍穹冷冷地问道。

任苍穹提到萧云龙名字的时候,高台上坐着的凌绝峰眼中有着一缕精芒闪过,他看向了场中的局势。

"就凭你也配萧大哥出手?萧大哥要是在场,动动手指就可以把你捏死!你这么嚣张,那我与你一战!"李漠开口说道,他语气带着一丝怒意,他无法容忍对方对萧家武馆以及萧云龙出言不逊。

"李漠,回来!无须理会,往后你们的战斗还很多。跟我走吧!"

萧万军喝住了李漠,带着萧家武馆的弟子离开。

想到萧云龙,萧万军只希望他在海外能够一切顺利,至于武道大会之事,他不愿让萧云龙在海外征伐的时候还担心萧家武馆备战武道大会的情况。

然而,萧万军有所不知的是,此刻萧云龙已经乘坐飞机火速回国。

此刻的萧云龙正在机场的大厅外抽烟,他看了眼时间,也差不多该去换登机牌进行安检了,一根烟抽完后他走进了机场,换了登机牌,随后进入安检口进行安检。

萧云龙看了眼时间,此刻在江海市差不多是午夜十二点,这个时间点秦明月一般都休息了,想了想他还是给秦明月打了个电话。

秦明月接了电话,略显慵懒的声音传来:"喂——"

"明月,是我。"萧云龙听得出来秦明月那迷迷糊糊的语气,想来正在睡觉中被他的电话惊醒了。

"云龙？"秦明月的声音骤然间提高了不少，听到萧云龙的声音后她又惊又喜地说道，"云龙你在哪里？"

"我马上就登机飞回江海市。大概要飞八个小时吧。"萧云龙笑着说道。

"你要回来了？太好了！我看看你什么时候到……差不多早上九点了。"秦明月说着，接着她又激动地说道，"到时候我去机场接你。"

萧云龙笑着说道："好了，你休息吧，你还可以睡七八个小时。睡醒了再去机场也不迟。"

"嗯，我知道了。那你在飞机上也休息一会儿吧。"秦明月说道。

萧云龙应了声，结束了与秦明月的通话。

这时可以登机了，萧云龙随着前面排队登机的人流经过验票之后登上了飞机，找到自己的座位坐了下来。

飞机轰隆起飞，开始了这一漫长的空中旅途。

江海市的天刚蒙蒙亮，还没到七点，秦明月就起床了。

洗漱完毕后秦明月走回房间，她打开衣橱，看着衣橱上挂着的琳琅满目的衣服，一时间不知该穿哪一件衣服好。

最终，秦明月选了一件吊带印花裙，穿在身上后彰显出了她那妙曼多姿的身段，更是有股雍容高贵的优雅气质，就像是一个仙女降临人世间。

秦明月来到机场的时候才七点半，有些早了，她却不以为然，情愿早早地就来到机场等着，等待着萧云龙的归来。

渐渐地，临近九点钟了，秦明月的内心也越发的紧张与急促，她心中祈祷着萧云龙乘坐的班机可不要出现晚点或者其他什么情况，只要能够平安抵达就行。

终于，在秦明月的视线尽头，她看到了一道挺拔伟岸而又熟悉无比的身影，她眼眸蓦地一亮，嘴角泛起一丝欣喜的笑意，她立即喊了起来："云龙，云龙……"

秦明月朝前方一边挥着手，一边喊道。

前面随着旅客走出来的萧云龙听到了秦明月的呼喊，抬眼间便看到了秦明月招摇的右臂，他立即一笑，大步流星地朝前走来。

"明月！"

旋即，萧云龙将手中拎着的行李箱放地上，张开双手将眼前的秦明月搂入怀中，紧紧地抱着。

秦明月俏脸微微一红，被萧云龙那粗壮有力的双臂抱在怀中，这难免让她心里有些娇羞感，再怎么说她也是秦家的大小姐，身份高贵不说，自小更是养成了清高淡雅的性子，在如此公众场合之下，特别是前方大量旅客不断走出，被萧云龙抱着，着实让她有些心跳加速。

然而她并未推开萧云龙，甚至，她的双臂也情不自禁地搂住了萧云龙的腰身。

也许是因为俩人拥抱的时间太久，秦明月转眸间注意到四周有不少目光在盯着她看，这让她脸色一红，急忙说道，"走吧，我接你回去。"

萧云龙点头，拎起行李箱后随着秦明月一起走出了机场。

"你先回家还是？"秦明月问道。

"那就先回家吧。我回来都没有跟我父亲说一声呢。"萧云龙说道。

秦明月点头，开车朝萧家老宅方向飞驰而去。

"明月，我离开的这段时间公司没什么事情发生吧？高云他们情况如何了？"萧云龙问道。

"公司里面没什么事。高云他们已经伤愈出院了。之后第二天就来公司上班。他们说不能借机偷懒，他们还每天都坚持训练，说你回来了要检验他们的训练成果。"秦明月说着顿了顿，她转眼看向萧云龙，说道，"你说你这个教官当得是不是太过于苛刻了一些？只怕在高云他们的眼中，我的话都顶不上你的话管用了。"

萧云龙微怔，他一笑，说道："并非是他们不听你这个董事长的话，而是现在他们已经成为了一名合格的战士。我觉得这是件好事，他们唯有变强了，才能更好地立足于世，才能更好地保护公司的财产安全。"

"我心里也是为他们感到高兴的。"秦明月说着，而后她想起了什么般，又说道，"对了，两天前罗老来江海市了，爷爷还陪同罗老来秦氏集团参观了一下。罗老看到高云他们的训练情况之后很感兴趣，说要等着你回来后与你见上一面。"

"罗老是谁啊？"萧云龙问道。

"罗老是爷爷的老战友了。罗老在军界的地位极为崇高，是一个德高望重的老将军。我也不知道罗老要见你是出于什么原因，不过总归来讲，不是什么坏事。"秦明月说道。

萧云龙微微皱眉，他意识到如此军界的大人物要找他，这绝非小事。

不管如何，此事不是萧云龙眼下需要考虑，江海市的武道大会已经开启，先处理完武道大会的事情再说。

早上十点钟左右，秦明月开车来到了萧家老宅门前。

没一会儿，王伯走了出来，他一看到眼前的萧云龙，脸色先是一怔，随后禁不住笑着说道："少爷，你回来了。"

"王伯，我回来了。家里一切都还好吧？父亲在家吗？"萧云龙问着。

"家里一切都好。老爷不在家，老爷早上的时候就去武道街那边了。"王伯说着，他又接着说道，"武道大会不是开启了嘛，所以老爷这些天都会带着武馆的弟子参加武道大会。"

萧云龙闻言后目光一沉，他将行李箱从车上拿出来，对着王伯说道："王伯，你帮我把行李先拿进屋。我现在就去武道街那边看看情况。"

说着，萧云龙转向秦明月，道："明月，你送我去武道街。"

秦明月看着萧云龙急切之状，也没多问什么，她打开车门，待到萧云龙上车后驱车而去。

开车后，秦明月这才忍不住问道："武道大会？什么意思？"

"武道大会是武道宗举办的一次盛会。说白了就是让各大武道世家的人在擂台上切磋对战，争夺第一武道世家的头衔。"萧云龙开口，顿了顿，他又说道，"我萧家不是武道世家嘛，所以自然也要参加这个盛会。我担心我父亲，他身体有暗伤，一旦上台与人对战，暗伤要是发作了可就麻烦了。"

秦明月听到萧云龙这么一说后心中也变得紧张起来，她立马加快了车速，向武道街疾驶而去。

姗姗来迟

大约二十分钟后，秦明月驱车来到了武道街。

萧云龙拿出手机给自己的父亲打电话，竟然是关机。

他唯有给吴翔打电话，这次总算是打通了："喂，翔子，是我。我回来了，现在已经到武道街了。武道大会的擂台在哪里？你出来带我进去。"

"萧大哥，你回来了？"吴翔电话中的语气激动无比，他接着说道，"你等着，我这就出来找你。"

这时，萧云龙与秦明月已经顺着武道街走了进去，往前走了一会儿，猛地看到前方演武楼内吴翔走了出来。

"翔子。"萧云龙招呼了声。

"萧哥、秦姐。"吴翔走了过来，笑着说道。

"阿明、铁牛、李漠他们都还好吧？我父亲已经上台对战过了？"萧云龙问道。

吴翔一笑，他语气颇为自豪地说道："从武道大会开启至今，但凡是我们萧家武馆的比试，全都赢了。师父他很好，还没有轮到家主比试环节呢。"

萧云龙听到这话后稍微放心下来。

"明月，你公司里要是有事情那就先回公司吧。晚点我再联系你。"萧云龙说道。

秦明月摇了摇头，说道："既然来都来了，那我也进去看看吧。"

吴翔带着他们走进了演武楼，这里面有专人把守，唯有武道世家的、已经被邀请前来观看武道大会的人才能入内，其他闲散人等是被拒绝在外的。

萧万军所代表的萧家武馆坐在右侧位置，吴翔带着萧云龙他们走过来，萧万军看到之后立即站了起来，他喜不自禁地说道："云龙，你回来了？什么时候回来的？"

"我是今天早上刚到，明月开车去接我了。王伯跟我说武道大会已经开始了，你们都在这里，我就赶过来了。"萧云龙说道。

"来，来，你们俩都坐下。"萧万军说道。

萧云龙抬眼朝擂台看去，看到萧家武馆的铁牛正在擂台上与人对战。

铁牛的对手也是一个体格健壮之人，与铁牛的武道数路几乎同出一辙，他们之间的对战更多的是比谁的蛮力更加雄浑厚重。

擂台上，铁牛一式莽牛冲撞，双足一蹬地面，庞大的身躯犹如奔行的巨型莽牛，似乎整个擂台都随之摇晃起来，他暴喝出口，右肩接力，就此冲击向这名对手。

这名对手猝不及防间唯有横臂于胸前，要将铁牛这一式蛮牛冲撞之力给抵挡下来。

"砰!"

铁牛这一冲之力太过于刚猛了,硬生生地将这名对手给撞飞而出,对方脚步"蹬蹬蹬"的接连倒退,承受不住铁牛这一击之力,铁牛顺势冲了上来,他迅速出拳,每一拳都有雄浑的拳势力道,仅仅是三拳,就将这名对手逼着倒下了擂台外。

按照规则,被击出擂台外自然就是输了。

毫无疑问,铁牛这一局赢了,又为萧家武馆赢得了一场胜利。

风家家主风正华的脸色一沉,变得有些难看,方才被击败的正是他风家的一名武道弟子。

铁牛走下擂台,看到萧云龙后他憨厚一笑,说道:"萧大哥。"

萧云龙点了点头,说道:"刚才打得不错,先过来坐着歇息一下吧。"

铁牛走过来与吴翔他们坐在了一起,他心情显得有些激动,三年前他们也参加了武道大会,不过那时候的他们才刚进入萧家武馆,根基尚浅,可想而知三年前的那一次武道大会他们都是惨败而归。

这时,萧云龙心中一诧,他感觉到无形中有着一道锐利的目光正盯着他,那凌厉的目光像是跟他有着什么杀父夺妻之仇一般。

萧云龙不动声色,目光一抬,朝着这道直视而来的目光看去,一眼看到了擂台中央高台上坐着的凌绝峰。

事实上,从萧云龙走进来那一刻起,已经有人向凌绝峰通报了萧云龙的身份。

以凌绝峰的出身,身为武道宗宗主凌云刚亲孙子的他,的确是对任何人都无所顾忌,自小就养成了他那股睥睨群雄、唯我独尊般的气概,而这种气魄却又是极为适合修炼凌家的武道功法,是以凌老爷也从未能压制凌绝峰的性格。

萧云龙看了眼凌绝峰,他眼中的视线转而看向了凌绝峰旁边坐着的凌老爷。

凌老爷双目低垂,像是在假寐,他仿佛感应到了萧云龙的目光般,原本低垂的双目蓦地张开,朝萧云龙看了过来。

那一刻,萧云龙心头微凛,凌老爷那看似浑浊的双目中仿佛蕴含着惊天电芒,竟是让萧云龙的双目隐隐有些刺疼感。萧云龙心中有些吃惊,他立即知道这个有着一派仙风道骨般的老者绝对是一名顶尖的内家高手,其气劲之力的修为已经达到化境,能够将气劲之力凝聚于双目,方才那一眼看来,带给萧云龙一股难以言喻的压迫之力。

萧云龙收回目光,他问萧万军:"父亲,前面高台上坐着的是什么人?"

"那位老者就是武道宗宗主凌云刚,他身边坐着的是他的亲孙子凌绝峰。"萧万军开口说道。

"京城凌家?"

萧云龙微微一眯,隐约间像是有股恍如实际的杀机在弥漫而出。

二十五年前萧家遭到仇家联合围杀,此事隐与武道宗有关,凌家老爷子身为武道宗宗主,要想撇开关系自然不可能。

因此,得知凌老爷的身份后,萧云龙身上还真的是有一股杀机在弥漫着。

至此,他也明白了为何凌绝峰会用如此带着敌意的森冷目光盯着他,他离开江海市之前曾协助警方铲除了青龙会,此前他便听闻青龙会的陈青与京城凌家某位大人物有着密切的关系。

萧云龙嘴角泛起了一丝冷笑之意,心中暗忖着:正主来了吗?好,很好!要是敢在我萧家头上撒野,即便是京城凌家又如何?就算是武道宗宗主又如何?老子定会让你们有来无回!

"下一轮,武氏武馆对战萧家武馆!"

比赛仍在继续,武道大会的裁判公布了下一轮的对决武馆。

上台的这名武氏武馆的外姓弟子名为赵昌,能够以外姓而成为武氏武馆的核心弟子,足以说明他自身的武道实力极为强大,否则也不会被武震所器重。

赵昌走上擂台,眼中的目光充满挑衅意味地看着萧家武馆的弟子。

"这一战我去!"李漠站起身说道。

"提防他的左腿。"萧云龙忽而低声提醒了下。

李漠点了点头,他走上了擂台。

赵昌身形一动,抢占先机地朝李漠疾冲而来,他施展出了武氏长拳的拳势。

长拳顾名思义,以长击短打而著称,武氏长拳流传于武家的拳道拳谱,别具一格,施展而出后拳势呼啸生风,可攻可防,拳影交叠间显得密不透风,是一套极为难缠的拳道之术。

李漠曾打过黑拳，他的攻势讲究快狠准，加之萧云龙曾教给他杀人之道的拳势，因此面对赵昌密不透风的长拳，他以力破力，以快制快，直取而上，轰入了赵昌那漫天的拳影中。

"砰！砰！砰！"

转眼间，两人已经相互攻杀了十几招。

两人的力量对抗不分伯仲，不过在李漠那狂风暴雨般极速的拳势攻杀之下，赵昌施展而出的长拳渐渐地力不从心。

然而，赵昌并没有丝毫的慌乱，这足以说明他还有后手，还有杀手锏未曾使出，否则也不会如此的气定神闲。

"砰！"

这时，李漠一拳袭杀而至，破杀了赵昌的拳势，逼得赵昌朝后一退。

李漠趁机冲了上去，那一刻，赵昌的眼中猛地迸发出了一丝森冷的寒意，他后退的右腿一踩地面，左腿骤然间横扫而出。

"呼！"

这一腿之势太快了，有着狂暴的力量，冷不防地朝李漠身躯横扫而来。

如若场上的对手换做是其他人，只怕还真的是中招倒地了。

然而李漠在萧云龙的提醒下早就提防赵昌的左腿之势了，待到赵昌这一腿之势横扫而来时，几乎同一时刻，李漠的右腿也攻杀而出，一腿横扫，迎击而上。

"砰！"

两人的腿势交击在了一起，爆发出了砰然声响。

"破手震山拳！"

李漠一声暴喝，猛地施展出了萧万军传授给他的拳道之术。

李漠破解赵昌的腿势之后欺身而上，自身的那股爆发力量凝聚于拳头，于瞬间施展出了"破手震山拳"的拳势，一拳而出，有股狂暴的拳风在呼啸而起，发出呜咽声响，攻向了赵昌的脸面。

赵昌心中一惊，唯有横臂挡住李漠这一拳。

刹那间，李漠的左拳出击，震荡虚空，破杀而上，那自下而上的拳头重重地轰在了赵昌的胸腹上。

"哇……"

赵昌脸色立即苍白，口中喷出一股鲜血，身体跟跄后退，最终一屁股坐倒在了地上。

全场鸦雀无声。

赵昌心有不甘也唯有认输退场，如此一来萧家武馆又获胜了。

至此，场中观战之人包括各大武道世家在内都赫然发觉，萧家武馆至今未尝一败，都是连胜！

武家、姜家、任家、风家这主要的四大武道世家全都与萧家武馆比试过，但全都落败了。当然，这四家还未派出真正的核心弟子。不过他们看着萧家武馆这样一直连胜下去，他们心里也不好受。

"下一轮，冯家对阵萧家武馆！"

"刘家对阵萧家武馆！"

"墨家对阵萧家武馆！"

"姜家对阵萧家武馆！"

场中武道大会的裁判接连不断地报出了接下来的对阵情况，这接下来的对阵全都与萧家武馆有关。

萧万军听到这样的对阵安排后他猛地站起身，喝声问道："这是怎么回事？这对阵顺序与我手中的对战列表顺序不同。接下来，不应该是别家的武道弟子对战的吗？怎么又轮到我萧家武馆？"

"萧家主，武道大会由武道宗举办。修改对战列表自然是武道宗的决议，这并非是我等任意改变。"那名裁判说道。

"武道宗？"

萧万军目光一冷，抬眼间朝高台上坐着的凌老爷看去。

很显然，武道宗这是在有意针对萧家武馆。

"萧家主，你要是觉得这样的对战安排你们萧家武馆无法接受，大可以弃权认输的嘛。"武震冷笑着说道。

萧万军脸色铁青，胸腔内有股怒气，由于武道大会的比试采取的是一战决胜负的淘汰制，只要上台的武道弟子在对战中输了，那就被淘汰，往后的对战不能继续上台。萧家武馆中一共有吴翔、陈启明、铁牛、李漠以及刚加进来的上官天鹏五个人。

未战而输，这就显得太过于冤枉了，也会让萧家武馆的弟子心中不服气。

暗中较量

这时,冯家的一名武道弟子已经走上了擂台,目光充满了挑衅意味地看向了萧家武馆的弟子。

"萧叔、这一场我上!"

上官天鹏站了起来,他开口说道。

"天鹏,好好战,不可轻敌。"萧云龙说道。

上官天鹏点头,走上了擂台,这是他第一次在武道大会的擂台上迎敌对战。

冯家的这名弟子名为冯强,是冯家的一名核心弟子,冯家最出名的就是冯氏劈挂拳,武道界曾有"劈挂加八极,鬼神都害怕"的流言,可见劈挂拳的刚猛暴烈与八极拳几乎不相上下。

"嗤!"

冯强脚步一动,足底生音,身形展动之间气势极为凌厉,冲向了上官天鹏,右手劈拳,左手挂掌,就此镇杀而至。

上官天鹏深吸口气,脸色平静,他身如游龙,步伐沉稳,迎战而出,双拳随之出击,在重重拳影中映射出了罗汉交叠的幻影。

罗汉拳!

这是少林寺最基本的拳道,可一旦修炼到至深境界,却是有种大巧若拙的威力,一拳一式都会拥有着莫大神威。

"看来我离开的这段时间这小子倒是没有丝毫的懈怠,如今他的气劲之力更强,对于这套罗汉拳的运用也更加娴熟了。很不错。"萧云龙看了眼,笑着说道。

"轰!"

这时,擂台上上官天鹏与冯强对了一拳,将对方的拳势完全封住。

接着,竟是看到上官天鹏的左掌掌心上凝聚起了一股龙卷旋风,掌势狂暴,气势惊人,那股旋动而起的掌风刮人面疼,拍向了冯强的胸膛。

少林龙旋掌!

"砰!"

12 武道大会

上官天鹏这一掌结结实实地拍在了冯强的胸膛上，冯强被一掌拍飞，口中咳血，面色土灰，显然受伤不轻。

冯强倒也是很果断，受伤的他心知无法再对战下去，他跳下了擂台，就此认输。

如此一来，上官天鹏又为萧家武馆拿下一场胜利。

接下来是刘家、墨家、姜家的武道弟子前后登台与上官天鹏对战，上官天鹏也展现出了他自身的实力，将对手逐一击败。

不过，上官天鹏也受了点小伤，被对方几式重拳击中，嘴角都溢出一丝鲜血。

不管如何，上官天鹏胜了，独自一人为萧家武馆拿下了四场比赛的胜利，使得萧家武馆至今的连胜纪录已经达到了九连胜！

"天鹏，好样的！"

吴翔、李漠、陈启明、铁牛他们笑着喊道，冲上去抱住了正走下擂台的上官天鹏。

萧家武馆九连胜，这是一个压迫人心的连胜纪录，充分体现了萧家武馆的强大。

就在上官天鹏走下来的时候，萧云龙注意到前面高台上坐着的凌绝峰对着身边一个男子低语了几声，接着这名男子就走到武家、任家、姜家、风家这几家武道世家的家主面前说了些话，具体内容不得而知，想来与武道大会的比试有关。

"下一轮，任家对战萧家武馆！"

武道大会的裁判接着开口说道。

萧万军闻言后脸上出现了一丝怒意，他站起身，喝声说道："为何一直是我萧家武馆出战？这样的赛制未免太不公平了？我抗议！"

"这是武道宗的决议，你不过区区一个武道世家的家主，有什么资格抗议？"凌绝峰开口说着，语气中尽是不屑，他接着说道，"要么战，要么退出，就两个选择！还轮不到你有资格来抗议。"

"资格？行，那我们就来说说资格！"萧云龙站起身来，目光环视全场，最终盯住了高台上的凌绝峰，身上有着滚滚魔威在弥漫，恍如一尊绝世大魔王降临，他开口说道，"那你算什么东西？也有资格在这里开口闭口的武道宗武道宗的？"

凌绝峰怒了！

他出身于凌家，含着金钥匙长大，集万千宠爱于一身，要风得风，要雨得雨，什么时候被人当面叱喝过？

凌绝峰强忍住怒火一字一顿地说道："我没资格？你也不打听打听我是谁，竟然说我没资格？"

"凌家少主？这又算是什么东西？凌家少主就可以对武道大会指指点点？"萧云龙眯着眼说道。

凌绝峰怒气冲冲地说道："武道宗宗主是我的爷爷，武道大会由武道宗举办，我怎么就没资格说话？反倒是你，又算是什么东西？也敢质疑武道宗的决议。"

"我倒是听出来了，因为你爷爷是武道宗宗主，所以你这个孙子就可以越俎代庖地指使武道大会之事，对吗？我好奇的是，你跟你爷爷到底谁才是武道宗宗主？"萧云龙冷笑着说道。

"哈哈……"

四周坐着观战的一些观众忍不住发出笑声，显然都在支持萧云龙。

"萧云龙，你……"

凌绝峰大怒，忍不住直呼萧云龙的名字，他站起身来，伸手指向了萧云龙。

"绝峰，坐下！"

凌老爷低垂的双目一抬，闪过一丝凌厉之色，他喝声说道。

凌老爷双目一抬，运用内家气劲，中气十足地说道："绝峰少不更事，略有冲动，他此行是陪同前来观看各大武道世家精彩绝伦的武道对决，仅此而已。关于武道大会之事，绝峰自然是没有任何资格插手。所有的决议均是由老夫与武道宗其他负责人商议后决定的。"

"那请问凌宗主，今日对决每一场都有我萧家武馆，这样的安排是否欠妥？"萧万军开口问道。

凌老爷不以为然地说道："武道一途，本身就没有公平之说，你强他弱，这公平吗？武道一途，讲究强弱之分，胜者为王！"

"好，好一个胜者为王！"萧云龙开口冷冷地说道，"这次的武道大会无非就是几家贪生怕死的武道世家意欲联合起来打压我萧家武馆罢了。我萧家武馆的弟子只会踩着他们倒下的身体往前走！要战则战，一战到底，看看谁是最终的王者！"

"一战到底！"

吴翔、铁牛、陈启明、李漠、上官天鹏他们全都暴喝出口，身上战意凛然，震慑人心。

萧云龙话都说到这个份上了，武家、任家、风家、姜家这四大武道世家自然无法容忍，当即任家家主之子任苍穹站起身，一个箭步冲上了擂台，他喝声说道："我代表任家与你们萧家一战！"

任苍穹气势不凡，尽得任家武道传承，一身实力深不可测，在年轻一代中有着不小的名气。

此刻他上台而战，代表着的是任家中最强的弟子。

任苍穹上台，这可就是一个真正有实力的对手了，萧家武馆这边派谁上需要好好地思量一番。

萧云龙与萧万军一番商量，最终决定派吴翔上去对战任苍穹。

"翔子，这一场你上。记住，由守而攻。"萧云龙拍了拍吴翔的肩头，开口说道。

吴翔点头，他走上了擂台。

"接招吧！"

任苍穹开口说道，他自身的气劲之力迸发而出，一个窜步竟是冲到了吴翔的面前，拳势破空之声响起，他的拳头已经攻杀而至。

人至，拳到！

这是任家的穿步拳，步伐穿行之间，刚猛的拳势随之攻杀，可以进行实时地出拳打击，如此一来使得他出拳的速度非常之快，往往让人反应不过来。

吴翔性格沉稳，所走的武道数路也是着重一个稳字，只见他不慌不乱，以破杀拳迎战而上，一步步稳扎稳打，以此来破解任苍穹那凌厉迅猛的穿步拳的攻势。

任苍穹的穿步拳结合他身形游走而出击，拳速极快，往往身形闪动之间他的拳势就如同奔雷般轰杀而至，其拳速之快让人为之咋舌。

吴翔施展而出的破杀拳以防守为主，防中可攻，他马步扎得极为沉稳，自身岿然不动，任由任苍穹那狂暴迅猛的拳势攻杀而来，他一一化解，不急不躁。

"想当缩头乌龟吗?我看你能防到什么时候!"

任苍穹冷笑了声,他自身的拳势猛地一变,一股迅猛强大的气劲之力凝聚而出,化拳为掌,朝着吴翔的脸面横拍而下。

吴翔目光一沉,迎拳而上,招架向了任苍穹的这一掌之势。

"轰!"

岂料,任苍穹的掌势猛地转为拳头,看似力竭的他再度爆发出一股强悍的力量,刚猛的拳头轰了过来,竟是破开了吴翔的拳势防守。

这是任家的"照阳金刚手",脱胎于金刚掌,又加以改进,融入了任家的许多武道拳术,形成了这一门杀伤力十足的拳术。

"吼!"

任苍穹怒吼出口,看着吴翔一味防守,他有些心烦气躁起来,他施展而出的照阳金刚手更加的狂暴,当头朝吴翔镇杀而下。

兴许是任苍穹过于狂怒,也兴许是他认定了吴翔只会防守,因此他这一轮攻势中,竟是没有注意到他自身露出来的空门破绽。

吴翔眼中一亮,他反击的机会来了!

"盖手六合拳!"

吴翔冷喝,他不再一味地防守,而是抓住了这一机会进行反击,他将自身的盖手六合拳施展而出,盖手六合,拳镇八方,那股雄浑的爆发力量随着爆发而出的拳势轰向了任苍穹的空门。

任苍穹目光凌厉而起,他撤招收拳,千钧一发间横臂抵挡了吴翔的拳势。

"砰!"

吴翔一拳而下,任苍穹匆忙间堪堪挡住,却也被震得身形摇晃。

吴翔踏步而上,将盖手六合拳的拳势全面铺展开来,盖手六合,覆盖八荒,一旦全面施展,足以将对手完全地笼罩在自身的拳势之下,一如此刻的任苍穹,他空有一身强悍的实力,但在那覆盖八荒六合的拳势下,也唯有招架之功,而无反击之力。

"不错!"

萧万军见状后他点了点头。

"左挡,右击!左跨一步,起腿势!"

就在这时,突然间,一声淡漠的声音传递而来,回荡在场中。

开口说话的竟是高台上坐着的凌绝峰。

擂台上的任苍穹苦于被吴翔的拳势压制而不能脱身，冷不防地听到了凌绝峰的声音，他豁然开朗，左手朝着左边横挡而出，恰好那时吴翔的拳势攻杀而至，被任苍穹抵挡了下来。

"轰！"

任苍穹毫不迟疑，右拳瞬间出击，攻向了吴翔的右侧脸面。

右侧方位恰好又是吴翔的死角所在，面对这一拳，吴翔来不及出拳，唯有侧身一退。那一刻，任苍穹朝左边跨步而上，恰好来到了吴翔侧身后退的方位，他腿势横扫而出，一腿踢向了吴翔的腰侧。

"砰！"

这一次，吴翔来不及做出任何反应，被任苍穹这一腿横扫踢中，他口中闷哼了声，朝后接连倒退。

"腾！"

萧云龙猛地站了起来，他目光森冷而起，朝凌绝峰看了眼，凌绝峰没有回避萧云龙的目光，反而是嘴角扬起一丝冷笑之意。

这时，擂台上的任苍穹朝吴翔疾冲而上，身上携带着凌厉的杀机。

"后手直拳！"

萧云龙忽而开口说道。

吴翔没有丝毫迟疑，面对疾冲而来的任苍穹，他本能地施展出了后手直拳。

后手直拳适合远距离的攻击，任苍穹从远处疾冲而至，恰好落入到了吴翔施展出的后手直拳的拳势范围内，逼得他停住身体，抬手格挡。

"右撤一步，重拳取中路！"萧云龙再度开口说道。

吴翔立即朝右边一闪，任苍穹那时轰杀而来的穿步拳落空，他的拳势还未收回，吴翔一击重拳轰向了他的中路空门。

"砰！"

吴翔一拳轰在了任苍穹的胸腹上。

凌绝峰脸色一变，他坐不住了，沉声说道："拳取上路，腿扫下盘！"

任苍穹被吴翔一拳击中，有些发懵的感觉，听到凌绝峰的声音后他依言照做。

"抬臂，起腿！"

萧云龙开口道。

吴翔右臂抬起,以此挡住任苍穹的拳势,他的右腿也横扫而出,迎击向了任苍穹的腿势。

"左擒拿,右勾拳!"

凌绝峰说道。

"左右开弓,侧踢咽喉!"

萧云龙说道。

左右开弓是破杀拳中的一式,吴翔立即施展而出,双臂齐震,如双龙并起,竟是将任苍穹左擒拿、右勾拳的攻势给抵挡了下来,他接着侧身,一腿侧踢而出,踢向了任苍穹的咽喉。

"侧身,臂挡,肘击关节!"凌绝峰开口说道。

"收腿,身如炮,拳如龙!"萧云龙立即说道。

很显然,擂台上的这两人战斗到现在,已经变成了凌绝峰与萧云龙之间的暗中较量,他们凭借着各自的战斗经验来指挥这两人在擂台上对战,一时间呈现出了精彩纷呈的打斗,你来我往,见招拆招,却又惊险万分。

"嗖!"

这时,吴翔在萧云龙的指导下身形一动,如出膛炮弹般冲向了任苍穹,右手一拳轰杀而出,拳势狂暴,力道十足。

"右侧游身,拳击腰肋!"凌绝峰猛地开口说道。

任苍穹毫不迟疑,凭借穿步拳的步伐朝右侧游身而上,竟是极为巧妙地避开了吴翔疾冲过来的身形,而吴翔的右侧腰肢也暴露而出,任苍穹身至拳到,一拳轰向了吴翔的腰侧。

"化拳为肘,右侧轮击!"萧云龙沉声说道。

"嗤!"

"砰!"

任苍穹一拳重重地轰在了吴翔的右侧腰肢上,似有骨折声响起。

然而,吴翔轮转而起的右肘也在同一时刻狠狠地横击在了任苍穹的脸上。

"噗……"

任苍穹口一张,一口鲜血喷吐而出,伴随着好几颗被打掉的牙齿,整个人头晕目眩。

诚然，吴翔腰侧挨了一拳，受伤了。但人体的腰侧跟脸面相比，想必脸面部位要薄弱得多，是以任苍穹被吴翔这一肘横扫而中，整个人头晕目眩，差点晕倒在地。

吴翔岂会放过这个机会，他右拳挥击而出，接着又是一腿横扫而起。

"砰！砰！"

一拳一腿全都轰在任苍穹身上，将他轰飞而出，倒下擂台。

"你！"

高台上，凌绝峰忍不住站起身来，他气急败坏，脸色为之铁青，有股愤恨不甘之意。

"翔子，没事吧？"

萧云龙走上前将吴翔扶了下来。

"萧大哥我没事，我赢了！"吴翔笑着说道，显得很激动。

萧云龙拍了拍吴翔的肩头，让他去坐着好好休息。接着他朝高台处的凌绝峰看了眼，冷笑着说道："凌家的孙子，你要想战我随时奉陪，但他人对战的时候玩这样的伎俩是不是显得太让人耻笑了？"

凌绝峰双拳一握，脸色阵青阵白，心中怒火万丈，他却又不能说什么。

13 宝刀未老

战无不胜

任家家主任宏扬更是只能打掉牙齿和血吞,原本擂台对战,外人是不能插手的。

吴翔是在萧云龙的指点下胜了,换做以往任宏扬自然是有话要说,问题是方才的对决是凌绝峰先开口指点,他岂能站起来多说什么?

因此,任家唯有憋着一肚子火气接受了这个战败的苦果。

这时,风家少主风秋煞站了起来,他走上擂台,说道:"我来挑战萧家武馆!"

"李漠,你上!"萧云龙开口说道。

李漠点头,他走上了擂台,冷眼看着风秋煞。

"砰!砰!"

擂台上的对决立即开始,风秋煞凭借诡异无比的脚步逼向了李漠,他出手的拳势诡异而又刁钻,却又极为凌厉,有着一股森然可怖的阴煞之气。

这正是风家赫赫有名的天罡阴煞拳,内院天罡拳劲,却又煞气弥漫,刚柔并济,可刚可柔,让人难以防范。

李漠却是不管风秋煞的拳势如何的刁钻阴险,他迎拳而上,将破手震山拳的拳势爆发而出,同时融入了他打黑拳时那杀人之道的拳势,破杀了风秋煞层层弥漫而至的阴煞气息。

"嗖!"

风秋煞身形忽而一动,凭借着诡异的步伐闪到了李漠的右侧方位,接着他的拳势轰杀而出,自下而上的拳势变化多端,却又无比的森然,直取

13 宝刀未老

向了李漠的腰侧肋骨部位。

"呼！"

李漠右腿横扫而出，迎上了风秋煞攻杀而至的这一拳，两人的攻势交接之下，爆发出了一股砰然之声。

李漠目光一沉，他本身就带着一股狠劲，这股狠劲是他以往在一次次的黑拳对决中磨炼而出的，极速的身形让风秋煞想要回避已经来不及，随之而来的是李漠攻杀而出的拳势。

"砰！砰！"

李漠拳势滔天，将他自身的那股爆发力量悉数施展而出，他出拳的速度极快，一眨眼间已经攻杀出了六七记拳头，每一拳都攻杀向了风秋煞的脸面。

风秋煞避无可避唯有硬碰李漠的拳势。

"呼！呼！"

就在这时，风秋煞的腿势猛地横扫而起，他的双腿犹如轮动而起的战斧接连横扫出击，这一腿势配合着他一定的身形步伐，暗合九宫方位，同时横扫而出的腿势中带着擒拿跌倒的攻势，一旦被他的腿势缠上，将会被擒跌倒地。

九宫擒跌腿！

这也是风家一门传承的武道腿法，暗合擒拿跌倒之势，在近身缠战中拥有着莫大的威力。

果然，风秋煞将这一腿势施展而出后，李漠的攻势被抵挡了下来，并且那擒跌腿势横扫而来，李漠一时间无法破解，被风秋煞的右腿缠上，紧接着——

"砰！砰！"

风秋煞接连两腿踢在了李漠的身上，李漠体内顿时气血翻腾。

风秋煞抓住这个机会，他身形一动，想要乘胜追击，可骤然间一道人影扑了上来，竟是李漠。

"找死！"

风秋煞冷喝出口，看着李漠不要命地冲上来，他施展而出的腿势更加狂暴，双腿轮动之间刮起了阵阵猛烈的腿风，朝着正冲上来的李漠当头直扫而下。

"砰！砰！砰！"

数番交锋下来，李漠也不知道被风秋煞的腿势跟拳道击中了几次，他口中的鲜血忍不住咳出，但他的几道重拳也轰在了风秋煞的身上，风秋煞的伤势也不轻，嘴角溢血，更重要的是风秋煞的眼中露出了一丝惊恐惧意。

面对李漠这种不要命的打法，风秋煞开始害怕了，心中有着恐惧之感，一旦害怕恐惧，他就开始手忙脚乱，出现了种种破绽。

风秋煞身为风家少主，平日里被百般呵护，岂会经历过种种的生死搏杀？

"轰！"

这时，李漠避开风秋煞一腿，他右腿瞬间横扫而出，狠狠地击在了风秋煞的身上，更是让风秋煞口中一股鲜血猛地喷出。

事实上战斗到现在，李漠与风秋煞都负伤在身，最后时刻拼的就是一股狠劲，一股杀伐的气势，以及那唯有生死搏杀才能磨练出来的钢铁般的意志力。

很显然，这方面风秋煞远逊于李漠，看着李漠目露凶光，又要疾冲上来，风秋煞内心完全崩溃，自信全无，他嘶声大叫："我、我输了，我认输！"

李漠的拳头刚扬起，但风秋煞已经开口认输，按照规则，他不能继续攻击了。

"呸！"

李漠朝地面吐了一口血水，冷冷地看了眼风秋煞，说道："孬种！"

说着，李漠朝擂台下走去，而风秋煞双腿一软，瘫倒在地。

任家、风家接连被击败，淘汰出局，还剩下武家跟姜家的弟子。

武家中原本实力最强的武凌被萧云龙打废了，能派上场的弟子已经不多了，最终武家还是派上来一个嫡系的核心弟子，名为武烈，是武震的亲弟弟武建之子。

萧万军与萧云龙商议之后让陈启明上台对战，陈启明一步冲上擂台，与武烈对峙。

武家与萧家的恩怨由来已久，因此两家武馆的弟子站在擂台上后，都能够感觉得到那股剑拔弩张的肃杀气势。

13 宝刀未老

武烈代表武家出战，说起来武烈的天赋较之武凌并未相差多少，武凌的性格倨傲无边，而武烈却是刚烈勇猛，他自身的武道数路与武凌也多有不同，走的是刚猛暴烈的武道数路。

陈启明修炼的是以刚猛著称的炮拳，派出陈启明对战武烈，也起到了以暴制暴的目的。

比试开始后，武烈自身的那股气势彰显而出，极为刚猛狂暴，他朝着陈启明踏步而上，一出手就是武氏连拳。

"轰！"

陈启明开始出拳反击，催动而出的炮拳迅猛绝伦，使得他出手的拳势像是充满了一股火药味，凶悍无比，就此杀伐而上，没入到对方重重的拳影当中，与对方的拳势厮杀在一起。

"轰！轰！"

冷不防的，武烈的拳势陡然一变，变得更加狂暴，有股强劲无比的爆破力，朝着陈启明的脸面轰杀而至。

武氏爆破拳，堪称是武家杀伤力最强的拳术。

"战！"

陈启明怒喝出口，浑身热血沸腾的他无惧武烈施展而出的爆破拳，他挥拳而上，将对方攻杀而至的拳势全都封住。

武烈脸色一变，他为之震惊，根据他对陈启明的研究以及对炮拳的了解，他此刻施展出武氏爆破拳应该能够逼得陈启明露出自身的破绽才对。

可是完全没有！

武烈怎么也想不到，萧云龙此前针对萧家武馆的弟子训练的时候，就有针对性地指出他们各自身上存在着的破绽，让吴翔、陈启明、李漠等人加以改进，将自身拳势攻击杀伐中存在着的破绽全都弥补。

武烈在对战中根本找不到陈启明的破绽所在，久攻不下，也让他开始有些心慌起来。

不过武烈自身实力强悍，陈启明想要击败他也绝非一时半会儿。

两人的出拳越来越快，越来越狂暴，彼此不分伯仲，拼的就是谁能坚持到最后。

最终，两人的体能在不断地消耗之下，他们彼此都负伤了，却仍是在一直在战斗。

到了最后，陈启明的体能相比武烈更胜一筹，待到武烈浑身疲惫，出拳的速度与力道明显减弱的时候，陈启明抓住机会，一轮狂暴的炮拳攻杀，将武烈轰击倒地。

陈启明带着胜利走下擂台，他也负伤了，口鼻都有鲜血流出，吴翔等人连忙上前扶住了他，让他坐下休息。

萧家武馆继续保持连胜势头，如此战绩真是惊动全场！

四大武道世家中，也只有姜家还没有派出最核心的弟子上场了。最终，姜家家主姜涛让他的儿子姜阳登上了擂台。

萧家武馆的吴翔、李漠、陈启明先后作战，他们在对战中都负伤了，这一场他们肯定不能上。只剩下铁牛跟上官天鹏。

铁牛熊腰虎背，体格如牛，自身有着一股天生的蛮力，从体格上他比姜阳更加强壮，因此这一场让铁牛上场对战是最好不过的。如若铁牛战败，那还有压轴的上官天鹏。

铁牛上台，迎战姜阳。

所谓大块头有大智慧，铁牛身躯魁梧如牛，对于武道却也有他极为严谨的一面，他不惧跟姜阳在力量、肌肉上的对抗，同时他也做好攻防两端的准备，不让对方乘虚而入，不给对方任何空门破绽。

姜阳是姜家少主，自身的武技纷繁复杂且又威力无穷，更是将姜家所传承的"神行太保拳"施展到了淋漓尽致的地步。这套"神行太保拳"配合他那一身狂暴的力量，一阵疯狂地攻杀之下稍稍占据了上风，铁牛被逼得后退数步。

"吼！"

铁牛怒吼道，握着硕大的铁拳轰杀而上，他退一步就要进三步，他绝不会退让，血战到底。

两人对战到最后都负伤了，说起来铁牛被姜阳的拳头击中的次数要多得多，也幸亏铁牛自身的体魄强大无比，抗击打能力很强，因此并未倒下。而他也有数拳轰在了姜阳身上。

"给我倒下吧！"

姜阳暴喝，他双足一蹬，猛地朝铁牛冲了上来。

那一刻，铁牛眼中的目光陡然一沉，他双足猛地站稳，接着起腿、拧腰、沉肩，瞬间糅合全身之力，朝前顶撞而上。

"嗤嗤嗤!"

擂台上忽而有着阵阵刺耳的声音响彻而起,那是铁牛的鞋底跟擂台地面剧烈摩擦之下产生的声音,他犹如崩开的一支弩弓,瞬间朝前冲撞而上,以下沉的右肩作为攻击点,撞上了前面抬拳攻杀而来的姜阳。

"轰!"

一声轰然巨响的声音回荡在了擂台四周,那一瞬间,铁牛冲撞而上的右肩顶上了姜阳攻杀而来的拳势,紧接着——

"嗖!"

一道身影飞了出去,撞在了前面擂台的缆绳上,接着他的身体朝后一仰,竟是倒下了擂台。

那道身影是姜阳。

擂台之上,铁牛气喘吁吁,仿佛刚才那一式冲撞的攻势已经耗尽了他浑身的力量。

萧云龙笑着走过去,将铁牛扶了下来。

宝刀未老

"还有其他的武道世家来挑战我萧家武馆吗?"

萧万军站起身,开口问道。

全场一片寂静,任家、风家、武家、姜家最强的弟子全都战败了,其他的武道世家自问他们的弟子都还没有这四大武道世家的弟子强大,又岂敢上台挑战萧家武馆?

凌老爷老目一张,环视当场,他微微一笑,说道:"恭喜萧家主,短短三年便是将萧家武馆的弟子自身武道实力提升到如此地步,实在让人敬佩。既然无人上台应战,萧家武馆无一败绩,自然是萧家武馆获胜了。"

凌老爷话锋一转,接着又说道:"不过武道大会地比试分为两个部分,一个部分是武馆弟子的比试,另一个部分就是各位家主之间的比试。如今萧家武馆独占鳌头,那接下来家主之间的比试也可以开始了。"

武震闻言后双眼一眯,有着点点森冷的寒芒乍现而出,他与其余几家的家主对视了眼，都从彼此的目光中看到了一丝隐晦至极的暗示。

武震听到凌老爷说家主比试环节可以开始后，他站起身，缓缓走上了擂台，冷笑着说道："听闻萧家主武道精湛，萧家的'横扫千军'绝学更是如雷贯耳，武某不才，愿与萧家主切磋一番。"

萧云龙冷笑了声，说道："明知道我父亲有伤在身，却还如此厚颜无耻地上台挑战，你想要讨教我萧家武道？行，那由我来与你一战。"

说着，萧云龙就要站起来。

"云龙，坐下！"萧万军拉住了萧云龙，他沉声说道，"武震冲着我而来，我身为萧家家主岂能因伤避战？萧家男儿顶天立地，有所为有所不为，为父即便是身怀暗疾多年，可却也绝不畏战！"

"可是父亲，你的伤……"萧云龙皱了皱眉。

"无妨！"

萧万军开口说道，他站起身，一身青衫一抖，有着一股浩然正气冲天而起，他举步而上，登上擂台，即便有伤在身却也义无反顾，只因萧家的尊严与威名不容他人侵犯半分。

"萧家主，请！"

武震眯着眼，冷冷地盯着萧万军，阴沉地说道。

萧万军沉肩、屈步，摆出了一个马步，他看着武震，说道："武家主，放马过来吧。"

"好！"

武震开口，话刚落音，他双足一蹬，阵阵破空之声响彻而起，他朝着萧万军疾冲而上，从他的身上有一股气劲之力席卷而出，赫然达到了六阶气劲之力的地步。

也难怪武震胆敢挑战萧万军，他自身的气劲之力达到了六阶，而萧万军自身的气劲之力则是五阶阶段。

其实十年前萧万军自身的气劲之力已经修炼到六阶，一场大病之后伤了他的本源，自身的内家气劲下跌到了五阶，并且这十年来没有丝毫的寸进，一直停留在五阶阶段。

"轰！"

武震将自身的气劲之力完全施展而出，右拳攻杀而至，拳势化龙，有着一股狂暴的拳道罡风震荡而出，冲向了萧万军。

13 宝刀未老

萧万军身形岿然不动,他的双手猛地急掠而起,竟是有着千重手影在虚空中闪现而出,千钧一发间扣住了武震攻杀而至的右拳手腕,接着一拉一扯,便是将武震这一拳的拳道气劲之力给化解掉了。

"千影擒拿手!"

萧万军方才施展而出的正是萧家传承武道中巧妙绝伦的千影擒拿手,紧接着萧万军身形一动,身如游龙,步法精妙,凭借扫龙步闪身来到了武震的右侧,而后他的腿势横扫而出。

"呼!呼!"

萧万军横扫而出的腿势横连而起,携带着一股横荡千军、横挡山峦的气势,层层腿影浮现而出,每一腿都有着雄浑无比的气劲之力,绞杀虚空,气劲震荡,将武震完全笼罩在内。

蓦地,武震眼中寒芒一闪,有着一股嗜血杀机在闪动,他暴喝出口:"破空杀!"

随着武震一声暴喝,他的右拳有层层气劲之力在凝聚着,一股凌厉的杀意从他的身上迸发而出,他这一拳猛地出击,竟是透过那重重腿影,袭杀到了萧万军的面前。

武家十二散手中的破空杀,威力之强难以想象。

"四荒破敌杀!"

一股凌厉的破杀之势从萧万军身上弥漫而出,他自身的气劲之力凝聚于拳,四荒破敌杀的拳势横空打出,呼啸当空,与武震轰杀而来的破空杀拳势打在了一起。

"砰!"

一声巨响回荡在了擂台四周,这是萧万军与武震之间的拳势第一次硬碰在了一起,震荡而起的气劲朝四周席卷而去。

萧万军与武震都各自朝后倒退了一步,稍稍拉开了彼此间的距离。

"怎么会这样?萧万军气劲之只有力五阶,十年来未曾有丝毫寸进,怎么能够挡下我这一拳?哼,他肯定是强弩之末,支撑不了多长时间!"

武震心中暗想,他身形一动,再度朝萧万军疾冲而上。

萧云龙目光闪动,他紧盯着擂台上的对战,他从武道攻势的运用以及对战经验来看,自己的父亲是占据优势的。这也足以弥补萧万军在气劲之力上低于武震一个阶段的差距,并且萧万军气势如龙,有股横扫千军的威势，能够压制住场面上的局面。

这一战，只要萧万军的暗疾没有发作，那萧万军击败武震不过是时间问题。

"破阵杀！"

台上的武震猛地冷喝，他再度施展出了武家十二散手，掌影浮现，紧接着他化掌为拳，一拳如长虹贯日，携带着滚滚杀机，极快如电般地冲到了萧万军面前。

"一荒风云起！"

萧万军双足站定，他不慌不忙，将八荒破军拳的拳势催动而出。

拳起，生风；拳落，云动。

"呼！"

拳势出击，携带风云之势，轰击向了武震这一拳。

"砰！"

两人拳势交接，爆发出砰然之声，竟是看到武震的拳势完全被击散，那股拳道气劲更是震得他身形随之摇晃。

萧万军目光一沉，他右腿正欲横扫而出，冷不防的，他口中忍不住轻咳了声，眉头紧锁，他的身形有片刻的停滞，像是气血不畅、呼吸不顺。

武震岂会放过这个机会，他的拳势已经呼啸而来。

"轰！轰！"

武震左手龙形拳，右手十二散手，朝着萧万军攻杀而至。

萧万军在千钧一发间强行提起一口气，运起千影擒拿手化解了武震左手轰杀而来的龙形拳，但武震右手的十二散手的拳势却是轰在了他身上。

"蹬蹬蹬！"

萧万军身形朝后接连倒退，武震那高达六阶的气劲之力，萧万军被一拳击中，必然受到一定的伤势。

事实上，萧万军的脸色已经苍白，他口中一甜，有股鲜血欲要吐出，却被他强行压了下去。

"父亲！"

"师父！"

台下的萧云龙、吴翔、李漠他们见状后纷纷喊道，萧云龙身形一动，更是想要冲上擂台。

"别上来，我没事！"

萧万军语气一沉，阻止了萧云龙的举动。

武震看着萧万军，他嘴角露出一丝冷笑，萧万军被他一拳击中，他深信萧万军已经受到重伤。

"萧家主，接招吧！"

武震口中暴喝，他将自身的气劲之力全都催动而出，他疾冲而上，浑身携带着一股气势磅礴的威势，将十二散手中的杀招全部施展而出，狂暴的拳势笼罩向了萧万军。

萧万军忽而朝前踏步，他脸上带着一股决然之色，身上的气势竟是在节节攀升，他每一步踏下都变得雄浑有力，自身隐隐有股破杀千军的无上威势在凝聚。

这股气势恍如实质般朝着武震碾压而下，更是笼罩了整个对战擂台。

那一刻，高台上坐着的凌老爷眼中的目光锐利而起，脸上似乎有着一股不可思议之色闪过。

"七荒破千军！"

萧万军从容不迫，抬臂、凝气、出拳！

"轰！"

萧云龙拳势轰杀而出，这是唯我独尊的一拳，带着七分不可一世，三分随性，就此长驱而入，轰向了武震。

武震大惊，想要闪避，却避无可避；想要出手反击，竟是被这携带着无上尊威的拳势完全压制，不知如何出拳迎战。

武震只能眼睁睁地看着萧万军这一拳轰在了他的丹田本源上，砰的一声，武震口中发出一股凄厉无比的惨叫声，他隐隐感觉得到他自身的丹田本源被震裂了，而这意味着什么他最清楚不过了。

"滚！"

萧万军猛地暴喝，右腿横扫而出，如神龙摆尾，一腿重重地横扫在了武震的身上，武震口中喷血，身形倒飞而出，重重地倒在了擂台上。

"哇……"

这时，萧万军压制在心口的那股鲜血忍不住喷吐而出，染红了他的一身青衫。

英雄不老！

那股气势，那份威望，那一身染血的青衫，深深地震撼了场中的每一个人！

场中突然间响起了雷鸣般的掌声，原本坐在擂台四周阶梯式座位上的观众，他们自发地站起来，热烈地鼓着掌，将这掌声送给了此刻擂台上的萧万军。

雷鸣的掌声中，萧云龙跃上擂台，伸手扶住了萧万军。

"父亲，你感觉如何？"萧云龙问道。

"无妨，为父没事。"萧万军语气豪迈地说道。

"父亲，先下去休息一下吧。"萧云龙说道。

萧万军点了点头，随着萧云龙走下了擂台，吴翔等人急忙将水跟一些外伤药物拿过来。

秦明月也一脸担心地迎了上来。

就在这时，却是看到任家家主任宏扬走上了擂台，他目光一沉，一字一顿地说道："我任宏扬上台来领教一下萧家主的武道绝学。"

此话一出，现场一片嘘声。

场中所有人都看得到，萧万军负伤咳血，任宏扬却是如此厚颜无耻地上台挑衅，如此乘人之危的行径未免让人不齿。

任宏扬不以为然，冷笑着说道："凌老宗主说过，武道比试唯有胜负之分，胜者为王，萧家主有伤在身是他的事。我上台挑战是我的事。如若萧家主觉得无法上台迎战，那大可以认输嘛。"

"真是欺人太甚！"

萧万军为之愤怒，他正欲要站起来，却是被萧云龙按住了他的肩头。

萧云龙举步朝着擂台走去，登上了擂台，他盯着任宏扬那张尖瘦的脸，说道："这一战，由我来！"

任宏扬一怔，他看着萧云龙冷笑着说道："这是家主之战，我挑战的是萧家主！"

"他是我的父亲，我萧云龙代父而战，有何不可？"萧云龙义正词严地开口，接着又说道，"你不是想领教一下我萧家的传承武道吗？我父亲暗伤缠身多年，如今暗伤发作，你逼他上台这跟谋杀有什么区别？我是萧家男儿，我萧云龙代父而战，天经地义！"

"说得好！我支持萧云龙！"

"支持代父而战！"

"支持萧家！"

一时间，场上的观众纷纷大喊，喊声如潮，全都朝着萧家一边倒。

任宏扬的脸色变得有些难堪起来，一张老脸更是气得阵青阵白，有股怒火在胸腔内滋生而起。

14　代父而战

横扫千军

任宏扬不知所措之下唯有转头朝高台上端坐着的凌老爷看去。

凌老爷老奸巨猾，原先武道大会的赛制安排上已经对萧家体现出一种不公平，如若在此事上他再不给出一个公正合理的说法，那只怕武道宗的声誉将会直线下降，并且身为武道宗宗主的他个人声誉也会受到极大的损害。

凌老爷沉吟了声，缓缓说道："萧家主暗伤缠身，无法再战，那就由其子代为一战吧。"

凌老爷都这么说了，任宏扬即便再不甘心也只能接受这个事实。

任宏扬盯着萧云龙说道："也罢，那就任由你代表萧家而战。年轻人，拳脚无眼，到时候你有个三长两短可不要说老夫我欺负你。"

"慢着！"

萧云龙忽而喝声说道。

任宏扬双眼一眯，冷冷地说道："怎么？怕了？你只要认输，承认萧家败了，我不会为难你。"

萧云龙淡然一笑，慢条斯理地说道："我这个人性急，喜欢快刀斩乱麻，说得直白一点就是'一锅端'。"

说到这，萧云龙目光一扬，朝擂台下的其余武道世家看了过去，他一字一顿地说道："除了任家之外，风家、姜家你们都要挑战我萧家吧？那你们全都给我上来，还有其他要挑战萧家的也全都上来，咱们一战定胜负！"

此话一出，全场哗然。

14 代父而战

场中之人倒是都听懂了，萧云龙这是要独自一人挑战各大武道世家的家主，并且以一敌众，要一场分出个胜负。

这是何等的狂妄？

这是何等的自信？

"这下有好戏看了，今年的武道大会果真是精彩纷呈，高潮迭起，而这最大的高潮却是在最后这一刻，让人期待！"

"金麟岂是池中物，一遇风云便化龙。萧家有如此男儿，崛起在望！"

场中议论声响起，他们都很期待，他们的热血似乎被萧云龙的那番话给点燃了，情绪也随之高涨亢奋起来。

任宏扬先是一愣，而后冷笑着说道："萧家小子，你真是狂妄无边了！我一人就足可以教训你！"

萧云龙不理会任宏扬，他盯着各大武道世家的家主，开口说道："想要挑战萧家的赶紧上台，否则我视你们弃权！"

"我姜涛在江海市多年都未曾见过如此狂妄之徒！既然你想出丑，那我成全你！"姜家家主姜涛满脸怒气，就此走上了擂台。

"萧家的小子，我就如你所愿！看看你有多大的本事。"风家家主风正华也走上台。

"老夫也上台领教一下萧家的武道传承！"墨家家主墨中天也上台了。

一时间，任家、风家、姜家、墨家四大武道世家的家主登台，占据了四个方位，将萧云龙围困在中央，大有将萧云龙合围而杀的气势。

擂台下，秦明月神色紧张，她一双美眸盯着擂台上方，禁不住说道："萧叔叔，云龙他一个人要对战四个人，这能行吗？会不会有危险？"

萧万军心知自己的这个儿子极为不凡，有着不同寻常的过往，可看着萧云龙要独战这四大高手，他还是有些担心的。

担心归担心，萧万军也知道萧云龙从来不做没有把握之事，他开口说道："云龙此举看似意气用事，但他倘若没有足够的把握也不会这样做。我们就静观其变，相信云龙。"

"只有你们四人上台吗？那就战吧！"

台上的萧云龙开口说道，他前后左右四个方位各有一名武道世家的家主，身上有股滔天魔威弥漫而出，滚滚魔气如潮，像是化身为绝世大魔王，傲立当场，威慑人心。

"好强大的气势!"

凌老爷这一刻忍不住开口说道,目光变得愈加锋锐起来。

"萧家小子,我忍你很久了,给我倒下吧!"

任宏扬率先暴喝出口,他身形展动,步法穿行间竟是极速无比,凭借着莫测高深的步法冲向萧云龙,同时他的拳势已经生成,随着步法逼近而轰拳而出,自身的那股气劲之力激荡而起,爆破虚空。

这是任家的穿步拳。

"战!"

风正华暴喝,滚滚煞气弥漫,他一个箭步冲了上去,施展出了天罡阴煞拳!

"轰!"

姜涛从萧云龙的右侧发起攻击,一拳而出,绵绵不断,看似软弱棉花,却内蕴着凌厉的气劲,这是绵拳。

"呼!"

墨中天朝萧云龙的身后一冲而上,墨家十二谭腿横扫攻杀而出。

战斗,自此爆发!

魔王当世,怒战四方敌!

战,就战个热血沸腾;杀,就杀个血流成河!

"来吧,让我看看你们这些武道世家有什么能耐!"

萧云龙怒吼出口,他自身那股雄浑如山般的气势爆发而出,伴随着一股尸山血海般的狂暴杀机,他疾冲而上,如同一枚出膛的炮弹般迎上了率先攻杀而至的任宏扬。

"轰!"

萧云龙一拳而出,简单粗暴,拳势沿着一条笔直的直线,对上了任宏扬攻杀而至的穿步拳。

接着萧云龙的左右双臂猛地朝两边一震,双臂的肌肉线条贲张而出,蕴含着一股雄浑无边的爆发力量,迎上了姜涛与风正华的攻势。

"呼!"

几乎同一时刻,萧云龙的右腿朝后横扫而出,恰好迎上了墨中天踢来的十二谭腿!

"砰!"

14　代父而战

萧云龙那势大力沉的腿势横扫向了墨中天的右腿，瞬间破杀了墨中天腿势上凝聚着的气劲之力，将墨中天震得身形朝后倒退不已。

一轮对攻下来，这四大世家的家主毫无建树，未能奈何萧云龙半分，反而是他们全都被萧云龙给逼退了。

任宏扬等人脸色一阵铁青，他们四人联合出击，居然无功而返，这让他们老脸有些不自在，感到有些丢人。特别是任宏扬，起初他还说凭着他一人就能够打趴萧云龙，结果却是他们四人联合出手也未能撼动萧云龙半分。

任宏扬朝风正华、姜涛等人看去，而后他深吸一口气，再度朝萧云龙冲了过去。

这一次，任宏扬施展出了照阳金刚手！

"嗖！"

风正华的身形也一闪而至，风家的武道数路走的是阴险刁钻的类型，这种类型的武道数路依靠的就是身形步法的诡异飘忽。

姜涛也冲了上来，姜家的武道走的是刚猛的路线，因此姜涛出手的重拳极为的狂暴，往往携带着气劲之力当头打下，如此重拳之下胆敢与之抗衡的对手并不多。

萧云龙从来不是一个坐以待毙之人，任宏扬他们再度攻杀而来的时候，他身形一动，其势如奔雷，他毫无保留，将自身的极限力量全部爆发而出，他要速战速决！

"轰！"

萧云龙一拳而出，有风云起！

"轰！"

萧云龙第二拳轰杀而出，惊风雨！

这是八荒破军拳中的前两式，他以自身的极限力量催动而出，拳势席卷而去的劲风有着搅动的风云气势，惊动八方雷雨，迎战向了任宏扬、风正华、姜涛三大武道高手轰杀而至的拳头。

"轰！轰！轰！"

这时，萧云龙那霸气十足的拳势已经跟任宏扬他们三人的拳势对轰在了一起，饶是面对着三大武道高手联合起来的拳势，他也没有丝毫地退避，而是勇往直前。

任宏扬他们三人自身的气劲之力都已经修炼到了六阶境界，三大武道高手六阶气劲之力压制而来，即便是换做一个有着七阶气劲之力的武道高手只怕都要被震退。

　　然而，那拳势对撞的轰然之声过后，竟是看到萧云龙身形仍旧是稳如磐石，反而是任宏扬他们的身躯微微晃动。

　　"嗖！"

　　萧云龙身形猛地一折，朝身后疾冲而去，一转身，他所面对的则是来自墨中天全面施展而出的十二谭腿。

　　面对墨中天横扫而至的谭腿，萧云龙一声暴喝，动用了萧家横连腿的腿势。

　　"呼！呼！"

　　萧云龙双腿轮动而起，漫天的腿影呈现而出，每一腿之势都爆发出了凌厉无比的破空之声，那股极限力量狂暴绝伦，每一腿横扫而下，都挟持着山海之势，重若山峦。

　　"砰！"

　　萧云龙一腿破开墨中天的右腿腿势，紧接着又是一腿将墨中天左腿的气劲之力完全破掉，而且墨中天的左腿一阵扭曲，仿佛被打折了，使得墨中天的脸上出现了一丝极度痛苦之色。

　　"给我倒下！"

　　萧云龙一声怒喝，右手一拳猛地轰杀而出。

　　简简单单的一拳，没有多余的花哨技巧，就像是寻常武师施展而出的直拳般，简单却又极为粗暴，更是有着一股凌厉无比的杀伐之气在弥漫。

　　"砰！"

　　这一拳穿过了墨中天的层层防守，最终落在了他的胸膛上。

　　"哇……"

　　墨中天整个身体倒飞而出，口中喷血，倒在了擂台边缘。

　　萧云龙目光一抬，看向了墨中天。

　　"我、我认输！"

　　墨中天说完后身体一滚，就此滚下了擂台。

　　萧云龙蓦地转身，盯住了前方的任宏扬、姜涛、风正华三人。

　　任宏扬他们此刻的心情已经是不能用震惊来形容了，他们一个个不可

14 代父而战

思议地盯着萧云龙，那目光仿佛像是在看着一个怪物。

"你并未修炼内家气劲？你动用的是纯粹的肉身力量？"任宏扬最终忍不住问道。

"不错，我并没有修炼气劲之力。"萧云龙开口说道。

此话一出，直让风正华、姜涛他们为之变色，在华国的武者中，走纯粹肉身力量道路的极少，一般都是魁梧如山天生神力的巨汉才会走上肉身力量修炼之路，而萧云龙虽挺拔高大，不过身上的肌肉并非多么惊人，未曾想居然也是走肉身力量修炼的道路。

更让任宏扬他们无法接受的是，萧云龙凭借肉身力量居然能够与他们的气劲之力对抗。

"这怎么可能！"姜涛神情有些恍惚，他难以置信有人居然能够将肉身力量修炼到如此强大的地步。

人体就是一座宝藏，寻常人只怕连百人之一的人体潜力都没有被激发出来。

"果然，此人走的是肉身修炼之道！"高台上，凌老爷说道。

凌绝峰皱了皱眉，他不解地问道："爷爷，您不是说气劲之力比起人体之力更为纯粹、更为强大吗？"

"这只是一般而言，人体肉身的力量有其局限性，就是难以突破，难以进阶。不过并不排除这世上有些人，偏偏能够将这条道路走到极致。"凌老爷说着，顿了顿，他又说道，"萧家曾有一位奇才走的就是肉身修炼之路，那位奇才是萧万军的爷爷，正是他立下了萧家武馆的牌匾。"

这时，场上的对决再度开始，任宏扬、姜涛、风正华他们三人形成了合围之势，通过攻势的配合来攻杀萧云龙。

如今的他们对萧云龙没有半点的轻视之心，而是当成了平生一个劲敌来看待。

"轰！"

萧云龙猛地一记重拳出击，迎上了姜涛轰杀而来的沉重拳势。

两人拳势交击之下，姜涛竟是感觉到他拳势上凝聚而起的气劲之力崩溃瓦解，他更是被萧云龙拳势上传递而来的那股巨力震得身形一晃。

"嗖！"

紧接着，萧云龙朝右侧一闪，风正华施展而出的九宫擒跌腿横扫而至，自然是落空了，被萧云龙成功闪避。

萧云龙身形一闪之下，朝任宏扬疾冲而上。

"五荒憾天地！"

萧云龙暴喝，动用自身的那股极限力量爆发出了八荒破军拳的拳势，就此压向了任宏扬。

任宏扬避无可避，他所能做的就是反击或防守。

"照阳金刚手！"

任宏扬怒吼，他将自身的内家气劲全都凝聚而起，他施展出了最强的拳势，迎击而上。

"轰！"

惊人的拳势对轰之声响起，萧云龙这一拳有着撼动天地之威，那根本不是任宏扬所能抵挡的，一拳之下他口中闷哼一声，自身拳势气劲完全被击破，他整个人更是踉跄后退。

然而，萧云龙并未乘胜追击，他蓦地转身，右腿的腿势横扫而去。

那一刻，风正华的九宫擒跌腿突袭向了萧云龙的右侧。

"砰！"

萧云龙一腿横扫而来，挟持着山海奔腾的威势，就此封住了风正华的腿势。

一腿横扫而下，萧云龙的腿势竟是没有丝毫的停顿，接连朝着风正华的腰侧与下盘横扫而去。

三连杀！

后面的两腿横扫太快了，出乎风正华的意料，他万万没想到萧云龙的腿势居然不需要蓄力与停顿，就能够接连出腿。

他匆忙间唯有极力地运用九宫擒跌腿的腿势来抵挡，可他终究是慢了半拍，被萧云龙的第三腿横扫而中，"砰"的一声，风正华的身体倒飞而出，倒在地上。

风正华刚站起身，一道身影紧接着扑杀而来，接着一拳直取向了他的脸面。

"轰！"

风正华在惨叫声中飞出了擂台，重重地摔倒在地。

萧云龙蓦地转身，那一刻，一记势大力沉的重拳轰杀而至，直取向了

14 代父而战

萧云龙的胸膛。

萧云龙竟是没有任何的闪避与招架,就在这一拳轰杀而至的时候,他的右手五指一曲,猛地朝上一扣一钳。

"砰!"

这一重拳结结实实地轰在了萧云龙的胸膛上,然而萧云龙就跟个没事人一样,连他那挺拔的身躯也未曾朝后退却半分,他的右手却是扣住了对方的咽喉,随后右臂上青筋暴露,一股澎湃的巨力席卷而出,将对方的身体硬生生地提了起来。

"姜家家主是吧,如果是在战场上,这一刻你早就死了!"

萧云龙盯着姜涛那张猪肝色的脸,一字一顿地说道。

话刚落音,他的右手猛地朝右侧一扔,"呼"的一声,姜涛整个人直接被扔飞而出,倒在了擂台场外。

萧云龙凌厉中带着一丝嘲讽地看着唯一站在场中的任宏扬。

这还怎么打?

原先他们四个人都奈何不了萧云龙半分,更别说现在只剩下他一个人了。

萧家男儿

任宏扬的嘴角有些苦涩发干,他努了努嘴,想要当场认输,可面对着现场这么多的观众,还有各大武道世家,未战而输,这样的话他怎么好意思说得出口?真要这样拱手认输,只怕任家往后都要被人看低一等了。

萧云龙冷眼盯着任宏扬,说道:"你不是想要领教一下我萧家'横扫千军'的传承武道吗?那我可以好好地满足你的要求!"

"这是萧家横连腿!"

萧云龙身形一动,风驰电掣般地冲到了任宏扬面前,他的腿势横扫而出,连绵不绝,有一股横断山峦般的威势,重于千钧般地镇杀向了任宏扬。

任宏扬极力对抗,使出了浑身解数,更是将他自身的内家气劲之力悉数爆发而出,要对抗那连绵不断横扫而至的强大腿势。

可在萧家横连腿那横扫千军的腿势面前,任宏扬唯一能做的只有退,一退再退。

"这是八荒破军拳！"

"轰！"

萧云龙的拳势带起一股凌厉无比的拳风，刺耳的拳风呼啸而过，这一拳重重地轰在了任宏扬的胸膛上。

"咔嚓！"

一道骨折声响起，可见任宏扬的胸骨在萧云龙这一拳轰杀之下被折断了。

"呼！"

萧云龙的右肘挥击而出，"砰"的一声击在了任宏扬的脖侧之上，任宏扬应声而倒。

"砰！"

萧云龙的右腿抬起，一脚踩在了倒在地上的任宏扬身上。

"事实证明，你在我萧家'横扫千军'的传承武道面前，没有丝毫抵抗之力！"

萧云龙盯着被他踩在地上的任宏扬，一字一顿地说道。

这一刻，全场为之寂静，他们看着场中那道不可一世的身影，他们只觉得内心仿佛被一种力量狠狠地撞击了一下，使得他们身体内的热血为之沸腾。

什么叫霸气？

这就叫霸气！

议论之声响起，这些人看到萧云龙以一敌四，最终将这四大世家的家主全都击败，他们为之高兴，全都支持萧家。

萧家能够获得这样的支持声并非是凭空而来，而是萧家历代先祖，包括萧万军，以及他的父亲，他的爷爷等这些萧家数代之人积德行善，铭记祖训，坚持浩荡正气，这才能够得到江海市民众的认可。

"还有其他武道世家要来领教我萧家的传承武道吗？"

萧云龙环视当场，看向擂台下的各大武道世家，一字一顿地问道。

场下各大武道世家没有人出声，也没有人回应。

"萧云龙，你也太狂妄了吧，任家主败就败了，你现在还踩着他，这不是在侮辱人吗？"高台上，凌绝峰看不惯萧云龙此刻那股不可一世的气

14 代父而战

势,他忍不住出声怒斥。

萧云龙双眼微微一眯,朝高台上的凌绝峰看了一眼,说道:"在我说话的时候,还轮不到你来插嘴。之前这个老东西明知道我父亲暗伤复发,不能再战,他却是上台相逼。那个时候怎么不见你这个伪君子发出正义的言论?屡次三番地对我萧家指手画脚,你到底想怎么样?要想一战,就滚下来!"

"萧云龙,你……"

凌绝峰怒火中烧,他忍不住站起身来,在那股冲动劲下还真是忍不住要上擂台与萧云龙一战。

"绝峰,给我坐下!"凌老爷喝住了凌绝峰,他眯着老眼看向萧云龙,说道,"年轻人,比试有胜负,这一战你们萧家胜出。不过,过刚者易折,你的脾气可要好好收敛。为人要有度量,得饶人处且饶人。"

"无须你来说教,至于饶不饶的问题,如果我真不想饶了这四个人,你以为他们现在还能活着?真是可笑!"萧云龙冷笑一声,他脚尖一挑,将任宏扬挑飞下了擂台。

无人敢应战,萧云龙走下了擂台。

萧万军心中更是感慨万千,萧家武馆这一次总算是扬眉吐气了,而萧家的辉煌也得到了重现,可谓是再续辉煌,再踏巅峰。

"翔子、铁牛,你们给萧家武馆的学员打电话,联系他们,让他们到萧家武馆集合。"萧万军开口说道。

"师父,您这是?"吴翔问道。

萧万军一笑,说道:"萧家武馆在这一届武道大会中全面获胜,我要带领所有萧家武馆的弟子跟学员一起祭拜萧家武馆的牌匾,宣读萧家武道的祖训!"

走出演武楼,萧万军他们径直来到了萧家武馆,萧万军神情肃穆,站在萧家武馆门前,凝视着那块古朴大气而又散发着厚重的岁月气息的牌匾。

萧云龙、秦明月以及吴翔、李漠、上官天鹏等人站在萧万军的身后,全都一言不发。

很快,萧家武馆的学员陆陆续续地赶来,初级学院、中级学员、高级学员一共有一百六十人,连唐果也过来了,毕竟唐果现在可是萧家武馆的学员。

萧万军转过身来，看着眼前这些萧家武馆的弟子跟学员，开口说道："这一届的武道大会，我们萧家武馆全面取胜，未曾一败。这对萧家武馆是一件喜事，足以证明我萧家武馆的强大。这份荣耀，属于我们每一个人！"

说着，萧万军转过身去，面对萧家武馆的牌匾，大声宣读："人以武立，武以德立！"

"人以武立，武以德立！"

萧云龙、萧家武馆的弟子跟学员一起大声宣读。

"诚信，侠义，坚韧；不急功，不近利！"萧万军接着念道。

场中之人跟着大声念读，其声凝聚在了一起，直冲云霄，气势如虹。

演武楼中已经有观众陆陆续续走出来，他们看到了这一幕，忍不住驻足围观，他们静默无声，因为他们感受得到萧家武馆上下凝聚而起的那股恢弘气势，还有那股已然形成的信念与精神，这让人肃然起敬。

随后武家、任家、姜家、风家的人也相继走出，看着被众人围着的萧家武馆，以及萧家武馆上下弟子凝聚而出的那股浩浩荡荡的气势，他们心中可谓是又羞又怒，这一次的武道大会他们全盘皆输，落得一个凄惨的下场。

这几大武道世家哪还有脸面留在此地，迅速地离开了武道街。

"萧万军，我恨啊……"

临走前，武家家主武震语气极其悲愤地说道，在擂台上他被萧万军击败，并且他自身的丹田本源也被击破，等同于毁掉了他自身的内家气劲，一身武道根基算是被毁了。

萧万军他们走进了武馆里面的小院，在方才武道大会的比试中，吴翔、李漠、铁牛、陈启明他们都受伤了，所幸受伤并不重，萧家武馆有内外伤的药方，完全可以自主医治。

吴翔他们对于自身的伤势倒是不在意，反而是担心萧万军的暗伤情况。

对此萧万军却是不以为然，他笑着说道："你们不用担心，我这暗伤算是老毛病了，我自己最清楚不过。我已经吃过药了，没事的，已经压下去了。"

"萧叔叔，你的伤真的没事了吗？这暗伤到底是怎么回事？不能治愈吗？"秦明月问道。

14 代父而战

萧云龙心中一动，说道："是啊，父亲，难道这暗伤就不能治愈？"

萧万军一笑，说道："这些年为父能想到的治疗药方都尝试过了，效果不大。"

萧云龙默不作声，心中却是在暗暗发誓这辈子即便是穷极一生也要想办法医治好父亲的伤。

这时，秦明月接起一个电话，说道："喂，爸，我正在萧家武馆这里呢。今天云龙回来了，早上我去机场接了他，然后就来到萧家武馆这边了。"

"什么？云龙回来了？"电话中，秦远博的声音显得有些惊喜，接着说道，"你先等着，我让你爷爷跟你说话。"

"喂，明月啊，云龙回来了？"秦明月随后听到电话中传来秦老爷子的声音。

"爷爷，您要找云龙吗？那我把电话给他。"秦明月开口说道，将手机递给萧云龙。

萧云龙接过电话，笑着说道："老爷子，是我。"

"你回来了就好。你们都在萧家武馆吗？那你先等着，我过去找你们。"秦老爷子朗声笑着说道，随后挂了电话。

萧云龙有些发怔，他听出来秦老爷子找他肯定是有什么事，至于什么事他就不知道了。

"爷爷怎么说？"秦明月问道。

萧云龙苦笑着说道："老爷子说要过来萧家武馆找我们。"

大约二十分钟过后，武馆外有车子的声音传来。

萧万军、萧云龙、秦明月他们站起身，朝武馆外走去。

车门打开，秦老爷子走了下来，紧接着，一个身穿军装气势威严的老者也随之走了下来，赫然正是罗老将军。

"爷爷，爸，你们来了。"秦明月笑着迎了上去，随后看到罗老将军，她笑着说道，"罗爷爷，您也来了。"

"老爷子，秦叔叔。"萧云龙也走上前说道。

"云龙，来来来。"秦老爷子走上前，一手拉住了萧云龙，而后对罗老说道，"老罗，这个就是我的孙女婿，萧云龙。"

"他就是萧云龙？"

罗老一双老目中猛地迸发出了一道精芒，他盯着萧云龙，那双历经战火洗礼，堪称是火眼金睛的眼睛上下打量着萧云龙。

萧云龙还不知道罗老的身份，不过看着他身着军装，又与秦老爷子随行，肯定是身份不凡。

"云龙啊，还没跟你介绍，这位是开国元勋罗老将军。"秦老爷子笑着说道。

此话一出，萧云龙脸色微怔，一旁的萧万军更是震惊而起。

老将军为数不多，而姓罗的只有一位，难道真的就是那位大人物？

"老罗，这位就是萧万军，萧家家主，他便是萧纵横之子。"秦老爷子说道。

罗老目光看向萧万军，说道："你就是老萧之子？"

萧万军心中一动，走上前说道："在下萧万军，见过罗老。罗老莫非认识我父亲？"

"万军啊，当时你父亲在三十四军团，罗老率领的是三十七军团。你父亲虽说不在罗老的军中，不过罗老也是知道你父亲的。"秦老爷子在旁说道。

"老秦说得没错。我跟你父亲是老战友了，曾一起上过战场，一起杀敌。只可惜，未能见过老萧一面，实为遗憾。"罗老轻叹了声，开口说道。

说着，罗老看向萧家武馆，说道："这就是萧家武馆吧？"

"罗老，这就是我萧家武馆。"萧万军说道。

"好，非常好。"罗老点头说道。

"罗老，秦老爷子，远博兄，咱们别站外面了，请进屋喝口清茶吧。"萧万军笑着说道。

"走吧。"秦老爷子笑着说道，一行人走进了萧家武馆。

横闯武馆

萧万军将秦老爷子、罗老他们请入到里面，武馆后院是一座寻常的院子，有几株古树，古树下有石桌，石桌上有沏好的茶水，简简单单却又清香怡人。

14 代父而战

萧万军给众人倒上茶,笑着说道:"秦老,罗老,武馆内一切从简,也没什么好茶。"

"爷爷、罗爷爷,你们来慢了一步,否则就可以看到武道大会。萧家武馆在这一次的武道大会中大获全胜,无一败绩。"秦明月笑着说道。

"武道大会?我略有听闻此事。"秦老爷子一怔,他看向萧万军,说道,"万军,你的萧家武馆在这武道大会比试中都胜出了?"

"的确是胜出了,在于萧家武馆的弟子争气。"萧万军笑着说道。

"可是好事啊,证明了萧家武道的实力。"秦老爷子说道。

罗老对此颇感兴趣,便开口询问了武道大会的各种细节。

萧万军讲解了一番武道大会的由来,以及这一次武道大会中萧家武馆弟子上台对战的情况等。

凌老爷跟他的孙子凌绝峰这时才从演武楼走了出来,凌绝峰满脸怒气,想起萧云龙在武道大会上那副完全不将他看在眼里的样子,他心中就有股压制不住的怒火。

凌绝峰朝武道街尽头看去,说道:"前面就是萧家武馆了吧?爷爷,不如我们去萧家武馆看看。看看这萧家武馆有什么过人能耐,竟敢如此嚣张。"

凌老爷眼中隐有精芒闪现,仿佛在回想着什么往事,末了他沉声说道:"去看看也无妨,不过绝峰,你可不要胡来。"

"放心吧爷爷,我自有分寸。"凌绝峰开口说道。

两人朝着武道街尽头走去,两人走到后看到了萧家武馆的牌匾,凌老爷盯着这块牌匾,眼中的锋芒骤然凌厉而起,却又瞬间收敛,也不知在想些什么。

"这就是萧家武馆?看上去也不怎么样。"凌绝峰冷笑了声,径直走进了萧家武馆。

武馆内有一些学员正在训练,吴翔、李漠、陈启明、上官天鹏他们也在武馆中。

凌绝峰走进来的时候陈启明看到了,他认出了凌绝峰,对于这个在武道大会上屡屡针对萧家武馆的凌家少爷,他可没有什么好感,当即拦住了凌绝峰的去路,说道:"你进来干什么?"

"让开,你还没资格跟我说话。"凌绝峰冷冷地说道。

"这是萧家武馆,最没资格说话的是你吧?"陈启明冷声说道。

"萧万军跟萧云龙呢?让他们出来!我爷爷亲自来你们武馆看看,这是给你们脸面。"凌绝峰语气倨傲地说道。

吴翔皱了皱眉沉声说道:"我师父他们在后院谈事情,武馆来了客人,只怕不方便出来跟你们见面。"

"真是无稽之谈,有什么客人比我爷爷更贵重?我倒是要去看看。"凌绝峰说着朝武馆后院走去。

"你给我站住!你再往里走别怪我们不客气了!"李漠脸色一沉,开口说道。

"就凭你?也想拦住我?你还不够格!"凌绝峰丝毫不将吴翔、李漠等人的话放在心上,仍是往里走。

李漠忍无可忍,身形一动,朝凌绝峰冲了上去。

凌绝峰心头本身就憋着一股火气,他正想借机发难,发泄一下心中的怒火。看着李漠主动地冲上来,他岂会放过这个机会。

"胆敢拦本公子!"

凌绝峰开口说道,猛地一拳轰杀而出,拳势浩荡,赫然有一股高达六阶的气劲之力!

李漠在武道大会中已经负伤了,他感应得到凌绝峰拳势中的那股惊人的气劲之力,他反应能力很快,并未硬碰对方的拳势,而是双臂横挡而出。

"砰!"

凌绝峰一拳之下,李漠身形跟跄后退,负伤的他根本挡不住凌绝峰这一拳。

凌绝峰继续往里走,眼看着已经走到了后院门口处,吴翔冷喝:"你给我站住!"

说着,吴翔也朝凌绝峰疾冲而上,施展出了盖手六合拳的拳势阻拦凌绝峰。

"给我滚开!"

凌绝峰暴喝,他动用凌家传承的拳势武道,一拳而出,声震如雷,拳势竟然带着惊雷之声,如奔雷腾空,轰杀而上,迎上了吴翔的拳势。

"砰!"

在凌绝峰施展而出的那股高达六阶的气劲之力下,有伤在身的吴翔根

14 代父而战

本无法抵抗,被凌绝峰一拳震得口中闷哼,整个身体朝后院飞了过去。

"我倒是要看看这后院有什么客人,比起我爷爷到访还重要?竟敢阻拦本公子!"

凌绝峰边说边走进了后院。

罗老将军

后院内,萧万军、萧云龙他们正与秦老爷子、罗老他们交谈,冷不防的,吴翔的身体倒飞了进来,重重地倒在地上,紧接着凌绝峰的话传来,随后凌绝峰现身而出。

"这是怎么回事?"

萧万军脸色一沉,猛地站起身来。

"绝峰,不可胡闹。"

这时,凌老爷的声音传来,他也快步走到了后院。

罗老的脸色微微一沉,他眼中那股威严气势迸发而出,转头朝凌绝峰看来,恰好凌老爷走入后院,他抬眼之间也看到了凌老爷。

看到罗老时他脸色一变,整个身体像是石化了般,愣在原地。

很快,凌老爷反应过来,语气震惊而又不可置信地说道:"罗、罗老,您、您怎么会在这里?"

"我当是谁有这么大的威风,原来是凌老家主啊。"罗老冷哼了声,开口说道。

凌老爷脸色大变,变得无比的恭敬与谦卑,这跟他平日里威风八面人人敬畏场面可谓是两个极端,他语气谦恭地说道:"罗老,您息怒,这是我的孙子绝峰,他少不更事,年轻气盛,未曾想冒犯到了罗老。"

说着,凌老爷转头看向了凌绝峰,喝声道:"绝峰,你还愣着干什么?还不快道歉!"

凌绝峰浑身一个机灵,他回过神来,放眼整个华国,能够让自己的爷爷变得如此低声下气,为之敬畏的人物并不多,而自己爷爷敬称他为罗老,难不成眼前这个身着军装的老者是那位德高望重的大人物?

凌绝峰对着罗老说道:"罗、罗老,对不起,我不知道您在这里,刚才多有冒犯，还请您谅解。"

罗老脸色隐有怒意，显然对于凌绝峰的道歉并不领情，他语气淡漠地说道："你冒犯到的并非是我，何须向我道歉。"

凌老爷脸色一变，明白了罗老话中之意，他对凌绝峰说道："绝峰，向萧家主道歉。"

说着，凌老爷看向萧万军，开口说道："萧家主，是我管教不严，这才闹出这个误会。不过绝峰并无恶意，只是一时冲动之下才会如此，还望萧家主能够海涵。"

萧万军并未回应，他走到吴翔的身边，将吴翔扶了起来，拍了拍吴翔的肩头，说道："翔子，没事吧？"

"师父，我没什么事。"吴翔说道。

萧万军点了点头，这才抬眼朝凌老爷与凌绝峰看去，眼中那股锐利的锋芒悉数呈现，有股森冷寒意在弥漫。

"萧家主，抱歉，刚才是我一时冲动了。"凌绝峰几乎是用尽全身的力气压制下心中的那股不甘之意，才将这句道歉说出口。

萧云龙站起身，走了过去，冷冷地说道："出手打伤我武馆弟子，一句道歉就了事？"

"你什么意思？"凌绝峰盯住萧云龙，开口问道。

"这句话应该由我来问你吧？"萧云龙目光一沉，忽而暴喝出口，声震如雷，"凌家你们是什么意思？闯入我萧家武馆，打伤我武馆弟子，你们想开战吗？今日幸有罗老在场，因此你们说冲动冒犯，倘若罗老今日不在场，那你们是不是想把我我萧家武馆给掀翻了？"

"你可不要血口喷人，我们绝无此意。"凌老爷说道。

"凌老家主，你们凌家也是武道世家吧？身为武道世家，难道不知道硬闯别的武馆意味着什么吗？还是说，凌家自持势大，因此觉得可以任意妄为？"罗老开口说道。

凌老爷心中一惊，急忙说道："罗老，我并无此意，凌家的确是武道世家，一直以来都敬重各大武道世家。凌某身为武道宗宗主，更是致力于华国武道的弘扬与发展，今日之事是绝峰冲动过头，这才失手伤人。从本意上，绝无冒犯萧家武馆的举动。我愿意承担一切赔偿。不知萧家主需要什么赔偿，请尽管开口。"

14 代父而战

"既然凌宗主都开口说道,那我不拿回点赔偿还真是说不过去了!"

萧云龙开口说道,猛地一个箭步冲到凌绝峰面前,右手扬起。

"啪!啪!"

两声极为响亮的巴掌声响起,萧云龙正手反手两巴掌扇在了凌绝峰的脸上。

其实凭着凌绝峰的身手,换作平时萧云龙这两巴掌扇过来他肯定能够躲过去。但现在的他脑袋有些犯晕,惊愕于萧家武馆后院居然有罗老这样的大人物在场,另外他无论如何也想不到萧云龙敢出手扇他。

于是,他被萧云龙这势大力沉的两巴掌扇中,两面的脸颊印上了鲜红的指印,一张脸红肿,嘴角隐有血丝。

"姓萧的,你敢打我?"

凌绝峰大怒,眼中有股怒火升腾,身上更是散发出一股凌厉的杀气。

凌老爷也没想到萧云龙敢当着他的面扇了他的孙子两巴掌,那一刻,凌老爷身上那股内敛的威势散发出了一缕,仅仅是一缕却已经极为骇人,雄浑而又苍劲,唯有武道巅峰的强者才会拥有这样的气势。

"呼!"

凌老爷出于护犊心里,他身形一动,一掌朝着萧云龙拍去。

一掌之下,蕴含着凌老爷自身那股宗师之境的气劲之力,竟是浩荡如海、雄浑如山,直取向了萧云龙。

萧云龙却是无所畏惧,他自身的气势也在节节攀升,如魔王临世,他瞬间催动了自身的那股极限力量,一拳轰杀而出,迎上了凌老爷这一掌。

"砰!"

一击之下,竟是看到萧云龙身形微微摇晃,凌老爷却是岿然不动。

这让萧云龙心中一惊,他自身那股极限力量强悍绝伦,可方才却是给他一种根本无法撼动那股气劲之力之感,难以想象凌老爷自身的气劲之力修为达到了何等高度。

可以说,这是萧云龙回归之后第一次动用自身的极限之力情况下在内家高手的气劲之力面前稍落下风。

"爷爷,他竟敢扇我脸,教训他一顿!"凌绝峰怒声说道。

"绝峰,给我退下!"凌老爷开口说道,他目光一沉,深深地看了萧云龙一眼,像是带着一丝震惊之意,他转而看向萧万军,说道,"萧家主,我们已经道歉，并且你的儿子也打了绝峰两巴掌。不知萧家主还有什么要说的吗？"

"凌宗主，你我两家均为武道世家。今日之事到此为止，如若这样的事情还有下一次，那我们就在擂台上见吧。"萧万军开口说道，语气中流露出一股不容置疑的威势。

"京城凌家，人人皆知。但不是势大就可欺人。萧家也不会任人欺压，如有欺压者，我秦家不会袖手旁观。"这时，秦老爷子也开口说道。

凌老爷深吸口气，老眼中有着锋芒闪动，缓缓说道："那我就不打扰诸位了。罗老，方才打扰了您的雅兴，望您能够海涵。我就此别过，他日罗老返回京城了，我会上门赔礼道歉。"

说着，凌老爷拱了拱手，带着凌绝峰迅速地离开了萧家武馆。

他们两人如同"丧家犬"灰溜溜地离开了，跟原先闯入萧家武馆时的那股威风截然相反。

"爷爷，我恨啊！我要让萧家上下不得好死！"

离开萧家武馆后，凌绝峰双拳紧握，目眦尽裂，愤怒到了极点。